2012

环境影响评价工程师

职业资格考试备考要点与模拟试卷

环境影响评价相关法律法规

应试指导专家组　编写

化学工业出版社

·北京·

图书在版编目（CIP）数据

环境影响评价相关法律法规/应试指导专家组编写．
北京：化学工业出版社，2012.1
（2012环境影响评价工程师职业资格考试备考要点
与模拟试卷）
ISBN 978-7-122-13061-7

Ⅰ．环…　Ⅱ．应…　Ⅲ．环境影响评价法-中国-工
程技术人员-资格考试-自学参考资料　Ⅳ．D922.68

中国版本图书馆CIP数据核字（2011）第265524号

责任编辑：王　斌　　　　　　　　装帧设计：张　辉
责任校对：吴　静

出版发行：化学工业出版社（北京市东城区青年湖南街13号　邮政编码100011）
印　　装：大厂聚鑫印刷有限责任公司
787mm×1092mm　1/16　印张12½　字数333千字　2012年1月北京第1版第1次印刷

购书咨询：010-64518888(传真：010-64519686)　　售后服务：010-64518899
网　　址：http://www.cip.com.cn
凡购买本书，如有缺损质量问题，本社销售中心负责调换。

定　　价：45.00元

前　言

　　《环境影响评价工程师职业资格考试备考要点与模拟试卷》（2012版）是对2011版的修订，根据新出台和修订的法规、政策、标准对2011版进行了适当的修改。丛书包括4个分册，分别对应4门考试科目。每一分册由两部分主要内容构成。"备考要点"部分是对教材内容的浓缩，我们在对前几年考试内容进行系统分析的基础之上，结合众多考生的反馈意见，对应考内容进行了归纳整理和精减，把教材变薄，以便于考生提高复习效率，尽快掌握应考内容；"模拟试卷"部分是高仿真试题，在试题设计的过程中，我们严格按照最新的考试信息，在研究历年考题的基础上，总结命题规律，把握知识重点，对2012年环评考试的考点变化、考查角度和难易程度进行了全面预测。力求引导考生结合课本和考试大纲的要求，对自身掌握的情况查缺补漏，并对所学的知识活学活用，逐步提高"考感"，轻松应对考试。

　　参加本套丛书编写的人员有（以姓氏拼音为序）：崔占勇、董文宣、郭雷、胡惠英、胡益铭、贾海燕、李橙、李恩敬、李静、李榕、刘静、刘立媛、刘玲、刘乾、闵捷、彭丽娟、石杰、石磊、舒放、苏魏、孙东华、王宝臣、王丽婧、王立章、王绍宝、王雪生、王子东、于建华、张丙辰、张峰、张颖桢、周军、周美玉、周中平、诸毅。

　　由于时间紧迫，加之能力所限，书中不妥之处在所难免，恳请读者批评指正。本书已经纳入了截至2011年12月最新出台和修订的相关法律法规和政策的内容。为了更有效地帮助考生应对可能出现的变化，我们将尽可能把有关考试复习内容的补充和更新在化学工业出版社网站（http://www.cip.com.cn）的"资格考试专区"（首页最下方右侧）及时予以公布，敬请广大考生留意。

　　最后，祝广大考生顺利通过考试！

编　者

2011年12月于北京

前　言

目　录

第二部分　模拟试卷

第一部分　备考要点

第一章 环境保护法律法规体系及环境保护法

本章主要涉及两个大的问题：中国环境保护法律法规体系及环境保护法。下面分别对其所涉及的主要知识点进行简要的介绍及分析。

一、我国环境保护法律法规体系

环境保护法律法规体系是指由国家制定的有关开发利用自然资源、保护改善环境的各种法律规范所组成的相互联系、互相补充、内部协调一致的统一整体。

1. 我国环境保护法律法规体系的构成

我国环境保护法律法规体系由下列各部分构成。

（1）宪法关于环境保护的条文 现行 1982 年宪法第 26 条第一款："国家保护和改善生活环境，防治污染和其他公害。"体现了国家环境保护的总政策。

（2）环境保护基本法 1989 年《中华人民共和国环境保护法》是我国环境保护的基本法。

（3）环境保护单行法 目前，我国环境保护单行法在环境保护法律法规体系中数量最多，占有重要的地位。主要有：《中华人民共和国水污染防治法》、《中华人民共和国大气污染防治法》等。

（4）环境保护行政法规 目前，国务院出台了一系列环境保护行政法规，几乎覆盖了所有环境保护行政管理领域，如《中华人民共和国水污染防治法实施细则》、《建设项目环境保护管理条例》等。

（5）环境保护部门规章 目前，在我国环境保护领域存在着大量的行政规章，如《环境保护行政处罚办法》、《排放污染物申报登记办法》、《环境标准管理办法》等。

（6）环境保护地方性法规及规章 是享有立法权的地方权力机关和地方政府机关依据《宪法》❶ 和相关法律，根据当地实际情况和特定环境问题制定的，在本地范围内实施，具有较强的可操作性。目前我国各地都存在着大量的环境保护地方性法规及规章，如《北京市实施〈中华人民共和国水污染防治法〉办法》等。

（7）环境标准 环境标准是具有法律性质的技术标准，是国家为了维护环境质量、实施污染控制，而按照法定程序制定的各种技术规范的总称。我国的环境标准由五类三级组成。"五类"指五种类型的环境标准：环境质量标准、污染物排放标准、环境基础标准、环境监测方法标准及环境标准样品标准。"三级"指环境标准的三个级别：国家环境标准、国家环境保护总局标准及地方环境标准。国家级环境标准和国家环境保护总局级标准包括五类，由国务院环境保护行政主管部门即国家环境保护总局负责制定、审批、颁布和废止。地方级环境标准只包括两类：环境质量标准和污染物排放标准。凡颁布地方污染物排放标准的地区，执行地方污染物排放标准，地方标准未作出规定的，仍执行国家标准。

（8）环境保护国际公约 是指我国缔结和参加的环境保护国际公约、条约及议定书等。

---

❶ 本书在提及法律法规名称时，一般会省略"中华人民共和国"。

目前我国已缔结及参加了大量的环境保护国际公约，如《关于持久性有机污染物的斯德哥尔摩公约》等。

2. 我国环境保护法律法规体系中各层次之间的相互关系

（1）宪法关于环境保护的规定，在我国环境保护法律法规体系中处于最高的地位，是环境保护法的基础，是各种环境保护法律、法规、规章制定的依据。

（2）环境保护基本法在环境保护法律法规体系中，除宪法外占有核心地位，有"环境宪法"之称。

（3）环境保护单行法是针对特定的环境保护对象、领域或特定的环境管理制度而进行专门调整的立法，是宪法和环境保护基本法的具体化，是实施环境管理、处理环境纠纷的直接法律依据。地位和效力仅次于环境保护基本法。

（4）环境保护行政法规是国务院依照宪法和法律的授权，按照法定程序颁布或通过的关于环境保护方面的行政法规，其效力低于环境保护基本法和环境保护单行法。可以起到解释法律、规定环境执法的行政程序等作用，在一定程度上弥补环境保护基本法和单行法的不足。

（5）环境保护部门规章是由环境保护行政主管部门以及其他有关行政机关依照《立法法》授权制定的关于环境保护的行政规章，效力低于环境保护行政法规。

（6）环境保护地方性法规及规章位阶较低，其内容不得与法律、行政法规相抵触。

（7）环境标准为各项环境保护法律法规的实施提供依据，其作用主要是：①环境质量标准是确认环境是否已被污染的根据；②污染物排放标准是确认某排污行为是否合法的依据；③环境基础标准和环境方法标准是环境纠纷中确认各方所出示的证据是否合法的根据；④环境样品标准是标定环境监测仪器和检验环境保护设备性能的法律依据。

（8）环境保护国际公约与我国环境法有不同规定的，优先适用国际公约的规定，但我国声明保留的条款除外。

二、环境保护法

1. 环境

按照《环境保护法》第二条之规定："环境，是指影响人类生存和发展的各种天然的和经过人工改造的自然因素的总体，包括大气、水、海洋、土地、矿藏、森林、草原、野生动物、自然遗迹、人文遗迹、自然保护区、风景名胜区、城市和乡村等。"

2. 环境保护法的适用范围

中华人民共和国领域和中华人民共和国管辖的其他海域。

3. 建设项目环境影响评价的有关规定

按照《环境保护法》第十三条之规定：建设污染环境的项目，必须遵守国家有关建设项目环境保护管理的规定。建设项目的环境影响报告书，必须对建设项目产生的污染和对环境的影响作出评价，规定防治措施，经项目主管部门预审并依照规定的程序报环境保护行政主管部门批准。环境影响报告书经批准后，计划部门方可批准建设项目设计任务书。

4. 保护自然生态系统区域、野生动植物自然分布区域、水源涵养区域、自然遗迹、人文遗迹、古树名木的有关规定

按照《环境保护法》第十七条之规定：各级人民政府对具有代表性的各种类型的自然生态系统区域，珍稀、濒危的野生动植物自然分布区域，重要的水源涵养区域，具有重大科学文化价值的地质构造、著名溶洞和化石分布区、冰川、火山、温泉等自然遗迹以及人文遗迹、古树名木，应当采取措施加以保护，严禁破坏。

5. 开发利用自然资源必须采取措施保护生态环境的有关规定

按照《环境保护法》第十九条之规定：开发利用自然资源，必须采取措施保护生态环境。

6. 加强对农业环境保护的有关规定

按照《环境保护法》第二十条之规定：各级人民政府应当加强对农业环境的保护，防治土壤污染、土地沙化、盐渍化、贫瘠化、沼泽化、地面沉降和防治植被破坏、水土流失、水源枯竭、种源灭绝以及其他生态失调现象的发生和发展，推广植物病虫害的综合防治，合理使用化肥、农药及植物生长激素。

7. 在风景名胜区、自然保护区和其他需要特别保护的区域内不得建设污染环境的工业生产设施及其他设施的有关规定

按照《环境保护法》第十八条之规定：在国务院、国务院有关主管部门和省、自治区、直辖市人民政府划定的风景名胜区、自然保护区和其他需要特别保护的区域内，不得建设污染环境的工业生产设施；建设其他设施，其污染物排放不得超过规定的排放标准。已经建成的设施，其污染物排放超过规定的排放标准的，限期治理。

8. 产生环境污染和公害的单位必须采取有效措施防治污染和公害的有关规定

按照《环境保护法》第二十四条之规定：产生环境污染和其他公害的单位，必须把环境保护工作纳入计划，建立环境保护责任制度；采取有效措施，防治在生产建设或者其他活动中产生的废气、废水、废渣、粉尘、恶臭气体、放射性物质以及噪声、振动、电磁波辐射等对环境的污染和危害。

9. 新建和技术改造的企业防治污染和公害的有关规定

按照《环境保护法》第二十五条之规定：新建工业企业和现有工业企业的技术改造，应当采用资源利用率高、污染物排放量少的设备和工艺，采用经济合理的废弃物综合利用技术和污染物处理技术。

10. 建设项目防治污染设施"三同时"的有关规定

按照《环境保护法》第二十六条之规定：建设项目中防治污染的设施，必须与主体工程同时设计、同时施工、同时投产使用。防治污染的设施必须经原审批环境影响报告书的环境保护行政主管部门验收合格后，该建设项目方可投入生产或者使用。防治污染的设施不得擅自拆除或者闲置，确有必要拆除或者闲置的，必须征得所在地的环境保护行政主管部门同意。

11. 禁止引进不符合我国环境保护规定要求的技术和设备的有关规定

按照《环境保护法》第三十条之规定：禁止引进不符合我国环境保护规定要求的技术和设备。

12. 因发生事故或者其他突发性事件，造成或者可能造成污染事故的单位应当加强防范的有关规定

按照《环境保护法》第三十一条之规定：因发生事故或者其他突然性事件，造成或者可能造成污染事故的单位，必须立即采取措施处理，及时通报可能受到污染危害的单位和居民，并向当地环境保护行政主管部门和有关部门报告，接受调查处理。可能发生重大污染事故的企业事业单位，应当采取措施，加强防范。

13. 违反有关法律规定应承担的法律责任

（1）有下列行为之一的，环境保护行政主管部门或者其他依照法律规定行使环境监督管理权的部门可以根据不同情节，给予警告或者处以罚款：①拒绝环境保护行政主管部门或者其他依照法律规定行使环境监督管理权的部门现场检查或者在被检查时弄虚作假的；②拒报或者谎报国务院环境保护行政主管部门规定的有关污染物排放申报事项的；③不按国家规定缴纳超标准排污费的；④引进不符合我国环境保护规定要求的技术和设备的；⑤将产生严重污染的生产设备转移给没有污染防治能力的单位使用的。

（2）建设项目的防治污染设施没有建成或者没有达到国家规定的要求，投入生产或者使用的，由批准该建设项目的环境影响报告书的环境保护行政主管部门责令停止生产或者使用，可以并处罚款。

（3）未经环境保护行政主管部门同意，擅自拆除或者闲置防治污染的设施，污染物排放超过规定的排放标准的，由环境保护行政主管部门责令重新安装使用，并处罚款。

（4）对违反本法规定，造成环境污染事故的企业事业单位，由环境保护行政主管部门或者其他依照法律规定行使环境监督管理权的部门根据所造成的危害后果处以罚款；情节较重的，对有关责任人员由其所在单位或者政府主管机关给予行政处分。

（5）对经限期治理逾期未完成治理任务的企业事业单位，除依照国家规定加收超标准排污费外，可以根据所造成的危害后果处以罚款，或者责令停业、关闭。前款规定的罚款由环境保护行政主管部门决定。责令停业、关闭，由作出限期治理决定的人民政府决定；责令中央直接管辖的企业事业单位停业、关闭，须报国务院批准。

（6）当事人对行政处罚决定不服的，可以在接到处罚通知之日起十五日内，向作出处罚决定的机关的上一级机关申请复议；对复议决定不服的，可以在接到复议决定之日起十五日内，向人民法院起诉。当事人也可以在接到处罚通知之日起十五日内，直接向人民法院起诉。当事人逾期不申请复议、也不向人民法院起诉、又不履行处罚决定的，由作出处罚决定的机关申请人民法院强制执行。

（7）造成环境污染危害的，有责任排除危害，并对直接受到损害的单位或者个人赔偿损失。赔偿责任和赔偿金额的纠纷，可以根据当事人的请求，由环境保护行政主管部门或者其他依照本法律规定行使环境监督管理权的部门处理；当事人对处理决定不服的，可以向人民法院起诉。当事人也可以直接向人民法院起诉。完全由于不可抗拒的自然灾害，并经及时采取合理措施，仍然不能避免造成环境污染损害的，免予承担责任。

（8）因环境污染损害赔偿提起诉讼的时效期间为三年，从当事人知道或者应当知道受到污染损害时起计算。

（9）违反本法规定，造成重大环境污染事故，导致公私财产重大损失或者人身伤亡的严重后果的，对直接责任人员依法追究刑事责任。

（10）违反本法规定，造成土地、森林、草原、水、矿产、渔业、野生动植物等资源的破坏的，依照有关法律的规定承担法律责任。

（11）环境保护监督管理人员滥用职权、玩忽职守、徇私舞弊的，由其所在单位或者上级主管机关给予行政处分；构成犯罪的，依法追究刑事责任。

第二章　环境影响评价法、建设项目环境保护管理条例及配套的部门规章、规范性文件

一、环境影响评价的基本理论

1. 环境影响评价的法律定义

根据《环境影响评价法》之规定，环境影响评价是指对规划和建设项目实施后可能造成的环境影响进行分析、预测和评估，提出预防或者减轻不良环境影响的对策和措施，进行跟踪监测的方法与制度。

2. 环境影响评价的分类

（1）按照评价对象，环境影响评价可以分为：规划的环境影响评价和建设项目环境影响评价。

（2）按照环境要素，环境影响评价可分为：大气环境影响评价、水环境影响评价、声环境影响评价、生态环境影响评价和固体废物环境影响评价。

（3）按照时间顺序，环境影响评价一般可分为：环境质量现状评价、环境影响预测评价和环境影响后评价。

3. 环境影响评价的历史

1970 年 1 月 1 日起正式实施的《国家环境政策法》的出台，使得美国成为世界上第一个把环境影响评价用法律固定下来并建立环境影响评价制度的国家。

随后瑞典于 1970 年，新西兰、加拿大于 1973 年，澳大利亚、马来西亚于 1974 年，德国于 1976 年相继建立了环境影响评价制度。

1979 年 9 月，《中华人民共和国环境保护法（试行）》"一切企业、事业单位的选址、设计、建设和生产，都必须注意防止对环境的污染和破坏。在进行新建、改建和扩建工程中，必须提出环境影响评价报告书，经环境保护主管部门和其他有关部门审查批准后才能进行设计。"的规定标志着我国的环境影响评价制度正式确立。

4. 我国环境影响评价法律法规体系

我国目前的环境影响评价法律法规体系主要有以下几部分组成。

（1）环境保护基本法中的相关规定

《中华人民共和国环境保护法》第十三条："建设污染环境的项目，必须遵守国家有关建设项目环境保护管理的规定。建设项目的环境影响报告书，必须对建设项目产生的污染和对环境的影响作出评价，规定防治措施，经项目主管部门预审并依照规定的程序报环境保护行政主管部门批准。环境影响报告书经批准后，计划部门方可批准建设项目设计任务书。"

（2）关于环境影响评价的环境保护单行法

2002 年的《中华人民共和国环境影响评价法》。

（3）环境保护行政法规

1998 年《建设项目环境保护管理条例》的相关规定。

（4）国家环境保护总局❶及其他相关行政主管部门出台的一系列部门规章：《环境影响

---

❶ 现环境保护部。由于部分法规中原文仍为"国家环境保护总局"，故本书以尊重法规原文为原则，仍保留部分"国家环境保护总局"或"国家环保总局"的说法。

评价公众参与暂行办法》(2006)；《国家环境保护总局建设项目环境影响评价文件审批程序规定》(2005)；《农村水电建设项目环境保护管理办法》(2006)；《建设项目环境影响评价资质管理办法》(2005)；《建设项目环境保护分类管理名录》(2002)；《建设项目环境影响评价文件分级审批规定》（2004）；《关于执行建设项目环境影响评价制度有关问题的通知》(1999)；《建设项目竣工环境保护验收管理办法（总局13号令）》(2001)；《环境影响评价工程师职业资格制度暂行规定》(2004) 等。

5. 环境影响评价的基本原则

① 符合国家的产业政策、环保政策和法规；

② 符合流域、区域功能区划、生态保护规划和城市发展总体规划，布局合理；

③ 符合清洁生产的原则；

④ 符合国家有关生物化学、生物多样性等生态保护的法律法规及政策；

⑤ 符合国家资源综合利用的政策；

⑥ 符合国家土地利用的政策；

⑦ 符合国家及地方规定的总量控制要求；

⑧ 符合国家及地方的污染物达标排放和区域环境质量的要求。

6.《中华人民共和国环境影响评价法》的立法目的

《中华人民共和国影响评价法》第一条明确规定："为了实施可持续发展战略，预防因规划和建设项目实施后对环境造成不良影响，促进经济、社会和环境的协调发展，制定本法。"这项规定实质上是对《中华人民共和国环境影响评价法》的立法目的作出的具体表达。

二、规划的环境影响评价

《规划环境影响评价条例》已于 2009 年 10 月 1 日起施行。

1. 需进行环境影响评价的规划的类别、范围及评价要求

（1）需进行环境影响评价的规划类别　综合性规划、专项性规划（指导性的专门规划、非指导性的专门规划）

综合性规划，是指土地利用的有关规划，区域、流域、海域的建设、开发利用规划。专项规划，是与综合规划相对应的，一般是指规划的范围和领域相对较窄，内容比较单一的规划。《环境影响评价法》中规定了工业、农业、畜牧业、林业、能源、水利、交通、城市建设、旅游、自然资源开发的有关专项规划。专项规划又可分为指导性规划和非指导性规划。指导性规划是指以发展战略为主要内容的专项规划。

（2）需进行环境影响评价的规划范围

综合规划：国务院有关部门、设区的市级以上地方人民政府及其有关部门组织编制的土地利用的有关规划，区域、流域、海域的建设、开发利用规划。

专项规划：国务院有关部门、设区的市级以上地方人民政府及其有关部门组织编制的工业、农业、畜牧业、林业、能源、水利、交通、城市建设、旅游、自然资源开发的有关专项规划。

应当进行环境影响评价的规划的具体范围，由国务院环境保护行政主管部门会同国务院有关部门规定，报国务院批准后执行。

（3）规划环境影响评价的要求

组织者：环境影响篇章或者说明、环境影响报告书（以下称环境影响评价文件），由规划编制机关编制或者组织规划环境影响评价技术机构编制。

评价时机：综合规划应当在规划编制过程中组织进行环境影响评价；专项规划应当在该规划草案上报审批之前，组织进行环境影响评价。

评价成果：综合规划及专项规划中的指导性规划，需编写该规划有关环境影响的篇章或者说明，而专项规划中的非指导性规划则需编写环境影响报告书。

2. 规划环境影响评价的主要内容

（1）规划环境影响评价应当分析、预测和评估的内容

① 规划实施可能对相关区域、流域、海域生态系统产生的整体影响；

② 规划实施可能对环境和人群健康产生的长远影响；

③ 规划实施的经济效益、社会效益与环境效益之间以及当前利益与长远利益之间的关系。

（2）规划的环境影响篇章或者说明应当包括的内容

① 规划实施对环境可能造成影响的分析、预测和评估。主要包括资源环境承载能力分析、不良环境影响的分析和预测以及与相关规划的环境协调性分析。

② 预防或者减轻不良环境影响的对策和措施。主要包括预防或者减轻不良环境影响的政策、管理或者技术等措施。

（3）专项规划的环境影响报告书应当包括的内容

① 规划实施对环境可能造成影响的分析、预测和评估。主要包括资源环境承载能力分析、不良环境影响的分析和预测以及与相关规划的环境协调性分析。

② 预防或者减轻不良环境影响的对策和措施。主要包括预防或者减轻不良环境影响的政策、管理或者技术等措施。

③ 环境影响评价的结论。主要包括规划草案的环境合理性和可行性，预防或者减轻不良环境影响的对策和措施的合理性和有效性，以及规划草案的调整建议。

3. 规划环境影响评价公众参与的有关规定

（1）参与专项规划环境影响评价的公众的范围　有关的单位、专家和公众。

（2）公众意见的征求人　专项规划的编制机关。

（3）允许公众参与的情形　对可能造成不良环境影响并直接涉及公众环境权益的规划，即需要编制环境影响报告书的规划。指导性的专项规划不需要征求公众的意见，根据国家规定需要保密的规划也不需要征求公众的意见。

（4）公众参与的时机　在对规划草案的环境影响评价报告书草案形成之后，规划草案报送审批机关审批之前。

（5）公众参与的形式　调查问卷、座谈会、论证会、听证会，或者采取其他形式。

（6）对规划编制机关的要求

① 有关单位、专家和公众的意见与环境影响评价结论有重大分歧的，规划编制机关应当采取论证会、听证会等形式进一步论证。

② 规划编制机关应当在报送审查的环境影响报告书中附具对公众意见采纳与不采纳情况及其理由的说明。

③ 对已经批准的规划在实施范围、适用期限、规模、结构和布局等方面进行重大调整或者修订的，规划编制机关应当依照本条例的规定重新或者补充进行环境影响评价。

4. 规划环评文件的报送要求

① 规划编制机关在报送审批综合性规划草案和专项规划中的指导性规划草案时，应当将环境影响篇章或者说明作为规划草案的组成部分一并报送规划审批机关。未编写环境影响篇章或者说明的，规划审批机关应当要求其补充；未补充的，规划审批机关不予审批。

② 规划编制机关在报送审批专项规划草案时，应当将环境影响报告书一并附送规划审批机关审查；未附送环境影响报告书的，规划审批机关应当要求其补充；未补充的，规划审批机关不予审批。

5. 规划环境影响评价的审查

（1）审查程序

设区的市级以上人民政府审批的专项规划，在审批前由其环境保护主管部门召集有关部门代表和专家组成审查小组，对环境影响报告书进行审查。审查小组应当提交书面审查意见。

省级以上人民政府有关部门审批的专项规划，其环境影响报告书的审查办法，由国务院环境保护主管部门会同国务院有关部门制定。

（2）对于审查小组的要求

审查小组的专家应当从依法设立的专家库内相关专业的专家名单中随机抽取。但是，参与环境影响报告书编制的专家，不得作为该环境影响报告书审查小组的成员。

审查小组中专家人数不得少于审查小组总人数的二分之一；少于二分之一的，审查小组的审查意见无效。

审查小组的成员应当客观、公正、独立地对环境影响报告书提出书面审查意见，规划审批机关、规划编制机关、审查小组的召集部门不得干预。

审查意见应当包括下列内容：

① 基础资料、数据的真实性；

② 评价方法的适当性；

③ 环境影响分析、预测和评估的可靠性；

④ 预防或者减轻不良环境影响的对策和措施的合理性和有效性；

⑤ 公众意见采纳与不采纳情况及其理由的说明的合理性；

⑥ 环境影响评价结论的科学性。

审查意见应当经审查小组四分之三以上成员签字同意。审查小组成员有不同意见的，应当如实记录和反映。

有下列情形之一的，审查小组应当提出对环境影响报告书进行修改并重新审查的意见：

① 基础资料、数据失实的；

② 评价方法选择不当的；

③ 对不良环境影响的分析、预测和评估不准确、不深入，需要进一步论证的；

④ 预防或者减轻不良环境影响的对策和措施存在严重缺陷的；

⑤ 环境影响评价结论不明确、不合理或者错误的；

⑥ 未附具对公众意见采纳与不采纳情况及其理由的说明，或者不采纳公众意见的理由明显不合理的；

⑦ 内容存在其他重大缺陷或者遗漏的。

有下列情形之一的，审查小组应当提出不予通过环境影响报告书的意见：

① 依据现有知识水平和技术条件，对规划实施可能产生的不良环境影响的程度或者范围不能作出科学判断的；

② 规划实施可能造成重大不良环境影响，并且无法提出切实可行的预防或者减轻对策和措施的。

6. 专项规划环境影响报告书结论及审查意见采纳的相关规定

规划审批机关在审批专项规划草案时，应当将环境影响报告书结论以及审查意见作为决策的重要依据。规划审批机关对环境影响报告书结论以及审查意见不予采纳的，应当逐项就不予采纳的理由作出书面说明，并存档备查。有关单位、专家和公众可以申请查阅；但是，依法需要保密的除外。

7. 规划环境影响评价的跟踪评价

对环境有重大影响的规划实施后，规划编制机关应当及时组织规划环境影响的跟踪评价，将评价结果报告规划审批机关，并通报环境保护等有关部门。

规划环境影响的跟踪评价应当包括下列内容：

① 规划实施后实际产生的环境影响与环境影响评价文件预测可能产生的环境影响之间的比较分析和评估；

② 规划实施中所采取的预防或者减轻不良环境影响的对策和措施有效性的分析和评估；

③ 公众对规划实施所产生的环境影响的意见；

④ 跟踪评价的结论。

规划实施过程中产生重大不良环境影响的，规划编制机关应当及时提出改进措施，向规划审批机关报告，并通报环境保护等有关部门。

环境保护主管部门发现规划实施过程中产生重大不良环境影响的，应当及时进行核查。经核查属实的，向规划审批机关提出采取改进措施或者修订规划的建议。

规划审批机关在接到规划编制机关的报告或者环境保护主管部门的建议后，应当及时组织论证，并根据论证结果采取改进措施或者对规划进行修订。

规划实施区域的重点污染物排放总量超过国家或者地方规定的总量控制指标的，应当暂停审批该规划实施区域内新增该重点污染物排放总量的建设项目的环境影响评价文件。

8. 规划编制机关和审查机关在规划环境影响评价中违反有关规定应承担的法律责任

（1）规划编制机关在规划环境影响评价中的法律责任

规划编制机关违反《环境影响评价法》的规定，组织环境影响评价时弄虚作假或者有失职行为，造成环境影响评价严重失实的，对直接负责的主管人员和其他直接责任人员，由上级机关或检察机关依法给予行政处分。

（2）审批机关在规划环境影响评价中的法律责任

规划审批机关有下列行为之一的，对直接负责的主管人员和其他直接责任人员，依法给予处分：

① 对依法应当编写而未编写环境影响篇章或者说明的综合性规划草案和专项规划中的指导性规划草案，予以批准的；

②对依法应当附送而未附送环境影响报告书的专项规划草案，或者对环境影响报告书未经审查小组审查的专项规划草案，予以批准的。

审查小组的召集部门在组织环境影响报告书审查时弄虚作假或者滥用职权，造成环境影响评价严重失实的，对直接负责的主管人员和其他直接责任人员，依法给予处分。

审查小组的专家在环境影响报告书审查中弄虚作假或者有失职行为，造成环境影响评价严重失实的，由设立专家库的环境保护主管部门取消其入选专家库的资格并予以公告；审查小组的部门代表有上述行为的，依法给予处分。

（3）规划环境影响评价技术机构的法律责任

规划环境影响评价技术机构弄虚作假或者有失职行为，造成环境影响评价文件严重失实的，由国务院环境保护主管部门予以通报，处所收费用1倍以上3倍以下的罚款；构成犯罪的，依法追究刑事责任。

三、建设项目的环境影响评价

1. 建设项目影响评价的分类管理

《建设项目环境影响评价分类管理名录》（见附录）已于2008年10月1日起施行，《建设项目环境保护分类管理名录》（国家环保总局2002年14号令）同时废止。

（1）关于建设项目环境影响评价分类管理的法律规定

国家根据建设项目对环境的影响程度，对建设项目的环境影响评价实行分类管理：①建设项目对环境可能造成重大影响的，应当编制环境影响报告书，对建设项目产生的污染和对环境的影响进行全面、详细的评价；②建设项目对环境可能造成轻度影响的，应当编制环境影响报告表，对建设项目产生的污染和对环境的影响进行分析或者专项评价；③建设项目对环境影响很小，不需要进行环境影响评价的，应当填报环境影响登记表。建设项目环境保护分类管理名录，由国务院环境保护行政主管部门制定并公布。

（2）建设项目环境影响评价分类管理中环境敏感区的定义

《建设项目环境影响评价分类管理名录》中所称环境敏感区，是指依法设立的各级各类自然、文化保护地，以及对建设项目的某类污染因子或者生态影响因子特别敏感的区域，主要包括：

① 自然保护区、风景名胜区、世界文化和自然遗产地、饮用水水源保护区；

② 基本农田保护区，基本草原，森林公园，地质公园，重要湿地，天然林，珍稀濒危野生动植物天然集中分布区，重要水生生物的自然产卵场及索饵场、越冬场和洄游通道，天然渔场，资源型缺水地区，水土流失重点防治区，沙化土地封禁保护区，封闭及半封闭海域，富营养化水域；

③ 以居住、医疗卫生、文化教育、科研、行政办公等为主要功能的区域，文物保护单位，具有特殊历史、文化、科学、民族意义的保护地。

（3）建设项目环境影响评价分类管理中环境敏感区的法律意义

《建设项目环境影响评价分类管理名录》规定，建设项目所处环境的敏感性质和敏感程度，是确定建设项目环境影响评价类别的重要依据。建设涉及环境敏感区的项目，应当严格按照名录确定其环境影响评价类别，不得擅自提高或者降低环境影响评价类别。环境影响评价文件应当就该项目对环境敏感区的影响作重点分析。

（4）建设项目环境影响评价分类管理中的其他规定

①《建设项目环境影响评价分类管理名录》规定，跨行业、复合型建设项目，其环境影响评价类别按其中单项等级最高的确定。

②《建设项目环境影响评价分类管理名录》规定，本名录未作规定的建设项目，其环境影响评价类别由省级环境保护行政主管部门根据建设项目的污染因子、生态影响因子特征及其所处环境的敏感性质和敏感程度提出建议，报国务院环境保护行政主管部门认定。

2. 建设项目环境影响评价文件的编制与报批

（1）建设项目环境影响报告书的法定内容

根据《环境影响评价法》第十七条之规定，建设项目的环境影响报告书应当包括下列内容：①建设项目概况；②建设项目周围环境现状；③建设项目对环境可能造成影响的分析、预测和评估；④建设项目环境保护措施及其技术、经济论证；⑤建设项目对环境影响的经济损益分析；⑥对建设项目实施环境监测的建议；⑦环境影响评价的结论。涉及水土保持的建设项目，还必须有经水行政主管部门审查同意的水土保持方案。

（2）环境影响报告表和环境影响登记表的内容和填报要求

根据《关于公布〈建设项目环境影响报告表〉（试行）和〈建设项目环境影响登记表〉（试行）内容及格式的通知》（环发〔1999〕178号）之规定及所附之环境影响报告表和环境影响登记表的样表可知。

环境影响报告表的内容及填报要求：①建设项目基本情况；②建设项目所在地自然环境社会环境简况；③环境质量状况；④评价适用标准；⑤建设项目工程分析；⑥项目主要污染物产生及预计排放情况；⑦环境影响分析；⑧建设项目拟采取的防治措施及预期治理效果；⑨结论与建议。

环境影响登记表的内容和填报要求：①建设项目基本情况；②建设项目周围环境概况；③项目工艺流程及污染流程；④项目排污情况及环境措施。

（3）建设项目环境影响评价公众参与的有关规定

根据《环境影响评价法》第二十一条之规定，除国家规定需要保密的情形外，对环境可能造成重大影响、应当编制环境影响报告书的建设项目，建设单位应当在报批建设项目环境影响报告书前，举行论证会、听证会，或者采取其他形式，征求有关单位、专家和公众的意见。

《环境影响评价公众参与暂行办法》对下列建设项目环境影响评价的公众参与进行了进一步较为详尽的规定：①对环境可能造成重大影响、应当编制环境影响报告书的建设项目；②环境影响报告书经批准后，项目的性质、规模、地点、采用的生产工艺或者防治污染、防止生态破坏的措施发生重大变动，建设单位应当重新报批环境影响报告书的建设项目；③环境影响报告书自批准之日起超过五年方决定开工建设，其环境影响报告书应当报原审批机关重新审核的建设项目。该《办法》同样适用于环境保护行政主管部门在审批或者重新审核建设项目环境影响报告书过程中征求公众意见的活动。

（4）建设项目环境影响评价应当避免、与规划环境影响评价相重复的有关规定

根据《环境影响评价法》第十八条之规定，建设项目的环境影响评价，应当避免与规划的环境影响评价相重复。作为一项整体建设项目的规划，按照建设项目进行环境影响评价，不进行规划的环境影响评价。已经进行了环境影响评价的规划所包含的具体建设项目，其环境影响评价内容建设单位可以简化。

（5）建设项目环境影响评价文件的报批时限

根据《建设项目环境保护管理条例》第九条之规定，建设单位应当在建设项目可行性研究阶段报批建设项目环境影响报告书、环境影响报告表或者环境影响登记表；但是，铁路、交通等建设项目，经有审批权的环境保护行政主管部门同意，可以在初步设计完成前报批环境影响报告书或者环境影响报告表。按照国家有关规定，不需要进行可行性研究的建设项目，建设单位应当在建设项目开工前报批建设项目环境影响报告书、环境影响报告表或者环境影响登记表；其中，需要办理营业执照的，建设单位应当在办理营业执照前报批建设项目环境影响报告书、环境影响报告表或者环境影响登记表。

（6）建设项目环境影响评价文件报批过程及审批时限

报批过程：根据《环境影响评价法》第二十二条第一款之规定，建设项目的环境影响评价文件，由建设单位按照国务院的规定报有审批权的环境保护行政主管部门审批；建设项目有行业主管部门的，其环境影响报告书或者环境影响报告表应当经行业主管部门预审后，报有审批权的环境保护行政主管部门审批。

审批时限：根据《环境影响评价法》第二十二条第三款之规定，审批部门应当自收到环境影响报告书之日起六十日内，收到环境影响报告表之日起三十日内，收到环境影响登记表之日起十五日内，分别作出审批决定并书面通知建设单位。

（7）建设项目环境影响评价文件重新报批和重新审核的有关规定

重新报批：根据《环境影响评价法》第二十四条、《建设项目环境保护管理条例》第十二条的规定，建设项目环境影响报告书、环境影响报告表或者环境影响登记表经批准后，建设项目的性质、规模、地点或者采用的生产工艺发生重大变化的，建设单位应当重新报批建设项目环境影响报告书、环境影响报告表或者环境影响登记表。建设项目环境影响报告书、环境影响报告表或者环境影响登记表自批准之日起满5年，建设项目方开工建设的，其环境影响报告书、环境影响报告表或者环境影响登记表应当报原审批机关重新审核。

重新审核：根据《建设项目环境保护管理条例》第十二条的规定，原审批机关应当自收

到建设项目环境影响报告书、环境影响报告表或者环境影响登记表之日起 10 日内，将审核意见书面通知建设单位；逾期未通知的，视为审核同意。

3. 建设项目环境影响评价分级审批

（1）国务院环境保护行政主管部门负责审批的环境影响评价文件的范围

根据 2009 年 3 月 1 日起施行的《建设项目环境影响评价文件分级审批规定》第五条，环境保护部负责审批下列类型的建设项目环境影响评价文件：

① 核设施、绝密工程等特殊性质的建设项目；

② 跨省、自治区、直辖市行政区域的建设项目；

③ 由国务院审批或核准的建设项目，由国务院授权有关部门审批或核准的建设项目，由国务院有关部门备案的对环境可能造成重大影响的特殊性质的建设项目

（2）省级环境保护行政主管部门提出建设项目环境影响评价分级审批建议的原则

除上述第五条规定以外的建设项目环境影响评价文件的审批权限，由省级环境保护部门参照第四条（内容为：建设项目环境影响评价文件的分级审批权限，原则上按照建设项目的审批、核准和备案权限及建设项目对环境的影响性质和程度确定。）及下述原则提出分级审批建议，报省级人民政府批准后实施，并抄报环境保护部。

① 有色金属冶炼及矿山开发、钢铁加工、电石、铁合金、焦炭、垃圾焚烧及发电、制浆等对环境可能造成重大影响的建设项目环境影响评价文件由省级环境保护部门负责审批。

② 化工、造纸、电镀、印染、酿造、味精、柠檬酸、酶制剂、酵母等污染较重的建设项目环境影响评价文件由省级或地级市环境保护部门负责审批。

③ 法律和法规关于建设项目环境影响评价文件分级审批管理另有规定的，按照有关规定执行。

4. 建设项目环境影响评价的实施

（1）建设项目实施环境保护对策措施的有关规定

根据《环境影响评价法》第二十六条的规定，建设项目建设过程中，建设单位应当同时实施环境影响报告书、环境影响报告表以及环境影响评价文件审批部门审批意见中提出的环境保护对策措施。

（2）建设项目环境影响后评价的有关规定

根据《环境影响评价法》第二十七条的规定，在项目建设、运行过程中产生不符合经审批的环境影响评价文件的情形的，建设单位应当组织环境影响的后评价，采取改进措施，并报原环境影响评价文件审批部门和建设项目审批部门备案；原环境影响评价文件审批部门也可以责成建设单位进行环境影响的后评价，采取改进措施。

（3）建设单位未依法报批建设项目环境影响评价文件、环境影响评价文件未经批准或者未经重新审核同意，擅自开工建设，应承担的法律责任。

根据《环境影响评价法》第三十一条的规定，建设单位未依法报批建设项目环境影响评价文件，或者未依照本法第二十四条的规定重新报批或者报请重新审核环境影响评价文件，擅自开工建设的，由有权审批该项目环境影响评价文件的环境保护行政主管部门责令停止建设，限期补办手续；逾期不补办手续的，可以处五万元以上二十万元以下的罚款，对建设单位直接负责的主管人员和其他直接责任人员，依法给予行政处分。建设项目环境影响评价文件未经批准或者未经原审批部门重新审核同意，建设单位擅自开工建设的，由有权审批该项目环境影响评价文件的环境保护行政主管部门责令停止建设，可以处五万元以上二十万元以下的罚款，对建设单位直接负责的主管人员和其他直接责任人员，依法给予行政处分。

海洋工程建设项目的建设单位有上述行为的，依照《中华人民共和国海洋环境保护法》第八十条的规定，由县级以上地方人民政府环境保护行政主管部门责令其停止违法行为和采

取补救措施，并处五万元以上二十万元以下的罚款；或者按照管理权限，由县级以上地方人民政府责令其限期拆除。

5. 建设项目环境影响评价机构资质管理

（1）建设项目环境影响评价机构资质管理的有关法律规定

根据《环境影响评价法》第十九条的规定，接受委托为建设项目环境影响评价提供技术服务的机构，应当经国务院环境保护行政主管部门考核审查合格后，颁发资质证书，按照资质证书规定的等级和评价范围，从事环境影响评价服务，并对评价结论负责。为建设项目环境影响评价提供技术服务的机构的资质条件和管理办法，由国务院环境保护行政主管部门制定。国务院环境保护行政主管部门对已取得资质证书的为建设项目环境影响评价提供技术服务的机构的名单，应当予以公布。为建设项目环境影响评价提供技术服务的机构，不得与负责审批建设项目环境影响评价文件的环境保护行政主管部门或者其他有关审批部门存在任何利益关系。根据《环境影响评价法》第二十条的规定，环境影响评价文件中的环境影响报告书或者环境影响报告表，应当由具有相应环境影响评价资质的机构编制。任何单位和个人不得为建设单位指定对其建设项目进行环境影响评价的机构。

《建设项目环境影响评价资质管理办法》也对建设项目环境影响评价机构的资质管理进行了较为系统全面的规范。

（2）建设项目环境影响评价资质等级和评价范围划分

资质等级：根据《建设项目环境影响评价资质管理办法》的规定，评价资质分为甲、乙两个等级。

评价范围划分：根据《建设项目环境影响评价资质管理办法》的规定，国家环境保护总局在确定评价资质等级的同时，根据评价机构专业特长和工作能力，确定相应的评价范围。评价范围分为环境影响报告书的 11 个小类和环境影响报告表的 2 个小类；取得甲级评价资质的评价机构，可以在资质证书规定的评价范围之内，承担各级环境保护行政主管部门负责审批的建设项目环境影响报告书和环境影响报告表的编制工作。取得乙级评价资质的评价机构，可以在资质证书规定的评价范围之内，承担省级以下环境保护行政主管部门负责审批的环境影响报告书或环境影响报告表的编制工作。

（3）建设项目环境影响评价机构资质条件的有关规定

甲级评价机构应当具备下列条件：①在中华人民共和国国内登记的各类所有制企业或事业法人，具有固定的工作场所和工作条件，固定资产不少于 1000 万元，其中企业法人工商注册资金不少于 300 万元。②能够开展规划、重大流域、跨省级行政区域建设项目的环境影响评价；能够独立编制污染因子复杂或生态环境影响重大的建设项目环境影响报告书；能够独立完成建设项目的工程分析、各环境要素和生态环境的现状调查与预测评价以及环境保护措施的经济技术论证；有能力分析、审核协作单位提供的技术报告和监测数据。③具备 20 名以上环境影响评价专职技术人员，其中至少有 10 名登记于该机构的环境影响评价工程师，其他人员应当取得环境影响评价岗位证书。环境影响报告书评价范围包括核工业类的，专职技术人员中还应当至少有 3 名注册于该机构的核安全工程师。④配备工程分析、水环境、大气环境、声环境、生态、固体废物、环境工程、规划、环境经济、工程概算等方面的专业技术人员。⑤环境影响报告书评价范围内的每个类别应当配备至少 3 名登记于该机构的相应类别的环境影响评价工程师，且至少 2 人主持编制过相应类别省级以上环境保护行政主管部门审批的环境影响报告书。环境影响报告表评价范围内的特殊项目环境影响报告表类别，应当配备至少 1 名登记于该机构的相应类别的环境影响评价工程师。⑥近三年内主持编制过至少 5 项省级以上环境保护行政主管部门负责审批的环境影响报告书。⑦具有健全的环境影响评价工作质量保证体系。⑧配备与评价范围一致的专项仪器设备，具备文件和图档的数字化处理能力，有较完善的计算机网络系统和档案管理系统。

乙级评价机构应当具备下列条件：①在中华人民共和国境内登记的各类所有制企业或事业法人，具有固定的工作场所和工作条件，固定资产不少于200万元，企业法人工商注册资金不少于50万元。其中，评价范围为环境影响报告表的评价机构，固定资产不少于100万元，企业法人工商注册资金不少于30万元。②能够独立编制建设项目的环境影响报告书或环境影响报告表；能够独立完成建设项目的工程分析、各环境要素和生态环境的现状调查与预测评价以及环境保护措施的经济技术论证；有能力分析、审核协作单位提供的技术报告和监测数据。③具备12名以上环境影响评价专职技术人员，其中至少有6名登记于该机构的环境影响评价工程师，其他人员应当取得环境影响评价岗位证书。环境影响报告书评价范围包括核工业类的，专职技术人员中还应当至少有2名注册于该机构的核安全工程师。评价范围为环境影响报告表的评价机构，应当具备8名以上环境影响评价专职技术人员，其中至少有2名登记于该机构的环境影响评价工程师，其他人员应当取得环境影响评价岗位证书。④配备工程分析、水环境、大气环境、声环境、生态、固体废物、环境工程等方面的专业技术人员。评价范围为环境影响报告表的评价机构，需配备工程分析、环境工程、生态等方面的专业技术人员。⑤环境影响报告书评价范围内的每个类别应当配备至少2名登记于该机构的相应类别的环境影响评价工程师，且至少1人主持编制过相应类别的环境影响报告书。环境影响报告表评价范围内的特殊项目环境影响报告表类别，应当配备至少1名登记于该机构的相应类别的环境影响评价工程师。⑥具有健全的环境影响评价工作质量保证体系。⑦配备与评价范围一致的专项仪器设备，具备文件和图档的数字化处理能力，有较完善的档案管理系统。

(4) 建设项目环境影响评价机构的管理、考核与监督的有关规定

① 评价机构的管理

根据《建设项目环境影响评价资质管理办法》第二十一条的规定，评价机构应当对环境影响评价结论负责。评价机构所主持编制的环境影响报告书和特殊项目环境影响报告表须由登记于该机构的相应类别的环境影响评价工程师主持；一般项目环境影响报告表须由登记于该机构的环境影响评价工程师主持。环境影响报告书的各章节和环境影响报告表的各专题应当由本机构的环境影响评价专职技术人员主持。

根据《建设项目环境影响评价资质管理办法》第二十二条的规定，环境影响报告书和环境影响报告表中应当附编制人员名单表，列出主持该项目及各章节、各专题的环境影响评价专职技术人员的姓名、环境影响评价工程师登记证或环境影响评价岗位证书编号，并附主持该项目的环境影响评价工程师登记证复印件。编制人员应当在名单表中签字，并承担相应责任。

根据《建设项目环境影响评价资质管理办法》第二十三条的规定，环境影响评价工程师登记证中的评价机构名称与其环境影响评价岗位证书中的评价机构名称应当一致。

根据《建设项目环境影响评价资质管理办法》第二十四条的规定，评价机构主持编制的环境影响报告书或环境影响报告表，必须附有按原样边长三分之一缩印的资质证书正本缩印件。缩印件上应当注明所承担项目的名称及环境影响评价文件类型，并加盖评价机构印章和法定代表人名章。

根据《建设项目环境影响评价资质管理办法》第二十五条的规定，评价机构应当坚持公正、科学、诚信的工作原则，遵守职业道德，讲求专业信誉，对相关社会责任负责，不得违反国家法律、法规、政策及有关管理要求承担环境影响评价工作，不得无任何正当理由拒绝承担环境影响评价工作。

根据《建设项目环境影响评价资质管理办法》第二十六条的规定，评价机构在环境影响评价工作中，应当执行国家规定的收费标准。

根据《建设项目环境影响评价资质管理办法》第二十七条的规定，评价机构的经济类

型、法定代表人、工作场所和环境影响评价专职技术人员等基本情况发生变化的，应当及时报国家环境保护总局备案。

根据《建设项目环境影响评价资质管理办法》第二十八条的规定，评价机构在领取新的资质证书时，应当将原资质证书交回国家环境保护总局。遗失资质证书的，应当在国家环境保护总局指定的公众媒体上声明作废后申请补发。

根据《建设项目环境影响评价资质管理办法》第二十九条的规定，甲级评价机构在资质证书有效期内应当主持编制完成至少5项省级以上环境保护行政主管部门负责审批的环境影响报告书。乙级评价机构在资质证书有效期内应当主持编制完成至少5项环境影响报告书或环境影响报告表；其中，评价范围为环境影响报告表的评价机构，在资质证书有效期内应当主持编制完成至少5项环境影响报告表。

根据《建设项目环境影响评价资质管理办法》第三十条的规定，评价机构每年须填写"建设项目环境影响评价机构年度业绩报告表"，于次年3月底前报国家环境保护总局，同时抄报所在地省级环境保护行政主管部门。

② 评价资质的考核与监督

根据《建设项目环境影响评价资质管理办法》第三十一条的规定，国家环境保护总局负责对评价机构实施统一监督管理，组织或委托省级环境保护行政主管部门组织对评价机构进行抽查，并向社会公布有关情况。

根据《建设项目环境影响评价资质管理办法》第三十二条的规定，抽查主要对评价机构的资质条件、环境影响评价工作质量和是否有违法违规行为等进行检查。在抽查中发现评价机构不符合相应资质条件规定的，国家环境保护总局重新核定其评价资质；发现评价机构有本办法第三十五条至第三十八条所列行为的，由国家环境保护总局按照本办法的有关规定予以处罚。

根据《建设项目环境影响评价资质管理办法》第三十三条的规定，各级环境保护行政主管部门对在本辖区内承担环境影响评价工作的评价机构负有日常监督检查的职责。各级环境保护行政主管部门应当加强对评价机构的业务指导，并结合环境影响评价文件审批对评价机构的环境影响评价工作质量进行日常考核。省级环境保护行政主管部门可组织对本辖区内评价机构的资质条件、环境影响评价工作质量和是否有违法违规行为等进行定期考核。

根据《建设项目环境影响评价资质管理办法》第三十四条的规定，各级环境保护行政主管部门在日常监督检查或考核中发现评价机构不符合相应资质条件或者有本办法第三十五条至第三十八条所列行为的，应当及时向上级环境保护行政主管部门报告有关情况，并提出处罚建议。

（5）建设项目环境影响评价机构违反有关规定应承担的法律责任

根据《环境影响评价法》第三十三条的规定，接受委托为建设项目环境影响评价提供技术服务的机构在环境影响评价工作中不负责任或者弄虚作假，致使环境影响评价文件失实的，由授予环境影响评价资质的环境保护行政主管部门降低其资质等级或者吊销其资质证书，并处所收费用一倍以上三倍以下的罚款；构成犯罪的，依法追究刑事责任。

（6）建设项目环境影响评价机构违反资质管理有关规定应受的处罚

根据《建设项目环境影响评价资质管理办法》第三十六条的规定，评价机构有下列行为之一的，国家环境保护总局取消其评价资质：①以欺骗、贿赂等不正当手段取得评价资质的；②涂改、倒卖、出租、出借资质证书的；③超越评价资质等级、评价范围提供环境影响评价技术服务的；④达不到评价资质条件或本办法第二十九条规定的业绩要求的。申请评价资质的机构隐瞒有关情况或者提供虚假资料申请评价资质的，国家环境保护总局不予受理或者不予评价资质，并给予警告，申请机构一年内不得再次申请评价资质。评价机构以欺骗、贿赂等不正当手段取得评价资质的，除由国家环境保护总局取消其评价资质外，评价机构在三年内不得再次申请评价资质。

根据《建设项目环境影响评价资质管理办法》第三十七条的规定，评价机构有下列行为之一的，国家环境保护总局视情节轻重，分别给予警告、通报批评、责令限期整改 3 至 12 个月、缩减评价范围、降低资质等级或者取消评价资质，其中责令限期整改的，评价机构在限期整改期间，不得承担环境影响评价工作：①不按规定接受抽查、考核或在抽查、考核中隐瞒有关情况、提供虚假材料的；②不按规定填报或虚报"建设项目环境影响评价机构年度业绩报告表"的；③未按本办法第二十一条至第二十六条的要求承担环境影响评价工作的；④评价机构的经济类型、法定代表人、工作场所和环境影响评价专职技术人员等基本情况发生变化，未及时报国家环境保护总局备案的。

根据《建设项目环境影响评价资质管理办法》第三十八条的规定，在审批、抽查或考核中发现评价机构主持完成的环境影响报告书或环境影响报告表质量较差，有下列情形之一的，国家环境保护总局视情节轻重，分别给予警告、通报批评、责令限期整改 3 至 12 个月、缩减评价范围或者降低资质等级，其中责令限期整改的，评价机构在限期整改期间，不得承担环境影响评价工作：①建设项目工程分析出现较大失误的；②环境现状描述不清或环境现状监测数据选用有明显错误的；③环境影响识别和评价因子筛选存在较大疏漏的；④环境标准适用错误的；⑤环境影响预测与评价方法不正确的；⑥环境影响评价内容不全面、达不到相关技术要求或不足以支持环境影响评价结论的；⑦所提出的环境保护措施建议不充分、不合理或不可行的；⑧环境影响评价结论不明确的。

6. 建设项目环境影响评价行为准则

根据《建设项目环境影响评价行为准则与廉政规定》，承担建设项目环境影响评价工作的机构（以下简称"评价机构"）或者其环境影响评价技术人员，应当遵守下列规定：

① 评价机构及评价项目负责人应当对环境影响评价结论负责；

② 建立严格的环境影响评价文件质量审核制度和质量保证体系，明确责任，落实环境影响评价质量保证措施，并接受环境保护行政主管部门的日常监督检查；

③ 不得为违反国家产业政策以及国家明令禁止建设的建设项目进行环境影响评价；

④ 必须依照有关的技术规范要求编制环境影响评价文件；

⑤ 应当严格执行国家和地方规定的收费标准，不得随意抬高或压低评价费用或者采取其他不正当竞争手段；

⑥ 评价机构应当按照相应环境影响评价资质等级、评价范围承担环境影响评价工作，不得无任何正当理由拒绝承担环境影响评价工作；

⑦ 不得转包或者变相转包环境影响评价业务，不得转让环境影响评价资质证书；

⑧ 应当为建设单位保守技术秘密和业务秘密；

⑨ 在环境影响评价工作中不得隐瞒真实情况、提供虚假材料、编造数据或者实施其他弄虚作假行为；

⑩ 应当按照环境保护行政主管部门的要求，参加其所承担环境影响评价工作的建设项目竣工环境保护验收工作，并如实回答验收委员会（组）提出的问题；

⑪ 不得进行其他妨碍环境影响评价工作廉洁、独立、客观、公正的活动。

四、环境影响评价公众参与

1.《环境影响评价公众参与暂行办法》的适用范围

《环境影响评价公众参与暂行办法》适用于下列建设项目环境影响评价的公众参与：①对环境可能造成重大影响、应当编制环境影响报告书的建设项目；②环境影响报告书经批准后，项目的性质、规模、地点、采用的生产工艺或者防治污染、防止生态破坏的措施发生重大变动，建设单位应当重新报批环境影响报告书的建设项目；③环境影响报告书自批准之日起超过五年方决定开工建设，其环境影响报告书应当报原审批机关重新审核的建设项目。

2. 环境影响评价相关信息的公开

（1）环境敏感区建设的需要编制环境影响报告书的项目，在确定了承担环境影响评价工作的环境影响评价机构后应公开的信息

在《建设项目环境分类管理名录》规定的环境敏感区建设的需要编制环境影响报告书的项目，建设单位应当在确定了承担环境影响评价工作的环境影响评价机构后7日内，向公众公告下列信息：①建设项目的名称及概要；②建设项目的建设单位的名称和联系方式；③承担评价工作的环境影响评价机构的名称和联系方式；④环境影响评价的工作程序和主要工作内容；⑤征求公众意见的主要事项；⑥公众提出意见的主要方式。

（2）在编制环境影响报告书的过程中应公开的信息

建设单位或者其委托的环境影响评价机构在编制环境影响报告书的过程中，应当在报送环境保护行政主管部门审批或者重新审核前，向公众公告如下内容：①建设项目情况简述；②建设项目对环境可能造成影响的概述；③预防或者减轻不良环境影响的对策和措施的要点；④环境影响报告书提出的环境影响评价结论的要点；⑤公众查阅环境影响报告书简本的方式和期限，以及公众认为必要时向建设单位或者其委托的环境影响评价机构索取补充信息的方式和期限；⑥征求公众意见的范围和主要事项；⑦征求公众意见的具体形式；⑧公众提出意见的起止时间。

（3）信息公告方式

建设单位或者其委托的环境影响评价机构，可以采取以下一种或者多种方式发布信息公告：①在建设项目所在地的公共媒体上发布公告；②公开免费发放包含有关公告信息的印刷品；③其他便于公众知情的信息公告方式。

（4）公开环境影响评价报告书简本的方式

建设单位或其委托的环境影响评价机构，可以采取以下一种或者多种方式，公开便于公众理解的环境影响评价报告书的简本：①在特定场所提供环境影响报告书的简本；②制作包含环境影响报告书的简本的专题网页；③在公共网站或者专题网站上设置环境影响报告书的简本的链接；④其他便于公众获取环境影响报告书的简本的方式。

3. 公众参与的组织形式

（1）公众参与的组织形式

包括：调查公众意见、咨询专家意见、座谈会、论证会及听证会。

（2）听证会

建设单位或者其委托的环境影响评价机构决定举行听证会征求公众意见的，应当在举行听证会的10日前，在该建设项目可能影响范围内的公共媒体或者采用其他公众可知悉的方式，公告听证会的时间、地点、听证事项和报名办法。

听证会组织者选定的参加听证会的代表人数一般不得少于15人。

听证会必须公开举行。

准予旁听听证会的人数及人选由听证会组织者根据报名人数和报名顺序确定。准予旁听听证会的人数一般不得少于15人。

听证会组织者对听证会应当制作笔录。听证结束后，听证笔录应当交参加听证会的代表审核并签字。无正当理由拒绝签字的，应当记入听证笔录。

五、建设项目竣工环境保护验收

1. 建设项目竣工环境保护验收的范围

《建设项目竣工环境保护验收管理办法》第四条规定，建设项目竣工环境保护验收范围

包括：①与建设项目有关的各项环境保护设施，包括为防治污染和保护环境所建成或配备的工程、设备、装置和监测手段，各项生态保护设施；②环境影响报告书（表）或者环境影响登记表和有关项目设计文件规定应采取的其他各项环境保护措施。

2. 建设单位申请竣工环境保护验收的时限及延期验收的有关规定

（1）时限　建设项目竣工后，建设单位应当向审批该建设项目环境影响报告书、环境影响报告表或环境影响登记表的环境保护行政主管部门，申请该建设项目需要配套建设的环境保护设施竣工验收。环境保护设施竣工验收，应当与主体工程验收同时进行。需要进行试生产的建设项目，建设单位应当自建设项目投入试生产之日起 3 个月内，向审批该建设项目环境影响报告书、环境影响报告表或环境影响登记表的环境保护行政主管部门，申请该建设项目需要配套建设环境保护设施竣工验收。

（2）延期验收　对试生产 3 个月确不具备环境保护验收条件的建设项目，建设单位应当在试生产的 3 个月内，向有审批权的环境保护行政主管部门提出该建设项目环境保护延期验收申请，说明延期验收的理由及拟进行验收的时间。经批准后，建设单位方可继续进行试生产。试生产的期限最长不超过一年。核设施建设项目试生产的期限最长不超过二年。

3. 对建设项目竣工环境保护验收实施分类管理的规定

根据国家建设项目环境保护分类管理的规定，对建设项目竣工环境保护验收实施分类管理。

4. 不同环境影响程度的建设项目应提交的验收材料

根据《建设项目竣工环境保护验收管理办法》之规定，不同环境影响程度的建设项目应提交不同的验收材料：①对编制环境影响报告书的建设项目，为建设项目竣工环境保护验收申请报告，并附环境保护验收监测报告或调查报告；②对编制环境影响报告表的建设项目，为建设项目竣工环境保护验收申请表，并附环境保护验收监测表或调查表；③对填报环境影响登记表的建设项目，为建设项目环境保护验收登记卡。

5. 建设项目竣工环境保护验收的条件

根据《建设项目竣工环境保护验收管理办法》之规定，建设项目竣工环境保护验收条件是：①建设前期环境保护审查、审批手续完备，技术资料与环境保护档案资料齐全；②环境保护设施及其他措施等已按批准的环境影响报告书（表）或者环境影响登记表和设计文件的要求建成或者落实，环境保护设施经负荷试车检测合格，其防治污染能力适应主体工程的需要；③环境保护设施安装质量符合国家和有关部门颁发的专业工程验收规范、规程和检验评定标准；④具备环境保护设施正常运转的条件，包括经培训合格的操作人员、健全的岗位操作规程及相应的规章制度，原料、动力供应落实，符合交付使用的其他要求；⑤污染物排放符合环境影响报告书（表）或者环境影响登记表和设计文件中提出的标准及核定的污染物排放总量控制指标的要求；⑥各项生态保护措施按环境影响报告书（表）规定的要求落实，建设项目建设过程中受到破坏并可恢复的环境已按规定采取了恢复措施；⑦环境监测项目、点位、机构设置及人员配备，符合环境影响报告书（表）和有关规定的要求；⑧环境影响报告书（表）提出需对环境保护敏感点进行环境影响验证，对清洁生产进行指标考核，对施工期环境保护措施落实情况进行工程环境监理的，已按规定要求完成；⑨环境影响报告书（表）要求建设单位采取措施削减其他设施污染物排放，或要求建设项目所在地地方政府或者有关部门采取"区域削减"措施满足污染物排放总量控制要求的，其相应措施得到落实。

六、环境影响评价工程师职业资格制度

1. 环境影响评价工程师登记的有关规定

根据《环境影响评价工程师职业资格制度暂行规定》，环境影响评价工程师是指取得

《中华人民共和国环境影响评价工程师职业资格证书》并经登记后，从事环境影响评价工作的专业技术人员。

环境影响评价工程师职业资格实行定期登记制度。登记有效期为 3 年，有效期满前，应按有关规定办理再次登记。环保总局或其委托机构为环境影响评价工程师职业资格登记管理机构。人事部对环境影响评价工程师职业资格的登记和从事环境影响评价业务情况进行检查、监督。

办理登记的人员应具备下列条件：①取得《中华人民共和国环境影响评价工程师职业资格证书》；②职业行为良好，无犯罪记录；③身体健康，能坚持在本专业岗位工作；④所在单位考核合格。再次登记者，还应提供相应专业类别的继续教育或参加业务培训的证明。

环境影响评价工程师职业资格登记管理机构应定期向社会公布经登记人员的情况。

2. 环境影响评价工程师的职责

根据《环境影响评价工程师职业资格制度暂行规定》，环境影响评价工程师在进行环境影响评价业务活动时，必须遵守国家法律、法规和行业管理的各项规定，坚持科学、客观、公正的原则，恪守职业道德。

环境影响评价工程师可主持进行下列工作：①环境影响评价；②环境影响后评价；③环境影响技术评估；④环境保护验收。

环境影响评价工程师应在具有环境影响评价资质的单位中，以该单位的名义接受环境影响评价委托业务。

环境影响评价工程师在接受环境影响评价委托业务时，应为委托人保守商务秘密。

环境影响评价工程师对其主持完成的环境影响评价相关工作的技术文件承担相应责任。

环境影响评价工程师应当不断更新知识，并按规定参加继续教育。

3. 环境影响评价工程师继续教育的相关规定

根据《环境影响评价工程师继续教育暂行规定》，环境影响评价工程师管理实行继续教育制度。凡经登记的环境影响评价工程师，应按规定要求接受继续教育。环境影响评价工程师接受继续教育情况将作为其申请再次登记的必备条件之一。

环境影响评价工程师继续教育的主要任务是更新和补充专业知识，不断完善知识结构，拓展和提高业务能力。继续教育工作应坚持理论联系实际、讲求实效的原则，以环境影响评价相关领域的最新要求和发展动态为主要内容。环境影响评价工程师在其职业资格登记有效期内接受继续教育的时间应累计不少于 48 学时。

环境影响评价工程师接受继续教育学时累计所依据的形式和学时计算方法如下。

① 参加登记管理办公室举办的环境影响评价工程师继续教育培训班，并取得培训合格证明的，接受继续教育学时按实际培训时间计算；

② 参加登记管理办公室认可的其他培训班，并取得培训合格证明的，接受继续教育学时按实际培训时间计算；

③ 承担第①项中环境影响评价工程师继续教育培训授课任务的，接受继续教育学时按实际授课学时的两倍计算；

④ 参加环境影响评价工程师职业资格考试命题或审题工作的，相当于接受继续教育 48 学时；

⑤ 在正式出版社出版过有统一书号（ISBN）的环境影响评价相关专业著作，本人独立撰写章节在 5 万字以上的，相当于接受继续教育 48 学时；

⑥ 在有国内统一刊号（CN）的期刊或在有国际统一书号（ISSN）的国外期刊上，作为第一作者发表过环境影响评价相关论文 1 篇（不少于 2000 字）的，相当于接受继续教育 16 学时。

第三章　环境影响评价相关法律法规

一、《中华人民共和国大气污染防治法》（2000 年 9 月 1 日起施行）

1. 大气污染物总量控制区的有关规定

国务院和省、自治区、直辖市人民政府对尚未达到规定的大气环境质量标准的区域和国务院批准划定的酸雨控制区、二氧化硫污染控制区，可以划定为主要大气污染物排放总量控制区。大气污染物总量控制区内，有关地方人民政府依照国务院规定的条件和程序，按照公开、公平、公正的原则，核定企业事业单位的主要大气污染物排放总量，核发主要大气污染物排放许可证。有大气污染物总量控制任务的企业事业单位，必须按照核定的主要大气污染物排放总量和许可证规定的排放条件排放污染物。

2. 企业应当优先采用清洁生产工艺，减少大气污染物产生的有关规定

企业应当优先采用能源利用效率高、污染物排放量少的清洁生产工艺，减少大气污染物的产生。

3. 国家对落后生产工艺和设备实行淘汰制度的有关规定

国家对严重污染大气环境的落后生产工艺和严重污染大气环境的落后设备实行淘汰制度。国务院经济综合主管部门会同国务院有关部门公布限期禁止采用的严重污染大气环境的工艺名录和限期禁止生产、禁止销售、禁止进口、禁止使用的严重污染大气环境的设备名录。生产者、销售者、进口者或者使用者必须在国务院经济综合主管部门会同国务院有关部门规定的期限内分别停止生产、销售、进口或者使用列入前款规定的名录中的设备。生产工艺的采用者必须在国务院经济综合主管部门会同国务院有关部门规定的期限内停止采用列入前款规定的名录中的工艺。依照前两款规定被淘汰的设备，不得转让给他人使用。

4. 大气环境质量状况公报的有关规定

大、中城市人民政府环境保护行政主管部门应当定期发布大气环境质量状况公报，并逐步开展大气环境质量预报工作。

大气环境质量状况公报应当包括城市大气环境污染特征、主要污染物的种类及污染危害程度等内容。

5. 防治燃煤产生大气污染的有关规定

① 国家推行煤炭洗选加工，降低煤的硫分和灰分，限制高硫分、高灰分煤炭的开采。新建的所采煤炭属于高硫分、高灰分的煤矿，必须建设配套的煤炭洗选设施，使煤炭中的含硫分、含灰分达到规定的标准。对已建成的所采煤炭属于高硫分、高灰分的煤矿，应当按照国务院批准的规划，限期建成配套的煤炭洗选设施。禁止开采含放射性和砷等有毒有害物质超过规定标准的煤炭。

② 国务院有关部门和地方各级人民政府应当采取措施，改进城市能源结构，推广清洁能源的生产和使用。大气污染防治重点城市人民政府可以在本辖区内划定禁止销售、使用国务院环境保护行政主管部门规定的高污染燃料的区域。该区域内的单位和个人应当在当地人民政府规定的期限内停止燃用高污染燃料，改用天然气、液化石油气、电或者其他清洁能源。

③ 国家采取有利于煤炭清洁利用的经济、技术政策和措施，鼓励和支持使用低硫分、

低灰分的优质煤炭，鼓励和支持洁净煤技术的开发和推广。

④ 国务院有关主管部门应当根据国家规定的锅炉大气污染物排放标准，在锅炉产品质量标准中规定相应的要求；达不到规定要求的锅炉，不得制造、销售或者进口。

⑤ 城市建设应当统筹规划，在燃煤供热地区，统一解决热源，发展集中供热。在集中供热管网覆盖的地区，不得新建燃煤供热锅炉。

⑥ 大、中城市人民政府应当制定规划，对饮食服务企业限期使用天然气、液化石油气、电或者其他清洁能源。对未划定为禁止使用高污染燃料区域的大、中城市市区内的其他民用炉灶，限期改用固硫型煤或者使用其他清洁能源。

⑦ 新建、扩建排放二氧化硫的火电厂和其他大中型企业，超过规定的污染物排放标准或者总量控制指标的，必须建设配套脱硫、除尘装置或者采取其他控制二氧化硫排放、除尘的措施。在酸雨控制区和二氧化硫污染控制区内，属于已建企业超过规定的污染物排放标准排放大气污染物的，限期治理。国家鼓励企业采用先进的脱硫、除尘技术。企业应当对燃料燃烧过程中产生的氮氧化物采取控制措施。

⑧ 在人口集中地区存放煤炭、煤矸石、煤渣、煤灰、砂石、灰土等物料，必须采取防燃、防尘措施，防止污染大气。

6. 任何单位和个人不得制造、销售或者进口污染物排放超过规定排放标准的机动车船的规定

机动车船向大气排放污染物不得超过规定的排放标准。任何单位和个人不得制造、销售或者进口污染物排放超过规定排放标准的机动车船。

7. 防治废气、粉尘和恶臭污染的有关规定

① 向大气排放粉尘的排污单位，必须采取除尘措施。严格限制向大气排放含有毒物质的废气和粉尘；确需排放的，必须经过净化处理，不超过规定的排放标准。

② 工业生产中产生的可燃性气体应当回收利用，不具备回收利用条件而向大气排放的，应当进行防治污染处理。向大气排放转炉气、电石气、电炉法黄磷尾气、有机烃类尾气的，须报经当地环境保护行政主管部门批准。可燃性气体回收利用装置不能正常作业的，应当及时修复或者更新。在回收利用装置不能正常作业期间确需排放可燃性气体的，应当将排放的可燃性气体充分燃烧或者采取其他减轻大气污染的措施。

③ 炼制石油、生产合成氨、煤气和燃煤焦化、有色金属冶炼过程中排放含有硫化物气体的，应当配备脱硫装置或者采取其他脱硫措施。

④ 向大气排放含放射性物质的气体和气溶胶，必须符合国家有关放射性防护的规定，不得超过规定的排放标准。

⑤ 向大气排放恶臭气体的排污单位，必须采取措施防止周围居民区受到污染。

⑥ 在人口集中地区和其他依法需要特殊保护的区域内，禁止焚烧沥青、油毡、橡胶、塑料、皮革、垃圾以及其他产生有毒有害烟尘和恶臭气体的物质。禁止在人口集中地区、机场周围、交通干线附近以及当地人民政府划定的区域露天焚烧秸秆、落叶等产生烟尘污染的物质。除前两款外，城市人民政府还可以根据实际情况，采取防治烟尘污染的其他措施。

⑦ 运输、装卸、贮存能够散发有毒有害气体或者粉尘物质的，必须采取密闭措施或者其他防护措施。

⑧ 城市人民政府应当采取绿化责任制、加强建设施工管理、扩大地面铺装面积、控制渣土堆放和清洁运输等措施，提高人均占有绿地面积，减少市区裸露地面和地面尘土，防治城市扬尘污染。在城市市区进行建设施工或者从事其他产生扬尘污染活动的单位，必须按照当地环境保护的规定，采取防治扬尘污染的措施。国务院有关行政主管部门应当将城市扬尘污染的控制状况作为城市环境综合整治考核的依据之一。

⑨ 城市饮食服务业的经营者，必须采取措施，防治油烟对附近居民的居住环境造成污染。

⑩ 国家鼓励、支持消耗臭氧层物质替代品的生产和使用，逐步减少消耗臭氧层物质的产量，直至停止消耗臭氧层物质的生产和使用。在国家规定的期限内，生产、进口消耗臭氧层物质的单位必须按照国务院有关行政主管部门核定的配额进行生产、进口。

二、《中华人民共和国水污染防治法》（2008 年 6 月 1 日起施行）

1. 适用范围

适用于中华人民共和国领域内的江河、湖泊、运河、渠道、水库等地表水体以及地下水体的污染防治。海洋污染防治适用《中华人民共和国海洋环境保护法》。

2. 基本原则

水污染防治应当坚持预防为主、防治结合、综合治理的原则，优先保护饮用水水源，严格控制工业污染、城镇生活污染，防治农业面源污染，积极推进生态治理工程建设，预防、控制和减少水环境污染和生态破坏。

3. 新建、改建、扩建直接或者间接向水体排放污染物的建设项目和其他水上设施环境影响评价的相关规定

新建、改建、扩建直接或者间接向水体排放污染物的建设项目和其他水上设施，应当依法进行环境影响评价。建设单位在江河、湖泊新建、改建、扩建排污口的，应当取得水行政主管部门或者流域管理机构同意；涉及通航、渔业水域的，环境保护主管部门在审批环境影响评价文件时，应当征求交通、渔业主管部门的意见。

建设项目的水污染防治设施，应当与主体工程同时设计、同时施工、同时投入使用。水污染防治设施应当经过环境保护主管部门验收，验收不合格的，该建设项目不得投入生产或者使用。

4. 向水体排放污染物的相关规定

（1）排污许可制度

国家实行排污许可制度。直接或者间接向水体排放工业废水和医疗污水以及其他按照规定应当取得排污许可证方可排放的废水、污水的企业事业单位，应当取得排污许可证；城镇污水集中处理设施的运营单位，也应当取得排污许可证。排污许可的具体办法和实施步骤由国务院规定。禁止企业事业单位无排污许可证或者违反排污许可证的规定向水体排放前款规定的废水、污水。

（2）污染物排放申报登记

直接或者间接向水体排放污染物的企业事业单位和个体工商户，应当按照国务院环境保护主管部门的规定，向县级以上地方人民政府环境保护主管部门申报登记拥有的水污染物排放设施、处理设施和在正常作业条件下排放水污染物的种类、数量和浓度，并提供防治水污染方面的有关技术资料。企业事业单位和个体工商户排放水污染物的种类、数量和浓度有重大改变的，应当及时申报登记；其水污染物处理设施应当保持正常使用；拆除或者闲置水污染物处理设施的，应当事先报县级以上地方人民政府环境保护主管部门批准。

（3）依法设置排污口

向水体排放污染物的企业事业单位和个体工商户，应当按照法律、行政法规和国务院环境保护主管部门的规定设置排污口；在江河、湖泊设置排污口的，还应当遵守国务院水行政主管部门的规定。禁止私设暗管或者采取其他规避监管的方式排放水污染物。

5. 水污染防治措施的一般规定

① 禁止向水体排放油类、酸液、碱液或者剧毒废液。禁止在水体清洗装贮过油类或者

有毒污染物的车辆和容器。

② 禁止向水体排放、倾倒放射性固体废物或者含有高放射性和中放射性物质的废水。向水体排放含低放射性物质的废水，应当符合国家有关放射性污染防治的规定和标准。

③ 向水体排放含热废水，应当采取措施，保证水体的水温符合水环境质量标准。

④ 含病原体的污水应当经过消毒处理；符合国家有关标准后，方可排放。

⑤ 禁止向水体排放、倾倒工业废渣、城镇垃圾和其他废弃物。禁止将含有汞、镉、砷、铬、铅、氰化物、黄磷等的可溶性剧毒废渣向水体排放、倾倒或者直接埋入地下。存放可溶性剧毒废渣的场所，应当采取防水、防渗漏、防流失的措施。

⑥ 禁止在江河、湖泊、运河、渠道、水库最高水位线以下的滩地和岸坡堆放、存贮固体废弃物和其他污染物。

⑦ 禁止利用渗井、渗坑、裂隙和溶洞排放、倾倒含有毒污染物的废水、含病原体的污水和其他废弃物。禁止利用无防渗漏措施的沟渠、坑塘等输送或者存贮含有毒污染物的废水、含病原体的污水和其他废弃物。

⑧ 多层地下水的含水层水质差异大的，应当分层开采；对已受污染的潜水和承压水，不得混合开采。兴建地下工程设施或者进行地下勘探、采矿等活动，应当采取防护性措施，防止地下水污染。人工回灌补给地下水，不得恶化地下水质。

6. 城镇水污染防治相关规定

① 城镇污水应当集中处理。

② 向城镇污水集中处理设施排放水污染物，应当符合国家或者地方规定的水污染物排放标准。城镇污水集中处理设施的出水水质达到国家或者地方规定的水污染物排放标准的，可以按照国家有关规定免缴排污费。城镇污水集中处理设施的运营单位，应当对城镇污水集中处理设施的出水水质负责。环境保护主管部门应当对城镇污水集中处理设施的出水水质和水量进行监督检查。

③ 建设生活垃圾填埋场，应当采取防渗漏等措施，防止造成水污染。

7. 农村水污染防治相关规定

① 使用农药，应当符合国家有关农药安全使用的规定和标准。运输、存贮农药和处置过期失效农药，应当加强管理，防止造成水污染。

② 县级以上地方人民政府农业主管部门和其他有关部门，应当采取措施，指导农业生产者科学、合理地施用化肥和农药，控制化肥和农药的过量使用，防止造成水污染。

③ 畜禽养殖场、养殖小区应当保证其畜禽粪便、废水的综合利用或者无害化处理设施正常运转，保证污水达标排放，防止污染水环境。

④ 从事水产养殖应当保护水域生态环境，科学确定养殖密度，合理投饵和使用药物，防止污染水环境。

⑤ 向农田灌溉渠道排放工业废水和城镇污水，应当保证其下游最近的灌溉取水点的水质符合农田灌溉水质标准。利用工业废水和城镇污水进行灌溉，应当防止污染土壤、地下水和农产品。

8. 饮用水水源保护相关规定

① 国家建立饮用水水源保护区制度。饮用水水源保护区分为一级保护区和二级保护区；必要时，可以在饮用水水源保护区外围划定一定的区域作为准保护区。

② 饮用水水源保护区的划定，由有关市、县人民政府提出划定方案，报省、自治区、直辖市人民政府批准；跨市、县饮用水水源保护区的划定，由有关市、县人民政府协商提出划定方案，报省、自治区、直辖市人民政府批准；协商不成的，由省、自治区、直辖市人民政府环境保护主管部门会同同级水行政、国土资源、卫生、建设等部门提出划定方案，征求

同级有关部门的意见后，报省、自治区、直辖市人民政府批准。跨省、自治区、直辖市的饮用水水源保护区，由有关省、自治区、直辖市人民政府协商有关流域管理机构划定；协商不成的，由国务院环境保护主管部门会同同级水行政、国土资源、卫生、建设等部门提出划定方案，征求国务院有关部门的意见后，报国务院批准。

③ 在饮用水水源保护区内，禁止设置排污口。

④ 禁止在饮用水水源一级保护区内新建、改建、扩建与供水设施和保护水源无关的建设项目；已建成的与供水设施和保护水源无关的建设项目，由县级以上人民政府责令拆除或者关闭。禁止在饮用水水源一级保护区内从事网箱养殖、旅游、游泳、垂钓或者其他可能污染饮用水水体的活动。

⑤ 禁止在饮用水水源二级保护区内新建、改建、扩建排放污染物的建设项目；已建成的排放污染物的建设项目，由县级以上人民政府责令拆除或者关闭。在饮用水水源二级保护区内从事网箱养殖、旅游等活动的，应当按照规定采取措施，防止污染饮用水水体。

⑥ 禁止在饮用水水源准保护区内新建、扩建对水体污染严重的建设项目；改建建设项目，不得增加排污量。

⑦ 在风景名胜区水体、重要渔业水体和其他具有特殊经济文化价值的水体的保护区内，不得新建排污口。在保护区附近新建排污口，应当保证保护区水体不受污染。

三、《中华人民共和国环境噪声污染防治法》（1997 年 3 月 1 日起施行）

1. 基本概念

环境噪声　是指在工业生产、建筑施工、交通运输和社会生活中所产生的干扰周围生活环境的声音。

环境噪声污染　是指所产生的环境噪声超过国家规定的环境噪声排放标准，并干扰他人正常生活、工作和学习的现象。

噪声排放　是指噪声源向周围生活环境辐射噪声。

噪声敏感建筑物　是指医院、学校、机关、科研单位、住宅等需要保持安静的建筑物。

噪声敏感建筑物集中区域　是指医疗区、文教科研区和机关或者居民住宅为主的区域。

2. 地方各级人民政府在制定城乡建设规划时，防止或减轻环境噪声污染的有关规定

地方各级人民政府在制定城乡建设规划时，应当充分考虑建设项目和区域开发、改造所产生的噪声对周围生活环境的影响，统筹规划，合理安排功能区和建设布局，防止或者减轻环境噪声污染。

3. 城市规划部门在确定建设布局时，合理划定建筑物与交通干线的防噪声距离的有关规定

城市规划部门在确定建设布局时，应当依据国家声环境质量标准和民用建筑隔声设计规范，合理划定建筑物与交通干线的防噪声距离，并提出相应的规划设计要求。

4. 可能产生环境噪声污染的建设项目进行环境影响评价时，规定环境噪声污染防治设施的有关规定

建设项目可能产生环境噪声污染的，建设单位必须提出环境影响报告书，规定环境噪声污染的防治措施，并按照国家规定的程序报环境保护行政主管部门批准。建设项目的环境噪声污染防治设施必须与主体工程同时设计、同时施工、同时投产使用。建设项目在投入生产或者使用之前，其环境噪声污染防治设施必须经原审批环境影响报告书的环境保护行政主管部门验收；达不到国家规定要求的，该建设项目不得投入生产或者使用。产生环境噪声污染的企业事业单位，必须保持防治环境噪声污染的设施的正常使用；拆除或者闲置环境噪声污染防治设施的，必须事先报经所在地的县级以上地方人民政府环境保护行政主管部门批准。

5. 在城市范围内向周围生活环境排放工业噪声，应当符合国家规定的工业企业厂界噪声排放标准

6. 产生环境噪声污染的工业企业，应当采取有效措施，减轻噪声对周围生活环境的影响

7. 在城市市区范围内向周围生活环境排放建筑施工噪声的，应当符合国家规定的建筑施工场界环境噪声排放标准

8. 在城市市区噪声敏感建筑物集中区域内，禁止夜间进行产生环境噪声污染的建筑施工作业的有关规定

在城市市区噪声敏感建筑物集中区域内，禁止夜间进行产生环境噪声污染的建筑施工作业，但抢修、抢险作业和因生产工艺上要求或者特殊需要必须连续作业的除外。因特殊需要必须连续作业的，必须有县级以上人民政府或者其有关主管部门的证明。前款规定的夜间作业，必须公告附近居民。

9. 建设经过已有的噪声敏感建筑物集中区域的高速公路和城市高架、轻轨道路，有可能造成环境噪声污染的，应当设置声屏障或者采取其他有效的控制环境噪声污染的措施

10. 在已有的城市交通干线的两侧建设噪声敏感建筑物的，建设单位应当按照国家规定间隔一定距离，并采取减轻、避免交通噪声影响的措施

11. 穿越城市居民区、文教区的铁路，因铁路机车运行造成环境噪声污染的，当地城市人民政府应当组织铁路部门和其他有关部门，制定减轻环境噪声的规划。铁路部门和其他有关部门应当按照规定的要求，采取有效措施，减轻环境噪声污染

12. 防治民用航空器产生的环境噪声污染的有关规定

除起飞、降落或者依法规定的情形以外，民用航空器不得飞越城市市区上空。城市人民政府应当在航空器起飞、降落的净空周围划定限制建设噪声敏感建筑物的区域；在该区域内建设噪声敏感建筑物的，建设单位应当采取减轻、避免航空器运行时产生的噪声影响的措施。民航部门应当采取有效措施，减轻环境噪声污染。

13. 新建营业性文化娱乐场所边界噪声，必须符合国家规定的环境噪声排放标准的规定

新建营业性文化娱乐场所的边界噪声必须符合国家规定的环境噪声排放标准，不符合国家规定的环境噪声排放标准的，文化行政主管部门不得核发营业执照。经营中的文化娱乐场所，其经营管理者必须采取有效措施，使其边界噪声不超过国家规定的环境噪声排放标准。

四、《中华人民共和国固体废物污染环境防治法》（自 2005 年 4 月 1 日起施行）

1. 基本概念

固体废物　是指在生产、生活和其他活动中产生的丧失原有利用价值或者虽未丧失利用价值但被抛弃或者放弃的固态、半固态和置于容器中的气态的物品、物质以及法律、行政法规规定纳入固体废物管理的物品、物质。

工业固体废物　是指在工业生产活动中产生的固体废物。

生活垃圾　是指在日常生活中或者为日常生活提供服务的活动中产生的固体废物以及法律、行政法规规定视为生活垃圾的固体废物。

危险废物　是指列入国家危险废物名录或者根据国家规定的危险废物鉴别标准和鉴别方法认定的具有危险特性的固体废物。

贮存　是指将固体废物临时置于特定设施或者场所中的活动。

处置　是指将固体废物焚烧和用其他改变固体废物的物理、化学、生物特性的方法，达到减少已产生的固体废物数量、缩小固体废物体积、减少或者消除其危险成分的活动，或者将固体废物最终置于符合环境保护规定要求的填埋场的活动。

利用　是指从固体废物中提取物质作为原材料或者燃料的活动。

2. 适用范围

适用于中华人民共和国境内固体废物污染环境的防治，但固体废物污染海洋环境的防治和放射性固体废物污染环境的防治不适用该法。

3. 固体废物污染防治原则

（1）三化原则

对固体废物实行减量化、资源化和无害化是防治固体废物污染环境的重要原则。该法第三条规定，国家对固体废物污染环境的防治，实行减少固体废物的产生、充分合理利用固体废物和无害化处置固体废物的原则。国家鼓励、支持开展清洁生产，减少固体废物的产生量。国家鼓励、支持综合利用资源，对固体废物实行充分回收和合理利用，并采取有利于固体废物综合利用活动的经济、技术政策和措施。国家鼓励、支持有利于保护环境的集中处置固体废物的措施。

（2）污染者负责原则

该法第五条规定，国家对固体废物污染环境防治实行污染者依法负责的原则。产品的生产者、销售者、进口者、使用者对其产生的固体废物依法承担污染防治责任。

4. 固体废物贮存、处置设施、场所的有关规定

建设项目的环境影响评价文件确定需要配套建设的固体废物污染环境防治设施，必须与主体工程同时设计、同时施工、同时投入使用。固体废物污染环境防治设施必须经原审批环境影响评价文件的环境保护行政主管部门验收合格后，该建设项目方可投入生产或者使用。对固体废物污染环境防治设施的验收应当与对主体工程的验收同时进行。

建设工业固体废物贮存、处置的设施、场所，必须符合国家环境保护标准。对收集、贮存、运输、处置固体废物的设施、设备和场所，应当加强管理和维护，保证其正常运行和使用。

5. 企业事业单位应当对其产生的工业固体废物加以利用、安全分类存放或采取无害化处置措施的有关规定

国家实行工业固体废物申报登记制度。产生工业固体废物的单位必须按照国务院环境保护行政主管部门的规定，向所在地县级以上地方人民政府环境保护行政主管部门提供工业固体废物的种类、产生量、流向、贮存、处置等有关资料。申报事项有重大改变的，应当及时申报。

企业事业单位应当根据经济、技术条件对其产生的工业固体废物加以利用；对暂时不利用或者不能利用的，必须按照国务院环境保护行政主管部门的规定建设贮存设施、场所，安全分类存放，或者采取无害化处置措施。

6. 尾矿、矸石、废石等矿业固体废物贮存设施停止使用后，矿山企业应当按国家有关环境保护规定进行封场，防止造成环境污染和生态破坏

7. 建设、关闭生活垃圾处置设施、场所的有关规定

建设生活垃圾处置的设施、场所，必须符合国务院环境保护行政主管部门和国务院建设行政主管部门规定的环境保护和环境卫生标准。

禁止擅自关闭、闲置或者拆除生活垃圾处置的设施、场所；确有必要关闭、闲置或者拆除的，必须经所在地县级以上地方人民政府环境卫生行政主管部门和环境保护行政主管部门核准，并采取措施，防止污染环境。

8. 制定危险废物管理计划的有关规定

产生危险废物的单位，必须按照国家有关规定制定危险废物管理计划，并向所在地县级以上地方人民政府环境保护行政主管部门申报危险废物的种类、产生量、流向、贮存、处置等有关资料。危险废物管理计划应当包括减少危险废物产生量和危害性的措施以及危险废物贮存、利用、处置措施。危险废物管理计划应当报产生危险废物的单位所在地县级以上地方人民政府环境保护行政主管部门备案。申报事项或者危险废物管理计划内容有重大改变的，应当及时申报。

9. 组织编制危险废物集中处置设施、场所建设规划及组织建设危险废物集中处置设施、场所的有关规定

国务院环境保护行政主管部门会同国务院经济综合宏观调控部门组织编制危险废物集中处置设施、场所的建设规划，报国务院批准后实施。

县级以上地方人民政府应当依据危险废物集中处置设施、场所的建设规划组织建设危险废物集中处置设施、场所。

10. 产生危险废物的单位必须按照国家规定处置危险废物的有关规定

产生危险废物的单位，必须按照国家有关规定处置危险废物，不得擅自倾倒、堆放；不处置的，由所在地县级以上地方人民政府环境保护行政主管部门责令限期改正；逾期不处置或者处置不符合国家有关规定的，由所在地县级以上地方人民政府环境保护行政主管部门指定单位按照国家有关规定代为处置，处置费用由产生危险废物的单位承担。

以填埋方式处置危险废物不符合国务院环境保护行政主管部门规定的，应当缴纳危险废物排污费。危险废物排污费征收的具体办法由国务院规定。

11. 分类收集、贮存危险废物的有关规定

收集、贮存危险废物，必须按照危险废物特性分类进行。禁止混合收集、贮存、运输、处置性质不相容而未经安全性处置的危险废物。

贮存危险废物必须采取符合国家环境保护标准的防护措施，并不得超过一年；确需延长期限的，必须报经原批准经营许可证的环境保护行政主管部门批准；法律、行政法规另有规定的除外。

禁止将危险废物混入非危险废物中贮存。

12. 禁止经中华人民共和国过境转移危险废物

五、《中华人民共和国海洋环境保护法》（自 2000 年 4 月 1 日起施行）

1. 基本概念

（1）海洋环境污染损害　指直接或者间接地把物质或者能量引入海洋环境，产生损害海洋生物资源、危害人体健康、妨害渔业和海上其他合法活动、损害海水使用素质和减损环境质量等有害影响。

（2）内水　指我国领海基线向内陆一侧的所有海域。

（3）滨海湿地　指低潮时水深浅于 6 米的水域及其沿岸浸湿地带，包括水深不超过六米的永久性水域、潮间带（或洪泛地带）和沿海低地等。

（4）海洋功能区划　指依据海洋自然属性和社会属性，以及自然资源和环境特定条件，界定海洋利用的主导功能和使用范畴。

2. 适用范围

适用于中华人民共和国内水、领海、毗连区、专属经济区、大陆架以及中华人民共和国管辖的其他海域。在中华人民共和国管辖海域内从事航行、勘探、开发、生产、旅游、科学研究及其他活动，或者在沿海陆域内从事影响海洋环境活动的任何单位和个人，都必须遵守本法。在中华人民共和国管辖海域以外，造成中华人民共和国管辖海域污染的，也适用本法。

3. 国务院和沿海地方各级人民政府应当采取有效措施，保护红树林、珊瑚礁、滨海湿

地、海岛、海湾、入海河口、重要渔业水域等具有典型性、代表性的海洋生态系统，珍稀、濒危海洋生物的天然集中分布区，具有重要经济价值的海洋生物生存区域及有重大科学文化价值的海洋自然历史遗迹和自然景观。

4. 入海排污口设置的有关规定

入海排污口位置的选择，应当根据海洋功能区划、海水动力条件和有关规定，经科学论证后，报设区的市级以上人民政府环境保护行政主管部门审查批准。环境保护行政主管部门在批准设置入海排污口之前，必须征求海洋、海事、渔业行政主管部门和军队环境保护部门的意见。在海洋自然保护区、重要渔业水域、海滨风景名胜区和其他需要特别保护的区域，不得新建排污口。在有条件的地区，应当将排污口深海设置，实行离岸排放。设置陆源污染物深海离岸排放排污口，应当根据海洋功能区划、海水动力条件和海底工程设施的有关情况确定，具体办法由国务院规定。

5. 禁止、严格限制或严格控制向海域排放废液或废水的有关规定

禁止向海域排放油类、酸液、碱液、剧毒废液和高、中水平放射性废水。严格限制向海域排放低水平放射性废水；确需排放的，必须严格执行国家辐射防护规定。严格控制向海域排放含有不易降解的有机物和重金属的废水。含病原体的医疗污水、生活污水和工业废水必须经过处理，符合国家有关排放标准后，方能排入海域。含有机物和营养物质的工业废水、生活污水，应当严格控制向海湾、半封闭海及其他自净能力较差的海域排放。向海域排放含热废水，必须采取有效措施，保证邻近渔业水域的水温符合国家海洋环境质量标准，避免热污染对水产资源的危害。

6. 对海岸工程建设项目污染海洋防治的规定

① 新、改、扩海岸工程项目必须将防治污染资金纳入建设项目投资计划。依法划定的海洋保护区、海滨风景名胜区、重要渔业水域及其他需要特别保护的区域，不得从事污染环境、破坏景观的海岸工程项目建设或者其他活动。

② 编写环境影响评价报告书，经海洋行政主管部门提出审核意见后，报环境保护行政主管部门审查批准。

③ 海岸工程建设项目的环境保护设施，必须与主体工程同时设计、同时施工、同时投产使用。

④ 禁止在沿海陆域内新建严重污染海洋环境的工业生产项目。

⑤ 兴建海岸工程建设项目，必须采取有效措施，保护国家和地方重点保护的野生动植物及其生存环境和海洋水产资源。

六、《中华人民共和国放射性污染防治法》（自 2003 年 10 月 1 日起施行）

1. 适用范围

适用于中华人民共和国领域和管辖的其他海域在核设施选址、建造、运行、退役和核技术、铀（钍）矿、伴生放射性矿开发利用过程中发生的放射性污染的防治活动。

2. 本法中对核设施的放射性污染相关制度的规定

① 在办理核设施选址审批手续及申请领取核设施建造、运行许可证和办理装料、退役等审批手续之前编制环境影响报告书，报国务院环境保护行政主管部门审查批准；未经批准，有关部门不得颁发许可证和办理批准文件。

② 开发利用或者关闭铀（钍）矿的单位，应当在申请领取采矿许可证或者办理退役审批手续前编制环境影响报告书，报国务院环境保护行政主管部门审查批准。

③ 产生放射性废液的单位，必须按照国家放射性污染防治标准的要求，对不得向环境排放的放射性废液进行处理或者贮存。产生放射性废液的单位，向环境排放符合国家放射性污染

防治标准的放射性废液，必须采用符合国务院环境保护行政主管部门规定的排放方式。禁止利用渗井、渗坑、天然裂隙、溶洞或者国家禁止的其他方式排放放射性废液。

④ 国务院核设施主管部门会同国务院环境保护行政主管部门根据地质条件和放射性固体废物处置的需要，在环境影响评价的基础上编制放射性固体废物处置场所选址规划，报国务院批准后实施。

⑤ 产生放射性固体废物的单位，应当按照国务院环境保护行政主管部门的规定，对其产生的放射性固体废物进行处理后，送交放射性固体废物处置单位处置，并承担处置费用。

七、《中华人民共和国清洁生产促进法》（自 2003 年 1 月 1 日起施行）

1. 国家对浪费资源和严重污染环境的落后生产技术、工艺、设备和产品实行限期淘汰制度的规定

国家对浪费资源和严重污染环境的落后生产技术、工艺、设备和产品实行限期淘汰制度。国务院经济贸易行政主管部门会同国务院有关行政主管部门制定并发布限期淘汰的生产技术、工艺、设备以及产品的名录。

2. 企业技术改造时应采取的清洁生产措施的相关规定

① 采用无毒、无害或者低毒、低害的原料，替代毒性大、危害严重的原料；

② 采用资源利用率高、污染物产生量少的工艺和设备，替代资源利用率低、污染物产生量多的工艺和设备；

③ 对生产过程中产生的废物、废水和余热等进行综合利用或者循环使用；

④ 采用能够达到国家或者地方规定的污染物排放标准和污染物排放总量控制指标的污染防治技术。

3. 农业、服务性企业和建筑工程应采取的清洁生产措施

① 农业生产者应当科学地使用化肥、农药、农用薄膜和饲料添加剂，改进种植和养殖技术，实现农产品的优质、无害和农业生产废物的资源化，防止农业环境污染。禁止将有毒、有害废物用作肥料或者用于造田。

② 餐饮、娱乐、宾馆等服务性企业，应当采用节能、节水和其他有利于环境保护的技术和设备，减少使用或者不使用浪费资源、污染环境的消费品。

③ 建筑工程应当采用节能、节水等有利于环境与资源保护的建筑设计方案、建筑和装修材料、建筑构配件及设备。建筑和装修材料必须符合国家标准。禁止生产、销售和使用有毒、有害物质超过国家标准的建筑和装修材料。

八、《中华人民共和国水法》（自 2002 年 10 月 1 日起施行）

1. 水资源开发利用

① 开发、利用水资源，应当首先满足城乡居民生活用水，并兼顾农业、工业、生态环境用水以及航运等需要。在干旱和半干旱地区开发、利用水资源，应当充分考虑生态环境用水需要。

② 跨流域调水，应当进行全面规划和科学论证，统筹兼顾调出和调入流域的用水需要，防止对生态环境造成破坏。

③ 在水资源不足的地区，应当对城市规模和建设耗水量大的工业、农业和服务业项目加以限制。

④ 在水生生物洄游通道上修建永久性拦河闸坝，建设单位应当同时修建过鱼设施，或者经国务院授权的部门批准采取其他补救措施，并妥善安排施工和蓄水期间的水生生物保护，所需费用由建设单位承担。

⑤ 国家鼓励开发、利用水能资源。在水能丰富的河流，应当有计划地进行多目标梯级开发。建设水力发电站，应当保护生态环境，兼顾防洪、供水、灌溉、航运、竹木流放和渔业等方面的需要。

⑥ 国家对水工程建设移民实行开发性移民的方针，按照前期补偿、补助与后期扶持相结合的原则，妥善安排移民的生产和生活，保护移民的合法权益。移民安置应当与工程建设同步进行。建设单位应当根据安置地区的环境容量和可持续发展的原则，因地制宜，编制移民安置规划，经依法批准后，由有关地方人民政府组织实施。所需移民经费列入工程建设投资计划。

2. 水资源管理的禁止性规定

① 禁止在河道管理范围内建设妨碍行洪的建筑物、构筑物以及从事影响河势稳定、危害河岸堤防安全和其他妨碍河道行洪的活动。

② 禁止围湖造地。已经围垦的，应当按照国家规定的防洪标准有计划地退地还湖。

③ 禁止围垦河道。确需围垦的，应当经过科学论证，经省、自治区、直辖市人民政府水行政主管部门或者国务院水行政主管部门同意后，报本级人民政府批准。

3. 饮用水水源保护区制度

国家建立饮用水水源保护区制度。省、自治区、直辖市人民政府应当划定饮用水水源保护区，并采取措施，防止水源枯竭和水体污染，保证城乡居民饮用水安全。禁止在饮用水水源保护区内设置排污口。在江河、湖泊新建、改建或者扩大排污口，应当经过有管辖权的水行政主管部门或者流域管理机构同意，由环境保护行政主管部门负责对该建设项目的环境影响报告书进行审批。

4. 水资源配置和节约使用

① 国家对用水实行总量控制和定额管理相结合的制度。

② 工业用水应当采用先进技术、工艺和设备，增加循环用水次数，提高水的重复利用率。

九、《中华人民共和国节约能源法》（自 2008 年 4 月 1 日起施行）

1. 基本概念

能源　是指煤炭、石油、天然气、生物质能和电力、热力以及其他直接或者通过加工、转换而取得有用能的各种资源。

节约能源　是指加强用能管理，采取技术上可行、经济上合理以及环境和社会可以承受的措施，从能源生产到消费的各个环节，降低消耗、减少损失和污染物排放、制止浪费，有效、合理地利用能源。

2. 节能管理相关规定

① 国家实行固定资产投资项目节能评估和审查制度。不符合强制性节能标准的项目，依法负责项目审批或者核准的机关不得批准或者核准建设；建设单位不得开工建设；已经建成的，不得投入生产、使用。具体办法由国务院管理节能工作的部门会同国务院有关部门制定。

② 国家对落后的耗能过高的用能产品、设备和生产工艺实行淘汰制度。淘汰的用能产品、设备、生产工艺的目录和实施办法，由国务院管理节能工作的部门会同国务院有关部门制定并公布。生产过程中耗能高的产品的生产单位，应当执行单位产品能耗限额标准。对超过单位产品能耗限额标准用能的生产单位，由管理节能工作的部门按照国务院规定的权限责令限期治理。对高耗能的特种设备，按照国务院的规定实行节能审查和监管。

③ 禁止生产、进口、销售国家明令淘汰或者不符合强制性能源效率标准的用能产品、设备；禁止使用国家明令淘汰的用能设备、生产工艺。

3. 工业节能

① 国务院和省、自治区、直辖市人民政府推进能源资源优化开发利用和合理配置，推进

有利于节能的行业结构调整，优化用能结构和企业布局。

② 国务院管理节能工作的部门会同国务院有关部门制定电力、钢铁、有色金属、建材、石油加工、化工、煤炭等主要耗能行业的节能技术政策，推动企业节能技术改造。

③ 国家鼓励工业企业采用高效、节能的电动机、锅炉、窑炉、风机、泵类等设备，采用热电联产、余热余压利用、洁净煤以及先进的用能监测和控制等技术。

④ 电网企业应当按照国务院有关部门制定的节能发电调度管理的规定，安排清洁、高效和符合规定的热电联产、利用余热余压发电的机组以及其他符合资源综合利用规定的发电机组与电网并网运行，上网电价执行国家有关规定。

⑤ 禁止新建不符合国家规定的燃煤发电机组、燃油发电机组和燃煤热电机组。

4. 建筑节能

① 国务院建设主管部门负责全国建筑节能的监督管理工作。县级以上地方各级人民政府建设主管部门负责本行政区域内建筑节能的监督管理工作。县级以上地方各级人民政府建设主管部门会同同级管理节能工作的部门编制本行政区域内的建筑节能规划。建筑节能规划应当包括既有建筑节能改造计划。

② 建筑工程的建设、设计、施工和监理单位应当遵守建筑节能标准。不符合建筑节能标准的建筑工程，建设主管部门不得批准开工建设；已经开工建设的，应当责令停止施工、限期改正；已经建成的，不得销售或者使用。建设主管部门应当加强对在建建筑工程执行建筑节能标准情况的监督检查。

③ 国家采取措施，对实行集中供热的建筑分步骤实行供热分户计量、按照用热量收费的制度。新建建筑或者对既有建筑进行节能改造，应当按照规定安装用热计量装置、室内温度调控装置和供热系统调控装置。具体办法由国务院建设主管部门会同国务院有关部门制定。

④ 国家鼓励在新建建筑和既有建筑节能改造中使用新型墙体材料等节能建筑材料和节能设备，安装和使用太阳能等可再生能源利用系统。

5. 重点用能单位节能

下列用能单位为重点用能单位：年综合能源消费总量一万吨标准煤以上的用能单位；国务院有关部门或者省、自治区、直辖市人民政府管理节能工作的部门指定的年综合能源消费总量五千吨以上不满一万吨标准煤的用能单位。

十、《中华人民共和国防沙治沙法》（自2002年1月1日起施行）

1. 土地沙化

指主要因人类不合理活动所导致的天然沙漠扩张和沙质土壤上植被及覆盖物被破坏，形成流沙及沙土裸露的过程。

2. 在沙化土地范围内从事开发建设活动有关环境影响评价的要求

根据《防沙治沙法》第二十一条的规定，在沙化土地范围内从事开发建设活动的，必须事先就该项目可能对当地及相关地区生态产生的影响进行环境影响评价，依法提交环境影响报告；环境影响报告应当包括有关防沙治沙的内容。

3. 沙化土地封禁保护区范围内禁止的行为

根据《防沙治沙法》第二十二条的规定，在沙化土地封禁保护区范围内，禁止一切破坏植被的活动。禁止在沙化土地封禁保护区范围内安置移民。对沙化土地封禁保护区范围内的农牧民，县级以上地方人民政府应当有计划地组织迁出，并妥善安置。沙化土地封禁保护区范围内尚未迁出的农牧民的生产生活，由沙化土地封禁保护区主管部门妥善安排。未经国务院或者国务院指定的部门同意，不得在沙化土地封禁保护区范围内进行修建铁路、公路等建设活动。

沙化土地封禁保护区是根据该法第十二条的规定确定的，在规划（防沙治沙规划）期内不具备治理条件的以及因保护生态的需要不宜开发利用的连片沙化土地，应当规划为沙化土地封禁保护区，实行封禁保护。沙化土地封禁保护区的范围，由全国防沙治沙规划以及省、自治区、直辖市防沙治沙规划确定。

4. 已经沙化的土地范围内的铁路、公路、河流和水渠两侧，城镇、村庄、厂矿和水库周围，实行单位治理责任制，由县级以上地方人民政府下达治理责任书，由责任单位负责组织造林种草或者采取其他治理措施

十一、《中华人民共和国草原法》（自 2003 年 3 月 1 日起施行）

1. 草原保护、建设、利用规划编制的原则及内容要求

《中华人民共和国草原法》第十八条规定，编制草原保护、建设、利用规划，应当依据国民经济和社会发展规划并遵循下列原则：①改善生态环境，维护生物多样性，促进草原的可持续利用；②以现有草原为基础，因地制宜，统筹规划，分类指导；③保护为主、加强建设、分批改良、合理利用；④生态效益、经济效益、社会效益相结合。

第十九条和第二十条则分别对规划的具体内容和规划的衔接和协调问题提出要求，根据此项规定，草原保护、建设、利用规划应当包括：草原保护、建设、利用的目标和措施，草原功能分区和各项建设的总体部署，各项专业规划等。草原保护、建设、利用规划应当与土地利用总体规划相衔接，与环境保护规划、水土保持规划、防沙治沙规划、水资源规划、林业长远规划、城市总体规划、村庄和集镇规划以及其他有关规划相协调。

2. 国家实行基本草原保护制度和实施严格管理的基本草原的范围

《中华人民共和国草原法》第四十二条规定国家实行基本草原保护制度。下列草原应当划为基本草原，实施严格管理：①重要放牧场；②割草地；③用于畜牧业生产的人工草地、退耕还草地以及改良草地、草种基地；④对调节气候、涵养水源、保持水土、防风固沙具有特殊作用的草原；⑤作为国家重点保护野生动植物生存环境的草原；⑥草原科研、教学试验基地；⑦国务院规定应当划为基本草原的其他草原。基本草原的保护管理办法，由国务院制定。

为了保护某些特殊的草原，《草原法》第四十三条还规定了草原自然保护区制度。国务院草原行政主管部门或者省、自治区、直辖市人民政府可以按照自然保护区管理的有关规定在下列地区建立草原自然保护区：①具有代表性的草原类型；②珍稀濒危野生动植物分布区；③具有重要生态功能和经济科研价值的草原。

3. 禁止开垦草原的规定及已垦草原的保护措施

根据《中华人民共和国草原法》第四十六条，禁止开垦草原。对水土流失严重、有沙化趋势、需要改善生态环境的已垦草原，应当有计划、有步骤地退耕还草；已造成沙化、盐碱化、石漠化的，应当限期治理。

十二、《中华人民共和国文物保护法》（自 2002 年 10 月 28 日起施行）

1. 在文物保护单位的保护范围及建设控制地带内禁止的行为

文物保护单位的保护范围内不得进行其他建设工程或者爆破、钻探、挖掘等作业。但是，因特殊情况需要在文物保护单位的保护范围内进行其他建设工程或者爆破、钻探、挖掘等作业的，必须保证文物保护单位的安全，并经核定公布该文物保护单位的人民政府批准，在批准前应当征得上一级人民政府文物行政部门同意；在全国重点文物保护单位的保护范围内进行其他建设工程或者爆破、钻探、挖掘等作业的，必须经省、自治区、直辖市人民政府批准，在批准前应当征得国务院文物行政部门同意。

根据保护文物的实际需要，经省、自治区、直辖市人民政府批准，可以在文物保护单位的周围划出一定的建设控制地带，并予以公布。在文物保护单位的建设控制地带内进行建设工

程，不得破坏文物保护单位的历史风貌；工程设计方案应当根据文物保护单位的级别，经相应的文物行政部门同意后，报城乡建设规划部门批准。

在文物保护单位的保护范围和建设控制地带内，不得建设污染文物保护单位及其环境的设施，不得进行可能影响文物保护单位安全及其环境的活动。对已有的污染文物保护单位及其环境的设施，应当限期治理。

2. 建设工程选址中保护不可移动文物的有关规定

建设工程选址，应当尽可能避开不可移动文物；因特殊情况不能避开的，对文物保护单位应当尽可能实施原址保护。实施原址保护的，建设单位应当事先确定保护措施，根据文物保护单位的级别报相应的文物行政部门批准，并将保护措施列入可行性研究报告或者设计任务书。无法实施原址保护，必须迁移异地保护或者拆除的，应当报省、自治区、直辖市人民政府批准；迁移或者拆除省级文物保护单位的，批准前须征得国务院文物行政部门同意。全国重点文物保护单位不得拆除；需要迁移的，须由省、自治区、直辖市人民政府报国务院批准。依照前款规定拆除的国有不可移动文物中具有收藏价值的壁画、雕塑、建筑构件等，由文物行政部门指定的文物收藏单位收藏。本条规定的原址保护、迁移、拆除所需费用，由建设单位列入建设工程预算。

十三、《中华人民共和国森林法》

1. 森林的分类

我国的森林分为以下五类。

（1）防护林 以防护为主要目的的森林、林木和灌木丛，包括水源涵养林，水土保持林，防风固沙林，农田、牧场防护林，护岸林，护路林。

（2）用材林 以生产木材为主要目的的森林和林木，包括以生产竹材为主要目的的竹林。

（3）经济林 以生产果品，食用油料、饮料、调料，工业原料和药材等为主要目的的林木。

（4）薪炭林 以生产燃料为主要目的的林木。

（5）特种用途林 以国防、环境保护、科学实验等为主要目的的森林和林木，包括国防林、实验林、母树林、环境保护林、风景林，名胜古迹和革命纪念地的林木，自然保护区的森林。

2. 勘查、开采矿藏和建设工程占用或者征用林地的有关规定

进行勘查、开采矿藏和各项建设工程，应当不占或者少占林地；必须占用或者征用林地的，经县级以上人民政府林业主管部门审核同意后，依照有关土地管理的法律、行政法规办理建设用地审批手续，并由用地单位依照国务院有关规定缴纳森林植被恢复费。

3. 禁止毁林开垦、开采等行为的有关规定

禁止毁林开垦和毁林采石、采砂、采土以及其他毁林行为。禁止在幼林地和特种用途林内砍柴、放牧。进入森林和森林边缘地区的人员，不得擅自移动或者损坏为林业服务的标志。

4. 采伐森林和林木必须遵守的规定

① 成熟的用材林应当根据不同情况，分别采取择伐、皆伐和渐伐方式，皆伐应当严格控制，并在采伐的当年或者次年内完成更新造林。

② 防护林和特种用途林中的国防林、母树林、环境保护林、风景林，只准进行抚育和更新性质的采伐。

③ 特种用途林中的名胜古迹和革命纪念地的林木、自然保护区的森林，严禁采伐。

④ 采伐林木必须申请采伐许可证，按许可证的规定进行采伐；农村居民采伐自留地和房前屋后个人所有的零星林木除外。

十四、《中华人民共和国渔业法》

1. 适用范围

在中华人民共和国的内水、滩涂、领海、专属经济区以及中华人民共和国管辖的一切其他海域从事养殖和捕捞水生动物、水生植物等渔业生产活动，都必须遵守本法。

2. 在鱼、虾、蟹洄游通道建闸、筑坝，对渔业资源有严重影响的，建设单位应当建造过鱼设施或者采取其他补救措施。

十五、《中华人民共和国矿产资源法》

1. 非经国务院授权的有关主管部门同意，不得开采矿产资源的地区

非经国务院授权的有关主管部门同意，不得在下列地区开采矿产资源：①港口、机场、国防工程设施圈定地区以内；②重要工业区、大型水利工程设施、城镇市政工程设施附近一定距离以内；③铁路、重要公路两侧一定距离以内；④重要河流、堤坝两侧一定距离以内；⑤国家规定的自然保护区、重要风景区，国家重点保护的不能移动的历史文物和名胜古迹所在地；⑥国家规定不得开采矿产资源的其他地区。

2. 开采矿产资源的环境保护规定

开采矿产资源，必须遵守有关环境保护的法律规定，防止污染环境。开采矿产资源，应当节约用地。耕地、草原、林地因采矿受到破坏的，矿山企业应当因地制宜地采取复垦利用、植树种草或者其他利用措施。开采矿产资源给他人生产、生活造成损失的，应当负责赔偿，并采取必要的补救措施。

关闭矿山，必须提出矿山闭坑报告及有关采掘工程、安全隐患、土地复垦利用、环境保护的资料，并按照国家规定报请审查批准。

十六、《中华人民共和国土地管理法》

1. 国家的土地用途管制制度

国家实行土地用途管制制度。国家编制土地利用总体规划，规定土地用途，将土地分为农用地、建设用地和未利用地。严格限制农用地转为建设用地，控制建设用地总量，对耕地实行特殊保护。前款所称农用地是指直接用于农业生产的土地，包括耕地、林地、草地、农田水利用地、养殖水面等；建设用地是指建造建筑物、构筑物的土地，包括城乡住宅和公共设施用地、工矿用地、交通水利设施用地、旅游用地、军事设施用地等；未利用地是指农用地和建设用地以外的土地。使用土地的单位和个人必须严格按照土地利用总体规划确定的用途使用土地。

2. 国家的保护耕地和实行占用耕地补偿制度

国家保护耕地，严格控制耕地转为非耕地。《中华人民共和国土地管理法》第三十一条规定了耕地补偿制度，具体如下：国家保护耕地，严格控制耕地转为非耕地。国家实行占用耕地补偿制度。非农业建设经批准占用耕地的，按照"占多少，垦多少"的原则，由占用耕地的单位负责开垦与所占用耕地的数量和质量相当的耕地；没有条件开垦或者开垦的耕地不符合要求的，应当按照省、自治区、直辖市的规定缴纳耕地开垦费，专款用于开垦新的耕地。省、自治区、直辖市人民政府应当制定开垦耕地计划，监督占用耕地的单位按照计划开垦耕地或者按照计划组织开垦耕地，并进行验收。

3. 国家的基本农田保护制度

国家实行基本农田保护制度。下列耕地应当根据土地利用总体规划划入基本农田保护区，严格管理：①经国务院有关主管部门或者县级以上地方人民政府批准确定的粮、棉、油生产基地内的耕地；②有良好的水利与水土保持设施的耕地，正在实施改造计划以及可以改造的中、低产田；③蔬菜生产基地；④农业科研、教学试验田；⑤国务院规定应当划入基本农田保护区的其他耕地。各省、自治区、直辖市划定的基本农田应当占本行政区域内耕地的百分之八十以上。基本农田保护区以乡（镇）为单位进行划区定界，由县级人民政府土地行政主管部门会同同级农业行政主管部门组织实施。

4. 建设用地的相关规定

任何单位和个人进行建设，需要使用土地的，必须依法申请使用国有土地；但是，兴办乡镇企业和村民建设住宅经依法批准使用本集体经济组织农民集体所有的土地的，或者乡（镇）村公共设施和公益事业建设经依法批准使用农民集体所有的土地的除外。前款所称依法申请使用的国有土地包括国家所有的土地和国家征用的原属于农民集体所有的土地。

建设占用土地，涉及农用地转为建设用地的，应当办理农用地转用审批手续。省、自治区、直辖市人民政府批准的道路、管线工程和大型基础设施建设项目、国务院批准的建设项目占用土地，涉及农用地转为建设用地的，由国务院批准。在土地利用总体规划确定的城市和村庄、集镇建设用地规模范围内，为实施该规划而将农用地转为建设用地的，按土地利用年度计划分批次由原批准土地利用总体规划的机关批准。在已批准的农用地转用范围内，具体建设项目用地可以由市、县人民政府批准。前述规定以外的建设项目占用土地，涉及农用地转为建设用地的，由省、自治区、直辖市人民政府批准。

5. 国务院批准的征用土地的范围

征用下列土地的，由国务院批准：①基本农田；②基本农田以外的耕地超过 35 公顷的；③其他土地超过 70 公顷的。征用前款规定以外的土地的，由省、自治区、直辖市人民政府批准，并报国务院备案。征用农用地的，应当先行办理农用地转用审批。其中，经国务院批准农用地转用的，同时办理征地审批手续。不再另行办理征地审批；经省、自治区、直辖市人民政府在征地批准权限内批准农用地转用的，同时办理征地审批手续，不再另行办理征地审批，超过征地批准权限的，应当依照本条第一款的规定另行办理征地审批。

十七、《中华人民共和国水土保持法》（2010 年修订）

① 生产建设项目选址、选线应当避让水土流失重点预防区和重点治理区；无法避让的，应当提高防治标准，优化施工工艺，减少地表扰动和植被损坏范围，有效控制可能造成的水土流失。

② 在山区、丘陵区、风沙区以及水土保持规划确定的容易发生水土流失的其他区域开办可能造成水土流失的生产建设项目，生产建设单位应当编制水土保持方案，报县级以上人民政府水行政主管部门审批，并按照经批准的水土保持方案，采取水土流失预防和治理措施。没有能力编制水土保持方案的，应当委托具备相应技术条件的机构编制。水土保持方案应当包括水土流失预防和治理的范围、目标、措施和投资等内容。

③ 依法应当编制水土保持方案的生产建设项目，其生产建设活动中排弃的砂、石、土、矸石、尾矿、废渣等应当综合利用；不能综合利用，确需废弃的，应当堆放在水土保持方案确定的专门存放地，并采取措施保证不产生新的危害。

④ 对生产建设活动所占用土地的地表土应当进行分层剥离、保存和利用，做到土石方挖填平衡，减少地表扰动范围；对废弃的砂、石、土、矸石、尾矿、废渣等存放地，应当采取拦挡、坡面防护、防洪排导等措施。生产建设活动结束后，应当及时在取土场、开挖面和存放地的裸露土地上植树种草、恢复植被，对闭库的尾矿库进行复垦。

⑤ 在干旱缺水地区从事生产建设活动，应当采取防止风力侵蚀措施，设置降水蓄渗设施，充分利用降水资源。

十八、《中华人民共和国野生动物保护法》

1. 适用范围

在中华人民共和国境内从事野生动物的保护、驯养繁殖、开发利用活动，必须遵守本法。野生动物，是指珍贵、濒危的陆生、水生野生动物和有益的或者有重要经济、科学研究价值的陆生野生动物。珍贵、濒危的水生野生动物以外的其他水生野生动物的保护，适用渔业法的规定。

2. 国家保护野生动物保护的有关规定

① 国家保护野生动物及其生存环境，禁止任何单位和个人非法猎捕或者破坏。

② 国家对珍贵、濒危的野生动物实行重点保护。国家重点保护的野生动物分为一级保护野生动物和二级保护野生动物。国家重点保护的野生动物名录及其调整，由国务院野生动物行政主管部门制定，报国务院批准公布。地方重点保护野生动物，是指国家重点保护野生动物以外，由省、自治区、直辖市重点保护的野生动物。地方重点保护的野生动物名录，由省、自治区、直辖市政府制定并公布，报国务院备案。国家保护的有益的或者有重要经济、科学研究价值的陆生野生动物名录及其调整，由国务院野生动物行政主管部门制定并公布。

③ 国务院野生动物行政主管部门和省、自治区、直辖市政府，应当在国家和地方重点保护野生动物的主要生息繁衍的地区和水域，划定自然保护区，加强对国家和地方重点保护野生动物及其生存环境的保护管理。自然保护区的划定和管理，按照国务院有关规定办理。

④ 各级野生动物行政主管部门应当监视、监测环境对野生动物的影响。由于环境影响对野生动物造成危害时，野生动物行政主管部门应当会同有关部门进行调查处理。

⑤ 建设项目对国家或者地方重点保护野生动物的生存环境产生不利影响的，建设单位应当提交环境影响报告书；环境保护部门在审批时，应当征求同级野生动物行政主管部门的意见。

十九、《中华人民共和国防洪法》

防洪区　是指洪水泛滥可能淹及的地区，分为洪泛区、蓄滞洪区和防洪保护区。洪泛区、蓄滞洪区和防洪保护区的范围，在防洪规划或者防御洪水方案中划定，并报请省级以上人民政府按照国务院规定的权限批准后予以公告。

洪泛区　是指尚无工程设施保护的洪水泛滥所及的地区。

蓄滞洪区　是指包括分洪口在内的河堤背水面以外临时贮存洪水的低洼地区及湖泊等。

防洪保护区　是指在防洪标准内受防洪工程设施保护的地区。

二十、《中华人民共和国城乡规划法》

1. 基本概念

城乡规划，包括城镇体系规划、城市规划、镇规划、乡规划和村庄规划。城市规划、镇规划分为总体规划和详细规划。详细规划分为控制性详细规划和修建性详细规划。

规划区，是指城市、镇和村庄的建成区以及因城乡建设和发展需要，必须实行规划控制的区域。规划区的具体范围由有关人民政府在组织编制的城市总体规划、镇总体规划、乡规划和村庄规划中，根据城乡经济社会发展水平和统筹城乡发展的需要划定。

制定和实施城乡规划，应当遵循城乡统筹、合理布局、节约土地、集约发展和先规划后建设的原则，改善生态环境，促进资源、能源节约和综合利用，保护耕地等自然资源和历史文化遗产，保持地方特色、民族特色和传统风貌，防止污染和其他公害，并符合区域人口发展、国防建设、防灾减灾和公共卫生、公共安全的需要。

2. 城乡规划的内容

① 省域城镇体系规划的内容应当包括：城镇空间布局和规模控制，重大基础设施的布局，为保护生态环境、资源等需要严格控制的区域。

② 城市总体规划、镇总体规划的内容应当包括：城市、镇的发展布局，功能分区，用地布局，综合交通体系，禁止、限制和适宜建设的地域范围，各类专项规划等。规划区范围、规划区内建设用地规模、基础设施和公共服务设施用地、水源地和水系、基本农田和绿化用地、环境保护、自然与历史文化遗产保护以及防灾减灾等内容，应当作为城市总体规划、镇总体规划的强制性内容。城市总体规划、镇总体规划的规划期限一般为二十年。城市总体规划还应当对城市更长远的发展作出预测性安排。

③ 乡规划、村庄规划应当从农村实际出发，尊重村民意愿，体现地方和农村特色。乡规划、村庄规划的内容应当包括：规划区范围，住宅、道路、供水、排水、供电、垃圾收集、畜禽养殖场所等农村生产、生活服务设施、公益事业等各项建设的用地布局、建设要求以及对耕地等自然资源和历史文化遗产保护、防灾减灾等的具体安排。乡规划还应当包括本行政区域内的村庄发展布局。

3. 城乡规划的实施中有关建设项目的规定

① 城市的建设和发展，应当优先安排基础设施以及公共服务设施的建设，妥善处理新区开发与旧区改建的关系，统筹兼顾进城务工人员生活和周边农村经济社会发展、村民生产与生活的需要。

② 镇的建设和发展，应当结合农村经济社会发展和产业结构调整，优先安排供水、排水、供电、供气、道路、通信、广播电视等基础设施和学校、卫生院、文化站、幼儿园、福利院等公共服务设施的建设，为周边农村提供服务。

③ 乡、村庄的建设和发展，应当因地制宜、节约用地，发挥村民自治组织的作用，引导村民合理进行建设，改善农村生产、生活条件。

④ 城市新区的开发和建设，应当合理确定建设规模和时序，充分利用现有市政基础设施和公共服务设施，严格保护自然资源和生态环境，体现地方特色。在城市总体规划、镇总体规划确定的建设用地范围以外，不得设立各类开发区和城市新区。

⑤ 旧城区的改建，应当保护历史文化遗产和传统风貌，合理确定拆迁和建设规模，有计划地对危房集中、基础设施落后等地段进行改建。历史文化名城、名镇、名村的保护以及受保护建筑物的维护和使用，应当遵守有关法律、行政法规和国务院的规定。

⑥ 城乡建设和发展，应当依法保护和合理利用风景名胜资源，统筹安排风景名胜区及周边乡、镇、村庄的建设。风景名胜区的规划、建设和管理，应当遵守有关法律、行政法规和国务院的规定。

⑦ 城市地下空间的开发和利用，应当与经济和技术发展水平相适应，遵循统筹安排、综合开发、合理利用的原则，充分考虑防灾减灾、人民防空和通信等需要，并符合城市规划，履行规划审批手续。

⑧ 城市、县、镇人民政府应当根据城市总体规划、镇总体规划、土地利用总体规划和年度计划以及国民经济和社会发展规划，制定近期建设规划，报总体规划审批机关备案。近期建设规划应当以重要基础设施、公共服务设施和中低收入居民住房建设以及生态环境保护为重点内容，明确近期建设的时序、发展方向和空间布局。近期建设规划的规划期限为五年。

⑨ 城乡规划确定的铁路、公路、港口、机场、道路、绿地、输配电设施及输电线路走廊、通信设施、广播电视设施、管道设施、河道、水库、水源地、自然保护区、防汛通道、消防通道、核电站、垃圾填埋场及焚烧厂、污水处理厂和公共服务设施的用地以及其他需要依法保护的用地，禁止擅自改变用途。

⑩ 在城市、镇规划区内进行建筑物、构筑物、道路、管线和其他工程建设的，建设单位或者个人应当向城市、县人民政府城乡规划主管部门或者省、自治区、直辖市人民政府确

定的镇人民政府申请办理建设工程规划许可证。申请办理建设工程规划许可证，应当提交使用土地的有关证明文件、建设工程设计方案等材料。需要建设单位编制修建性详细规划的建设项目，还应当提交修建性详细规划。对符合控制性详细规划和规划条件的，由城市、县人民政府城乡规划主管部门或者省、自治区、直辖市人民政府确定的镇人民政府核发建设工程规划许可证。城市、县人民政府城乡规划主管部门或者省、自治区、直辖市人民政府确定的镇人民政府应当依法将经审定的修建性详细规划、建设工程设计方案的总平面图予以公布。

⑪ 在乡、村庄规划区内进行乡镇企业、乡村公共设施和公益事业建设的，建设单位或者个人应当向乡、镇人民政府提出申请，由乡、镇人民政府报城市、县人民政府城乡规划主管部门核发乡村建设规划许可证。在乡、村庄规划区内使用原有宅基地进行农村村民住宅建设的规划管理办法，由省、自治区、直辖市制定。在乡、村庄规划区内进行乡镇企业、乡村公共设施和公益事业建设以及农村村民住宅建设，不得占用农用地；确需占用农用地的，应当依照《中华人民共和国土地管理法》有关规定办理农用地转用审批手续后，由城市、县人民政府城乡规划主管部门核发乡村建设规划许可证。建设单位或者个人在取得乡村建设规划许可证后，方可办理用地审批手续。

二十一、《中华人民共和国循环经济促进法》

1. 几个概念

（1）循环经济　是指在生产、流通和消费等过程中进行的减量化、再利用、资源化活动的总称。

（2）减量化　是指在生产、流通和消费等过程中减少资源消耗和废物产生。

（3）再利用　是指将废物直接作为产品或者经修复、翻新、再制造后继续作为产品使用，或者将废物的全部或者部分作为其他产品的部件予以使用。

（4）资源化　是指将废物直接作为原料进行利用或者对废物进行再生利用。

2. 原则

发展循环经济是国家经济社会发展的一项重大战略，应当遵循统筹规划、合理布局，因地制宜、注重实效，政府推动、市场引导，企业实施、公众参与的方针。

发展循环经济应当在技术可行、经济合理和有利于节约资源、保护环境的前提下，按照减量化优先的原则实施。

3. 企业事业单位应当建立健全管理制度，采取措施，降低资源消耗，减少废物的产生量和排放量，提高废物的再利用和资源化水平。

4. 新建、改建、扩建建设项目，必须符合本行政区域主要污染物排放、建设用地和用水总量控制指标的要求。

5. "减量化"的相关规定

［第十八条］　国务院循环经济发展综合管理部门会同国务院环境保护等有关主管部门，定期发布鼓励、限制和淘汰的技术、工艺、设备、材料和产品名录。

禁止生产、进口、销售列入淘汰名录的设备、材料和产品，禁止使用列入淘汰名录的技术、工艺、设备和材料。

［第十九条］　从事工艺、设备、产品及包装物设计，应当按照减少资源消耗和废物产生的要求，优先选择采用易回收、易拆解、易降解、无毒无害或者低毒低害的材料和设计方案，并应当符合有关国家标准的强制性要求。

对在拆解和处置过程中可能造成环境污染的电器电子等产品，不得设计使用国家禁止使用的有毒有害物质。禁止在电器电子等产品中使用的有毒有害物质名录，由国务院循环经济发展综合管理部门会同国务院环境保护等有关主管部门制定。

设计产品包装物应当执行产品包装标准，防止过度包装造成资源浪费和环境污染。

　　[第二十条]　工业企业应当采用先进或者适用的节水技术、工艺和设备，制定并实施节水计划，加强节水管理，对生产用水进行全过程控制。

　　工业企业应当加强用水计量管理，配备和使用合格的用水计量器具，建立水耗统计和用水状况分析制度。

　　新建、改建、扩建建设项目，应当配套建设节水设施。节水设施应当与主体工程同时设计、同时施工、同时投产使用。

　　国家鼓励和支持沿海地区进行海水淡化和海水直接利用，节约淡水资源。

　　[第二十一条]　国家鼓励和支持企业使用高效节油产品。

　　电力、石油加工、化工、钢铁、有色金属和建材等企业，必须在国家规定的范围和期限内，以洁净煤、石油焦、天然气等清洁能源替代燃料油，停止使用不符合国家规定的燃油发电机组和燃油锅炉。

　　内燃机和机动车制造企业应当按照国家规定的内燃机和机动车燃油经济性标准，采用节油技术，减少石油产品消耗量。

　　[第二十二条]　开采矿产资源，应当统筹规划，制定合理的开发利用方案，采用合理的开采顺序、方法和选矿工艺。采矿许可证颁发机关应当对申请人提交的开发利用方案中的开采回采率、采矿贫化率、选矿回收率、矿山水循环利用率和土地复垦率等指标依法进行审查；审查不合格的，不予颁发采矿许可证。采矿许可证颁发机关应当依法加强对开采矿产资源的监督管理。

　　矿山企业在开采主要矿种的同时，应当对具有工业价值的共生和伴生矿实行综合开采、合理利用；对必须同时采出而暂时不能利用的矿产以及含有有用组分的尾矿，应当采取保护措施，防止资源损失和生态破坏。

　　[第二十三条]　建筑设计、建设、施工等单位应当按照国家有关规定和标准，对其设计、建设、施工的建筑物及构筑物采用节能、节水、节地、节材的技术工艺和小型、轻型、再生产品。有条件的地区，应当充分利用太阳能、地热能、风能等可再生能源。

　　国家鼓励利用无毒无害的固体废物生产建筑材料，鼓励使用散装水泥，推广使用预拌混凝土和预拌砂浆。

　　禁止损毁耕地烧砖。在国务院或者省、自治区、直辖市人民政府规定的期限和区域内，禁止生产、销售和使用黏土砖。

　　[第二十四条]　县级以上人民政府及其农业等主管部门应当推进土地集约利用，鼓励和支持农业生产者采用节水、节肥、节药的先进种植、养殖和灌溉技术，推动农业机械节能，优先发展生态农业。

　　在缺水地区，应当调整种植结构，优先发展节水型农业，推进雨水集蓄利用，建设和管护节水灌溉设施，提高用水效率，减少水的蒸发和漏失。

　　[第二十五条]　国家机关及使用财政性资金的其他组织应当厉行节约、杜绝浪费，带头使用节能、节水、节地、节材和有利于保护环境的产品、设备和设施，节约使用办公用品。国务院和县级以上地方人民政府管理机关事务工作的机构会同本级人民政府有关部门制定本级国家机关等机构的用能、用水定额指标，财政部门根据该定额指标制定支出标准。

　　城市人民政府和建筑物的所有者或者使用者，应当采取措施，加强建筑物维护管理，延长建筑物使用寿命。对符合城市规划和工程建设标准，在合理使用寿命内的建筑物，除为了公共利益的需要外，城市人民政府不得决定拆除。

　　[第二十六条]　餐饮、娱乐、宾馆等服务性企业，应当采用节能、节水、节材和有利于保护环境的产品，减少使用或者不使用浪费资源、污染环境的产品。

本法施行后新建的餐饮、娱乐、宾馆等服务性企业，应当采用节能、节水、节材和有利于保护环境的技术、设备和设施。

［第二十七条］　国家鼓励和支持使用再生水。在有条件使用再生水的地区，限制或者禁止将自来水作为城市道路清扫、城市绿化和景观用水使用。

［第二十八条］　国家在保障产品安全和卫生的前提下，限制一次性消费品的生产和销售。具体名录由国务院循环经济发展综合管理部门会同国务院财政、环境保护等有关主管部门制定。

对列入前款规定名录中的一次性消费品的生产和销售，由国务院财政、税务和对外贸易等主管部门制定限制性的税收和出口等措施。

6. "再利用和资源化"的相关规定

［第二十九条］　县级以上人民政府应当统筹规划区域经济布局，合理调整产业结构，促进企业在资源综合利用等领域进行合作，实现资源的高效利用和循环使用。

各类产业园区应当组织区内企业进行资源综合利用，促进循环经济发展。

国家鼓励各类产业园区的企业进行废物交换利用、能量梯级利用、土地集约利用、水的分类利用和循环使用，共同使用基础设施和其他有关设施。

新建和改造各类产业园区应当依法进行环境影响评价，并采取生态保护和污染控制措施，确保本区域的环境质量达到规定的标准。

［第三十条］　企业应当按照国家规定，对生产过程中产生的粉煤灰、煤矸石、尾矿、废石、废料、废气等工业废物进行综合利用。

［第三十一条］　企业应当发展串联用水系统和循环用水系统，提高水的重复利用率。

企业应当采用先进技术、工艺和设备，对生产过程中产生的废水进行再生利用。

［第三十二条］　企业应当采用先进或者适用的回收技术、工艺和设备，对生产过程中产生的余热、余压等进行综合利用。

建设利用余热、余压、煤层气以及煤矸石、煤泥、垃圾等低热值燃料的并网发电项目，应当依照法律和国务院的规定取得行政许可或者报送备案。电网企业应当按照国家规定，与综合利用资源发电的企业签订并网协议，提供上网服务，并全额收购并网发电项目的上网电量。

［第三十三条］　建设单位应当对工程施工中产生的建筑废物进行综合利用；不具备综合利用条件的，应当委托具备条件的生产经营者进行综合利用或者无害化处置。

［第三十四条］　国家鼓励和支持农业生产者和相关企业采用先进或者适用技术，对农作物秸秆、畜禽粪便、农产品加工业副产品、废农用薄膜等进行综合利用，开发利用沼气等生物质能源。

［第三十五条］　县级以上人民政府及其林业主管部门应当积极发展生态林业，鼓励和支持林业生产者和相关企业采用木材节约和代用技术，开展林业废弃物和次小薪材、沙生灌木等综合利用，提高木材综合利用率。

［第三十六条］　国家支持生产经营者建立产业废物交换信息系统，促进企业交流产业废物信息。

企业对生产过程中产生的废物不具备综合利用条件的，应当提供给具备条件的生产经营者进行综合利用。

［第三十七条］　国家鼓励和推进废物回收体系建设

地方人民政府应当按照城乡规划，合理布局废物回收网点和交易市场，支持废物回收企业和其他组织开展废物的收集、储存、运输及信息交流。

废物回收交易市场应当符合国家环境保护、安全和消防等规定。

［第三十八条］ 对废电器电子产品、报废机动车船、废轮胎、废铅酸电池等特定产品进行拆解或者再利用，应当符合有关法律、行政法规的规定。

［第三十九条］ 回收的电器电子产品，经过修复后销售的，必须符合再利用产品标准，并在显著位置标识为再利用产品。

回收的电器电子产品，需要拆解和再生利用的，应当交售给具备条件的拆解企业。

［第四十条］ 国家支持企业开展机动车零部件、工程机械、机床等产品的再制造和轮胎翻新。

销售的再制造产品和翻新产品的质量必须符合国家规定的标准，并在显著位置标识为再制造产品或者翻新产品。

［第四十一条］ 县级以上人民政府应当统筹规划建设城乡生活垃圾分类收集和资源化利用设施，建立和完善分类收集和资源化利用体系，提高生活垃圾资源化率。

县级以上人民政府应当支持企业建设污泥资源化利用和处置设施，提高污泥综合利用水平，防止产生再次污染。

二十二、《中华人民共和国河道管理条例》

1. 适用范围

适用于中华人民共和国领域内的河道（包括湖泊、人工水道、行洪区、蓄洪区、滞洪区）。河道内的航道，同时适用《中华人民共和国航道管理条例》。

2. 河道整治与建设的有关规定

① 修建桥梁、码头和其他设施，必须按照国家规定的防洪标准所确定的河宽进行，不得缩窄行洪通道。桥梁和栈桥的梁底必须高于设计洪水位，并按照防洪和航运的要求，留有一定的超高。设计洪水位由河道主管机关根据防洪规划确定。跨越河道的管道、线路的净空高度必须符合防洪和航运的要求。

② 城镇建设和发展不得占用河道滩地。城镇规划的临河界限，由河道主管机关会同城镇规划等有关部门确定。沿河城镇在编制和审查城镇规划时，应当事先征求河道主管机关的意见。

二十三、《中华人民共和国自然保护区条例》

1. 自然保护区的功能区划分及保护要求

① 自然保护区可以分为核心区、缓冲区和实验区。自然保护区内保存完好的天然状态的生态系统以及珍稀、濒危动植物的集中分布地，应当划为核心区，禁止任何单位和个人进入；除依照相关规定经批准外，也不允许进入从事科学研究活动。

② 核心区外围可以划定一定面积的缓冲区，只准进入从事科学研究观测活动。缓冲区外围划为实验区，可以进入从事科学试验、教学实习、参观考察、旅游以及驯化、繁殖珍稀、濒危野生动植物等活动。

③ 原批准建立自然保护区的人民政府认为必要时，可以在自然保护区的外围划定一定面积的外围保护地带。

④ 自然保护区的内部未分区的，依照本条例有关核心区和缓冲区的规定管理。

2. 对自然保护区各区域内禁止的行为相关规定

① 禁止在自然保护区内进行砍伐、放牧、狩猎、捕捞、采药、开垦、烧荒、开矿、采石、捞沙等活动；但是，法律、行政法规另有规定的除外。

② 禁止任何人进入自然保护区的核心区。因科学研究的需要，必须进入核心区从事科学研究观测、调查活动的。应当事先向自然保护区管理机构提交申请和活动计划，并经省级

以上人民政府有关自然保护区行政主管部门批准；其中，进入国家级自然保护区核心区的，必须经国务院有关自然保护区行政主管部门批准。

自然保护区核心区内原有居民确有必要迁出的，由自然保护区所在地的地方人民政府予以妥善安置。

③ 禁止在自然保护区的缓冲区开展旅游和生产经营活动。因教学科研的目的，需要进入自然保护区的缓冲区从事非破坏性的科学研究、教学实习和标本采集活动的，应当事先向自然保护区管理机构提交申请和活动计划，经自然保护区管理机构批准。

从事前款活动的单位和个人，应当将其活动成果的副本提交自然保护区管理机构。

④ 在自然保护区的核心区和缓冲区内，不得建设任何生产设施。在自然保护区的实验区内，不得建设污染环境、破坏资源或者景观的生产设施；建设其他项目，其污染物排放不得超过国家和地方规定的污染物排放标准。在自然保护区的实验区内已经建成的设施，其污染物排放超过国家和地方规定的排放标准的，应当限期治理；造成损害的，必须采取补救措施。

在自然保护区的外围保护地带建设的项目，不得损害自然保护区内的环境质量；已造成损害的，应当限期治理。限期治理决定由法律、法规规定的机关作出，被限期治理的企业事业单位必须按期完成治理任务。

二十四、《风景名胜区条例》（自 2006 年 12 月 1 日起施行）

1. 风景名胜区

指具有观赏、文化或者科学价值，自然景观、人文景观比较集中，环境优美，可供人们游览或者进行科学、文化活动的区域。

2. 在风景名胜区内禁止、限制进行的活动

① 在风景名胜区内禁止进行下列活动：开山、采石、开矿、开荒、修坟立碑等破坏景观、植被和地形地貌的活动；修建储存爆炸性、易燃性、放射性、毒害性、腐蚀性物品的设施；在景物或者设施上刻划、涂污；乱扔垃圾。

② 禁止违反风景名胜区规划，在风景名胜区内设立各类开发区和在核心景区内建设宾馆、招待所、培训中心、疗养院以及与风景名胜资源保护无关的其他建筑物；已经建设的，应当按照风景名胜区规划，逐步迁出。

③ 在风景名胜区内从事前述禁止范围以外的建设活动，应当经风景名胜区管理机构审核后，依照有关法律、法规的规定办理审批手续。在国家级风景名胜区内修建缆车、索道等重大建设工程，项目的选址方案应当报国务院建设主管部门核准。

④ 风景名胜区内的建设项目应当符合风景名胜区规划，并与景观相协调，不得破坏景观、污染环境、妨碍游览。在风景名胜区内进行建设活动的，建设单位、施工单位应当制定污染防治和水土保持方案，并采取有效措施，保护好周围景物、水体、林草植被、野生动物资源和地形地貌。

二十五、《基本农田保护条例》

1. 基本概念

基本农田　是指按照一定时期人口和社会经济发展对农产品的需求，依据土地利用总体规划确定的不得占用的耕地。

基本农田保护区　是指为对基本农田实行特殊保护而依据土地利用总体规划和依照法定程序确定的特定保护区域。

根据《基本农田保护条例》第十条的规定，下列耕地应当划入基本农田保护区，严格管

理：①经国务院有关主管部门或者县级以上地方人民政府批准确定的粮、棉、油生产基地内的耕地；②有良好的水利与水土保护设施的耕地，正在实施改造计划以及可以改造的中、低产田；③蔬菜生产基地；④农业科研、教学试验田。根据土地利用总体规划，铁路、公路等交通沿线，城市和村庄、集镇建设用地区周边的耕地，应当优先划入基本农田保护区；需要退耕还林、还牧、还湖的耕地，不应当划入基本农田保护区。

2. 与建设项目有关的基本农田保护措施

① 基本农田保护区经依法划定后，任何单位和个人不得改变或者占用。国家能源、交通、水利、军事设施等重点建设项目选址确实无法避开基本农田保护区，需要占用基本农田，涉及农用地转用或者征用土地的，必须经国务院批准。

② 禁止任何单位和个人闲置，荒芜基本农田。经国务院批准的重点建设项目占用基本农田的，满一年不使用而又可以耕种并收获的，应当由原耕种该幅基本农田的集体或者个人恢复耕种，也可以由用地单位组织耕种；一年以上未动工建设的，应当按照省、自治区、直辖市的规定缴纳闲置费；连续两年未使用的，经国务院批准，由县级以上人民政府无偿收回用地单位的土地使用权；该幅土地原为农民集体所有的，应当交由原农村集体经济组织恢复耕种，重新划入基本农田保护区。承包经营基本农田的单位或者个人连续两年弃耕抛荒的，原发包单位应当终止承包合同，收回发包的基本农田。

③ 经国务院批准占用基本农田兴建国家重点建设项目的，必须遵守国家有关建设项目环境保护管理的规定。在建设项目环境影响报告书中，应当有基本农田环境保护方案。

二十六、《医疗废物管理条例》

医疗废物集中处置单位的贮存、处置设施，应当远离居（村）民居住区、水源保护区和交通干道，与工厂、企业等工作场所有适当的安全防护距离，并符合国务院环境保护行政主管部门的规定。

二十七、《危险化学品安全管理条例》（2011 年修订）

危险化学品生产装置或者储存数量构成重大危险源的危险化学品储存设施（运输工具加油站、加气站除外），与下列场所、设施、区域的距离应当符合国家有关规定：①居住区以及商业中心、公园等人员密集场所；②学校、医院、影剧院、体育场（馆）等公共设施；③饮用水源、水厂以及水源保护区；④车站、码头（依法经许可从事危险化学品装卸作业的除外）、机场以及通信干线、通信枢纽、铁路线路、道路交通干线、水路交通干线、地铁风亭以及地铁站出入口；⑤基本农田保护区、基本草原、畜禽遗传资源保护区、畜禽规模化养殖场（养殖小区）、渔业水域以及种子、种畜禽、水产苗种生产基地；⑥河流、湖泊、风景名胜区、自然保护区；⑦军事禁区、军事管理区；⑧法律、行政法规规定的其他场所、设施、区域。已建的危险化学品生产装置或者储存数量构成重大危险源的危险化学品储存设施不符合前款规定的，由所在地设区的市级人民政府安全生产监督管理部门会同有关部门监督其所属单位在规定期限内进行整改；需要转产、停产、搬迁、关闭的，由本级人民政府决定并组织实施。储存数量构成重大危险源的危险化学品储存设施的选址，应当避开地震活动断层和容易发生洪灾、地质灾害的区域。本条例所称重大危险源，是指生产、储存、使用或者搬运危险化学品，且危险化学品的数量等于或者超过临界量的单元（包括场所和设施）。

二十八、《中华人民共和国防治海岸工程建设项目污染损害海洋环境管理条例》

1. 海岸工程建设项目

海岸工程建设项目，是指位于海岸或者与海岸连接，工程主体位于海岸线向陆一侧，对海洋环境产生影响的新建、改建、扩建工程项目。具体包括：①港口、码头、航道、滨海机场工程项目；②造船厂、修船厂；③滨海火电站、核电站、风电站；④滨海物资存储设施工程项目；⑤滨海矿山、化工、轻工、冶金等工业工程项目；⑥固体废弃物、污水等污染物处理处置排海工程项目；⑦滨海大型养殖场；⑧海岸防护工程、沙石场和入海河口处的水利设施；⑨滨海石油勘探开发工程项目；⑩国务院环境保护主管部门会同国家海洋主管部门规定的其他海岸工程项目。

拆船厂建设项目的环境保护管理，依照《防止拆船污染环境管理条例》执行。

2. 建设各类海岸工程项目应采取的环境保护措施

① 建设港口、码头，应当设置与其吞吐能力和货物种类相适应的防污设施。港口、油码头、化学危险品码头，应当配备海上重大污染损害事故应急设备和器材。现有港口、码头未达到前两款规定要求的，由环境保护行政主管部门会同港口、码头主管部门责令其限期设置或者配备。

② 建设岸边造船厂、修船厂，应当设置与其性质、规模相适应的残油、废油接收处理设施，含油废水接收处理设施，拦油、收油、消油设施，工业废水接收处理设施，工业和船舶垃圾接收处理设施等。

③ 建设滨海核电站和其他核设施，必须严格遵守国家有关核环境保护和放射防护的规定及标准。

④ 建设岸边油库，应当设置含油废水接收处理设施，库场地面冲刷废水的集接、处理设施和事故应急设施；输油管线和储油设施必须符合国家有关防渗漏、防腐蚀的规定。

⑤ 建设滨海矿山，在开采、选矿、运输、贮存、冶炼和尾矿处理等过程中，必须按照有关规定采取防止污染损害海洋环境的措施。

⑥ 建设滨海垃圾场或者工业废渣填埋场，应当建造防护堤坝和场底封闭层，设置渗液收集、导出、处理系统和可燃性气体防爆装置。

⑦ 修筑海堤，在入海河口处兴建水利、航道、潮汐发电或者综合整治工程，必须采用措施，不得损害生态环境及水产资源。

⑧ 兴建海岸工程建设项目，不得改变、破坏国家和地方重点保护的野生动植物的生存环境。不得兴建可能导致重点保护的野生动植物生存环境污染和破坏的海岸工程建设项目；确需兴建的，应当征得野生动植物行政主管部门同意，并由建设单位负责组织采取易地繁育等措施，保证物种延续。

3. 禁止兴建海岸工程建设项目的规定

① 禁止在天然港湾有航运价值的区域、重要苗种基地和养殖场所及水面、滩涂中的鱼、虾、蟹、贝、藻类的自然产卵场、繁殖场、索饵场及重要的洄游通道围海造地。

② 禁止兴建向中华人民共和国海域及海岸转嫁污染的中外合资经营企业、中外合作经营企业和外资企业；海岸工程建设项目引进技术和设备，必须有相应的防治污染措施，防止转嫁污染。

③ 在海洋特别保护区、海上自然保护区、海滨风景游览区、盐场保护区、海水浴场、重要渔业水域和其他需要特殊保护的区域内不得建设污染环境、破坏景观的海岸工程建设项目；在其界区外建设海岸工程建设项目，不得损害上述区域环境质量。法律法规另有规定的除外。

④ 禁止在红树林和珊瑚礁生长的地区，建设毁坏红树林和珊瑚礁生态系统的海岸工程建设项目。

二十九、《防治海洋工程建设项目污染损害海洋环境管理条例》

1. 海洋工程建设项目的定义及范围

海洋工程，是指以开发、利用、保护、恢复海洋资源为目的，并且工程主体位于海岸线向海一侧的新建、改建、扩建工程。具体包括：①围填海、海上堤坝工程；②人工岛、海上和海底物资储藏设施、跨海桥梁、海底隧道工程；③海底管道、海底电（光）缆工程；④海洋矿产资源勘探开发及其附属工程；⑤海上潮汐电站、波浪电站、温差电站等海洋能源开发利用工程；⑥大型海水养殖场、人工鱼礁工程；⑦盐田、海水淡化等海水综合利用工程；⑧海上娱乐及运动、景观开发工程；⑨国家海洋主管部门会同国务院环境保护主管部门规定的其他海洋工程。

2. 海洋工程环境影响评价相关规定

海洋工程的环境影响评价，应当以工程对海洋环境和海洋资源的影响为重点进行综合分析、预测和评估，并提出相应的生态保护措施，预防、控制或者减轻工程对海洋环境和海洋资源造成的影响和破坏。

海洋工程环境影响报告书应当包括：①工程概况；②工程所在海域环境现状和相邻海域开发利用情况；③工程对海洋环境和海洋资源可能造成影响的分析、预测和评估；④工程对相邻海域功能和其他开发利用活动影响的分析及预测；⑤工程对海洋环境影响的经济损益分析和环境风险分析；⑥拟采取的环境保护措施及其经济、技术论证；⑦公众参与情况；⑧环境影响评价结论。海洋工程可能对海岸生态环境产生破坏的，其环境影响报告书中应当增加工程对近岸自然保护区等陆地生态系统影响的分析和评价。

海洋主管部门在核准海洋工程环境影响报告书前，应当征求海事、渔业主管部门和军队环境保护部门的意见；必要时，可以举行听证会。其中，围填海工程必须举行听证会。

海洋主管部门在核准海洋工程环境影响报告书后，应当将核准后的环境影响报告书报同级环境保护主管部门备案，接受环境保护主管部门的监督。

环境影响报告书由沿海县级以上地方人民政府海洋主管部门根据沿海省、自治区、直辖市人民政府规定的权限核准。但是，下列海洋工程的环境影响报告书必须由国家海洋主管部门核准：

① 涉及国家海洋权益、国防安全等特殊性质的工程；

② 海洋矿产资源勘探开发及其附属工程；

③ 50 公顷以上的填海工程，100 公顷以上的围海工程；

④ 潮汐电站、波浪电站、温差电站等海洋能源开发利用工程；

⑤ 由国务院或者国务院有关部门审批的海洋工程。

海洋工程可能造成跨区域环境影响并且有关海洋主管部门对环境影响评价结论有争议的，该工程的环境影响报告书由其共同的上一级海洋主管部门核准。

海洋工程在建设、运行过程中产生不符合经核准的环境影响报告书的情形的，建设单位应当自该情形出现之日起 20 个工作日内组织环境影响的后评价，根据后评价结论采取改进措施，并将后评价结论和采取的改进措施报原核准该工程环境影响报告书的海洋主管部门备案；原核准该工程环境影响报告书的海洋主管部门也可以责成建设单位进行环境影响的后评价，采取改进措施。

3. 海洋工程建设项目应采取的污染防治措施

① 严格控制围填海工程。禁止在经济生物的自然产卵场、繁殖场、索饵场和鸟类栖息地进行围填海活动。围填海工程使用的填充材料应当符合有关环境保护标准。

② 建设海洋工程，不得造成领海基点及其周围环境的侵蚀、淤积和损害，危及领海基点的稳定。进行海上堤坝、跨海桥梁、海上娱乐及运动、景观开发工程建设的，应当采取有效措施防止对海岸的侵蚀或者淤积。

③ 污水离岸排放工程排污口的设置应当符合海洋功能区划和海洋环境保护规划，不得损害相邻海域的功能。污水离岸排放不得超过国家或者地方规定的排放标准。在实行污染物

排海总量控制的海域，不得超过污染物排海总量控制指标。

④ 海洋工程需要拆除或者改作他用的，应当报原核准该工程环境影响报告书的海洋主管部门批准。拆除或者改变用途后可能产生重大环境影响的，应当进行环境影响评价。海洋工程需要在海上弃置的，应当拆除可能造成海洋环境污染损害或者影响海洋资源开发利用的部分，并按照有关海洋倾倒废弃物管理的规定进行。海洋工程拆除时，施工单位应当编制拆除的环境保护方案，采取必要的措施，防止对海洋环境造成污染和损害。

4. 海洋工程污染物排放管理规定

（1）海洋油气矿产资源勘探开发作业中产生的污染物的处置，应当遵守下列规定：

① 含油污水不得直接或者经稀释排放入海，应当经处理符合国家有关排放标准后再排放；

② 塑料制品、残油、废油、油基泥浆、含油垃圾和其他有毒有害残液残渣，不得直接排放或者弃置入海，应当集中储存在专门容器中，运回陆地处理。

（2）严格控制向水基泥浆中添加油类，确需添加的，应当如实记录并向原核准该工程环境影响报告书的海洋主管部门报告添加油的种类和数量。禁止向海域排放含油量超过国家规定标准的水基泥浆和钻屑。

（3）建设单位在海洋工程试运行或者正式投入运行后，应当如实记录污染物排放设施、处理设备的运转情况及其污染物的排放、处置情况，并按照国家海洋主管部门的规定，定期向原核准该工程环境影响报告书的海洋主管部门报告。

（4）海洋油气矿产资源勘探开发作业中应当安装污染物流量自动监控仪器，对生产污水、机舱污水和生活污水的排放进行计量。

（5）禁止向海域排放油类、酸液、碱液、剧毒废液和高、中水平放射性废水；严格限制向海域排放低水平放射性废水，确需排放的，应当符合国家放射性污染防治标准。严格限制向大气排放含有毒物质的气体，确需排放的，应当经过净化处理，并不得超过国家或者地方规定的排放标准；向大气排放含放射性物质的气体，应当符合国家放射性污染防治标准。严格控制向海域排放含有不易降解的有机物和重金属的废水；其他污染物的排放应当符合国家或者地方标准。

第四章 环境与产业政策

一、国务院关于落实科学发展观加强环境保护的决定

1. 用科学发展观统领环境保护工作的基本原则

① 协调发展，互惠共赢。

② 强化法治，综合治理。

③ 不欠新账，多还旧账。

④ 依靠科技，创新机制。

⑤ 分类指导，突出重点。

2. 经济社会发展必须与环境保护相协调的有关要求

（1）促进地区经济与环境协调发展　各地区要根据资源禀赋、环境容量、生态状况、人口数量以及国家发展规划和产业政策，明确不同区域的功能定位和发展方向，将区域经济规划和环境保护目标有机结合起来。在环境容量有限、自然资源供给不足而经济相对发达的地区实行优化开发，坚持环境优先，大力发展高新技术，优化产业结构，加快产业和产品的升级换代，同时率先完成排污总量削减任务，做到增产减污。在环境仍有一定容量、资源较为丰富、发展潜力较大的地区实行重点开发，加快基础设施建设，科学合理利用环境承载能力，推进工业化和城镇化，同时严格控制污染物排放总量，做到增产不增污。在生态环境脆弱的地区和重要生态功能保护区实行限制开发，在坚持保护优先的前提下，合理选择发展方向，发展特色优势产业，确保生态功能的恢复与保育，逐步恢复生态平衡。在自然保护区和具有特殊保护价值的地区实行禁止开发，依法实施保护，严禁不符合规定的任何开发活动。要认真做好生态功能区划工作，确定不同地区的主导功能，形成各具特色的发展格局。必须依照国家规定对各类开发建设规划进行环境影响评价。对环境有重大影响的决策，应当进行环境影响论证。

（2）大力发展循环经济　各地区、各部门要把发展循环经济作为编制各项发展规划的重要指导原则，制定和实施循环经济推进计划，加快制定促进发展循环经济的政策、相关标准和评价体系，加强技术开发和创新体系建设。要按照"减量化、再利用、资源化"的原则，根据生态环境的要求，进行产品和工业区的设计与改造，促进循环经济的发展。在生产环节，要严格排放强度准入，鼓励节能降耗，实行清洁生产并依法强制审核；在废物产生环节，要强化污染预防和全过程控制，实行生产者责任延伸，合理延长产业链，强化对各类废物的循环利用；在消费环节，要大力倡导环境友好的消费方式，实行环境标识、环境认证和政府绿色采购制度，完善再生资源回收利用体系。大力推行建筑节能，发展绿色建筑。推进污水再生利用和垃圾处理与资源化回收，建设节水型城市。推动生态省（市、县）、环境保护模范城市、环境友好企业和绿色社区、绿色学校等创建活动。

（3）积极发展环保产业　要加快环保产业的国产化、标准化、现代化产业体系建设。加强政策扶持和市场监管，按照市场经济规律，打破地方和行业保护，促进公平竞争，鼓励社会资本参与环保产业的发展。重点发展具有自主知识产权的重要环保技术装备和基础装备，在立足自主研发的基础上，通过引进消化吸收，努力掌握环保核心技术和关键技术。大力提高环保装备制造企业的自主创新能力，推进重大环保技术装备的自主制造。培育一批拥有著

名品牌、核心技术能力强、市场占有率高、能够提供较多就业机会的优势环保企业。加快发展环保服务业，推进环境咨询市场化，充分发挥行业协会等中介组织的作用。

3. 需切实解决的突出环境问题

① 以饮水安全和重点流域治理为重点，加强水污染防治。

② 以强化污染防治为重点，加强城市环境保护。

③ 以降低二氧化硫排放总量为重点，推进大气污染防治。

④ 以防治土壤污染为重点，加强农村环境保护。

⑤ 以促进人与自然和谐为重点，强化生态保护。

⑥ 以核设施和放射源监管为重点，确保核与辐射环境安全。

⑦ 以实施国家环保工程为重点，推动解决当前突出的环境问题。

4. 加强环境监管制度的有关要求

① 要实施污染物总量控制制度，将总量控制指标逐级分解到地方各级人民政府并落实到排污单位。

② 推行排污许可证制度，禁止无证或超总量排污。

③ 严格执行环境影响评价和"三同时"制度，对超过污染物总量控制指标、生态破坏严重或者尚未完成生态恢复任务的地区，暂停审批新增污染物排放总量和对生态有较大影响的建设项目；建设项目未履行环评审批程序即擅自开工建设或者擅自投产的，责令其停建或者停产，补办环评手续，并追究有关人员的责任。对生态治理工程实行充分论证和后评估。

④ 要结合经济结构调整，完善强制淘汰制度，根据国家产业政策，及时制订和调整强制淘汰污染严重的企业和落后的生产能力、工艺、设备与产品目录。

⑤ 强化限期治理制度，对不能稳定达标或超总量的排污单位实行限期治理，治理期间应予限产、限排，并不得建设增加污染物排放总量的项目；逾期未完成治理任务的，责令其停产整治。

⑥ 完善环境监察制度，强化现场执法检查。严格执行突发环境事件应急预案，地方各级人民政府要按照有关规定全面负责突发环境事件应急处置工作，环保总局及国务院相关部门根据情况给予协调支援。

⑦ 建立跨省界河流断面水质考核制度，省级人民政府应当确保出境水质达到考核目标。国家加强跨省界环境执法及污染纠纷的协调，上游省份排污对下游省份造成污染事故的，上游省级人民政府应当承担赔付补偿责任，并依法追究相关单位和人员的责任。赔付补偿的具体办法由环保总局会同有关部门拟定。

二、"十二五"节能减排综合性工作方案（2011 年 9 月发布）

1. 节能减排的主要目标

到 2015 年，全国万元国内生产总值能耗下降到 0.869 吨标准煤（按 2005 年价格计算），比 2010 年的 1.034 吨标准煤下降 16%，比 2005 年的 1.276 吨标准煤下降 32%；"十二五"期间，实现节约能源 6.7 亿吨标准煤。2015 年，全国化学需氧量和二氧化硫排放总量分别控制在 2347.6 万吨、2086.4 万吨，比 2010 年的 2551.7 万吨、2267.8 万吨分别下降 8%；全国氨氮和氮氧化物排放总量分别控制在 238.0 万吨、2046.2 万吨，比 2010 年的 264.4 万吨、2273.6 万吨分别下降 10%。

2. 调整优化产业结构

（1）抑制高耗能、高排放行业过快增长。严格控制高耗能、高排放和产能过剩行业新上项目，进一步提高行业准入门槛，强化节能、环保、土地、安全等指标约束，依法严格节能评估审查、环境影响评价、建设用地审查，严格贷款审批。建立健全项目审批、核准、备案责任制，严肃查处越权审批、分拆审批、未批先建、边批边建等行为，依法追究有关人员责任。严格控制高耗能、高排放产品出口。中西部地区承接产业转移必须坚持高标准，严禁污染产业和落后生产能力转入。

（2）加快淘汰落后产能。抓紧制定重点行业"十二五"淘汰落后产能实施方案，将任务按年度分解落实到各地区。完善落后产能退出机制，指导、督促淘汰落后产能企业做好职工安置工作。地方各级人民政府要积极安排资金，支持淘汰落后产能工作。中央财政统筹支持各地区淘汰落后产能工作，对经济欠发达地区通过增加转移支付加大支持和奖励力度。完善淘汰落后产能公告制度，对未按期完成淘汰任务的地区，严格控制国家安排的投资项目，暂停对该地区重点行业建设项目办理核准、审批和备案手续；对未按期淘汰的企业，依法吊销排污许可证、生产许可证和安全生产许可证；对虚假淘汰行为，依法追究企业负责人和地方政府有关人员的责任。

（3）推动传统产业改造升级。严格落实《产业结构调整指导目录》。加快运用高新技术和先进适用技术改造提升传统产业，促进信息化和工业化深度融合，重点支持对产业升级带动作用大的重点项目和重污染企业搬迁改造。调整《加工贸易禁止类商品目录》，提高加工贸易准入门槛，促进加工贸易转型升级。合理引导企业兼并重组，提高产业集中度。

（4）调整能源结构。在做好生态保护和移民安置的基础上发展水电，在确保安全的基础上发展核电，加快发展天然气，因地制宜大力发展风能、太阳能、生物质能、地热能等可再生能源。到 2015 年，非化石能源占一次能源消费总量比重达到 11.4%。

（5）提高服务业和战略性新兴产业在国民经济中的比重。到 2015 年，服务业增加值和战略性新兴产业增加值占国内生产总值比重分别达到 47% 和 8% 左右。

3. 强化节能减排监督检查

（1）严格节能评估审查和环境影响评价制度。把污染物排放总量指标作为环评审批的前置条件，对年度减排目标未完成、重点减排项目未按目标责任书落实的地区和企业，实行阶段性环评限批。对未通过能评、环评审查的投资项目，有关部门不得审批、核准、批准开工建设，不得发放生产许可证、安全生产许可证、排污许可证，金融机构不得发放贷款，有关单位不得供水、供电。加强能评和环评审查的监督管理，严肃查处各种违规审批行为。能评费用由节能审查机关同级财政部门安排。

（2）加强重点污染源和治理设施运行监管。严格排污许可证管理。强化重点流域、重点地区、重点行业污染源监管，适时发布主要污染物超标严重的国家重点环境监控企业名单。列入国家重点环境监控范围的电力、钢铁、造纸、印染等重点行业的企业，要安装运行管理监控平台和污染物排放自动监控系统，定期报告运行情况及污染物排放信息，推动污染源自动监控数据联网共享。加强城市污水处理厂监控平台建设，提高污水收集率，做好运行和污染物削减评估考核，考核结果作为核拨污水处理费的重要依据。对城市污水处理设施建设严重滞后、收费政策不落实、污水处理厂建成后一年内实际处理水量达不到设计能力 60%，以及已建成污水处理设施但无故不运行的地区，暂缓审批该城市项目环评，暂缓下达有关项目的国家建设资金。

三、全国生态环境保护纲要

1. 重要生态功能区的类型和生态功能保护区的级别

江河源头区、重要水源涵养区、水土保持的重点预防保护区和重点监督区、江河洪水调蓄区、防风固沙区和重要渔业水域等重要生态功能区，在保持流域、区域生态平衡，减轻自然灾害，确保国家和地区生态环境安全方面具有重要作用。对这些区域的现有植被和自然生态系统应严加保护，通过建立生态功能保护区，实施保护措施，防止生态环境的破坏和生态功能的退化。跨省域和重点流域、重点区域的重要生态功能区，建立国家级生态功能保护区；跨地（市）和县（市）的重要生态功能区，建立省级和地（市）级生态功能保护区。

2. 生态功能保护区的保护措施

要求对生态功能保护区采取以下保护措施：停止一切导致生态功能继续退化的开发活动和其他人为破坏活动；停止一切产生严重环境污染的工程项目建设；严格控制人口增长，区内人口已超出承载能力的应采取必要的移民措施；改变粗放生产经营方式，走生态经济型发展道路，对已经破坏的重要生态系统，要结合生态环境建设措施，认真组织重建与恢复，尽快遏制生态环境恶化趋势。

3. 水、土地、森林、草原、生物物种、海洋、渔业和矿产等重点资源开发利用的生态环境保护要求

各类自然资源的开发，必须遵守相关的法律法规，依法履行生态环境影响评价手续；资源开发重点建设项目，应编报水土保持方案，否则一律不得开工建设。

（1）水资源开发利用的生态环境保护

水资源的开发利用要全流域统筹兼顾，生产、生活和生态用水综合平衡，坚持开源与节流并重、节流优先、治污为本、科学开源、综合利用。

（2）土地资源开发利用的生态环境保护

依据土地利用总体规划，实施土地利用管制制度，明确土地承包者的生态环境保护责任，加强生态用地保护，冻结征用具有重要生态功能的草地、林地、湿地。建设项目确需占用生态用地的，应严格依法报批和补偿，并实行"占一补一"的制度，确保恢复面积不少于占用面积。

（3）森林、草原资源开发利用的生态环境保护

对具有重要生态功能的林区、草原，应划为禁垦区、禁伐区或禁牧区，严格管护；已经开发利用的，要退耕退牧、育林育草，使其休养生息。对毁林、毁草开垦的耕地和造成的废弃地，要按照"谁批准谁负责，谁破坏谁恢复"的原则，限期退耕还林还草。

（4）生物物种资源开发利用的生态环境保护

生物物种资源的开发应在保护物种多样性和确保生物安全的前提下进行。依法禁止一切形式的捕杀、采集濒危野生动植物的活动。严厉打击濒危野生动植物的非法贸易。

（5）海洋和渔业资源开发利用的生态环境保护

海洋和渔业资源开发利用必须按功能区划进行，做到统一规划，合理开发利用；切实加强海岸带的管理，严格围垦造地建港、海岸工程和旅游设施建设的审批，严格保护红树林、珊瑚礁、沿海防护林。加大海洋污染防治力度，逐步建立污染物排海总量控制制度，加强对海上油气勘探开发、海洋倾废、船舶排污和港口的环境管理，逐步建立海上重大污染事故应急体系。

（6）矿产资源开发利用的生态环境保护

严禁在生态功能保护区、自然保护区、风景名胜区、森林公园内采矿。严禁在崩塌滑坡危险区、泥石流易发区和易导致自然景观破坏的区域采石、采砂、取土。矿产资源开发利用必须严格规划管理，开发应选取有利于生态环境保护的工期、区域和方式，把开发活动对生态环境的破坏减少到最低限度。矿产资源开发必须防止次生地质灾害的发生。

（7）旅游资源开发利用的生态环境保护

旅游资源的开发必须明确环境保护的目标与要求，确保旅游设施建设与自然景观相协调。科学确定旅游区的游客容量，合理设计旅游线路，使旅游基础设施建设与生态环境的承载能力相适应。旅游区的污水、烟尘和生活垃圾处理，必须实现达标排放和科学处置。

四、国家重点生态功能保护区规划纲要

1. 指导思想

以科学发展观为指导，以保障国家和区域生态安全为出发点，以维护并改善区域重要生态功能为目标，以调整产业结构为主要手段，统筹人与自然和谐发展，把生态保护和建设与地方社会经济发展、群众生活水平提高有机结合起来，统一规划，优先保护，限制开发，严格监管，促进我国重要生态功能区经济、社会和环境的协调发展。

2. 基本原则

（1）统筹规划，分步实施 生态功能保护区建设是一个长期的系统工程，应统筹规划，分步实施，在明确重点生态功能保护区建设布局的基础上，分期分批开展，逐步推进，积极探索生态功能保护区建设多样化模式，建立符合我国国情的生态功能保护区格局体系。

（2）高度重视，精心组织 各级环保部门要将重点生态功能保护区的规划编制、相关配套政策的制定和研究、管理技术规范研究作为生态环境保护的重要内容。并通过与相关部门的协调和衔接，力争将生态功能保护区的建设纳入当地经济社会发展规划。

（3）保护优先，限制开发 生态功能保护区属于限制开发区，应坚持保护优先、限制开发、点状发展的原则，因地制宜地制定生态功能保护区的财政、产业、投资、人口和绩效考核等社会经济政策，强化生态环境保护执法监督，加强生态功能保护和恢复，引导资源环境可承载的特色产业发展，限制损害主导生态功能的产业扩张，走生态经济型的发展道路。

（4）避免重复，互为补充 生态功能保护区属于限制开发区，自然保护区、世界文化自然遗产、风景名胜区、森林公园等各类特别保护区域属于禁止开发区，生态功能保护区建设要考虑两者之间的协调与补充。在空间范围上，生态功能保护区不包含自然保护区、世界文化自然遗产、风景名胜区、森林公园、地质公园等特别保护区域；在建设内容上，避免重复，互相补充；在管理机制上，各类特别保护区域的隶属关系和管理方式不变。

3. 主要目标

以《中华人民共和国国民经济和社会发展第十一个五年规划纲要》明确的国家限制开发区为重点，合理布局国家重点生态功能保护区，建设一批水源涵养、水土保持、防风固沙、洪水调蓄、生物多样性维护生态功能保护区，形成较完善的生态功能保护区建设体系，建立较完备的生态功能保护区相关政策、法规、标准和技术规范体系，使我国重要生态功能区的生态恶化趋势得到遏制，主要生态功能得到有效恢复和完善，限制开发区有关政策得到有效落实。

4. 主要任务

重点生态功能保护区属于限制开发区，要在保护优先的前提下，合理选择发展方向，发展特色优势产业，加强生态环境保护和修复，加大生态环境监管力度，保护和恢复区域生态功能。

（1）合理引导产业发展

充分利用生态功能保护区的资源优势，合理选择发展方向，调整区域产业结构，发展有益于区域主导生态功能发挥的资源环境可承载的特色产业，限制不符合主导生态功能保护需要的产业发展，鼓励使用清洁能源。

① 限制损害区域生态功能的产业扩张。根据生态功能保护区的资源禀赋、环境容量，合理确定区域产业发展方向，限制高污染、高能耗、高物耗产业的发展。要依法淘汰严重污染环境、严重破坏区域生态、严重浪费资源能源的产业，要依法关闭破坏资源、污染环境和损害生态系统功能的企业。

② 发展资源环境可承载的特色产业。依据资源禀赋的差异，积极发展生态农业、生态

林业、生态旅游业；在中药材资源丰富的地区，建设药材基地，推动生物资源的开发；在畜牧业为主的区域，建立稳定、优质、高产的人工饲草基地，推行舍饲圈养；在重要防风固沙区，合理发展沙产业；在蓄滞洪区，发展避洪经济；在海洋生态功能保护区，发展海洋生态养殖、生态旅游等海洋生态产业。

③ 推广清洁能源。积极推广沼气、风能、小水电、太阳能、地热能及其他清洁能源，解决农村能源需求，减少对自然生态系统的破坏。

（2）保护和恢复生态功能

遵循先急后缓、突出重点，保护优先、积极治理，因地制宜、因害设防的原则，结合已实施或规划实施的生态治理工程，加大区域自然生态系统的保护和恢复力度，恢复和维护区域生态功能。

① 提高水源涵养能力。在水源涵养生态功能保护区内，结合已有的生态保护和建设重大工程，加强森林、草地和湿地的管护和恢复，严格监管矿产、水资源开发，严肃查处毁林、毁草、破坏湿地等行为，合理开发水电，提高区域水源涵养生态功能。

② 恢复水土保持功能。在水土保持生态功能保护区内，实施水土流失的预防监督和水土保持生态修复工程，加强小流域综合治理，营造水土保持林，禁止毁林开荒、烧山开荒和陡坡地开垦，合理开发自然资源，保护和恢复自然生态系统，增强区域水土保持能力。

③ 增强防风固沙功能。在防风固沙生态功能保护区内，积极实施防沙治沙等生态治理工程，严禁过度放牧、樵采、开荒，合理利用水资源，保障生态用水，提高区域生态系统防沙固沙的能力。

④ 提高调洪蓄洪能力。在洪水调蓄生态功能保护区内，严禁围垦湖泊、湿地，积极实施退田还湖还湿工程，禁止在蓄滞洪区建设与行洪泄洪无关的工程设施，巩固平垸行洪、退田还湿的成果，增强区内调洪蓄洪能力。

⑤ 增强生物多样性维护能力。在生物多样性维护生态功能保护区内，采取严格的保护措施，构建生态走廊，防止人为破坏，促进自然生态系统的恢复。对于生境遭受严重破坏的地区，采用生物措施和工程措施相结合的方式，积极恢复自然生境，建立野生动植物救护中心和繁育基地。禁止滥捕、乱采、乱猎等行为，加强外来入侵物种管理。

⑥ 保护重要海洋生态功能。在海洋生态功能保护区内，合理开发利用海洋资源，禁止过度捕捞，保护海洋珍稀濒危物种及其栖息地，防治海洋污染，开展海洋生态恢复，维护海洋生态系统的主要生态功能。

（3）强化生态环境监管

通过加强法律法规和监管能力建设，提高环境执法能力，避免边建设、边破坏；通过强化监测和科研，提高区内生态环境监测、预报、预警水平，及时准确掌握区内主导生态功能的动态变化情况，为生态功能保护区的建设和管理提供决策依据；通过强化宣传教育，增强区内广大群众对区域生态功能重要性的认识，自觉维护区域和流域生态安全。

① 强化监督管理能力。

② 提高监测预警能力。

③ 增强宣传教育能力。

④ 加强科研支撑能力。

五、全国生态脆弱区保护规划纲要

1. 指导思想

以邓小平理论和"三个代表"主要思想为指导，贯彻落实科学发展观，建设生态文明，以维护生态系统完整性，恢复和改善脆弱生态系统为目标，在坚持优先保护、限制开发、统筹规划、防治结合的前提下，通过适时监测、科学评估和预警服务，及时掌握脆弱区生态环境演变动态，因地制宜，合理选择发展方向，优化产业结构，力争在发展中解决生态环境问题。同时，强化法制监管，倡导生态文明，积极增进群众参与意识，全面恢复脆弱区生态系统。

2. 基本原则

（1）预防为主，保护优先　建立健全脆弱区生态监测与预警体系，以科学监测、合理评估和预警服务为手段，强化"环境准入"，科学指导脆弱区生态保育与产业发展活动，促进脆弱区的生态恢复。

（2）分区推进，分类指导　按照区域生态特点，优化资源配置和生产力空间布局，以科技促保护，以保护促发展，维护生态脆弱区自然生态平衡。

（3）强化监管，适度开发　强化生态环境监管执法力度，坚持适度开发，积极引导资源环境可承载的特色产业发展，保护和恢复脆弱区生态系统，是维护区域生态系统完整性、实现生态环境质量明显改善和区域可持续发展的必由之路。

（4）统筹规划，分步实施　在明确区域分布、地理环境特点、重点生态问题和成因的基础上，制定相应的应对战略，分期分批开展，逐步推进，积极探索生态脆弱区保护的多样化模式，形成生态脆弱区保护格局。

3. 规划目标

（1）总体目标

到 2020 年，在生态脆弱区建立起比较完善的生态保护与建设的政策保障体系、生态监测预警体系和资源开发监管执法体系；生态脆弱区 40％以上适宜治理的土地得到不同程度治理，水土流失得到基本控制，退化生态系统基本得到恢复，生态环境质量总体良好；区域可更新资源不断增值，生物多样性保护水平稳步提高；生态产业成为脆弱区的主导产业，生态保护与产业发展有序、协调，区域经济、社会、生态复合系统结构基本合理，系统服务功能呈现持续、稳定态势；生态文明融入社会各个层面，民众参与生态保护的意识明显增强，人与自然基本和谐。

（2）阶段目标

① 近期（2009～2015 年）目标

明确生态脆弱区空间分布、重要生态问题及其成因和压力，初步建立起有利于生态脆弱区保护和建设的政策法规体系、监测预警体系和长效监管机制；研究构建生态脆弱区产业准入机制，全面限制有损生态系统健康发展的产业扩张，防止因人为过度干扰所产生新的生态退化。到 2015 年，生态脆弱区战略环境影响评价执行率达到 100％，新增治理面积达到30％以上；生态产业示范已在生态脆弱区全面开展。

② 中远期（2016～2020 年）目标

生态脆弱区生态退化趋势已得到基本遏止，人地矛盾得到有效缓减，生态系统基本处于健康、稳定发展状态。到 2020 年，生态脆弱区 40％以上适宜治理的土地得到不同程度治理，退化生态系统已得到基本恢复，可更新资源不断增值，生态产业已基本成为区域经济发展的主导产业，并呈现持续、强劲的发展态势，区域生态环境已步入良性循环轨道。

4. 总体任务

以维护区域生态系统完整性、保证生态过程连续性和改善生态系统服务功能为中心，优化产业布局，调整产业结构，全面限制有损于脆弱区生态环境的产业扩张，发展与当地资源环境承载力相适应的特色产业和环境友好产业，从源头控制生态退化；加强生态保育，增强脆弱区生态系统的抗干扰能力；建立健全脆弱区生态环境监测、评估及预警体系；强化资源开发监管和执法力度，促进脆弱区资源环境协调发展。

5. 具体任务

（1）调整产业结构，促进脆弱区生态与经济的协调发展

根据生态脆弱区资源禀赋、自然环境特点及容量，调整产业结构，优化产业布局，重点发展与脆弱区资源环境相适宜的特色产业和环境友好产业。同时，按流域或区域编制生态脆弱区环境友好产业发展规划，严格限制有损于脆弱区生态环境的产业扩张，研究并探索有利于生态脆弱区经济发展与生态保育耦合模式，全面推行生态脆弱区产业发展规划战略环境影响评价制度。

（2）加强生态保育，促进生态脆弱区修复进程

在全面分析和研究不同类型生态脆弱区生态环境脆弱性成因、机制、机理及演变规律的基础上，确立适宜的生态保育对策。通过技术集成、技术创新以及新成果、新工艺的应用，提高生态修复效果，保障脆弱区自然生态系统和人工生态系统的健康发展。同时，高度重视环境极度脆弱、生态退化严重、具有重要保护价值的地区如重要江河源头区、重大工程水土保持区、国家生态屏障区和重度水土流失区的生态应急工程建设与技术创新；密切关注具有明显退化趋势的潜在生态脆弱区环境演变动态的监测与评估，因地制宜，科学规划，采取不同保育措施，快速恢复脆弱区植被，增强脆弱区自身防护效果，全面遏制生态退化。

（3）加强生态监测与评估能力建设，构建脆弱区生态安全预警体系

在全国生态脆弱典型区建立长期定位生态监测站，全面构建全国生态脆弱区生态安全预警网络体系；同时，研究制定适宜不同生态脆弱区生态环境质量评估指标体系，科学监测和合理评估脆弱生态系统结构、功能和生态过程动态演变规律，建立脆弱区生态背景数据库资源共享平台，并利用网络视频和模型预测技术，实现脆弱区生态系统健康网络诊断与安全预警服务，为国家环境决策与管理提供技术支撑。

（4）强化资源开发监管执法力度，防止无序开发和过度开发

加强资源开发监管与执法力度，全面开展脆弱区生态环境监察工作，严格禁止超采、过牧、乱垦、滥挖以及非法采矿、无序修路等资源破坏行为发生；以生态脆弱区资源禀赋和生态环境承载力基线为基础，通过科学规划，确立适宜的资源开发模式与强度、可持续利用途径、资源开发监管办法以及资源开发过程中生态保护措施；研究制定生态脆弱区资源开发监管条例，编制适宜不同生态脆弱区资源开发生态恢复与重建技术标准及技术规范，积极推进脆弱区生态保育、系统恢复与重建进程。

六、国家危险废物名录

新的《国家危险废物名录》自 2008 年 8 月 1 日起施行，原国家环境保护局、国家经济贸易委员会、对外贸易经济合作部、公安部发布的《国家危险废物名录》（环发〔1998〕89号）同时废止。

具有下列情形之一的固体废物和液态废物，列入名录：

① 具有腐蚀性、毒性、易燃性、反应性或者感染性等一种或者几种危险特性的；

② 不排除具有危险特性，可能对环境或者人体健康造成有害影响，需要按照危险废物进行管理的。

医疗废物属于危险废物。《医疗废物分类目录》根据《医疗废物管理条例》另行制定和公布。

未列入名录和《医疗废物分类目录》的固体废物和液态废物，由国务院环境保护行政主管部门组织专家，根据国家危险废物鉴别标准和鉴别方法认定具有危险特性的，属于危险废物，适时增补。危险废物和非危险废物混合物的性质判定，按照国家危险废物鉴别标准执行。

家庭日常生活中产生的废药品及其包装物、废杀虫剂和消毒剂及其包装物、废油漆和溶剂及其包装物、废矿物油及其包装物、废胶片及废相纸、废荧光灯管、废温度计、废血压计、废镍镉电池和氧化汞电池以及电子类危险废物等，可以不按照危险废物进行管理。而将上述废弃物从生活垃圾中分类收集后，其运输、贮存、利用或者处置，则按照危险废物进行管理。

国务院环境保护行政主管部门将根据危险废物环境管理的需要，对名录进行适时调整并公布。

名录中的"废物类别"是按照《控制危险废物越境转移及其处置巴塞尔公约》划定的类别进行的归类。"行业来源"是指某种危险废物的产生源。"废物代码"是危险废物的唯一代码，为8位数字。其中，第1～3位为危险废物产生行业代码，第4～6位为废物顺序代码，第7～8位为废物类别代码。

七、产业结构调整的相关规定

1. 产业结构调整的方向和重点（国务院《促进产业结构调整暂行规定》）

① 巩固和加强农业基础地位，加快传统农业向现代农业转变。加快农业科技进步，加强农业设施建设，调整农业生产结构，转变农业增长方式，提高农业综合生产能力。

② 加强能源、交通、水利和信息等基础设施建设，增强对经济社会发展的保障能力。坚持节约优先、立足国内、煤为基础、多元发展，优化能源结构，构筑稳定、经济、清洁的能源供应体系。以扩大网络为重点，形成便捷、通畅、高效、安全的综合交通运输体系。加强水利建设，优化水资源配置。加强宽带通信网、数字电视网和下一代互联网等信息基础设施建设，推进"三网融合"，健全信息安全保障体系。

③ 以振兴装备制造业为重点发展先进制造业，发挥其对经济发展的重要支撑作用。装备制造业要依托重点建设工程，通过自主创新、引进技术、合作开发、联合制造等方式，提高重大技术装备国产化水平。坚持以信息化带动工业化，鼓励运用高技术和先进适用技术改造提升制造业，提高自主知识产权、自主品牌和高端产品比重。

④ 加快发展高技术产业，进一步增强高技术产业对经济增长的带动作用。

⑤ 大力发展循环经济，建设资源节约和环境友好型社会，实现经济增长与人口资源环境相协调。

⑥ 优化产业组织结构，调整区域产业布局。

⑦ 实施互利共赢的开放战略，提高对外开放水平，促进国内产业结构升级。加快转变对外贸易增长方式，扩大具有自主知识产权、自主品牌的商品出口，控制高能耗高污染产品的出口，鼓励进口先进技术设备和国内短缺资源。

2. 国务院《促进产业结构调整暂行规定》施行后废止的相关产业目录

原国家计委、国家经贸委发布的《当前国家重点鼓励发展的产业、产品和技术目录（2000年修订）》、原国家经贸委发布的《淘汰落后生产能力、工艺和产品的目录（第一批、第二批、第三批）》和《工商投资领域制止重复建设目录（第一批）》同时废止。

3. 推进产能过剩行业结构调整的总体要求和原则

（1）总体要求

坚持以科学发展观为指导，依靠市场，因势利导，控制增能，优化结构，区别对待，扶优汰劣，力争今年迈出实质性步伐，经过几年努力取得明显成效。

（2）原则

① 充分发挥市场配置资源的基础性作用。坚持以市场为导向，利用市场约束和资源约束增强的"倒逼"机制，促进总量平衡和结构优化。调整和理顺资源产品价格关系，更好地

发挥价格杠杆的调节作用，推动企业自主创新、主动调整结构。

② 综合运用经济、法律手段和必要的行政手段。加强产业政策引导、信贷政策支持、财税政策调节，推动行业结构调整。提高并严格执行环保、安全、技术、土地和资源综合利用等市场准入标准，引导市场投资方向。完善并严格执行相关法律法规，规范企业和政府行为。

③ 坚持区别对待，促进扶优汰劣。根据不同行业、不同地区、不同企业的具体情况，分类指导、有保有压。坚持扶优与汰劣结合，升级改造与淘汰落后结合，兼并重组与关闭破产结合。合理利用和消化一些已经形成的生产能力，进一步优化企业结构和布局。

④ 健全持续推进结构调整的制度保障。把解决当前问题和长远问题结合起来，加快推进改革，消除制约结构调整的体制性、机制性障碍，有序推进产能过剩行业的结构调整，促进经济持续快速健康发展。

4. 推进产能过剩行业结构调整的重点措施

① 切实防止固定资产投资反弹。

② 严格控制新上项目。根据有关法律法规，制定更加严格的环境、安全、能耗、水耗、资源综合利用和质量、技术、规模等标准，提高准入门槛。对在建和拟建项目区别情况，继续进行清理整顿；对不符合国家有关规划、产业政策、供地政策、环境保护、安全生产等市场准入条件的项目，依法停止建设；对拒不执行的，要采取经济、法律和必要的行政手段，并追究有关人员责任。原则上不批准建设新的钢厂，对个别结合搬迁、淘汰落后生产能力的钢厂项目，要从严审批。提高煤炭开采的井型标准，明确必须达到的回采率和安全生产条件。所有新建汽车整车生产企业和现有企业跨产品类别的生产投资项目，除满足产业政策要求外，还要满足自主品牌、自主开发产品的条件；现有企业异地建厂，还必须满足产销量达到批准产能 80％以上的要求。提高利用外资质量，禁止技术和安全水平低、能耗物耗高、污染严重的外资项目进入。

③ 淘汰落后生产能力。依法关闭一批破坏资源、污染环境和不具备安全生产条件的小企业，分期分批淘汰一批落后生产能力，对淘汰的生产设备进行废毁处理。逐步淘汰立窑等落后的水泥生产能力；关闭淘汰敞开式和生产能力低于 1 万吨的小电石炉；尽快淘汰 5000 千伏安以下铁合金矿热炉（特种铁合金除外）、100 立方米以下铁合金高炉；淘汰 300 立方米以下炼铁高炉和 20 吨以下炼钢转炉、电炉；彻底淘汰土焦和改良焦设施；逐步关停小油机和 5 万千瓦及以下凝汽式燃煤小机组；淘汰达不到产业政策规定规模和安全标准的小煤矿。

④ 推进技术改造。支持符合产业政策和技术水平高、对产业升级有重大作用的大型企业技术改造项目。围绕提升技术水平、改善品种、保护环境、保障安全、降低消耗、综合利用等，对传统产业实施改造提高。推进火电机组以大代小、上煤压油等工程。支持汽车生产企业加强研发体系建设，在消化引进技术的基础上，开发具有自主知识产权的技术。支持纺织关键技术、成套设备的研发和产业集群公共创新平台、服装自主品牌的建设。支持大型钢铁集团的重大技改和新产品项目，加快开发取向冷轧硅钢片技术，提升汽车板生产水平，推进大型冷、热连轧机组国产化。支持高产高效煤炭矿井建设和煤矿安全技术改造。

⑤ 促进兼并重组。

⑥ 加强信贷、土地、建设、环保、安全等政策与产业政策的协调配合。

⑦ 深化行政管理和投资体制、价格形成和市场退出机制等方面的改革。

⑧ 健全行业信息发布制度。

5. 《产业结构调整指导目录》由鼓励、限制和淘汰三类目录组成。不属于鼓励类、限制类和淘汰类，且符合国家有关法律、法规和政策规定的，为允许类。允许类不列入《产业结构调整指导目录》。

八、工业产业调整和振兴规划

（1）了解汽车产业、钢铁产业、纺织工业、装备制造业、船舶工业、电子信息产业、轻工业、石化产业、有色金属产业和物流业调整和振兴的规划目标；

（2）了解钢铁产业、石化产业、有色金属产业调整和振兴的主要任务。

九、关于抑制部分行业产能过剩和重复建设引导产业健康发展的若干意见

1. 当前产能过剩、重复建设问题较为突出的产业和行业

产业：钢铁、水泥、平板玻璃、煤化工、多晶硅、风电设备；

行业：电解铝、造船、大豆压榨等行业。

2. 抑制产能过剩和重复建设的环境监管措施

推进开展区域产业规划的环境影响评价。区域内的钢铁、水泥、平板玻璃、传统煤化工、多晶硅等高耗能、高污染项目环境影响评价文件必须在产业规划环评通过后才能受理和审批。未通过环境评价审批的项目一律不准开工建设。环保部门要切实负起监管责任，定期发布环保不达标的生产企业名单。对使用有毒、有害原料进行生产或者在生产中排放有毒、有害物质的企业限期完成清洁生产审核，对达不到排放标准或超过排污总量指标的生产企业实行限期治理，未完成限期治理任务的，依法予以关闭。对主要污染物排放超总量控制指标的地区，要暂停增加主要污染物排放项目的环评审批。

十、环境保护部关于贯彻落实抑制部分行业产能过剩和重复建设引导产业健康发展的通知

1. 提高环境保护准入门槛，严格建设项目环境影响评价管理的有关要求

（1）提高环保准入门槛。制订和完善环境保护标准体系，严格执行污染物排放标准、清洁生产标准和其他环境保护标准，严格控制物耗能耗高的项目准入。严格产能过剩、重复建设行业企业的上市环保核查，建立并完善上市企业环保后督察制度，提高总量控制要求。进一步细化产能过剩、重复建设行业的环保政策和环评审批要求。

（2）加强区域产业规划环评。认真贯彻执行《规划环境影响评价条例》（国务院第559号令），做好本区域的产业规划环评工作，以区域资源承载力、环境容量为基础，以节能减排、淘汰落后产能为目标，从源头上优化产能过剩、重复建设行业建设项目的规模、布局以及结构。未开展区域产业规划环评、规划环评未通过审查的、规划发生重大调整或者修编而未经重新或补充环境影响评价和审查的，一律不予受理和审批区域内上述行业建设项目环评文件。

（3）严格建设项目环评审批。严格遵守环评审批中"四个不批，三个严格"的要求。原则上不得受理和审批扩大产能的钢铁、水泥、平板玻璃、多晶硅、煤化工等产能过剩、重复建设项目的环评文件。在国家投资项目核准目录出台之前，确有必要建设的淘汰落后产能、节能减排的项目环评文件，需报我部审批。未完成主要污染物排放总量减排任务的地区，一律不予受理和审批新增排放总量的上述行业建设项目环评文件。

2. 加强环境监管，严格落实环境保护"三同时"制度的有关要求

（1）清查突出环境问题并责令整改。2009年年底前，开展"十一五"期间审批的钢铁、水泥、平板玻璃、多晶硅、煤化工、石油化工、有色冶金等行业建设项目环评的清查，重点调查环境影响评价、施工期环境监理、环保"三同时"验收、日常环境监管等方面情况，对突出环境问题责令整改，于2010年1月15日前将整改情况报送我部。

（2）强化项目建设过程环境监管。加强建设项目施工期日常监管和现场执法，督促建设单位落实环评批复的各项环保措施，开展工程环境监理，确保建设项目环境保护"三同时"制度落到实处。

（3）加强建设项目竣工环保验收工作。加强对申请试生产项目环保设施和措施落实情况的现场检查。对环境保护"三同时"制度落实不到位的项目，责令限期整改。

十一、废弃危险化学品污染环境防治办法

废弃危险化学品，是指未经使用而被所有人抛弃或者放弃的危险化学品，淘汰、伪劣、过期、失效的危险化学品，由公安、海关、质检、工商、农业、安全监管、环保等主管部门在行政管理活动中依法收缴的危险化学品以及接收的公众上交的危险化学品。废弃危险化学品属于危险废物，列入国家危险废物名录。

该办法适用于中华人民共和国境内废弃危险化学品的产生、收集、运输、贮存、利用、处置活动污染环境的防治。实验室产生的废弃试剂、药品污染环境的防治适用该办法。盛装废弃危险化学品的容器和受废弃危险化学品污染的包装物，按照危险废物进行管理。

禁止任何单位或者个人随意弃置废弃危险化学品。危险化学品生产者、进口者、销售者、使用者对废弃危险化学品承担污染防治责任。

危险化学品的生产、储存、使用单位转产、停产、停业或者解散的，应当按照《危险化学品安全管理条例》有关规定对危险化学品的生产或者储存设备、库存产品及生产原料进行妥善处置，并按照国家有关环境保护标准和规范，对厂区的土壤和地下水进行检测，编制环境风险评估报告，报县级以上环境保护部门备案。对场地造成污染的，应当将环境恢复方案报经县级以上环境保护部门同意后，在环境保护部门规定的期限内对污染场地进行环境恢复。对污染场地完成环境恢复后，应当委托环境保护检测机构对恢复后的场地进行检测，并将检测报告报县级以上环境保护部门备案。

十二、外商投资产业指导目录

《外商投资产业指导目录（2007年修订）》分为：鼓励类、限制类、禁止类。

禁止外商投资产业目录（12类，均属保护性和敏感性行业）如下。

1. 农、林、牧、渔业

（1）我国稀有和特有的珍贵优良品种的养殖、种植（包括种植业、畜牧业、水产业的优良基因）

（2）转基因植物种子、种畜禽、水产苗种的开发、生产

（3）我国管辖海域及内陆水域水产品捕捞

2. 采矿业

（1）钨、钼、锡、锑、萤石勘查、开采

（2）稀土勘查、开采、选矿

（3）放射性矿产的勘查、开采、选矿

3. 制造业

（1）饮料制造业

我国传统工艺的绿茶及特种茶加工（名茶、黑茶等）。

（2）医药制造业

① 列入《野生药材资源保护条例》和《中国珍稀、濒危保护植物名录》的中药材加工。

② 中药饮片的蒸、炒、灸、煅等炮灸技术的应用及中成药保密处方产品的生产。

（3）有色金属冶炼及压延加工业

放射性矿产的冶炼、加工。

（4）专用设备制造业

武器弹药制造。

（5）电气机械及器材制造业

开口式（即酸雾直接外排式）铅酸电池、含汞扣式氧化银电池、糊式锌锰电池、镉镍电池制造。

（6）工业品及其他制造业

①象牙雕刻；②虎骨加工；③脱胎漆器生产；④珐琅制品生产；⑤宣纸、墨锭生产；⑥致癌、致畸、致突变产品和持久性有机污染物产品生产。

4. 电力、煤气及水的生产和供应业

西藏、新疆、海南等小电网外，单机容量 30 万千瓦及以下燃煤凝汽火电站、单机容量 10 万千瓦及以下燃煤凝汽、抽汽两用热电联产电站的建设、经营。

5. 交通运输、仓储和邮政业

（1）空中交通管制公司

（2）邮政公司

6. 租赁和商务服务业

社会调查。

7. 科学研究、技术服务和地质勘查业

（1）人体干细胞、基因诊断与治疗技术开发和应用

（2）大地测量、海洋测绘、测绘航空摄影、行政区域界线测绘、地图编制中的地形图编制、普通地图编制的导航电子地图编制

8. 水利、环境和公共设施管理业

（1）自然保护区和国际重要湿地的建设、经营

（2）国家保护的原产于我国的野生动、植物资源开发

9. 教育

义务教育机构，军事、警察、政治和党校等特殊领域教育机构。

10. 文化、体育和娱乐业

（1）新闻机构

（2）图书、报纸、期刊的出版、总发行和进口业务

（3）音像制品和电子出版物的出版、制作和进口业务

（4）各级广播电台（站）、电视台（站）、广播电视频道（率）、广播电视传输覆盖网（发射台、转播台、广播电视卫星、卫星上行站、卫星收转站、微波站、监测台、有线广播电视传输覆盖网）

（5）广播电视节目制作经营公司

（6）电影制作公司、发行公司、院线公司

（7）新闻网站、网络视听节目服务、互联网上网服务营业场所、互联网文化经营

（8）录像放映公司

（9）高尔夫球场的建设、经营

（10）博彩业（含赌博类跑马场）

（11）色情业

11. 其他行业

危害军事设施安全和使用效能的项目。

12. 国家和我国缔结或者参加的国际条约规定禁止的其他产业

第二部分　模拟试卷

模拟试卷一

一、单项选择题（共 100 题，每题 1 分。每题的备选项中只有一个最符合题意）

1. 按照（   ），环境影响评价可分为大气环境影响评价、水环境影响评价、声环境影响评价、生态环境影响评价和固体废物环境影响评价。

    A. 评价对象   B. 环境要素   C. 环境影响对象   D. 环境破坏程度

2. 上报到天津市规划局的天津市土地利用规划草案中未编写有关环境影响的篇章或者说明，依照《环境影响评价法》的规定，天津市规划局应（   ）。

    A. 立即驳回   B. 限期补报   C. 部分审批   D. 不予审批

3. 在北京市道路建设规划草案审批中，因种种原因，对其所附的环境影响评价报告书的结论未予采纳，依照《环境影响评价法》的规定，应当（   ）。

    A. 对规划重新做环境影响评价   B. 对规划重新审批

    C. 对不采纳的情况作出说明并存档备查   D. 判定审批无效

4. 依照《环境影响评价法》的规定，对北京市某化工厂建设项目的环境影响报告书，北京市环保局应自收到环评文件之日起（   ）日内，作出审批决定并书面通知建设单位。

    A. 15   B. 30   C. 45   D. 60

5. 建设项目对环境影响很小，不需要进行环境影响评价的，（   ）。

    A. 可直接进行项目施工   B. 仍需征求当地环保部门的意见

    C. 应当填报环境影响登记表   D. 应当填报环境影响报告表

6. 连接河北省唐山市及秦皇岛市两个行政区域的某公路建设项目，在审批该项目的环评文件时，两市环保局因对其结论有争议而致使该项目环评无法得以审批，按照《环境影响评价法》之规定，该环境影响评价文件应（   ）。

    A. 由所属路段较长的区域环保局负责审批

    B. 重新编制直至两市环保局均认可为止

    C. 不予审批

    D. 由河北省环保厅审批

7. 依照《环境影响评价法》的规定，规划审批机关对依法应当编写有关环境影响的篇章或者说明而未编写的规划草案，依法应当附送环境影响报告书而未附送的专项规划草案，违法予以批准的，对直接负责的主管人员和其他直接责任人员，由（   ）依法给予行政处分。

    A. 环境影响评价文件的审批机构   B. 规划的审批机构

    C. 监察部门   D. 党纪部门

8. 依照《环境影响评价法》的规定，接受委托为建设项目环境影响评价提供技术服务的机构在环境影响评价工作中不负责任或者弄虚作假，致使环境影响评价文件失实的，可对其处以（   ）的罚款。

    A. 所收费用一倍以上三倍以下的罚款

B. 所收费用一倍以上四倍以下的罚款

C. 所收费用二倍以上四倍以下的罚款

D. 所收费用二倍以上五倍以下的罚款

9. 设区的某市发改委组织编制工业发展规划，对报送审查的环评报告书草案的公众意见作采纳或者不采纳说明的单位应该是（　　　　）。

A. 该市环保局　　B. 该市规划局　　C. 该市发改委　　D. 该规划的审批机关

10. 依据《环境影响评价法》，国家根据建设项目对环境的影响程度，对建设项目的环境影响实施分类管理，应当编制环境影响报告书的是（　　　　）。

A. 印刷、生活垃圾集中转运站　　　　　B. 煤气供应、电池生产

C. 煤气生产、有色金属合金制造　　　　D. 民航供油工程、煤炭集运

11. （　　　　）是我国环境保护的基本法。

A. 环境法　　　　B. 环境保护法　　　C. 环境资源法　　　　D. 环境与能源法

12. 根据《规划环境影响评价条例》的规定，下列（　　　　）不属于审查小组应当提出"对环境影响报告书进行修改并重新审查的意见"的情形。

A. 基础资料、数据失实的

B. 依据现有知识水平和技术条件，对规划实施可能产生的不良环境影响的程度或者范围不能作出科学判断的

C. 评价方法选择不当的

D. 未附具对公众意见采纳与不采纳情况及其理由的说明，或者不采纳公众意见的理由明显不合理的

13. 《饮用水水源保护区划分技术规范》属于（　　　　）。

A. 环境保护单行法　　　　　　　　　　B. 环境保护行政法规

C. 环境保护部门规章　　　　　　　　　D. 环境保护标准

14. 某化工厂位于北京市，鉴于在国家环保总局制定并颁布实施大气污染物排放标准的情况下，北京市环保局又制定了北京市大气污染物排放标准，则该化工厂在生产中应执行的排放标准是（　　　　）。

A. 国家大气污染物排放标准　　　　　　B. 北京市大气污染物排放标准

C. 要求相对较低的排放标准　　　　　　D. 化工厂自行制定的排放标准

15. 某环评机构在为位于北京市的某垃圾焚烧厂项目做环境影响评价的过程中，发现《环境影响评价法》与《北京市实施〈大气污染防治法〉实施细则》对某一问题的要求不同，则应（　　　　）。

A. 遵照《环境影响评价法》的规定执行

B. 遵照《北京市实施〈大气污染防治法〉实施细则》的规定执行

C. 请示北京市环保局

D. 择一要求低的执行

16. 对于含多氯联苯的废弃电气设备的处理处置，《斯德哥尔摩公约》、《固体废物污染环境保护法》及《危险废物管理条例》都做了规定，则应（　　　　）。

A. 遵照《斯德哥尔摩公约》的规定执行

B. 遵照《固体废物污染环境保护法》的规定执行

C. 遵照《危险废物管理条例》的规定执行

D. 择一要求低的执行

17. 国家环保总局制定了一系列大气污染物排放标准，北京市政府也制定了北京市机动车尾气排放标准，则在北京市场销售的机动车应满足（　　　　）的要求。

A. 国家大气污染物排放标准

B. 北京市机动车尾气排放标准

C. 机动车厂商所在地的地方大气污染物排放标准

D. 上述任一标准

18. 位于广东省湛江市的某核电站建设项目已建成，按照相关法律规定，其防治污染的设施必须经（　　　）验收合格后，该项目方可投入生产。

　　A. 湛江市环保局　　　　　　　　　　B. 广东省环保局

　　C. 环境保护部　　　　　　　　　　　D. 国家发展和改革委员会

19. 位于北京市朝阳区的某高架桥建设项目未按照环境报告书安装隔音设施便已通车，按照《环境保护法》的规定，应由（　　　）对其实施行政处罚。

　　A. 环境保护部　　　B. 北京市环保局　　　C. 朝阳区环保局　　　D. 朝阳区城管

20. （　　　）是第一个建立环境影响评价法律制度的国家。

　　A. 中国　　　　　　B. 日本　　　　　　C. 德国　　　　　　D. 美国

21. 依据《环境影响评价公众参与暂行办法》规定，环境保护行政主管部门应当在受理建设项目环境影响报告书后，在其政府网站或者采用其他便利公众知悉的方式，公告（　　　）的有关信息。

　　A. 环境影响报告书编制　　　　　　　B. 环境影响报告书提交

　　C. 环境影响报告书受理　　　　　　　D. 环境影响报告书审批

22. 依据《环境影响评价公众参与暂行办法》的规定，在建设项目环境影响评价活动中，建设单位或者其委托的环境影响评价机构、环境保护行政主管部门所选择的被征求意见的公众必须包括（　　　）。

　　A. 建设项目立项审批部门的代表

　　B. 建设项目所在地人民政府的代表

　　C. 建设项目所在地环境保护行政主管部门的代表

　　D. 受建设项目影响的公民、法人或者其他组织的代表

23. 依据《环境影响评价公众参与暂行办法》的规定，环境影响评价机构决定以座谈会或者论证会的方式征求公众意见的，应当在会议召开（　　　）日前，将座谈会或者论证会的时间、地点、主要议题等事项，书面通知有关单位和个人。

　　A. 5　　　　　　　　B. 7　　　　　　　　C. 10　　　　　　　D. 15

24. 依照现行相关法律法规的规定，某石化企业建设项目，其原料及生产过程中涉及的污染物种类多、数量大、毒性大、难以在环境中降解，该项目的环评文件应为（　　　）。

　　A. 环境影响评价书　　　　　　　　　B. 环境影响报告书

　　C. 环境影响报告表　　　　　　　　　D. 环境影响评价表

25. 跨行业、复合型建设项目的环境影响评价类别按其中（　　　）确定。

　　A. 单项等级最高的　　　　　　　　　B. 所占比例最大的

　　C. 相关环境保护主管部门最为关切的　　D. 公众关注程度最高的

26. 按照国家规定实行审批制的建设项目，建设单位应当在（　　　）之前报批环境影响评价文件。

　　A. 报送可行性研究报告　　　　　　　B. 提交项目申请报告

　　C. 办理备案手续后和开工　　　　　　D. 进行项目初步设计

27. 环境影响评价工程师，是指取得（　　　），并经登记后，从事环境影响评价工作的专业技术人员。

　　A.《中华人民共和国环境影响评价工程师职业资格证书》

B.《中华人民共和国环境影响评价工程师职业证书》

C.《中华人民共和国环境影响评价工程师执业证书》

D.《中华人民共和国环境影响评价工程师资格证书》

28. 依照相关法律、法规之规定，凡接受委托为建设项目环境影响评价提供技术服务的机构，应当取得（　　）。

A.《建设项目环境影响评价职业资格证书》

B.《建设项目环境影响评价资质证书》

C.《建设项目环境影响评价执业证书》

D.《建设项目环境影响评价资格证书》

29.《建设项目环境影响评价资质证书》的有效期为（　　）。

A. 2 年　　　　　　B. 3 年　　　　　　C. 4 年　　　　　　D. 5 年

30. 依据《建设项目环境影响评价资质管理办法》，评价范围是交通运输类的环境影响评价机构可以提供环评服务的项目是（　　）。

A. 堤坝建设项目　　　　　　　　　B. 光纤光缆项目

C. 海底管道项目　　　　　　　　　D. 输变电工程项目

31. 以下不属于工业规划的环境影响报告书所必须包括的内容的是（　　）。

A. 实施该规划对环境可能造成影响的分析、预测和评估

B. 预防或者减轻不良环境影响的对策和措施

C. 对建设项目实施环境监测的建议

D. 环境影响评价的结论

32. 按照《建设项目环境保护管理条例》的规定，不需要进行可行性研究的建设项目，建设单位应当在（　　）报批环评文件。

A. 可行性研究阶段　　　　　　　　B. 初步设计完成前

C. 开工建设前　　　　　　　　　　D. 建成投入使用前

33. 依照相关法律法规的规定，中国对从事建设项目环境影响评价工作的环评机构实行（　　）。

A. 备案管理制度　　　　　　　　　B. 资格审查制度

C. 审批制度　　　　　　　　　　　D. 登记注册制度

34. 按照《建设项目环境保护管理条例》的规定，环境保护设施竣工验收（　　）。

A. 可以与主体工程竣工验收同时进行

B. 可以在主体工程竣工验收之后进行

C. 应当与主体工程竣工验收同时进行

D. 必须与主体工程竣工验收同时进行

35. 按照《建设项目环境保护管理条例》的规定，试生产建设项目配套建设的环境保护设施未与主体工程同时投入试运行的，应由（　　）对其进行行政处罚。

A. 当地建设行政主管部门

B. 当地环境保护行政主管部门

C. 审批该项目的建设行政主管部门

D. 审批该项目环评文件的环境保护行政主管部门

36. 按照《建设项目环境保护管理条例》的规定，对建设项目实施环境保护管理的目的是（　　）。

A. 防止建设项目产生新的污染、破坏生态环境

B. 治理污染、保护环境

C. 节能减排、保护环境

D. 合理利用资源、杜绝浪费

37. 某单位拟建的建设项目，对环境影响很小，不需要进行环境影响评价，按照《建设项目环境保护管理条例》的规定，（　　　　）。

A. 无需提交任何环评文件　　　　　　B. 应编制环境影响报告表

C. 应编制环境影响登记书　　　　　　D. 应填报环境影响登记表

38. 某潮汐发电建设项目，按照现行相关法律法规之规定，应在（　　　　）阶段征求公众对该项目可能造成环境影响的意见。

A. 可行性研究阶段　　　　　　　　　B. 环境影响评价阶段

C. 环评文件审批阶段　　　　　　　　D. 建成试运行阶段

39. 横穿多个居民区的某高架路建设项目，按照相关法律法规之规定，建设单位应在（　　　　），向公众公告相关信息。

A. 项目立项审批后 7 日内

B. 项目立项审批后 10 日内

C. 确定了承担环境影响评价工作的环境影响评价机构后 7 日内

D. 确定了承担环境影响评价工作的环境影响评价机构后 10 日内

40. 依据《环境影响评价公众参与暂行办法》的规定，建设单位或者其委托的环境影响评价机构应当在（　　　　）向公众公告建设项目对环境可能造成影响的概述及预防或者减轻不良环境影响的对策和措施的要点。

A. 确定了承担环境影响评价工作的环境影响评价机构后立即

B. 确定了承担环境影响评价工作的环境影响评价机构后 7 日内

C. 报送环境保护行政主管部门审批前

D. 报送环境保护行政主管部门审批后 7 日内

41. 依据《建设项目竣工环境保护验收管理办法》，负责建设项目竣工环境保护验收管理工作的是（　　　　）。

A. 建设行政主管部门　　　　　　　　B. 环境行政主管部门

C. 当地人民政府　　　　　　　　　　D. 项目立项审批部门

42. 依据《建设项目竣工环境保护验收管理办法》，核设施建设项目试运行前，建设单位应向环境行政主管部门报批（　　　　），经批准后，方可进行试运行。

A. 试生产阶段的环境影响报告书　　　B. 首次装料阶段的环境影响报告书

C. 试生产阶段的可行性研究报告书　　D. 首次装料阶段的可行性研究报告书

43. 某有色金属矿采选项目，依据相关法律规定，建设单位申请建设项目竣工环境保护验收时，应当向有审批权的环境保护行政主管部门提交（　　　　）。

A. 建设项目竣工环境保护验收申请报告

B. 建设项目竣工环境保护验收申请表

C. 建设项目竣工环境保护验收登记表

D. 环评项目竣工环境保护验收登记卡

44. 某防沙治沙工程建设项目，依据相关法律规定，建设单位申请建设项目竣工环境保护验收时，应当向有审批权的环境保护行政主管部门提交（　　　　）。

A. 建设项目竣工环境保护验收申请报告

B. 建设项目竣工环境保护验收申请表

C. 建设项目竣工环境保护验收登记卡

D. 环评项目竣工环境保护验收登记表

45. 依据《大气污染防治法》，大、中城市大气环境质量状况公报应当由（ ）定期发布。

    A. 大、中城市人民政府   B. 大、中城市所属省级人民政府

    C. 国务院环境保护行政主管部门   D. 大、中城市环境保护行政主管部门

46. 依据《大气污染防治法》，国务院和省、自治区、直辖市人民政府对尚未达到规定的大气环境质量标准的区域和国务院批准规定的酸雨控制区、二氧化硫污染控制区，可规定为（ ）。

    A. 大气环境质量尚未达标控制区   B. 主要大气污染物排放总量控制区

    C. 主要大气污染物环境容量控制区   D. 主要大气污染物达标排放控制区

47. 依据《大气污染防治法》，企业应当优先采用能源利用效率高、污染物排放量少的（ ），减少大气污染物的产生。

    A. 清洁原材料   B. 清洁能源   C. 清洁生产工艺   D. 清洁生产设备

48. 《循环经济促进法》明确指出，发展循环经济应当在技术可行、经济合理和有利于节约资源、保护环境的前提下，按照（ ）优先的原则实施。

    A. 资源化   B. 减量化   C. 无害化   D. 再利用

49. 以下关于防止粉尘污染大气环境的说法，符合《大气污染防治法》的是（ ）。

    A. 向大气排放粉尘的排污单位，应尽量采取除尘措施

    B. 禁止向大气排放含有毒物质的废气和粉尘

    C. 向大气排放的含有毒物质的废气和粉尘必须经过净化处理，不得超标排放

    D. 运输、装卸、贮存能够散发有毒有害气体或者粉尘物质的，应尽量采取密闭措施或者其他防护措施

50. 依据《水污染防治法》，饮用水水源保护区划分为（ ）。

    A. 核心保护区、缓冲保护区、外围保护区

    B. 一级保护区、二级保护区

    C. 甲等保护区、乙等保护区

    D. 一等保护区、二等保护区、三等保护区

51. 依据《水污染防治法》中有关防止水污染的规定，未明文禁止的行为是（ ）。

    A. 向水体倾倒低放射性固体废物

    B. 向水体排放含低放射性物质废水

    C. 向水体倾倒高、中放射性固体废弃物

    D. 向水体排放含高、中放射性物质废水

52. 依据《水污染防治法》，饮用水水源一级保护区内的水质，适用（ ）。

    A. 国家《地面水环境质量标准》Ⅰ类标准

    B. 国家《地面水环境质量标准》Ⅱ类标准

    C. 国家《地面水环境质量标准》Ⅲ类标准

    D. 国家《地面水环境质量标准》Ⅳ类标准

53. 依据《水污染防治法》，在饮用水水源地最高级别的保护区内，可以进行的活动是（ ）。

    A. 旅游   B. 游泳   C. 网箱养殖   D. 植树

54. 下列关于在水体清洗装贮过油类或者有毒污染物的车辆和容器的说法，符合《水污染防治法》的是（ ）。

    A. 须在远离地表水源保护区的水体内清洗

    B. 应当采取措施，保证清洗后的水体符合水环境质量标准

C. 需先经当地环境保护行政主管部门及水资源管理部门同意

D. 禁止在水体清洗装贮过油类或者有毒污染物的车辆和容器

55. 对于《建设项目环境影响评价分类管理目录》中未作规定的建设项目，其环境影响评价类别应由（　　　）提出建议，报国务院环境保护行政主管部门认定。

A. 项目所在地环境保行政主管部门　　　B. 县级环境保护行政主管部门

C. 项目所在地行业主管部门　　　　　　D. 省级环境保护行政主管部门

56. 《噪声污染防治法》规定，对于在噪声敏感建筑物集中区域内造成严重环境噪声污染的企业事业单位（　　　）。

A. 限期治理　　　B. 限期改正　　　C. 停产整顿　　　D. 限期搬迁

57. 《噪声污染防治法》规定，在城市市区范围内，建筑施工过程中使用机械设备，可能产生环境噪声污染的，施工单位必须在工程开工（　　　）日以前向工程所在地县级以上地方人民政府环境保护行政主管部门进行申报。

A. 7　　　　　　B. 10　　　　　　C. 15　　　　　　D. 20

58. 依据《噪声污染防治法》，穿越城市居民区、文教区的铁路，因铁路机车运行造成环境噪声污染的，当地城市人民政府应当组织铁路部门和其他有关部门，制定（　　　）。

A. 避免交通噪声影响的措施　　　　　　B. 减轻环境噪声的规划

C. 噪声补偿金发放办法　　　　　　　　D. 铁路边界噪声排放标准

59. 依据《固体废物污染环境防治法》，固体废物污染防治原则是（　　　）。

A. 市场化、生态化、循环化　　　　　　B. 规范性、有效性、经济性

C. 减量化、资源化、无害化　　　　　　D. 效率高、效益大、效果好

60. 依据《固体废物污染环境防治法》，由固体废物进口的角度，可将其分为（　　　）。

A. 禁止进口、限制进口两类

B. 严禁进口、优先进口两类

C. 禁止进口、限制进口和自动许可进口三类

D. 禁止进口、控制进口和常规进口三类

61. 《中华人民共和国文物保护法》规定，在文物保护单位的保护范围和建设控制地带内，已有的污染文物保护单位及其环境的设施，应当（　　　）。

A. 立即拆除　　　B. 立即整治　　　C. 限期治理　　　D. 进行环境影响评价

62. 根据《中华人民共和国森林法》，属于严禁采伐的是（　　　）。

A. 革命纪念地的林木　　　B. 国防林　　　C. 环境保护林　　　D. 防护林

63. 根据《中华人民共和国渔业法》的规定，在（　　　）建闸、筑坝，对渔业资源有严重影响的，建设单位应当建造过鱼设施或者采取其他补救措施。

A. 渔业资源保护区　　　　　　　　　　B. 鱼、虾、蟹洄游通道

C. 鱼、虾、蟹栖息地　　　　　　　　　D. 重点渔业经济区

64. 按照占用耕地补偿制度，非农业建设经批准占用耕地，但又没有条件开垦或者开垦的耕地不符合要求的，无法用于补偿耕地的，应当按规定缴纳（　　　）。

A. 耕地开垦费　　　B. 耕地补偿金　　　C. 罚款　　　D. 罚金

65. 以下关于水土保持的说法不符合现有相关法律规定的是（　　　）。

A. 生产建设项目选址、选线应当避让水土流失重点预防区和重点治理区

B. 依法应当编制水土保持方案的生产建设项目，其生产建设活动中排弃的砂、石、土、矸石、尾矿、废渣等应当全部堆放在水土保持方案确定的专门存放地

C. 在山区、丘陵区、风沙区以及水土保持规划确定的容易发生水土流失的其他区域开办可能造成水土流失的生产建设项目，生产建设单位应当编制水土保持方

案，报县级以上人民政府水行政主管部门审批，并按照经批准的水土保持方案，采取水土流失预防和治理措施

D. 在干旱缺水地区从事生产建设活动，应当采取防止风力侵蚀措施，设置降水蓄渗设施，充分利用降水资源

66. 根据《中华人民共和国防洪法》的要求，建设跨河、穿河、穿堤、临河的桥梁、码头等工程设施，应当符合防洪标准、岸线规划、航运要求和其他技术要求，不得危害堤防安全，影响河势稳定、妨碍行洪畅通；其（　　　）应当事先经有关水行政主管部门根据前述防洪要求审查同意。

A. 工程设计方案 　　　　　　　　　　B. 工程建设方案
C. 可行性研究报告 　　　　　　　　　D. 环境影响评价报告

67. 根据《中华人民共和国城乡规划法》，以下不属于应作为城市总体规划、镇总体规划的强制性内容范围的是（　　　）。

A. 基础设施和公共服务设施用地 　　　B. 基本农田和绿化用地
C. 防灾减灾 　　　　　　　　　　　　D. 保障性住房建设

68. 自然保护区的内部未进行分区的，依照《自然保护区条例》应按有关（　　　）的规定管理。

A. 核心区　　B. 实验区　　C. 缓冲区和实验区　　D. 核心区和缓冲区

69. 下列耕地不能划入基本农田保护区的是（　　　）。

A. 需要退耕还林、还牧、还湖的耕地
B. 蔬菜生产基地
C. 农业科研、教学试验田
D. 正在实施改造计划以及可以改造的中、低产田

70. 海岸工程建设项目的建设单位，应当在（　　　），编制环境影响报告书（表），按照环境保护法律法规的规定，经有关部门预审后，报环境保护主管部门审批。

A. 可行性研究阶段 　　　　　　　　B. 项目立项阶段
C. 项目设计阶段 　　　　　　　　　D. 项目开工前

71. 根据《防治海洋工程建设项目污染损害海洋环境管理条例》的规定，对于（　　　）建设项目，主管部门在核准海洋工程环境影响报告书前必须举行听证会。

A. 海上堤坝工程 　　　　　　　　　B. 围填海工程
C. 跨海桥梁工程 　　　　　　　　　D. 大型海水养殖场

72. 根据《全国生态脆弱区保护规划纲要》提出的阶段目标，到2015年，生态脆弱区战略环境影响评价执行率达到（　　　），新增治理面积达到（　　　）以上。

A. 100%，30%　　B. 100%，50%　　C. 90%，30%　　D. 90%，50%

73. 《全国生态环境保护纲要》规定，建设项目确需占用生态用地的，应严格依法报批和补偿，并实行（　　　）制度，确保恢复面积不少于占用面积。

A. 环境影响评价　　B. 占一补一　　C. 生态恢复　　D. 用地责任

74. 依照《关于抑制部分行业产能过剩和重复建设引导产业健康发展的若干意见》，以下哪项不属于当前产能过剩、重复建设问题较为突出的产业和行业？（　　　）

A. 钢铁　　　　B. 水泥　　　　　C. 纺织　　　　　D. 风电设备

75. 下列哪项不属于《产业结构调整指导目录（2011）》中的限制类项目？（　　　）

A. 别墅类房地产开发 　　　　　　　B. 赛马场项目
C. 水力发电 　　　　　　　　　　　D. 新建50万吨/年乙烯装置

76. 《全国生态环境保护纲要》确立全国生态环境得到全面改善的时间是（　　　）。

A. 2020年　　　　B. 2030年　　　　C. 2040年　　　　D. 2050年

77. 下列单位中不能申请环境影响评价资质的是（　　　　）。
    A. 某农业部门的环境监测机构　　　　B. 外资企业
    C. 某气象研究所　　　　D. 某中等学校

78. 下列（　　　　）不属于《建设项目环境影响评价资质管理办法》中规定的"环境影响评价资质申请"。
    A. 申请变更名称　　　　B. 申请调整评价范围
    C. 申请变更地址　　　　D. 申请资质延续

79. 省级环境保护行政主管部门对本辖区内环评机构进行定期考核的范围不包括（　　　　）。
    A. 资质条件　　　　B. 环境影响评价工作质量
    C. 注册资金　　　　D. 是否有违法违规行为

80. 下列项目不属于建设项目竣工环境保护验收的范围的是（　　　　）。
    A. 与建设项目有关的各项环境保护设施
    B. 与建设项目有关的各项卫生保护设施
    C. 水土保持方案
    D. 可研报告规定应采取的环境保护措施

81. 依据《固体废物污染环境防治法》，要关闭、闲置或者拆除生活垃圾处置的设施、场所的，必须经（　　　　）核准，并采取措施，防止污染环境。
    A. 所在地县级以上地方人民政府
    B. 所在地县级以上地方人民政府环境保护行政主管部门
    C. 所在地县级以上地方人民政府环境保护行政主管部门和建设行政主管部门
    D. 所在地县级以上地方人民政府环境卫生行政主管部门和环境保护行政主管部门

82. 以填埋方式处置危险废物不符合国务院环境保护行政主管部门规定的，应当（　　　　）。
    A. 限期改正　　　　B. 限期治理
    C. 缴纳代处置费　　　　D. 缴纳危险废物排污费

83. 以下关于跨行政区域转移危险废物的说法，符合《固体废物污染环境防治法》的是（　　　　）。
    A. 转移危险废物的，必须向危险废物移出地设区的市级以上地方人民政府环境保护行政主管部门提出申请
    B. 转移危险废物的，必须向危险废物接受地设区的市级以上地方人民政府环境保护行政主管部门提出申请
    C. 转移危险废物的，必须向危险废物接受地省级以上地方人民政府环境保护行政主管部门提出申请
    D. 转移危险废物途经移出地、接受地以外行政区域的，危险废物移出地地方人民政府环境保护行政主管部门应当及时通知沿途经过的省级以上地方人民政府环境保护行政主管部门

84. 《海洋环境保护法》规定，海洋工程建设项目和海岸工程建设项目必须在（　　　　）阶段，编制环境影响报告书，并报相应部门批准。
    A. 项目动议　　　B. 项目可行性研究　　　C. 项目设计　　　D. 项目规划

85. 以下与《海洋环境保护法》中有关入海排污口设置的规定不符的是（　　　　）。
    A. 在海洋自然保护区、重要渔业水域、海滨风景名胜区和其他需要特别保护的区域，不得新建排污口
    B. 入海排污口位置的选择，应当经科学论证后，报设区的市级以上人民政府环境

保护行政主管部门审查批准

    C. 环境保护行政主管部门在批准设置入海排污口之前，必须征求海洋、海事、渔业行政主管部门和军队环境保护部门的意见

    D. 新建排污口必须深海设置，实行离岸排放

86. 《放射性污染防治法》规定，产生放射性固体废物的单位，应当按照国务院环境保护行政主管部门的规定，对其产生的放射性固体废物进行处理后，（   ）。

    A. 方可自行将其填埋   B. 方可自行将其封存

    C. 送交放射性固体废物处置单位处置   D. 将其送交环境主管部门

87. 《中华人民共和国水法》规定，国家对用水实行总量控制和（   ）相结合的制度。

    A. 定额管理   B. 阶梯水价   C. 定价机制   D. 配额管理

88. 国家对落后的耗能过高的用能产品、设备和生产工艺实行淘汰制度。生产过程中耗能高的产品的生产单位，应当执行（   ）。

    A. 单位产品能耗限额标准   B. 节能评估和审查制度

    C. 节能目标责任制   D. 强制性节能标准

89. 在规划期内不具备治理条件的以及因保护生态的需要不宜开发利用的连片沙化土地，应当规划为（   ）。

    A. 沙化土地重点治理区   B. 沙化土地封禁保护区

    C. 防沙治沙保护区   D. 沙化土地生态保护区

90. 下列选项中，不属于编制草原保护、建设、利用规划的原则的是（   ）。

    A. 改善生态环境，维护生物多样性，促进草原的可持续利用

    B. 建设为主、加强保护、分批改良、合理利用

    C. 以现有草原为基础，因地制宜，统筹规划，分类指导

    D. 生态效益、经济效益、社会效益相结合

91. 下列行为不属于《中华人民共和国海洋环境保护法》明确禁止的是（   ）。

    A. 向海域排放油类   B. 向海域排放酸液

    C. 向海域排放碱液   D. 向海域排放低水平放射性废水

92. 下列不属于我国产业结构调整的方向和重点的是（   ）。

    A. 提高第二产业比重，优化第二产业结构，促进第二产业全面快速发展

    B. 加强能源、交通、水利和信息等基础设施建设，增强对经济社会发展的保障能力

    C. 以振兴装备制造业为重点发展先进制造业，发挥其对经济发展的重要支撑作用

    D. 巩固和加强农业基础地位，加快传统农业向现代农业转变

93. 环境影响报告表评价范围内的特殊项目环境影响报告表类别不包括（   ）。

    A. 核工业类环境影响评价   B. 输变电环境影响评价

    C. 军用机场环境影响评价   D. 广电通讯类环境影响评价

94. 《中华人民共和国渔业法》和《中华人民共和国海洋保护法》都适用的范围不包括（   ）。

    A. 内水   B. 专属经济区   C. 领海   D. 滩涂

95. 关于规划实施后环境影响跟踪评价，下列说法不正确的是（   ）。

    A. 规划的审批机关发现规划实施后明显不良环境影响的，应当及时提出改进措施

    B. 所有需要编制环境影响报告书的规划实施后都要进行跟踪评价

C. 组织跟踪评价的是规划的组织编制机关

D. 跟踪评价的评价结果应当报告该规划的原审批机关

96. 《"十二五"节能减排综合性工作方案》提出，到2015年，全国万元国内生产总值能耗下降到0.869吨标准煤，比2010年下降（   ）。

    A. 14%　　　　　B. 16%　　　　　C. 18%　　　　　D. 20%

97. 根据《防治海洋工程建设项目污染损害海洋环境管理条例》中的规定，以下建设工程不属于"海洋工程"的是（   ）。

    A. 码头　　　　　B. 跨海桥梁工程　　C. 围填海工程　　D. 盐田

98. 根据《建设项目环境影响评价资质管理办法》，评价机构的经济类型、法定代表人、工作场所和环境影响评价专职技术人员等基本情况发生变化的，应当及时报国家环境保护总局（   ）。

    A. 审批　　　　　B. 备案　　　　　C. 核准　　　　　D. 同意

99. 根据《建设项目环境影响评价资质管理办法》，评价机构每年须填写（   ），并报国家环境保护总局。

    A. 建设项目环境影响评价技术人员资质报告表

    B. 建设项目环境影响评价机构年度业务报告表

    C. 建设项目环境影响评价资质年审表

    D. 建设项目环境影响评价机构年度业绩报告表

100. 根据《风景名胜区条例》，对于已经在核心景区内建设的宾馆应当按照风景名胜区规划，应（   ）。

    A. 采取环保措施　　B. 责令拆除　　　C. 逐步迁出　　　D. 限制规模

二、不定项选择题（共50题，每题2分。每题的备选项中至少有1个符合题意，多选、错选、少选均不得分）

1. 以下属于我国环境保护法律法规体系的是（   ）。

    A. 《环境影响评价法》　　　　　　　B. 《危险化学品安全管理条例》

    C. 《环境空气质量自动监测技术规范》　D. 《气候变化框架公约》

    E. 《可再生能源法》

2. 北京市政府可以制定并颁布实施的地方环境保护标准有（   ）。

    A. 北京市环境质量标准　　　　　　　B. 北京市污染物排放标准

    C. 北京市环境基础标准　　　　　　　D. 北京市环境方法标准

3. 依照《环境保护法》的规定，以下属于在生产建设或其他活动中应予以防治的环境污染和危害的是（   ）。

    A. 废气　　　B. 粉尘　　　C. 放射性物质　　　D. 辐射　　　E. 振动

4. 某造纸厂未经当地环保局同意，擅自拆除了污水处理设施并导致超标排污，按照《环境保护法》的规定，对这一行为可实施的行政处罚包括（   ）。

    A. 责令停产整顿　　B. 责令重新安装使用　　C. 罚款　　　D. 限期治理

5. 下列规划中属于综合性规划的是（   ）。

    A. 设区的市级以上土地利用总体规划　B. 设区的市级以上种植业发展规划

    C. 省级及设区的市级畜牧业发展规划　D. 全国防洪规划

    E. 省级及设区的市级旅游区的发展总体规划

6. 依照《环境影响评价法》的规定，需要编制环境影响报告书的规划是（   ）。

    A. 北京市工业规划　　　　　　　　　B. 北京市土地利用规划

C. 北京市能源开发规划　　　　　　　　　D. 密云县建设规划

E. 北京市旅游指导规划

7. 依照《环境影响评价法》的规定，根据项目对环境影响的不同，建设项目环境影响评价文件分为（　　　　）。

A. 环境影响报告书　　　　　　　　　　　B. 环境影响报告表

C. 环境影响登记表　　　　　　　　　　　D. 环境影响登记书

8. 依照《环境影响评价法》的规定，下列环评文件应由环境保护部审批的是（　　　　）。

A. 某核电站建设项目　　　　　　　　　　B. 某绝密工程建设项目

C. 横穿东北三省的某高速公路建设项目　　D. 国务院审批的建设项目

E. 国务院授权建设部审批的建设项目

9. 依照《环境影响评价法》的规定，建设单位未依法报批建设项目环境影响评价文件，擅自开工建设的，应（　　　　）。

A. 责令停止建设　　　　　　　　　　　　B. 责令进行环境影响后评价

C. 限期补办手续　　　　　　　　　　　　D. 责令加强监测

10. 根据《建设项目环境影响评价行为准则与廉政规定》，应当对环境影响评价结论负责的是（　　　　）。

A. 环评管理机构　　　B. 环评机构　　　C. 环评项目负责人　　　D. 环评工程师

11. 依据《水污染防治法》，禁止向水体排放的是（　　　　）。

A. 酸液　　　B. 含热废水　　　C. 碱液　　　D. 剧毒废液　　　E. 含病原体的污水

12. 依据《水污染防治法》，以下关于生活饮用水地表水源二级保护区水体保护的说法正确的是（　　　　）。

A. 禁止在饮用水水源二级保护区内新建、扩建排放污染物的建设项目

B. 在饮用水水源二级保护区内新建、扩建排放污染物的建设项目必须严格按照法律规定进行环境影响评价

C. 在饮用水水源二级保护区内已建成的排放污染物的建设项目，由县级以上人民政府责令拆除或者关闭

D. 在饮用水水源二级保护区内已建成的排放污染物的建设项目，由县级以上环境保护部门责令拆除或者关闭

E. 禁止在饮用水水源二级保护区从事网箱养殖活动

13. 以下关于农村水环境保护的说法，符合《水污染防治法》的是（　　　　）。

A. 县级以上地方人民政府农业主管部门应当指导农民科学、合理地施用化肥和农药，防止造成水污染

B. 养殖小区应当保证污水达标排放

C. 不得向农田灌溉渠道排放工业废水和城镇污水

D. 从事水产养殖的，需得到县级以上地方人民政府的许可，防止污染水环境

E. 畜禽养殖场应当保证其畜禽粪便、废水的综合利用或者无害化处理设施正常运转

14. 对违反环境噪声污染防治法的有关规定的行为进行处罚，以下说法错误的是（　　　　）。

A. 对经限期治理的逾期未完成治理任务的企事业单位，环境保护行政主管部门可以根据其所造成的危害后果处以罚款，或者责令停产、搬迁、关闭

B. 在商业经营活动中，使用高音广播喇叭招揽顾客发出高噪声，造成环境噪声污染的，由环境保护行政主管部门责令改正，可以并处罚款

C. 在城市市区噪声敏感建筑物集中区域内，夜间进行禁止进行的产生环境噪声污染的建筑施工作业的，由工程所在地县级以上地方人民政府环境保护行政主管部门责令其改正，并可处罚款

D. 受到环境噪声污染危害的单位和个人，有权要求加害人排除危害，并要依法赔偿造成的损失

E. 在城市市区噪声敏感建筑物集中区域内，使用高音广播喇叭招揽顾客发出高噪声，造成环境噪声污染的，由公安机关责令改正，可以并处罚款

15. 依据《固体废物污染环境防治法》，（ ）固体废物的单位和个人，必须采取防扬散、防流失、防渗漏或者其他防止污染环境的措施。

    A. 产生   B. 贮存   C. 收集   D. 利用   E. 处置

16. 依据《固体废物污染环境防治法》，产生工业固体废物的单位必须按照国务院环境保护行政主管部门的规定，向所在地县级以上地方人民政府环境保护行政主管部门提供工业固体废物的（ ）等有关资料。

    A. 名称   B. 产量   C. 流向   D. 贮存   E. 处置

17. 为防治陆源污染物污染海洋环境，以下控制措施符合《海洋环境保护法》规定的是（ ）。

A. 排污单位设置入海排污口，应当根据海洋功能区划、海洋动力条件和有关规定等情况确定

B. 排污单位设置入海排污口，应当报请省级以上人民政府环境保护行政主管部门审批

C. 禁止向海域排放任何放射性废水

D. 向海域排放含病原体的医疗废水时，必须经过处理，符合国家有关排放标准后，方能排入海域

E. 在有条件的地区，应当将排污口深海设置，实行离岸排放

18. 以下关于清洁生产说法错误的是（ ）。

A. 清洁生产的基本要求是清洁能源和原料、清洁的生产过程、清洁的产品

B. 国家对浪费资源和严重污染环境的落后生产技术、工艺、设备和产品实行限期淘汰制度

C. 国务院环境保护行政主管部门会同国务院有关行政主管部门制定并发布限期淘汰的生产技术、工艺、设备以及产品的名录

D. 国务院环境保护行政主管部门制定强制回收的产品和包装物的目录和具体回收办法

E. 国务院经济贸易行政主管部门会同国务院有关行政主管部门定期发布清洁生产技术、工艺、设备和产品导向目录

19. 《中华人民共和国节约能源法》规定，国家鼓励工业企业采用（ ）以及先进的用能监测和控制等技术。

    A. 可再生能源利用   B. 热电联产

    C. 资源循环利用   D. 余热余压利用

    E. 洁净煤

20. 根据《中华人民共和国草原法》，（ ）应当划为基本草原，实施严格管理。

    A. 重要放牧场   B. 割草地

    C. 退耕还草地   D. 草原科研、教学试验基地

    E. 草种基地

21. 以下应当编制环境影响报告书的项目有（　　　）。

  A. 物种引进   B. 煤炭开采项目

  C. 防沙治沙工程   D. 型煤、水煤浆生产项目

  E. 海水脱硫项目

22. 依照《关于抑制部分行业产能过剩和重复建设引导产业健康发展的若干意见》，以下哪项是当前产能过剩、重复建设问题较为突出的产业和行业？（　　　）

  A. 石油化工   B. 平板玻璃

  C. 造船   D. 大豆压榨

  E. 造纸

23. 以下关于评价范围的说法不符合《建设项目环境影响评价资质管理办法》规定的是（　　　）。

  A. 由国家环境保护总局在确定评价资质等级之后确定

  B. 根据评价机构专业特长和工作能力确定

  C. 评价范围分为环境影响报告书的 15 个小类

  D. 评价范围分为环境影响报告表的 5 个小类

  E. 评价范围分为环境影响登记表的 2 个小类

24. 以下关于评价机构管理的说法中，符合《建设项目环境影响评价资质管理办法》的是（　　　）。

  A. 评价机构所主持编制的环境影响报告书须由登记于该机构的相应类别的环境影响评价工程师主持

  B. 环境影响报告表可由登记于该机构的环境影响评价专职技术人员主持

  C. 环境影响报告书的各章节应当由本机构的环境影响评价工程师主持

  D. 环境影响报告书和环境影响报告表中应当附编制人员名单表

  E. 环境影响评价工程师登记证中的评价机构名称与其环境影响评价岗位证书中的评价机构名称应当一致

25. 接受委托为建设项目环境影响评价提供技术服务的机构，（　　　）。

  A. 应当按照资质证书规定的等级和评价范围，从事环境影响评价服务

  B. 经本地环境保护行政主管部门考核审查合格后，颁发资质证书

  C. 不得与任何环境保护行政主管部门或者有关审批部门存在任何利益关系

  D. 应当对评价结论负责

  E. 必须严格执行国家规定的收费标准

26. 以下关于建设项目试生产的说法，符合《建设项目竣工环境保护验收管理办法》的是（　　　）。

  A. 建设项目试生产前，建设单位应向项目所在地的环境保护行政主管部门提出试生产申请

  B. 试生产申请经环境保护行政主管部门同意后，建设单位方可进行试生产

  C. 进行试生产的建设项目，建设单位应当自试生产之日起 60 日内，向有审批权的环境保护行政主管部门申请该建设项目竣工环境保护验收

  D. 对试生产期间确不具备环境保护验收条件的建设项目，建设单位应当向有审批权的环境环境保护行政主管部门提出该建设项目环境保护延期验收申请，经批准后可继续进行试生产

  E. 试生产的期限最长不超过一年

27. 以下可以接受建设单位委托编制环境保护验收监测报告（表）的单位是（　　　）。

A. 具有相应资质的环境监测站

B. 具有相应资质的环境放射性监测站

C. 具有相应资质并承担该建设项目的环境影响评价单位

D. 具有相应资质但未承担该建设项目环评的其他环境影响评价单位

E. 当地环境保护主管部门

28. 依据《大气污染防治法》，大气污染物总量控制区内有关地方人民政府依照国务院规定的条件和程序，按照公开、公平、公正的原则，（　　　　）。

A. 核定企业事业单位的主要大气污染物排放总量

B. 核定企业事业单位的主要大气环境容量

C. 核发主要大气污染物排放许可证

D. 核定区域内主要大气污染物排放指标

E. 确定大气污染防治法实施细则

29. 下列描述属于国家对严重污染大气环境的落后生产工艺和设备实行淘汰制度的是（　　　　）。

A. 国务院有关部门公布限期禁止采用的严重污染大气环境的工艺名录和限期禁止生产、禁止销售、禁止进口、禁止使用的严重污染大气环境的设备名录

B. 生产者、销售者、进口者或者使用者必须在规定的期限内分别停止生产、销售、进口或者使用列入名录中的设备

C. 生产工艺的采用者必须在规定的期限内停止采用列入名录中的工艺

D. 被淘汰的设备，不得转让给他人使用

E. 在落后工艺淘汰前，可将其转让给相对落后的国家和地区，这样也可以为国家赚取一些外汇

30. 以下关于改进城市能源结构、推广清洁能源的做法，符合《大气污染防治法》的是（　　　　）。

A. 各级环境保护行政主管部门应当采取措施，改进城市能源结构，推广清洁能源的生产和使用

B. 各地人民政府可以在本辖区内划定禁止销售、使用高污染燃料的区域

C. 对未划定为禁止使用高污染燃料区域的大、中城市市区内的其他民用炉灶，限期改用固硫型煤或者使用其他清洁能源

D. 大气污染防治重点城市的单位和个人应当停止燃用高污染燃料，改用天然气、液化石油气、电或者其他清洁能源

E. 国家采取有利于煤炭清洁利用的经济、技术政策和措施，鼓励和支持使用低硫分、低灰分的优质煤炭，鼓励和支持洁净煤技术的开发和推广

31. 按照《建设项目环境保护管理条例》的规定，试生产建设项目配套建设的环境保护设施未与主体工程同时投入试运行的，应处以的行政处罚是（　　　　）。

A. 责令限期改正

B. 责令限期治理

C. 逾期不改正的，责令停止试生产

D. 逾期未完成治理任务的，责令停止试生产

E. 逾期不改正的，可以处以罚款

32. 对已经批准的规划在（　　　　）方面进行重大调整或者修订的，规划编制机关应当依照《规划环境影响评价条例》的规定重新或者补充进行环境影响评价。

A. 实施范围　　　B. 适用期限　　　C. 规模　　　D. 结构　　　E. 布局

33. 依照现有相关法律法规的规定，垃圾填埋厂建设项目，可由（   ）进行征求公众对该项目可能造成环境影响的意见的工作。

  A. 建设单位   B. 环评机构

  C. 审批环评文件的环保部门   D. 项目当地的环保部门

  E. 项目当地人民政府

34. 某市拟建设一条横穿城市主要居民区的轻轨，依照《环境影响评价公众参与暂行办法》的规定，建设单位应当在确定承担环境影响评价工作的环境影响评价机构后 7 日内，向公众公告的信息包括（   ）。

  A. 建设项目的名称

  B. 建设单位的名称

  C. 编制环境影响报告书的机构的名称

  D. 审批环境影响报告书的机构的名称

  E. 环境影响评价的工作程序

35. 以下项目中，应当按照《环境影响评价公众参与暂行办法》的规定，在环评过程中严格实施公众参与的是（   ）。

  A. 选煤厂项目   B. 石棉采选项目

  C. 炼钢项目   D. 地下气库项目

  E. 农药制剂分装项目

36. 按照《环境影响评价公众参与暂行办法》的规定，建设单位或者其委托的环境影响评价机构，可以采取（   ）方式发布信息公告。

  A. 在建设单位所在地的公共媒体上发布公告

  B. 在建设项目所在地的公共媒体上发布公告

  C. 在环评机构所在地的公共媒体上发布公告

  D. 在环境影响报告书审批机构所在地的公共媒体上发布公告

  E. 公开免费发放包含有关公告信息的印刷品

37. 依据《环境影响评价公众参与暂行办法》的规定，在建设项目环境影响评价的相关信息公告后，公众可以向（   ），提交书面意见。

  A. 建设项目建设单位

  B. 建设项目环境影响评价机构

  C. 建设项目所在地当地人民政府

  D. 负责审批环境影响报告书的环境保护行政主管部门

  E. 建设项目所在地当地政协

38. 某建设单位决定举行听证会征求公众意见，以下符合《环境影响评价公众参与暂行办法》规定的有（   ）。

  A. 在举行听证会的 7 日前公告听证会的时间、地点

  B. 选定了 10 个人作为参加听证会的代表

  C. 听证会设听证主持人 1 名、记录员 1 名

  D. 其中一名被选定参加听证会的代表因故不能如期参加，提交了经本人签名的书面意见

  E. 为避免矛盾激化，听证会秘密举行

39. 根据《规划环境影响评价条例》的规定，环境影响篇章或者说明应当包括预防或者减轻不良环境影响的（   ）等措施。

  A. 政策   B. 法律   C. 管理   D. 技术   E. 经济

40. 以下应当编制环境影响报告表的项目有（　　　　　）。
    A. 城市天然气供应建设项目　　　　B. 体育用品制造企业建设项目
    C. 日用化学品制造项目　　　　　　D. 铁路轮渡码头建设项目
    E. 轮胎制造企业建设项目

41. 根据《森林法》，以下属于特种用途林的是（　　　　　）。
    A. 以生产燃料为目的的林木　　　　B. 国防林
    C. 名胜古迹的林木　　　　　　　　D. 环境保护林
    E. 水土保持林

42. 根据国家的土地用途管制制度，土地可分为（　　　　　）。
    A. 农用地　　B. 工业用地　　C. 商业用地　　D. 建设用地　　E. 未利用地

43. 以下说法完全符合《野生动物保护法》规定的是（　　　　　）。
    A. 国家保护野生动物及其生存环境，禁止任何单位和个人非法猎捕或者破坏
    B. 国家对珍贵、濒危的野生动物实行重点保护
    C. 各级地方政府可根据当地的实际情况确定地方重点保护的野生动物名录
    D. 在重点保护野生动物的主要生息繁衍的地区和水域应当划定自然保护区
    E. 建设项目对国家或者地方重点保护野生动物的生存环境产生不利影响的，建设
       单位应当提交环境影响报告书

44. 按照《风景名胜区条例》的相关规定，在风景名胜区内进行建设活动的，建设单
位、施工单位应当制定（　　　　　），并采取有效措施，保护好周围景物、水体、林草植被、
野生动物资源和地形地貌。
    A. 生态保护方案　　　　　　　　　B. 污染防治方案
    C. 水土保持方案　　　　　　　　　D. 突发事故应急预案
    E. 占地补偿方案

45. 根据《危险化学品安全管理条例》的规定，与危险化学品的生产装置或者储存数量
构成重大危险源的储存设施之间的距离须符合国家标准或者国家有关规定的是（　　　　　）。
    A. 商业中心　　B. 学校　　C. 饮用水源　　D. 军事管理区　　E. 车站

46. 根据《防治海洋工程建设项目污染损害海洋环境管理条例》中的规定，下列海洋工
程建设项目，其环境影响报告书必须由国家海洋主管部门核准的是（　　　　　）。
    A. 潮汐电站　　　　　　　　　　　B. 海底隧道工程
    C. 面积为 90 公顷的围海工程　　　 D. 面积为 90 公顷的填海工程
    E. 海上石油钻井平台

47. 《全国生态环境保护纲要》规定，严禁采石、采砂、取土的区域包括（　　　　　）。
    A. 崩塌滑坡危险区　　　　　　　　B. 泥石流易发区
    C. 自然保护区　　　　　　　　　　D. 易导致自然景观破坏的地区
    E. 生态功能保护区

48. 《循环经济促进法》指出，发展循环经济是国家经济社会发展的一项重大战略，应当
遵循（　　　　　）的方针。
    A. 统筹规划、合理布局　　　　　　B. 因地制宜、注重实效
    C. 政府推动、市场引导　　　　　　D. 中央指导，地方实践
    E. 企业实施、公众参与

49. 《国家重点生态功能保护区规划纲要》的基本原则包括（　　　　　）。
    A. 统筹规划，分步实施　　　　　　B. 高度重视，精心组织
    C. 严格监管，协调发展　　　　　　D. 保护优先，限制开发

E. 避免重复，互为补充

50. 某环评单位对环境保护部的行政处罚有异议，则其可以采取的权利救济途径有（　　）。

A. 向环境保护部提出行政复议

B. 向国务院提起行政复议

C. 向环境保护部所在地的基层人民法院提起行政诉讼

D. 向环境保护部所在地的中级人民法院提起行政诉讼

E. 向环评单位所在地的中级人民法院提起行政诉讼

模拟试卷一答案

一、单项选择题

1. B	2. B	3. C	4. D	5. C	6. D	7. C	8. A	9. C	10. C
11. B	12. B	13. D	14. B	15. A	16. A	17. B	18. C	19. B	20. D
21. C	22. C	23. B	24. B	25. A	26. A	27. A	28. B	29. C	30. B
31. C	32. C	33. B	34. C	35. D	36. A	37. D	38. B	39. C	40. C
41. B	42. B	43. A	44. C	45. D	46. B	47. C	48. B	49. C	50. B
51. B	52. B	53. D	54. D	55. D	56. A	57. C	58. B	59. C	60. C
61. C	62. A	63. B	64. A	65. B	66. B	67. D	68. D	69. A	70. A
71. B	72. A	73. B	74. C	75. C	76. D	77. A	78. C	79. C	80. B
81. D	82. D	83. A	84. B	85. B	86. C	87. B	88. A	89. B	90. B
91. D	92. A	93. C	94. D	95. A	96. B	97. A	98. B	99. D	100. C

二、不定项选择题

1. ABCD	2. AB	3. ABCE	4. BC	5. AD
6. AC	7. ABC	8. ABCDE	9. AC	10. BC
11. ACD	12. AC	13. ABE	14. AB	15. BCDE
16. BCDE	17. ADE	18. CD	19. BDE	20. ABCDE
21. ABE	22. BCD	23. ACDE	24. ADE	25. ADE
26. BD	27. AB	28. AC	29. ABCD	30. CE
31. ACE	32. ABCDE	33. ABC	34. ABCE	35. ABCD
36. BE	37. ABD	38. CD	39. ACD	40. AB
41. BCD	42. ADE	43. ABDE	44. BC	45. ABCDE
46. ADE	47. ABD	48. ABCE	49. ABDE	50. AC

模拟试卷二

一、**单项选择题**（共 100 题，每题 1 分。每题的备选项中只有一个最符合题意）

1. 根据《规划环境影响评价条例》，规划编制机关应当对规划组织进行环境影响评价的时机是（ ）。

    A. 规划材料准备阶段
                B. 规划编制工作启动前

    C. 规划编制过程中
                     D. 规划草案完成后

2. 下列哪项不属于国务院环境保护主管部门在规划环境影响评价工作中的职责范围。（ ）

    A. 拟订应当进行环境影响评价的规划的具体范围

    B. 制定规划环境影响评价技术规范

    C. 制定规划环境影响评价技术导则

    D. 发现规划实施过程中产生重大不良环境影响的，应当及时进行核查

3. 根据《规划环境影响评价条例》，对规划进行环境影响评价，应当分析、预测和评估的内容不包括（ ）。

    A. 规划实施可能对相关区域、流域、海域生态系统产生的整体影响

    B. 规划实施可能对环境和人群健康产生的长远影响

    C. 规划实施的经济效益、社会效益与环境效益之间以及当前利益与长远利益之间的关系

    D. 规划实施的外部不经济性

4. 《循环经济促进法》明确规定，新建、改建、扩建建设项目，应当配套建设（ ），且应当与主体工程同时设计、同时施工、同时投产使用。

    A. 节水设施
    B. 污水处理设施
    C. 中水回用装置
    D. 清洁生产设施

5. 制定《国家重点生态功能保护区规划纲要》的出发点是（ ）。

    A. 维护并改善区域重要生态功能

    B. 统筹人与自然和谐发展

    C. 保障国家和区域生态安全

    D. 生态保护和建设与地方社会经济发展、群众生活水平提高有机结合

6. 中国首次确立环境影响评价法律地位的法律文件是（ ）。

    A. 1979 年的《环境保护法（试行）》
        B. 1989 年的《环境保护法》

    C. 1998 年的《建设项目环境保护管理条例》
    D. 2002 年的《环境影响评价法》

7. 请根据有关规定判断，下列公司的现有情况尚不具备申请环境影响评价乙级资质条件的是（ ）。

    A. 甲公司工商注册资金 450 万元，有员工 89 人

    B. 乙公司工商注册资金 35 万元，有员工 41 人

    C. 丙公司工商注册资金 65 万元，有员工 25 人

    D. 丁公司工商注册资金 10 万元，有员工 20 人

8. 下列关于我国现行《环境保护法》与《海洋环境保护法》的适用范围的说法正确的是（　　　　）。

    A. 由于海洋环境保护有专门的《海洋环境保护法》，所以《环境保护法》不适用于海洋

    B. 虽然海洋环境保护有专门的《海洋环境保护法》，《环境保护法》仍然适用于海洋

    C. 由于《环境保护法》是环保领域的基本法，所以凡是适用《海洋环境保护法》的必定适用《环境保护法》

    D. 凡在我国陆域内从事的任何活动均不适用《海洋环境保护法》

9. 依据《大气污染防治法》，有权划定大气污染物总量控制区的机构是（　　　　）。

    A. 市级人民政府　　　　　　　　　　B. 省级人民政府

    C. 环境保护部　　　　　　　　　　　D. 省级环保行政主管部门

10. 下列（　　　　）项所列水体污染防治不适用《水污染防治法》？

    A. 湖泊水体　　　　B. 江河水体　　　　C. 地下水体　　　　D. 领海水体

11. 我国现行环境保护基本法是（　　　）年颁布实施的。

    A. 1979　　　　　　B. 1989　　　　　　C. 1995　　　　　　D. 1999

12. 《环境影响评价法》在环境保护法律体系中属于（　　　　）。

    A. 环境保护基本法　　　　　　　　　B. 环境保护单行法

    C. 环境保护行政法规　　　　　　　　D. 环境保护部门规章

13. 《关于持久性有机污染物的斯德哥尔摩公约》属于（　　　　）。

    A. 环境保护单行法　　　　　　　　　B. 环境保护行政法规

    C. 环境保护部门规章　　　　　　　　D. 环境保护国际公约

14. 在我国的环境保护法律法规体系中，除宪法外占有核心地位，有"环境宪法"之称的是（　　　　）。

    A. 《环境法》　　　　　　　　　　　B. 《环境保护法》

    C. 《可再生能源法》　　　　　　　　D. 《环境影响评价法》

15. 某环评机构在为某化工厂项目做环境影响评价的过程中，发现《环境影响评价法》与《固体废物污染环境防治法》对某一问题的要求不同，应（　　　　）。

    A. 遵照《环境影响评价法》的规定执行

    B. 遵照《固体废物污染环境防治法》的规定执行

    C. 请示环境保护部

    D. 择一要求低的执行

16. 依照《环境保护法》的规定，环境是指影响人类生存和发展的各种天然的和经过人工改造的（　　　　）的总体。

    A. 生态因素　　　　B. 自然因素　　　　C. 资源因素　　　　D. 生活因素

17. 依照《环境保护法》的规定，国家应加强对环境监测和管理，省级以上环保局应定期发布（　　　　）。

    A. 环境监测报告　　　B. 环境质量公告　　　C. 环境状况公告　　　D. 环境质量预告

18. 位于北京市密云县的某化工厂拟拆除其污水处理设施，按照《环境保护法》的规定，需先征得（　　　　）的同意。

    A. 北京市人民政府　　　　　　　　　B. 北京市环保局

    C. 密云县人民政府　　　　　　　　　D. 密云县环保局

19. 北京市朝阳区某化工厂超标排污严重污染环境，且经限期治理逾期未完成治理任务，（　　　　）可以按照《环境保护法》的规定，责令其停业、关闭。

A. 北京市环境保护局　　　　　　　　　B. 朝阳区环境保护局

C. 北京市城市管理委员会　　　　　　　D. 朝阳区人民政府

20. 中国的环境影响评价法律制度确立于（　　　　）。

A.《中华人民共和国环境保护法（试行）》

B.《中华人民共和国环境保护法》

C.《中华人民共和国环境影响评价法》

D.《中华人民共和国建设项目环境保护管理条例》

21. 根据《环境影响评价工程师继续教育暂行规定》，环境影响评价工程师在其职业资格登记有效期内接受继续教育的时间应累计不少于（　　　　）。

A. 7 天　　　　　　B. 58 学时　　　　　　C. 60 学时　　　　　　D. 48 学时

22. 依据《建设项目竣工环境保护验收管理办法》，核设施建设项目试生产的期限为（　　　　）。

A. 半年　　　　　　B. 一年　　　　　　C. 两年　　　　　　D. 三年

23. 依据《建设项目竣工环境保护验收管理办法》，建设单位申请建设项目竣工环境保护验收时，对主要因排放污染物对环境产生污染和危害的建设项目，建设单位应提交（　　　　）。

A. 环境保护验收监测报告（表）　　　　B. 环境保护验收调查报告（表）

C. 环境保护设施验收报告（表）　　　　D. 环境影响评价调查报告（表）

24. 依据《建设项目竣工环境保护验收管理办法》，环境保护行政主管部门应自收到建设项目竣工环境保护验收申请之日起（　　　　）日内，完成验收。

A. 15　　　　　　B. 30　　　　　　C. 60　　　　　　D. 90

25. 依据《大气污染防治法》，国务院有关部门和（　　　　）应当采取措施，改进城市能源结构，推广清洁能源的生产和使用。

A. 地方各级人民政府　　　　　　　　　B. 省级人民政府

C. 国务院环境保护行政主管部门　　　　D. 地方各级环境保护行政主管部门

26. 某市市区已被集中供热管网全部覆盖，为进一步提高服务质量，位于市中心的某五星级酒店拟新建一台燃煤供热锅炉，依据《大气污染防治法》，该项目（　　　　）。

A. 应由该市人民政府审批　　　　　　　B. 应由该市环境行政主管部门审批

C. 应由该市节能主管部门审批　　　　　D. 不得建设

27. 依据《大气污染防治法》，国家对严重污染大气环境的落后生产工艺和严重污染大气环境的落后设备实行（　　　　）。

A. 淘汰制度　　　　B. 清洁生产制度　　　　C. 限期治理制度　　　　D. 自我改造

28. 依据《大气污染防治法》，向大气排放粉尘的排污单位，（　　　　）采取除尘措施。

A. 应当　　　　　　B. 尽量　　　　　　C. 必须　　　　　　D. 可以

29. 以下对于工业生产中产生的可燃性气体的处理，不符合《大气污染防治法》的是（　　　　）。

A. 工业生产中产生的可燃性气体应当回收利用

B. 不具备回收利用条件而向大气排放的，应当进行防治污染处理

C. 可燃性气体回收利用装置不能正常作业的，应当及时修复或者更新

D. 在回收利用装置不能正常作业期间确需排放可燃性气体的，应当采取除尘措施

30. 依据《水污染防治法》，不跨省、自治区、直辖市的饮用水水源保护区的划定，由（　　　　）协商提出划定方案，报省级人民政府批准。

A. 有关市、县人民政府

B. 有关市、县水资源行政主管部门

C. 有关市、县环境保护行政主管部门

D. 有关市、县水资源与环境保护行政主管部门

31. 依据《环境影响评价公众参与暂行办法》规定，环境保护行政主管部门应当在（　　），在其政府网站或者采用其他便利公众知悉的方式，公告有关信息。

A. 确定环境影响报告书编制机构后

B. 建设单位提交环境影响报告书后

C. 受理建设项目环境影响报告书后

D. 审批建设项目环境影响报告书后

32. 在某垃圾焚烧厂建设项目的环境影响评价的过程中，建设单位组织了一系列的公众意见调查活动，依据《环境影响评价公众参与暂行办法》的规定，建设单位应当将所回收的反馈意见的原始资料（　　）。

A. 与环境影响报告书一并提交审批部门

B. 与环境影响报告书一并提交行业主管部门

C. 与环境影响报告书一并提交项目实施部门

D. 存档备查

33. 依据《环境影响评价公众参与暂行办法》的规定，环境影响评价机构决定以座谈会或者论证会的方式征求公众意见的，应当在会议结束后（　　）日内，根据现场会议记录整理制作座谈会议纪要或者论证结论，并存档备查。

A. 5　　　　　　　B. 7　　　　　　　C. 10　　　　　　　D. 15

34. 横穿某城市的几个大型居住区的某城市高架路建设项目，依照现行相关法律法规的规定，该项目的环评文件应为（　　）。

A. 环境影响评价书　　　　　　　　B. 环境影响报告书

C. 环境影响报告表　　　　　　　　D. 环境影响评价表

35.《规划环境影响评价条例》规定，应当对环境影响评价文件的质量负责的是（　　）。

A. 环境影响评价技术机构　　　　　B. 规划编制机关

C. 规划审批机关　　　　　　　　　D. 规划环评审批机关

36. 按照国家规定实行核准制的建设项目，建设单位应当在（　　）报批环境影响评价文件。

A. 报送可行性研究报告前　　　　　B. 提交项目申请报告前

C. 办理备案手续后和开工前　　　　D. 进行项目初步设计前

37. 环境影响评价工程师职业资格实行定期登记制度，登记有效期为（　　），有效期满前，应按有关规定办理再次登记。

A. 1年　　　　　　　B. 2年　　　　　　　C. 3年　　　　　　　D. 5年

38. 依照《建设项目环境影响评价资质管理办法》的规定，对环评机构所提交的评价资质申请材料，国家环保总局应组织对申请材料进行审查，并自受理申请之日起（　　）日内，作出是否准予评价资质的决定。

A. 10　　　　　　　B. 15　　　　　　　C. 20　　　　　　　D. 30

39. 依据《建设项目环境影响评价资质管理办法》，适用特殊项目环境影响报告表的评价范围是（　　）类项目。

A. 海洋工程　　　　　　　　　　　B. 冶金机电

C. 化工石化医药　　　　　　　　　D. 输变电及广电通讯、核工业

40. 依据《建设项目环境影响评价资质管理办法》，评价范围是冶金机电类的环境影响评价机构不可以提供环评服务的项目是（　　）。

A. 交通运输设备项目　　　　　　　　　B. 电子加工项目

C. 拆船项目　　　　　　　　　　　　　D. 感光材料制造项目

41. 下列不属于《中华人民共和国水污染防治法》的适用范围的是（　　　）。

A. 湖泊　　　　　B. 海洋　　　　　C. 江河　　　　　D. 地下水

42. 2007年修订的《外商投资产业指导目录》中对外商投资产业的分类不包括（　　　）。

A. 鼓励类　　　　B. 许可类　　　　C. 限制类　　　　D. 禁止类

43. 依据《水污染防治法》，排放水污染物超过国家或地方规定的水污染物排放标准，（　　　）。

A. 停业整顿　　　B. 吊销排污许可证　　C. 限期改正　　　D. 限期治理

44. 以下关于防治固体废物污染水环境的说法，不符合《水污染防治法》的是（　　　）。

A. 禁止向水体倾倒工业废渣

B. 禁止将含有铬、氰化物、黄磷等的可溶性剧毒废渣埋入地下

C. 存放可溶性剧毒废渣的场所，必须采取防水、防渗漏、防流失的措施

D. 禁止在江河、湖泊最高水位线以下的滩地和岸坡堆放、存贮固体废弃物

45. 依据《水污染防治法》，饮用水水源保护区，由（　　　）批准。

A. 省级以上人民政府　　　　　　　　　B. 省级以上环境保护行政主管部门

C. 省级以上水资源管理部门　　　　　　D. 省级以上卫生行政主管部门

46. 《噪声污染防治法》规定，对于在（　　　）造成严重环境噪声污染的企业事业单位，限期治理。

A. 噪声敏感建筑物附近　　　　　　　　B. 噪声敏感建筑物集中区域内

C. 噪声污染重点控制区域内　　　　　　D. 生产、运营过程中

47. 根据《噪声污染防治法》，在城市范围内向周围生活环境排放工业噪声的，应当符合国家规定的（　　　）。

A. 城市区域噪声排放标准　　　　　　　B. 工业企业相邻区域噪声排放标准

C. 工业企业厂界环境噪声排放标准　　　D. 城市生活区域环境噪声排放标准

48. 依据《噪声污染防治法》，穿越城市居民区、文教区的铁路，因铁路机车运行造成环境噪声污染的，（　　　）应当组织相关部门，制定减轻环境噪声的规划。

A. 当地人民政府　　B. 铁路部门　　　C. 环保部门　　　D. 交通部门

49. 下列关于危险废物经我国过境转移的说法，符合《固体废物污染环境防治法》的是（　　　）。

A. 禁止越境转移　　　　　　　　　　　B. 有国际间协定的可以越境转移

C. 经国务院批准后，可越境转移　　　　D. 经环境保护部批准后，可越境转移

50. 依据《固体废物污染环境防治法》，国家实行工业固体废物（　　　）。

A. 名录管理制度　　　　　　　　　　　B. 清洁生产制度

C. 生产者负责制度　　　　　　　　　　D. 申报登记制度

51. 依据《环境影响评价法》，建设项目环境影响评价文件自批准之日起超过（　　　）年，方决定该项目开工建设的，其环境影响评价文件应当报原审批部门重新审核。

A. 2　　　　　　　B. 4　　　　　　　C. 5　　　　　　　D. 6

52. 按照《建设项目环境保护管理条例》的规定，餐馆建设项目的环评文件，建设单位应当在（　　　）报批。

A. 可行性研究阶段　　　　　　　　　　B. 初步设计完成前

C. 开工建设前　　　　　　　　　　　　D. 办理营业执照前

53. 按照《建设项目环境保护管理条例》的规定，建设单位（　　　）采取公开招标的

方式，选择环评单位，对建设项目进行环境影响评价。

    A. 应当   B. 可以   C. 必须   D. 需要

54. 按照《建设项目环境保护管理条例》等相关法律法规的规定，建设项目竣工后，建设单位应当向（　　　　）申请该建设项目需要配套建设的环境保护设施竣工验收。

    A. 当地建设行政主管部门

    B. 当地环境保护行政主管部门

    C. 审批该项目的建设行政主管部门

    D. 审批该项目环评文件的环境保护行政主管部门

55. 按照《建设项目环境保护管理条例》的规定，建设项目投入试生产超过 3 个月，建设单位未申请环境保护设施竣工验收的，应由（　　　　）对其进行行政处罚。

    A. 当地建设行政主管部门

    B. 当地环境保护行政主管部门

    C. 审批该项目的建设行政主管部门

    D. 审批该项目环评文件的环境保护行政主管部门

56. 国家为了对建设项目实施环境保护管理，实行了（　　　　）制度。

    A. 建设项目环境保护登记制度   B. 建设项目环境影响评价制度

    C. 建设项目环境影响公告制度   D. 建设项目环境影响审批制度

57. 某建设单位拟建滨海机场工程项目，并编制了环境影响报告书，依照现有相关规定，该环境影响报告书需（　　　　）。

    A. 报海洋行政主管部门审核并批准

    B. 报环境保护行政主管部门审核并批准

    C. 经环境保护行政主管部门审核并签署意见后，报海洋行政主管部门审批

    D. 经海洋行政主管部门审核并签署意见后，报环境保护行政主管部门审批

58. 某火力发电建设项目，按照现行相关法律法规之规定，应在（　　　　）阶段征求公众对该项目可能造成环境影响的意见。

    A. 可行性研究阶段   B. 环境影响评价阶段

    C. 环评文件审批阶段   D. 建成试运行阶段

59. 依据《环境影响评价公众参与暂行办法》的规定，建设单位或者其委托的环境影响评价机构在编制环境影响报告书的过程中，应当公开（　　　　）的信息。

    A. 该建设项目可行性研究   B. 该建设项目立项审批

    C. 该建设项目融资   D. 有关环境影响评价

60. 依据《环境影响评价公众参与暂行办法》的规定，建设单位征求公众意见的期限不得少于（　　　　）日，并确保其公开的有关信息在整个征求公众意见的期限之内均处于公开状态。

    A. 7   B. 10   C. 15   D. 30

61. 依据《固体废物污染环境防治法》，从生活垃圾中回收的物质必须按照国家规定的用途或者标准使用，不得用于生产（　　　　）的产品。

    A. 用于出口   B. 用于日常生活

    C. 用于婴幼儿   D. 可能危害人体健康

62. 以下关于贮存危险废物的说法，不符合《固体废物污染环境防治法》的是（　　　　）。

    A. 贮存危险废物，必须按照危险废物特性分类进行

    B. 混合贮存性质不相容而未经安全性处置的危险废物，需采取措施，避免环境

污染

C. 贮存危险废物必须采取符合国家环境保护标准的防护措施，并不得超过一年

D. 禁止将危险废物混入非危险废物中贮存

63. 依据《固体废物污染环境防治法》，产生、收集、贮存、运输、利用、处置危险废物的单位，应当制定意外事故的防范措施和（   ）。

A. 应急预案
B. 安全管理方案
C. 处理方案
D. 防护规划

64. 根据《海洋环境保护法》，以下项目可以建设的是（   ）。

A. 在海湾、半封闭海的非冲击型海岸地区圈海造地

B. 在红树木、珊瑚礁生长地区兴建海岸工程

C. 在岸边建有防污设施的大型港口码头

D. 海洋特别保护区、重要渔业水域兴建工程

65.《海洋环境保护法》规定，凡具有特殊地理条件、生态系统、生物与非生物资源及海洋开发利用特殊需要的区域，可以建立（   ）。

A. 海洋自然保护区
B. 海洋特别保护区
C. 国家海洋地质公园
D. 生物多样性保护区

66. 核设施营运单位应当建立健全安全保卫制度，加强安全保卫工作，并接受（   ）的监督指导。

A. 核安全部门
B. 环境保护行政主管部门
C. 公安部门
D. 当地政府

67. 下列（   ）不属于禁止堆放阻碍行洪的物体和种植阻碍行洪的林木及高秆作物的区域。

A. 江河
B. 水库
C. 海口
D. 渠道

68. 国家实行固定资产投资项目节能评估和审查制度，不符合（   ）的项目，依法负责项目审批或者核准的机关不得批准或者核准建设。

A. 单位产品能耗限额标准
B. 节能审查标准
C. 节能减排政策
D. 强制性节能标准

69. 在沙化土地范围内从事开发建设活动的，必须事先就该项目可能对当地及相关地区生态产生的影响进行（   ）。

A. 预期评估
B. 环境规划
C. 生态影响评价
D. 环境影响评价

70. 根据《草原法》中有关草原自然保护区的制度，下列不属于可以建立草原自然保护区范围的是（   ）。

A. 具有代表性的草原类型

B. 珍稀濒危野生动植物分布区

C. 改良草地、草种基地

D. 具有重要生态功能和经济科研价值的草原

71. 建设工程选址，应当尽可能避开不可移动文物；因特殊情况不能避开的，对文物保护单位应当尽可能实施（   ）。

A. 原址保护
B. 整体迁移
C. 迁移保护
D. 原貌保护

72. 根据《中华人民共和国森林法》，对于成熟的用材林应当严格控制采取（   ）方式，并应在采伐的当年或者次年内完成更新造林。

A. 择伐
B. 皆伐
C. 渐伐
D. 采伐

73. 根据《中华人民共和国矿产资源法》，有关非经国务院授权的有关主管部门同意，不得开采矿产资源的地区描述不准确的是（　　　　）。

    A. 港口、机场、国防工程设施圈定地区以内

    B. 重要工业区、大型水利工程设施、城镇市政工程设施附近一定距离以内

    C. 国家规定的自然保护区、重要风景区

    D. 历史文物和名胜古迹所在地

74. 根据国家的基本农田保护制度，下列不属于应列入基本农田保护区范围的是（　　　　）。

    A. 县级以上地方人民政府批准确定的粮、棉、油生产基地内的耕地

    B. 水果生产基地

    C. 农业科研、教学试验田

    D. 正在实施改造计划以及可以改造的中、低产田

75. 根据 2010 年 12 月最新修订的《中华人民共和国水土保持法》，对生产建设活动中产生的废弃砂、石、土、矸石、尾矿、废渣等的存放地，应当采取的措施不包括（　　　　）。

    A. 拦挡　　　　　　　　　　　　　B. 坡面防护

    C. 防洪排导　　　　　　　　　　　D. 表面绿化

76. 根据《中华人民共和国城乡规划法》，城市规划、镇规划不包括（　　　　）。

    A. 总体规划　　　　　　　　　　　B. 城镇体系规划

    C. 控制性详细规划　　　　　　　　D. 修建性详细规划

77. 《中华人民共和国城乡规划法》规定，经依法审定的修建性详细规划、建设工程设计方案的总平面图不得随意修改；确需修改的，城乡规划主管部门应当采取听证会等形式，听取（　　　　）的意见。

    A. 利害关系人　　　　B. 公众　　　　C. 有关专家　　　　D. 相关部门

78. 按照《风景名胜区条例》的相关规定，在国家级风景名胜区内修建缆车、索道等重大建设工程，项目的选址方案应当报（　　　　）核准。

    A. 国务院旅游管理部门　　　　　　B. 国务院建设主管部门

    C. 国务院环境保护主管部门　　　　D. 风景名胜区管理机构

79. 在基本农田保护区禁止的行为不包括（　　　　）。

    A. 在基本农田保护区内建窑、建房、建坟、挖砂、采石、采矿、取土

    B. 向基本农田保护区提供城市垃圾、污泥作为肥料

    C. 占用基本农田发展林果业和挖塘养鱼

    D. 在基本农田保护区内堆放固体废弃物

80. 根据《防治海岸工程建设项目污染损害海洋环境管理条例》的相关规定，采用暗沟或者管道方式向海域排放废水的，出水管口位置应当（　　　　）。

    A. 在高潮线以下　　　　　　　　　B. 在高潮线以上

    C. 在低潮线以下　　　　　　　　　D. 在低潮线以上

81. 根据《促进产业结构调整暂行规定》，下列（　　　　）是不正确的。

    A. 对属于限制类的新建项目，限制投资

    B. 对属于限制类的生产能力，禁止新建

    C. 对淘汰类项目，禁止投资

    D. 限制类的生产能力不符合行业准入条件

82. 依照《环境影响评价法》的规定，上报的北京市旅游规划草案中未附送环境影响报告书，应（　　）。

　　A. 立即驳回　　　　B. 不予审批　　　　C. 部分审批　　　　D. 限期补报

83. 按照《环境影响评价法》的规定，河北省唐山市人民政府在审批唐山市城市建设规划草案时，应当先召集有关部门代表和专家组成审查小组，对（　　）进行审查，并提出书面审查意见。

　　A. 环境影响篇章　　　　　　　　　　B. 环境影响说明

　　C. 环境影响报告书　　　　　　　　　D. 环境影响评价书

84. 依照《环境影响评价法》的规定，对北京市朝阳区某公路建设项目的环境影响报告表，北京市朝阳区环保局应自收到环评文件之日起（　　）日内，作出审批决定并书面通知建设单位。

　　A. 15　　　　　　　B. 30　　　　　　　C. 45　　　　　　　D. 60

85. 除国家规定需要保密的情形外，（　　）的建设项目，建设单位应当在报批建设项目环境影响报告文件前，举行论证会、听证会，或者采取其他形式，征求有关单位、专家和公众的意见。

　　A. 对环境可能造成重大影响、应当编制环境影响报告书

　　B. 对环境可能造成轻度影响的，应当编制环境影响报告表

　　C. 对环境影响很小，应当填报环境影响登记表

　　D. 所有

86. 某化工厂建设项目环评文件已经批准，工厂建设过程中因市场需要，拟采用全新的生产工艺，按照《环境影响评价法》的规定，（　　）。

　　A. 建设单位重新报批建设项目的环境影响评价文件

　　B. 建设单位将生产工艺变动的环境影响向原审批部门提交补充说明

　　C. 建设单位将生产工艺变动事宜书面告知原审批单位

　　D. 建设单位将生产工艺变动的环境影响评价交原审批部门备案

87. 依照《环境影响评价法》的规定，建设项目依法应当进行环境影响评价而未评价，或者环境影响评价文件未经依法批准，审批部门擅自批准该项目建设的，对直接负责的主管人员和其他直接责任人员，由（　　）依法给予行政处分；构成犯罪的，依法追究刑事责任。

　　A. 环境影响评价文件的审批机构　　　B. 监察部门

　　C. 建设项目的审批机构　　　　　　　D. 党纪部门

88. 根据《环境影响评价法》，接受委托为建设项目环境影响评价提供技术服务的机构有（　　）行为的，由国家环保总局降低其资质等级或者吊销其资质证书，并处所收费用一倍以上三倍以下的罚款。

　　A. 不按建设项目环境影响评价分类管理名录要求擅自降低评价等级

　　B. 组成联合体垄断行业或地区建设项目环评

　　C. 以压低评价经费竞争建设项目环评

　　D. 在环境影响评价工作中不负责任或者弄虚作假，致使环境影响评价文件失实

89. 建设项目可能造成跨行政区域的不良环境影响，有关环境保护行政主管部门对该项目的环境影响评价结论有争议的，其环境影响评价文件由（　　）审批。

　　A. 国务院环境保护行政主管部门

　　B. 任一区域的环保部门

　　C. 共同的上一级环境保护行政主管部门

D. 受影响较多的区域的环境保护行政主管部门

90. 某市在人口密集地拟建一个具有 150 个床位的肿瘤医院，根据该项目的所在地区的环境，需要说明放射性医疗废弃物对环境的影响，该建设项目的环境影响评价文件应该是（　　）。

A. 环境影响报告书　　　　　　　B. 附有专项评价的环境影响登记表
C. 环境影响登记表　　　　　　　D. 附有专项评价的环境影响报表

91. 下列（　　）属于《中华人民共和国节约能源法》中"强制淘汰制度"所规定的强制淘汰的对象。

A. 落后的耗能过高的生产技术　　B. 落后的耗能过高的用能产品
C. 落后的耗能过高的小企业　　　D. 落后的耗能过高的工艺

92. 依据《环境保护法》的规定，有权依照有关法律的规定对环境污染防治实施监督管理的部门不包括（　　）。

A. 公安部门　　B. 军队环保部门　　C. 民航管理部门　　D. 林业主管部门

93. 2005 年国务院颁布了《促进产业结构调整暂行规定》，其中对产业结构调整的方向和重点做出了明确规定，以下说法不符合该规定的是（　　）。

A. 巩固和加强农业基础地位，加快传统农业向现代农业转变
B. 加强能源、交通、水利和信息等基础设施建设，增强对经济社会发展的保障能力
C. 加快发展高技术产业，进一步增强高技术产业对经济增长的支撑作用
D. 大力发展循环经济，建设资源节约和环境友好型社会，实现经济增长与人口资源环境相协调

94. 下列有关评价资质申请的说法不正确的是（　　）。

A. 环保部负责随时受理评价资质的申请
B. 申请机构应当提交申请材料一式四份
C. 决定准予评价资质的，应当自作出准予评价资质的决定之日起 10 日内，向申请机构颁发资质证书；决定不予评价资质的，应当书面通知申请机构并说明理由
D. 环保部在作出是否准予评价资质的决定之前，可视具体情况征求申请机构所属行业行政主管部门和所在地省级环境保护行政主管部门的意见

95. 请判断下列哪一家甲级环评单位在资质证书有效期内符合规定的业绩要求？（　　）

A. 甲单位：编制完成 3 项环保部审批的报告书，6 项省环保局审批的报告表，7 项市环保局审批的报告书
B. 乙单位：编制完成 4 项环保部审批的报告表，4 项省环保局审批的报告书，12 项市环保局审批的报告书
C. 丙单位：编制完成 1 项环保部审批的报告书，6 项省环保局审批的报告书，7 项市环保局审批的报告书
D. 丁单位：编制完成 3 项环保部审批的报告书，1 项省环保局审批的报告书，7 项省环保局审批的报告表

96. 依据《环境影响评价法》，建设单位或者其委托的环境影响评价机构决定举行听证会征求公众意见的，应当在举行听证会的（　　）日前，在该建设项目可能影响范围内的公共媒体或者采用其他公众可知悉的方式，公告听证会的时间、地点、听证事项和报名办法。

A. 10　　　　　　　B. 15　　　　　　　C. 30　　　　　　　D. 60

97. 以下建设项目的环境影响报告书需报海洋主管部门核准的是（　　）。

A. 造船厂　　　　B. 海底光缆工程　　　　C. 航道　　　　D. 滨海大型养殖场

98. 根据《建设项目环境影响评价资质管理办法》，评价机构每年须填写"建设项目环境影响评价机构年度业绩报告表"，于（　　　　）前报国家环境保护总局。

　　A. 当年年底　　B. 次年1月底　　C. 次年2月底　　D. 次年3月底

99. （　　　　）是环境保护法的基础，也是各种环境保护法律、法规、规章的立法依据。

　　A. 宪法关于环境保护的规定　　　　B. 环境保护基本法

　　C. 环境保护单行法律规范　　　　D. 其他部门法中的环境保护法律规范

100. 评价机构有（　　　　）行为时，除取消其评价资质外，评价机构在三年内不得再次申请评价资质。（　　　　）

　　A. 倒卖资质证书　　　　　　　　B. 以欺骗手段取得评价资质

　　C. 出借资质证书　　　　　　　　D. 超越评价资质等级提供环境影响评价技术服务

二、不定项选择题（共50题，每题2分。每题的备选项中至少有1个符合题意，多选、错选、少选均不得分）

1. 以下为环境保护单行法的是（　　　　）。

　　A.《医疗废物管理条例》　　　　　B.《电子废物污染环境防治管理办法》

　　C.《水污染防治法》　　　　　　　D.《清洁生产促进法》

2. 依照《环境保护法》的规定，该法的适用范围为（　　　　）。

　　A. 中华人民共和国领土

　　B. 中华人民共和国领水

　　C. 中华人民共和国领空

　　D. 中华人民共和国管辖的其他海域

3. 依照《环境保护法》的规定，建设项目中防治污染的设施，必须与主体工程（　　　　）。

　　A. 同时规划　　　　　　　　　　B. 同时设计

　　C. 同时施工　　　　　　　　　　D. 同时验收

　　E. 同时投产使用

4. 某化工厂超标排污严重污染环境，且经限期治理逾期未完成治理任务，按照《环境保护法》的规定，对这一行为可实施的行政处罚包括（　　　　）。

　　A. 责令停业　　　　　　　　　　B. 责令关闭

　　C. 罚款　　　　　　　　　　　　D. 加收超标排污费

　　E. 吊销营业执照

5. 依照《环境影响评价法》的规定，规划环境影响评价又可分为（　　　　）。

　　A. 综合性规划　　　　　　　　　B. 专项性规划

　　C. 地域性规划　　　　　　　　　D. 流域性规划

　　E. 专业性规划

6. 依照《环境影响评价法》的规定，需要编制有关环境影响的篇章或者说明的规划是（　　　　）。

　　A. 北京市交通指导规划　　　　　B. 华北地区开发利用规划

　　C. 黄河流域开发利用规划　　　　D. 渤海湾建设规划

　　E. 天津市旅游规划

7. 依照《环境影响评价法》的规定，北京市旅游规划环境影响评价中必须有的内容是（　　　　）。

A. 实施规划对环境可能造成的影响　　B. 预防不良环境影响的对策

C. 减轻不良环境影响的措施　　　　D. 环境影响评价的结论

E. 规划的经济可行性分析

8. 某水电站建设项目环评文件经批准后，在（　　　）情况下，按照《环境影响评价法》的规定，建设单位应当重新报批建设项目的环境影响评价文件。

A. 建设项目的性质、地点发生重大变动的

B. 建设项目的规模发生重大变动的

C. 建设项目采用的生产工艺发生重大变动的

D. 建设项目防治污染的措施发生重大变动的

E. 建设项目防止生态破坏的措施发生重大变动

9. 依照《环境影响评价法》的规定，建设项目环境影响评价文件未经批准或者未经原审批部门审批同意，建设单位擅自开工建设的，由有权审批该项目环境影响评价文件的环境保护行政主管部门进行处罚的形式有（　　　）。

A. 责令停止建设

B. 处 5 万元以上 20 万元以下的罚款

C. 吊销该建设项目的环评单位的资质证书

D. 对该建设项目环评的主要负责人员给予行政处分

E. 对该建设单位直接负责的主管人员给予行政处分

10. 对于《建设项目环境影响评价分类管理目录》中未作规定的建设项目，其环境影响评价类别应由省级环境保护行政主管部门根据（　　　）提出建议，报国务院环境保护行政主管部门认定。

A. 建设项目环境影响因子特征　　　　B. 建设项目生态影响因子特征

C. 项目所处环境的敏感性质和敏感程度　　D. 建设项目污染因子特征

E. 项目所在地环境质量状况

11. 按照《森林法》，下列（　　　）属于采伐森林和林木必须遵守的规定。

A. 成熟的用材林应当根据不同情况，分别采取择伐、皆伐和渐伐方式

B. 防护林只准进行抚育和更新性质的采伐

C. 特种用途林严禁采伐

D. 只要采伐林木就必须申请采伐许可证，按许可证的规定进行采伐

E. 农村居民采伐自留地和房前屋后个人所有的零星林木也须申请采伐许可证

12. 以下关于土地管理的说法错误的是（　　　）。

A. 国家实行土地用途管制制度，通过土地利用总体规划，将土地分为农用地、建设用地和未利用地，对不同种类的用地实行分类管理

B. 国家实行基本农田保护制度，各省、自治区、直辖市划定的基本农田应当占本行政区内耕地的 90% 以上

C. 省级人民政府批准的道路、管线工程建设项目占用农用地的审批手续，由省级人民政府批准

D. 征收基本农田必须由国务院审批

E. 禁止占用基本农田发展林果业和挖塘养鱼

13. 按照《中华人民共和国河道管理条例》的规定，河道应当包括（　　　）。

A. 湖泊　　B. 行洪区　　C. 人工水道　　D. 蓄洪区　　E. 滞洪区

14. 依照《自然保护区条例》的规定，自然保护区可以划分为（　　　）。

A. 核心区　　B. 缓冲区　　C. 实验区　　D. 旅游区　　E. 外围保护地带

15. 根据《防治海岸工程建设项目污染损害海洋环境管理条例》中的规定，以下建设工程属于"海岸工程"的是（　　　　）。

    A. 码头　　　B. 跨海桥梁工程　　　C. 围填海工程　　　D. 港口　　　E. 造船厂

16.《国务院关于落实科学发展观加强环境保护的决定》中提出的需要完善的环境监管制度包括（　　　　）。

    A. 污染物总量控制制度　　　　　　　　B. 限期治理制度

    C. 环境监察制度　　　　　　　　　　　D. 河流断面水质考核制度

    E. 强制淘汰制度

17.《资源综合利用目录（2003 年修订）》中涉及产品的分类包括（　　　　）。

    A. 优化生产工艺、节约资源生产的产品

    B. 在矿产资源开采加工过程中综合利用共生、伴生资源生产的产品

    C. 综合利用"三废"生产的产品

    D. 回收、综合利用再生资源生产的产品

    E. 综合利用农林水产废弃物及其他废弃资源生产的产品

18.《全国生态脆弱区保护规划纲要》提出的总体任务的中心是（　　　　）。

    A. 维护区域生态系统完整性　　　　　　B. 优化产业布局，调整产业结构

    C. 保证生态过程连续性　　　　　　　　D. 增强脆弱区生态系统的抗干扰能力

    E. 改善生态系统服务功能

19.《循环经济促进法》中定义的循环经济是指在生产、流通和消费等过程中进行的（　　　　）活动的总称。

    A. 资源化　　　　　B. 减量化　　　　　C. 无害化　　　　　D. 再利用

20. 根据《规划环境影响评价条例》的相关规定，环境影响评价报告书审查小组出具的审查意见主要内容应包括（　　　　）。

    A. 基础资料、数据的真实性

    B. 评价方法的适当性

    C. 环境影响分析、预测和评估的可靠性

    D. 公众意见采纳与不采纳情况及其理由的说明的合理性

    E. 环境影响评价结论的科学性

21. 根据《中华人民共和国城乡规划法》，下列属于禁止擅自改变用途的城乡规划确定的用地种类的是（　　　　）。

    A. 污水处理厂　　　　B. 水库　　　　C. 输电线路走廊

    D. 国防用地　　　　　E. 绿地

22. 依照《关于抑制部分行业产能过剩和重复建设引导产业健康发展的若干意见》，可采取哪些抑制产能过剩和重复建设的环境监管措施？（　　　　）

    A. 推进开展区域产业规划的环境影响评价

    B. 未通过环境评价审批的项目一律不准开工建设

    C. 定期发布环保不达标的生产企业名单

    D. 关闭达不到排放标准或超过排污总量指标的生产企业

    E. 对污染物排放超标的地区，要暂停环评审批

23. 依据《建设项目环境影响评价资质管理办法》规定，以下（　　　　）不得申请环境影响评价资质。

    A. 各大学及中等专科学校

    B. 各行业的各级环境监测机构

C. 各环境科学类研究机构

D. 为建设项目环境影响评价提供技术评估的机构

E. 为建设项目环境影响评价提供公众参与服务的机构

24. 以下关于国家环保总局对环境影响评价机构进行管理的说法，符合《建设项目环境影响评价资质管理办法》的是（　　）。

A. 国家环境保护总局负责确定环评机构的评价资质等级

B. 国家环境保护总局负责受理评价资质的申请

C. 国家环境保护总局定期公布评价机构名单

D. 国家环境保护总局可注销评价机构评价资质

E. 国家环境保护总局负责对评价机构的环境影响评价工作质量进行日常考核

25. 依据《建设项目竣工环境保护验收管理办法》，建设项目竣工环境保护验收是指建设项目竣工后，环境保护行政主管部门（　　），考核该建设项目是否达到环境保护要求的活动。

A. 依据环评文件的环境影响评价结论

B. 依据环境保护验收监测结果

C. 依据环境保护验收调查结果

D. 通过现场检查

E. 通过进行环境影响后评价

26. 以下关于建设项目竣工环境保护验收的说法，符合《建设项目竣工环境保护验收管理办法》的是（　　）。

A. 环境保护行政主管部门在进行建设项目竣工环境保护验收时，应组织建设项目所在地的环境保护行政主管部门和行业主管部门等成立验收组

B. 验收组应对建设项目的环境保护设施及其他环境保护措施进行现场检查和审议，提出验收意见

C. 对填报建设项目竣工环境保护验收登记卡的建设项目，环境保护行政主管部门经过核查后，可直接在环境保护验收登记卡上签署验收意见，作出批准决定

D. 环境保护行政主管部门应自收到建设项目竣工环境保护验收申请之日起 20 日内，完成验收

E. 建设项目竣工环境保护验收申请未经批准的建设项目，不得正式投入生产或者使用

27. 根据《环境影响评价工程师继续教育暂行规定》，下列情况符合环境影响评价工程师接受继续教育的学时要求的是（　　）。

A. 参加登记管理办公室举办的环境影响评价工程师继续教育培训班或经登记管理办公室认可的其他培训班，取得培训合格证明，且实际培训时间超过 48 学时

B. 承担登记管理办公室举办的环境影响评价工程师继续教育培训班授课任务，实际授课学时超过 24 学时

C. 在有国内统一刊号（CN）的期刊上发表环境影响评价相关论文 2 篇（均不少于 2000 字）

D. 在正式出版社出版建有统一书号（ISBN）的环境影响评价相关专业著作，本人独立撰写章节达 8 万字

E. 参加环境影响评价工程师职业资格考试命题或审题工作

28. 国务院和省、自治区、直辖市人民政府对尚未达到规定的大气环境质量标准的区域和国务院批准划定的（　　）可以划定为主要大气污染物排放总量控制区。

A. 二氧化碳控制区　　　　　　　　B. 二氧化硫控制区

C. 二氧化氮控制区　　　　　　　　D. 酸雨控制区

E. 一氧化碳控制区

29. 以下应当编制环境影响报告书的项目有（　　　　）。

A. 工业废水集中处理项目　　　　　B. 制糖企业建设项目

C. 造纸厂建设项目　　　　　　　　D. 危险废物集中处置项目

E. 海水淡化项目

30. 以下关于防治燃煤产生的大气污染的说法，符合《大气污染防治法》的是（　　　　）。

A. 在人口集中地区存放煤炭、煤矸石、煤渣、煤灰、砂石、灰土等物料，必须采
取防燃、防尘措施，防止污染大气

B. 城市建设应当统筹规划，在燃煤供热地区，统一解决热源，发展集中供热

C. 新建、扩建排放二氧化硫的火电厂和其他大中型企业，超过规定的污染物排放
标准或者总量控制指标的，限期治理

D. 排放二氧化硫的企业必须建设配套脱硫、除尘装置或者采取其他控制二氧化硫
排放、除尘的措施

E. 企业可以对燃料燃烧过程中产生的氮氧化物采取控制措施

31. 以下属于《水污染防治法》明确禁止的行为的是（　　　　）。

A. 禁止向水体排放油类、酸液、碱液或者剧毒废液

B. 禁止在水体清洗装贮过油类或者有毒污染物的车辆和容器

C. 禁止向水体排放含有放射性物质的废水

D. 禁止向水体排放含热废水

E. 禁止向水体排放含病原体的污水

32. 以下关于防治农药污染水环境的说法，符合《水污染防治法》的是（　　　　）。

A. 使用农药，应当符合国家有关农药安全使用的规定和标准

B. 运输、存贮农药和处置过期失效农药，必须加强管理，防止造成水污染

C. 县级以上地方人民政府的农业管理部门和其他有关部门，应当采取措施，指导
农业生产者科学、合理地施用化肥和农药，控制化肥和农药的过量使用，防止
造成水污染

D. 禁止在水源地附近存贮农药

E. 禁止在河流、湖泊、水库附近处置过期失效农药

33. 根据《噪声污染防治法》，建设经过以下（　　　　）区域的高速公路和城市高架、
轻轨道路，有可能造成环境噪声污染的，应当设置声屏障或者采取其他有效的控制环境噪声
污染的措施。

A. 城市文教区　　　　　　　　　　B. 普通住宅区

C. 医院和疗养院　　　　　　　　　D. 城市商业区

E. 国家机关办公地

34. 以下关于噪声污染防治法定措施的说法正确的是（　　　　）。

A. 建设经过已有的噪声敏感建筑物集中区域的城市高架、轻轨道路，应当设置声
屏障或者采取其他有效的控制环境噪声污染的措施

B. 在已有的城市交通干线的两侧建设噪声敏感建筑物的，建设单位应当按照国家
规定间隔一定距离，并采取减轻、避免交通噪声影响的措施

C. 穿越城市居民区、文教区的铁路，因铁路机车运行造成环境噪声污染的，当地
城市人民政府应当组织铁路部门和其他有关部门，制定减轻环境噪声的规划

D. 民用航空器不得飞越城市市区上空

E. 产生环境噪声污染的企业事业单位，经改造已明显降低噪声的，可自行拆除或者闲置环境噪声污染防治设施

35. 依据《固体废物污染环境防治法》，对（ ）固体废物的设施、设备和场所，应当加强管理和维护，保证其正常运行和使用。

A. 收集　　　B. 贮存　　　C. 运输　　　D. 利用　　　E. 处置

36. 以下关于危险废物管理计划的说法，符合《固体废物污染环境防治法》的是（ ）。

A. 产生危险废物的单位必须制定危险废物管理计划

B. 危险废物管理计划应当包括减少危险废物产生量和危害性的措施

C. 危险废物管理计划应当包括危险废物贮存、利用、处置措施

D. 危险废物管理计划应当报产生危险废物的单位所在地市级以上地方人民政府环境保护行政主管部门备案

E. 危险废物管理计划内容有重大改变的，应当及时通知环境保护行政主管部门

37. 下列关于防治海岸工程建设项目对海洋环境的污染损害的说法符合《海洋环境保护法》规定的为（ ）。

A. 海洋保护区、海滨风景名胜区、重要渔业水域及其他需要特别保护的区域，不得从事任何建设活动

B. 海岸工程建设项目的环境影响评价报告书，只需经环境保护行政主管部门审查批准即可

C. 海岸工程建设项目的环境保护设施，必须与主体工程同时设计、同时施工、同时投产使用

D. 禁止在沿海陆域内新建严重污染海洋环境的工业生产项目

E. 兴建海岸工程建设项目，必须采取有效措施，保护国家和地方重点保护的野生动植物及其生存环境和海洋水产资源

38. 在水资源开发利用和河道管理中，以下做法与《水法》不符的是（ ）。

A. 在不通航的河流或者人工水道上修建闸坝后可以通航的，闸坝建设单位应当同时修建过船设施或者预留过船设施位置

B. 禁止在饮用水水源保护区内设置排污口

C. 在水行政主管部门监督下，沿河居民可自行在河道采砂

D. 在水工程保护范围内，经批准可从事采石、取土等对水工程运行影响轻微的活动

E. 农村集体经济组织修建水库应当经县级以上地方人民政府水行政主管部门批准

39. 以下属于《中华人民共和国节约能源法》明确禁止的项目的是（ ）。

A. 使用国家明令淘汰的用能设备、生产工艺

B. 生产、进口、销售能源效率低下的用能产品、设备

C. 新建不符合国家规定的燃煤发电机组、燃油发电机组和燃煤热电机组

D. 生产、进口、销售国家明令淘汰的用能产品、设备

E. 使用高耗能的特种设备

40. 根据《中华人民共和国文物保护法》的规定，因特殊情况需要在文物保护单位的保护范围内进行其他建设工程或者爆破、钻探、挖掘等作业的，必须满足的条件包括（ ）。

A. 缴纳文物保护押金

B. 经核定公布该文物保护单位的人民政府批准

C. 征得上一级人民政府文物行政部门同意

D. 保证文物保护单位的安全

E. 提交文物保护方案

41. 按照《建设项目环境保护管理条例》的规定，建设项目投入试生产超过 3 个月，建设单位未申请环境保护设施竣工验收的，应处以的行政处罚是（　　　　）。

A. 责令限期治理

B. 责令限期办理环境保护设施竣工验收手续

C. 逾期未完成治理任务的，责令停止试生产

D. 逾期未办理竣工验收手续的，责令停止试生产

E. 逾期未办理竣工验收手续的，处以罚款

42. 建设在居民区的某餐饮企业建设项目，按照现行相关法律法规之规定，可在（　　　　）阶段征求公众对该项目可能造成环境影响的意见。

A. 可行性研究　　　　　　　　B. 环境影响评价

C. 环评文件审批　　　　　　　D. 建成试营业

E. 正式营业

43. 横穿多个居民区的某城市轻轨建设项目，按照相关法律法规之规定，建设单位应及时向公众公告的信息包括（　　　　）。

A. 建设项目的名称及概要

B. 建设项目的建设单位的名称和联系方式

C. 承担评价工作的环境影响评价机构的名称和联系方式

D. 环境影响评价的工作程序和主要工作内容

E. 征求公众意见的主要事项

44. 依据《环境影响评价公众参与暂行办法》的规定，建设单位应当在报送环境保护行政主管部门审批或者重新审核前，向公众公告的内容包括（　　　　）。

A. 建设项目情况简述

B. 编制环境影响报告书的机构的名称及其联系方式

C. 审批环境影响报告书的机构的名称及其联系方式

D. 建设项目对环境可能造成影响的概述

E. 预防或者减轻不良环境影响的对策和措施的要点

45. 根据《防治海洋工程建设项目污染损害海洋环境管理条例》，建设单位需如实记录并向原核准该工程环境影响报告书的海洋主管部门报告的内容包括（　　　　）。

A. 工程设施运转情况　　　　　B. 向水基泥浆中添加油类的种类和数量

C. 污染物排放和处置情况　　　D. 污染物处理设备运转情况

46. 按照《环境影响评价公众参与暂行办法》的规定，建设单位或者其委托的环境影响评价机构，可以采取（　　　　）方式，公开便于公众理解的环境影响评价报告书的简本。

A. 在特定场所提供环境影响报告书的简本

B. 制作包含环境影响报告书的简本的专题网页

C. 在公共网站上设置环境影响报告书的简本的链接

D. 在专题网站上设置环境影响报告书的简本的链接

E. 在环境影响报告书审批机构网站上公开环境影响报告书的简本

47. 在某地铁建设项目的环境影响评价的过程中，建设单位组织了一系列的公众意见调查活动，对公众意见的采纳问题，以下选项中符合《环境影响评价公众参与暂行办法》的是（　　　　）。

A. 建设单位在环境影响报告书中附具对公众意见采纳或者不采纳的说明

B. 环境保护行政主管部门应对环境影响报告书中有关公众意见采纳情况的说明进行审议

C. 环境保护行政主管部门应对公众意见进行核实

D. 公众认为建设单位或者其委托的环境影响评价机构对公众意见未采纳且未附具说明的，可以向负责审批或者重新审核的环境保护行政主管部门反映

E. 公众认为建设单位或者其委托的环境影响评价机构对公众意见未采纳的理由说明不成立的，可以向负责审批或者重新审核的环境保护行政主管部门反映

48. 某建设单位在建设项目环境影响评价活动中，为征求公众意见，举行了听证会，其以下做法中符合《环境影响评价公众参与暂行办法》规定的有（　　　　）。

A. 在举行听证会的 5 日前通知已选定的参会代表

B. 主持人兼做记录员

C. 要求被选定参加听证会的个人代表出具身份证明

D. 要求参加听证会的代表保守有关技术秘密和业务秘密

E. 准予 16 人旁听听证会，并对其中 2 人的发言进行了详细的记录

49. 以下哪些违法行为属于环保部门或环境监督管理部门责令限期改正，并可处五万元以下罚款的（　　　　）。

A. 向大气排放粉尘、恶臭气体或者其他含有有毒物质气体，未采取有效污染防治措施的

B. 向大气排放转炉气、电石气、电炉法黄磷尾气、有机烃类尾气，未经当地环境保护行政主管部门批准的

C. 运输、装卸或者贮存能够散发有毒有害气体或者粉尘物质，未采取密闭措施或者其他防护措施的

D. 城市饮食服务业的经营者未采取有效污染防治措施，致使排放的油烟对附近居民的居住环境造成污染的

E. 在人口集中地区或者其他依法特殊保护的区域内，焚烧沥青、油毡、橡胶等产生有毒有害烟尘和恶臭气体的物质的

50. 以下应当填报环境影响登记表的项目有（　　　　）。

A. 矿产地质勘察项目　　　　　　B. 煤炭储存项目

C. 生物制药项目　　　　　　　　D. 海盐开采项目

E. 卫生站建设项目

模拟试卷二答案

一、单项选择题

1. C	2. B	3. D	4. A	5. C	6. A	7. D	8. B	9. B	10. D
11. B	12. B	13. D	14. B	15. B	16. B	17. C	18. D	19. D	20. A
21. D	22. C	23. A	24. B	25. A	26. D	27. A	28. C	29. D	30. A
31. C	32. D	33. A	34. B	35. B	36. B	37. C	38. C	39. D	40. D
41. B	42. A	43. D	44. B	45. A	46. B	47. C	48. A	49. A	50. D
51. C	52. D	53. B	54. D	55. D	56. B	57. D	58. B	59. D	60. B
61. D	62. A	63. A	64. C	65. B	66. C	67. C	68. D	69. D	70. C
71. A	72. B	73. D	74. B	75. D	76. B	77. A	78. B	79. B	80. C
81. A	82. B	83. C	84. B	85. A	86. A	87. B	88. D	89. C	90. D
91. B	92. D	93. C	94. B	95. C	96. A	97. B	98. D	99. A	100. B

二、不定项选择题

1. CD	2. ABCD	3. BCE	4. ABCD	5. AB
6. ABCD	7. ABCD	8. ABCDE	9. ABE	10. BCD
11. AB	12. BC	13. ABCDE	14. ABC	15. ADE
16. CE	17. BCDE	18. ACE	19. ABD	20. ABCDE
21. ABCE	22. ABC	23. BD	24. ABCD	25. BCD
26. ABCE	27. ABDE	28. BD	29. ABCD	30. AB
31. AB	32. ABC	33. ABCE	34. ABC	35. ABCE
36. ABC	37. CDE	38. CD	39. ACD	40. BCD
41. BDE	42. BC	43. ABCDE	44. ADE	45. BCD
46. ABCD	47. ADE	48. ACD	49. ABCD	50. ABDE

模拟试卷三

一、单项选择题（共100题，每题1分。每题的备选项中只有一个最符合题意）

1.《中华人民共和国宪法》规定，国家保护和改善（　　　　），防治污染和其他公害。

    A. 自然环境　　　　B. 生态环境　　　　C. 生活环境　　　　D. 生存环境

2. 环境保护法在我国环境保护法律法规体系中属于（　　　　）。

    A. 环境保护基本法　　　　　　　　　　B. 环境保护单行法

    C. 环境保护行政法规　　　　　　　　　D. 环境保护部门规章

3. 以下属于环境保护单行法的是（　　　　）。

    A.《建设项目环境保护管理条例》　　　B.《生物多样性公约》

    C.《环境信息公开办法（试行）》　　　D.《中华人民共和国海洋环境保护法》

4. 某环评机构在为某建设项目做环境影响评价的过程中，发现《环境影响评价法》与《建设项目环境保护管理条例》对某一问题的要求不同，则应遵照（　　　　）的规定执行。

    A.《环境影响评价法》　　　　　　　　B.《建设项目环境保护管理条例》

    C. 均不遵守　　　　　　　　　　　　　D. 择一要求低的执行

5. 某环评机构在为位于北京市某化工厂建设项目做环境影响评价的过程中，发现按照《环境影响评价法》之规定在制作公众参与篇章时无需召开听证会，而按照《环境影响评价公众参与暂行办法》的规定须召开听证会，则应（　　　　）。

    A. 召开听证会　　　　　　　　　　　　B. 不召开听证会

    C. 请示北京市环保局　　　　　　　　　D. 听从化工厂领导的意见

6. 依照《环境保护法》的规定，北京市政府所制定的环境质量标准，须报环境保护部（　　　　）。

    A. 批准　　　　　B. 备案　　　　　C. 审核　　　　　D. 许可

7. 按照《环境保护法》的规定，开发利用自然资源，（　　　　）采取措施保护生态环境。

    A. 可以　　　　　B. 应当　　　　　C. 必须　　　　　D. 理应

8. 含多氯联苯的变压器成本低、使用寿命长，但因多氯联苯为持久性有机污染物，我国早已禁止生产。位于北京市密云县的某企业想进口含多氯联苯的变压器，则（　　　　）。

    A. 需由环境保护部批准　　　　　　　　B. 需由北京市环保局批准

    C. 需由密云县环保局批准　　　　　　　D. 该设备禁止进口

9. 某水泥厂因超标排放污染物，被当地环保局处以罚款，于2007年4月10日接到处罚通知书。如水泥厂不服，可在（　　　　）前提起行政复议。

    A. 2007年4月20日　　　　　　　　　B. 2007年4月25日

    C. 2007年4月30日　　　　　　　　　D. 2007年5月10日

10. 我国的环境影响评价首先是从（　　　　）领域开始的。

    A. 流域环境影响　　　　　　　　　　　B. 规划环境影响

    C. 噪声环境影响　　　　　　　　　　　D. 建设项目环境影响

11. 水利部编制的黄河流域开发利用规划环境影响评价的成果应为（　　　　）。

    A. 环境影响报告书　　　　　　　　B. 环境影响报告表

    C. 环境影响登记表　　　　　　　　D. 有关环境影响的篇章或者说明

12. 依照《环境影响评价法》的规定，北京市城市建设规划应当在（　　　）的时候，组织进行环境影响评价。

    A. 编制规划草案的同时　　　　　　B. 编制规划草案的之前

    C. 规划草案上报审批之前　　　　　D. 规划草案上报审批之后

13. 山东省青岛市人民政府在审批青岛市旅游规划草案时，先召集有关部门代表和专家组成审查小组，对环境影响报告书进行审查，按照《环境影响评价法》的规定，上述专家通过（　　　）方式予以确定。

    A. 青岛市环保局推荐　　　　　　　B. 青岛市人民政府指定

    C. 山东省环保局指定　　　　　　　D. 由环境保护部专家库内随机抽取

14. 依照《环境影响评价法》的规定，对北京市朝阳区某餐馆的环境影响登记表，北京市朝阳区环保局应自收到环评文件之日起（　　　）日内，作出审批决定并书面通知建设单位。

    A. 15　　　　　　　B. 30　　　　　　　C. 45　　　　　　　D. 60

15. 按照国家有关规定，不需要进行可行性研究的建设项目，建设单位应当在（　　　）前报批建设项目环境影响报告书、环境影响报告表或者环境影响登记表。

    A. 建设项目设计　　　　　　　　　B. 建设项目开工

    C. 建设项目竣工　　　　　　　　　D. 建设项目正式投产

16. 某核电站建设项目，环评文件已于 2001 年 9 月 3 日批准，但由于资金问题，拟在 2008 年 3 月开工建设，依照《环境影响评价法》的规定，建设单位应（　　　）。

    A. 重新报批建设项目的环境影响评价文件

    B. 将环境影响评价文件报原审批部门重新审核

    C. 将项目开工事宜书面告知原审批单位

    D. 将项目开工事宜向原审批部门备案

17. 《环境保护部关于贯彻落实抑制部分行业产能过剩和重复建设引导产业健康发展的通知》规定的"提高环境保护准入门槛，严格建设项目环境影响评价管理的有关要求"中不包括（　　　）。

    A. 严格建设项目环评审批

    B. 加强区域产业规划环评

    C. 加强建设项目竣工环保验收工作

    D. 提高环保准入门槛

18. 依据《环境影响评价法》，国务院有关部门、设区的市级以上地方人民政府及其有关部门，对其组织编制的土地利用的有关规划、区域、流域、海域的建设、开发利用规划，应当在规划编制过程中组织进行环境影响评价，编写（　　　）。

    A. 环境影响报告表　　　　　　　　B. 环境影响登记表

    C. 环境影响报告书　　　　　　　　D. 有关环境影响的篇章和说明

19. 依据《环境影响评价法》，对环境有重大影响的规划实施后，编制机关应当及时组织（　　　），并将结果报告审批机关。

    A. 环境审计　　　　　　　　　　　B. 专家小组审议

    C. 公众参与　　　　　　　　　　　D. 环境影响的跟踪评价

20. 某建设单位拟在沙化土地封禁保护区，建设年产 15 万立方米的采沙场，在报批该建设项目的环境影响评价文件前，拟举行论证会、听证会，征求有关单位、专家和公众意见的主持单位应该是（   ）。

    A. 评价单位   B. 当地人民政府

    C. 建设单位   D. 当地环境保护行政主管部门

21. 依据《建设项目竣工环境保护验收管理办法》，各级环境保护行政主管部门按照（   ）权限负责建设项目竣工环境保护验收。

    A. 地域管辖   B. 级别管辖

    C. 建设项目审批   D. 环境影响评价文件审批

22. 依据《建设项目竣工环境保护验收管理办法》，环境保护行政主管部门应自接到试生产申请之日起（   ）日内作出审查决定，逾期未作出决定的，视为同意。

    A. 15   B. 30   C. 60   D. 90

23. 依据《建设项目竣工环境保护验收管理办法》，建设单位申请建设项目竣工环境保护验收时，对主要对生态环境产生影响的建设项目，建设单位应提交（   ）。

    A. 环境保护验收监测报告（表）   B. 环境保护验收调查报告（表）

    C. 环境保护设施验收报告（表）   D. 环境影响评价调查报告（表）

24. 国家对建设项目竣工环境保护验收实行（   ）。

    A. 公示制度   B. 公告制度   C. 告知制度   D. 宣告制度

25. 依据《大气污染防治法》，（   ）依照国务院规定的条件和程序，核定企业事业单位的主要大气污染物排放总量，核发主要大气污染物排放许可证。

    A. 国务院

    B. 环境保护部

    C. 大气污染物总量控制区内有关地方人民政府

    D. 大气污染物总量控制区内有关地方环境保护行政主管部门

26. 依据《大气污染防治法》，大、中城市人民政府应当制定规划，对（   ）限期使用天然气、液化石油气、电或者其他清洁能源。

    A. 化石燃料高耗能企业   B. 大量使用高污染物燃料企业

    C. 饮食服务企业   D. 工业企业

27. 依据《大气污染防治法》，向大气排放恶臭气体的排污单位，必须采取措施防止（   ）。

    A. 超标排放   B. 超量排放

    C. 大气质量下降   D. 周围居民区受到污染

28. 依据《大气污染防治法》，向大气排放的在工业生产中产生的可燃性气体，应当（   ）。

    A. 回收利用   B. 进行防治污染处理

    C. 采取除尘措施   D. 将其充分燃烧

29. 以下关于防治焚烧产生大气污染的做法，不符合《大气污染防治法》的是（   ）。

    A. 在人口集中地区禁止焚烧沥青、油毡、橡胶

    B. 在人口集中地区严格限制焚烧塑料、皮革、垃圾

    C. 禁止在人口集中地区、机场周围露天焚烧秸秆、落叶等产生烟尘污染的物质

    D. 禁止在交通干线附近露天焚烧秸秆、落叶等产生烟尘污染的物质

30. 依据《水污染防治法》，某市的化工企业，因事故，含硫酸废水超过正常排放量造成污染事故，该企业必须采取紧急措施，通告可能受到水污染危害和损害的单位，并向当地

（　　　　）报告。

  A. 水资源行政主管部门   B. 环境保护行政主管部门

  C. 行业主管部门   D. 公安部门

31. 依据《环境影响评价公众参与暂行办法》规定，环境保护行政主管部门应当在受理建设项目环境影响报告书后，以（　　　　）方式，公告有关信息。

  A. 在其政府网站或者采用其他便利公众知悉的方式

  B. 在建设项目所在地的公共媒体上发布公告

  C. 在其所在地的公共媒体上发布公告

  D. 公开免费发放包含有关公告信息的印刷品

32. 对环境影响报告书中的公众意见，依据《环境影响评价公众参与暂行办法》的规定，负责审批该报告书的环境行政主管部门（　　　　）对公众意见进行核实。

  A. 必须 B. 有异议时，可以 C. 应当 D. 认为必要时，可以

33. 决定举行听证会征求环境影响报告书的公众意见的，听证会组织者选定的参加听证会的代表人数一般不得少于（　　　　）人。

  A. 10   B. 15   C. 30   D. 60

34. 横跨珠江上游的总装机 1000 千瓦的大型水电站建设项目，依照现行相关法律法规的规定，该项目的环评文件应为（　　　　）。

  A. 环境影响评价书   B. 环境影响报告书

  C. 环境影响报告表   D. 环境影响评价表

35. 依照现行相关法律法规的规定，以促进企业技术进步和调整产业结构为目标，用清洁生产工艺替代落后工艺，污染物排放总量明显减少，现有污染源排放符合国家和地方排放标准及总量控制要求的技术改造项目，经有审批权的环境保护行政主管部门同意后，（　　　　）。

  A. 可不作环境影响评价   B. 环境影响评价工作可适当简化

  C. 环评文件可降低等级   D. 环评文件审批程序可简化

36. 按照国家规定实行备案制的建设项目，建设单位应当在（　　　　）报批环境影响评价文件。

  A. 报送可行性研究报告前   B. 提交项目申请报告前

  C. 办理备案手续后和开工前   D. 进行项目初步设计前

37. 国家对从事环境影响评价工作的专业技术人员实行（　　　　）。

  A. 行业准入制度   B. 专业限制制度

  C. 学历限制制度   D. 职业资格制度

38. 建设项目环境影响评价资质分为（　　　　）。

  A. 特级、一级、二级三个等级 B. 甲、乙两个等级

  C. 一级、二级两个等级   D. A级、B级两个等级

39. 依照《建设项目环境影响评价资质管理办法》的规定，对环评机构所提交的评价资质申请，国家环保总局决定准予评价资质的，应当自作出准予评价资质的决定之日起（　　　　）日内，向申请机构颁发资质证书。

  A. 10   B. 15   C. 20   D. 30

40. 依据《建设项目环境影响评价资质管理办法》，评价范围是建材类的环境影响评价机构可以提供环评服务的项目是（　　　　）。

  A. 陶瓷制造项目   B. 人造板加工项目

  C. 家具制造项目   D. 拆船项目

41. 按照《建设项目环境保护管理条例》的规定，建设单位应当在（　　　　）报批环评

文件。

    A. 可行性研究阶段   B. 初步设计完成后

    C. 开工建设后   D. 办理营业执照后

42. 按照《建设项目环境保护管理条例》的规定，属于由国家环保总局负责审批范围以外的建设项目的环评文件的审批权限，由（   ）规定。

    A. 国务院

    B. 国家环保总局

    C. 省、自治区、直辖市人民政府

    D. 省、自治区、直辖市环境行政主管部门

43. 按照《建设项目环境保护管理条例》的规定，建设项目需要配套建设的环境保护设施，（   ）与主体工程同时设计、同时施工、同时投产使用。

    A. 应当   B. 可以   C. 必须   D. 需要

44. 按照《建设项目环境保护管理条例》的规定，需要进行试生产的建设项目，建设单位应当在（   ），申请该建设项目需要配套建设的环境保护设施竣工验收。

    A. 自建设项目投入试生产之日起1个月内

    B. 自建设项目投入试生产之日起3个月内

    C. 自建设项目投入正式生产之日起1个月内

    D. 自建设项目投入正式生产之日起3个月内

45. 按照《建设项目环境保护管理条例》的规定，建设项目需要配套建设的环境保护设施未建成、未经验收或者经验收不合格，主体工程正式投入生产或者使用的，应由（   ）对其进行行政处罚。

    A. 当地建设行政主管部门

    B. 当地环境保护行政主管部门

    C. 审批该项目的建设行政主管部门

    D. 审批该项目环评文件的环境保护行政主管部门

46. 依据《建设项目环境保护管理条例》的规定，建设项目的环境影响评价工作，由（   ）承担。

    A. 建设项目的建设单位

    B. 负责审批该建设项目的环境行政主管部门

    C. 由建设项目所在地的环境行政主管部门

    D. 取得环评资格证书的单位

47. 依据《建设项目环境保护管理条例》的规定，流域开发、开发区建设、城市新区建设和旧区改建等区域性开发，应当在（   ）时，进行环境影响评价。

    A. 项目可行性研究   B. 项目审批

    C. 编制建设规划   D. 进行初步设计

48. 某垃圾焚烧厂建设项目，按照现行相关法律法规之规定，应在（   ）阶段征求公众对该项目可能造成环境影响的意见。

    A. 可行性研究阶段   B. 环境影响评价阶段

    C. 环评文件审批阶段   D. 建成试运行阶段

49. 某市拟在某高校旁边建设一条高架路，依照《环境影响评价公众参与暂行办法》的规定，建设单位应当在确定了承担环境影响评价工作的环境影响评价机构后（   ）日内，向公众公告项目相关信息。

    A. 3   B. 5   C. 7   D. 10

50. 依据《环境影响评价公众参与暂行办法》的规定，（　　　），建设单位或者其委托的环境影响评价机构可以通过适当方式，向提出意见的公众反馈意见处理情况。

　　A. 确定了承担环境影响评价工作的环境影响评价机构后 7 日内

　　B. 报送行业主管部门预审后 7 日内

　　C. 发布信息公告、公开环境影响报告书的简本后

　　D. 报送环境保护行政主管部门审批或者重新审核前

51. 依照《水污染防治法》之规定，以下说法不正确的是（　　　）。

　　A. 新建、改建、扩建直接或者间接向水体排放污染物的建设项目和其他水上设施，应当依法进行环境影响评价

　　B. 建设单位在江河、湖泊新建、改建、扩建排污口的，应当取得水行政主管部门或者流域管理机构同意

　　C. 新建、改建、扩建排污口涉及通航、渔业水域的，环境保护主管部门在审批环境影响评价文件时，应当征求交通、渔业主管部门的意见

　　D. 建设项目的水污染防治设施应当经过建设行政主管部门验收，验收不合格的，该建设项目不得投入生产或者使用

52. 根据《防治海洋工程建设项目污染损害海洋环境管理条例》，对于海洋油气矿产资源勘探开发作业中产生的油基泥浆，应当（　　　）。

　　A. 无害化处理后排放入海　　　　　B. 集中储存于专门容器中运回陆地处理

　　C. 预处理后运回陆地处理　　　　　D. 集中储存于专门容器后排放入海

53. 依照《水污染防治法》之规定，以下关于船舶水污染防治的说法正确的是（　　　）。

　　A. 从事海洋航运的船舶进入内河和港口排放含油污水、生活污水，应当遵守海洋的船舶污染物排放标准

　　B. 船舶的残油、废油必须在远离陆地的水域，方可排入水体

　　C. 在渔港水域进行渔业船舶水上拆解活动，应当报作业地渔业主管部门批准

　　D. 船舶垃圾必须经过无害化处置后方可向水体倾倒

54. 下列关于向水体排放含热废水的说法，符合《水污染防治法》的是（　　　）。

　　A. 须在离水源保护区 30 公里外的水体内排放

　　B. 应当采取措施，保证水体的水温符合水环境质量标准

　　C. 需先经当地环境保护行政主管部门及水资源管理部门的同意

　　D. 禁止向水体排放含热废水

55. （　　　）应当会同国务院有关部门公布限期禁止生产、禁止销售、禁止进口的环境噪声污染严重的设备名录。

　　A. 环境保护部　　　　　　　　　　B. 商务部

　　C. 国务院经济综合主管部门　　　　D. 国家工商总局

56. 在城市范围内从事生产活动确需排放偶发性强烈噪声的，必须事先向当地（　　　）提出申请，经批准后方可进行。

　　A. 环境保护行政主管部门　　　　　B. 工商行政主管部门

　　C. 公安机关　　　　　　　　　　　D. 人民政府

57. 根据《噪声污染防治法》，在城市市区范围内向周围生活环境排放建筑施工噪声的，应当符合国家规定的（　　　）。

　　A. 城市区域噪声排放标准　　　　　B. 城市生活区域环境噪声排放标准

　　C. 城市区域边界噪声标准　　　　　D. 建筑施工场界环境噪声排放标准

58. 依据《噪声污染防治法》，在（　　　）建设噪声敏感建筑物的，建设单位应当按照国家规定间隔一定距离，并采取减轻、避免交通噪声影响的措施。

  A. 主要道路附近

  B. 已有的城市交通干线两侧

  C. 噪声重点控制区域

  D. 噪声敏感建筑物集中区域

59. 依据《固体废物污染环境防治法》，国家对固体废物污染环境防治实行（　　　）的原则。

  A. 污染者依法负责

  B. 生产者负责

  C. 使用者负责

  D. 进口、销售者负责

60. 以下关于利用工业固体废物的说法，符合《固体废物污染环境防治法》的是（　　　）。

  A. 企业应当对其产生的工业固体废物加以利用

  B. 未经环境保护行政主管部门批准，企业不得对其产生的工业固体废物加以利用

  C. 经环境保护行政主管部门批准并颁发许可证后，企业可对其产生的工业固体废物加以利用

  D. 企业应当根据经济、技术条件对其产生的工业固体废物加以利用

61. 依照《中华人民共和国森林法》的规定，进行勘查、开采矿藏和各项建设工程，必须占用或者征用林地时，以下不属于用地单位必须办理的事项是（　　　）。

  A. 报请县级以上人民政府林业主管部门审核同意

  B. 依照有关土地管理的法律、行政法规办理建设用地审批手续

  C. 提交工程施工期间的林地保护方案

  D. 依照有关规定缴纳森林植被恢复费

62. 根据《森林法》的相关定义，以下不属于防护林的是（　　　）。

  A. 水土保持林

  B. 防风固沙林

  C. 环境保护林

  D. 水源涵养林

63. 国家实行（　　　），非农业建设经批准占用耕地的，按照"占多少，垦多少"的原则，由占用耕地的单位负责开垦与所占用耕地的数量和质量相当的耕地；没有条件开垦或者开垦的耕地不符合要求的，应当按照省、自治区、直辖市的规定缴纳耕地开垦费，专款用于开垦新的耕地。

  A. 耕地限占制度

  B. 耕地专用制度

  C. 占用耕地补偿制度

  D. 耕地用途管制制度

64. 《中华人民共和国土地管理法》规定，各省、自治区、直辖市划定的基本农田应当占本行政区域内耕地的（　　　）以上。

  A. 75% B. 80% C. 85% D. 90%

65. 以下（　　　）不属于《中华人民共和国野生动物保护法》中所规定保护的野生动物。

  A. 珍贵、濒危的陆生野生动物

  B. 珍贵、濒危的水生野生动物

  C. 有益的或者有重要经济、科学研究价值的水生野生动物

  D. 有益的或者有重要经济、科学研究价值的陆生野生动物

66. 以下建设项目用地不属于城乡规划所确定的，禁止擅自改变用途的用地类别的是（　　　）。

  A. 广播电视设施

  B. 消防通道

  C. 核电站

  D. 经济适用房

67. 根据《中华人民共和国河道管理条例》的规定，修建跨河、穿河、穿堤、临河的桥梁、码头、道路、渡口、管道、缆线等建筑物及设施，建设单位必须按照河道管理权限，将（   ）报送河道主管机关审查同意后，方可按照基本建设程序履行审批手续。

    A. 环境保护方案   B. 水土保持方案

    C. 工程设计方案   D. 工程建设方案

68. 以下不属于在风景名胜区内禁止进行的活动是（   ）。

    A. 修建采石场   B. 开办煤矿

    C. 修建弹药库   D. 新建疗养院

69. 根据《危险化学品安全管理条例》的规定，除（   ）外，危险化学品的生产装置和储存数量构成重大危险源的储存设施，与人口密集区域等场所、区域的距离必须符合国家标准或者国家有关规定。

    A. 暂存装置   B. 运输工具加油站、加气站

    C. 实验用化学品   D. 民用燃气加气站

70. 以下不属于禁止兴建的海岸工程建设项目的是（   ）。

    A. 在海洋特别保护区建设造船厂

    B. 在海水渔场外围修建修船厂

    C. 在红树林生长的地区修建港口

    D. 在海滨风景游览区修建宾馆

71. 依据《固体废物污染环境防治法》，国务院环境保护行政主管部门应当会同国务院有关部门制定（   ），规定统一的危险废物鉴别标准、鉴别方法和识别标志。

    A. 国家危险废物标准   B. 国家危险废物识别标准

    C. 国家危险废物名录   D. 国家危险废物名单

72. 依据《固体废物污染环境防治法》，从事下列（   ）活动的单位和个人，无需申请危险废物经营许可证。

    A. 贮存   B. 运输   C. 利用   D. 处置

73. 海洋工程建设项目必须符合（   ）、海洋环境保护规划和国家有关环境保护标准，在可行性研究阶段，编报海洋环境影响报告书。

    A. 海洋功能区划   B. 海洋开发规划

    C. 海域功能区划   D. 海域开发规划

74. 《海洋环境保护法》规定，国务院和沿海地方各级人民政府应当采取有效措施，保护红树林、珊瑚礁、滨海湿地、海岛、海湾、入海河口、重要渔业水域等具有典型性、代表性的（   ）。

    A. 海洋生物的天然集中分布区   B. 海洋生态保护区

    C. 海洋生态系统   D. 海洋生物系统

75. 以下说法与《放射性污染防治法》中有关禁止性规定不符的是（   ）。

    A. 禁止向环境排放放射性废气、废液

    B. 禁止将放射性固体废物委托给无许可证的单位贮存和处置

    C. 禁止在内河水域和海洋上处置放射性固体废物

    D. 禁止利用渗井、渗坑、天然裂隙、溶洞排放放射性废液

76. 国家对浪费资源和严重污染环境的落后生产技术、工艺、设备和产品实行（   ）。

    A. 限期淘汰制度   B. 阶梯淘汰制度

    C. 逐步淘汰制度   D. 定期淘汰制度

77. 根据《中华人民共和国水法》，开发利用水资源，应当首先满足（　　　）的需要。

A. 生态环境用水　　　　　　　　　　B. 农业用水

C. 重点产业用水　　　　　　　　　　D. 城乡居民生活用水

78. 国家对落后的耗能过高的用能产品、设备和生产工艺实行淘汰制度。对超过单位产品能耗限额标准用能的生产单位，由管理节能工作的部门按照国务院规定的权限责令（　　　）。

A. 停产整顿　　　B. 关闭　　　C. 限期治理　　　D. 淘汰

79. 已经沙化的土地范围内的铁路、公路、河流和水渠两侧，城镇、村庄、厂矿和水库周围，实行（　　　）。

A. 单位治理责任制　　　　　　　　　B. 分户承包治理制度

C. 限期治理制度　　　　　　　　　　D. 严格治理责任制

80. 根据《中华人民共和国文物保护法》，在文物保护单位的保护范围内未经批准不得进行的活动包括（　　　）。

A. 参观、游览　　　　　　　　　　　B. 钻探、挖掘

C. 设立旅游导向牌　　　　　　　　　D. 科学研究

81. 海洋工程在建设、运行过程中产生不符合经核准的环境影响报告书的情形的，建设单位应当自该情形出现之日起（　　　）个工作日内组织环境影响的后评价。

A. 5　　　　　　B. 10　　　　　　C. 15　　　　　　D. 20

82. 根据《全国生态环境保护纲要》，跨省域和对维护国家生态安全具有重要作用的重点流域、重点区域的重要生态功能区，要建立（　　　）。

A. 重点生态功能保护区　　　　　　　B. 省级生态功能保护区

C. 特别生态功能保护区　　　　　　　D. 国家级生态功能保护区

83. 以下（　　　）不属于《循环经济促进法》所作出的禁止性规定。

A. 禁止生产、进口、销售和使用列入淘汰名录的设备、材料

B. 回收的电器电子产品，禁止再次用于销售

C. 在有条件使用再生水的地区，限制或禁止将自来水作为城市绿化和景观用水使用

D. 在政府规定的期限和区域内，禁止生产、销售和使用黏土砖

84. 下列与《国家重点生态功能保护区规划纲要》的基本原则不符的是（　　　）。

A. 生态功能保护区的建设必须纳入当地经济社会发展规划

B. 生态功能保护区应坚持保护优先、限制开发、点状发展的原则

C. 在空间范围上，生态功能保护区不包含自然保护区、风景名胜区、森林公园、地质公园等特别保护区域

D. 生态功能保护区建设应在明确重点生态功能保护区建设布局的基础上，分期分批开展

85. 下列（　　　）项所列环保行政主管部门的处罚决定符合《中华人民共和国环境保护法》的规定。

A. 某单位引进一套不符合我国环境保护规定要求的设备，市环保局对其处以 1 万元罚款，并责令销毁该设备

B. 某单位拒绝县环保局的现场检查，县环保局给予其警告处罚

C. 某企业经过限期治理后仍然没有完成治理任务，周围居民上访不断，省环保局遂作出责令其停产的处罚

D. 某国有企业违法造成重大环境污染事故，后果极其严重，当地环保局对其处以 20 万元罚款，同时对企业有关责任人员给予行政记大过处分

86. 下列哪项法律中没有关于公众参与的相关规定？（　　　　）

    A.《水污染防治法》   B.《建设项目环境保护管理条例》

    C.《大气污染防治法》   D.《规划环境影响评价条例》

87. 王某是环境影响评价工程师，如你发生有下列哪种情况时，登记管理办公室将不予其登记。（　　　　）

    A. 在申请登记前一年因寻衅滋事被公安机关给予行政处罚

    B. 在申请登记前一个月因突发精神病，被法院宣告为限制民事行为能力人

    C. 在申请登记时因一起债务纠纷被别人起诉，且正在诉讼之中

    D. 在申请登记前曾被某中级人民法院以过失杀人罪判处 10 年有期徒刑，后经上诉，某高级人民法院改判无罪

88.《大气污染防治法》规定，被淘汰的设备，（　　　　）。

    A. 转让给他人使用的，不得收费

    B. 转让给他人使用的，应当防止产生污染

    C. 不得转让给他人使用

    D. 不得转让给没有污染防治能力的单位使用

89. 自然保护区的内部未分区的，依照《中华人民共和国自然保护区条例》有关（　　　　）的规定管理。

    A. 核心区和缓冲区   B. 实验区   C. 缓冲区   D. 外围保护地带

90.《国务院关于落实科学发展观加强环境保护的决定》提出：对（　　　　）的电厂，限期改造或者关停。

    A. 投产 20 年以上或装机容量 10 万千瓦以下

    B. 投产 30 年以上或装机容量 15 万千瓦以下

    C. 投产 15 年以上或装机容量 5 万千瓦以下

    D. 投产 30 年以上或装机容量 10 万千瓦以下

91. 申请乙级环境影响评价机构（报告书）应具备（　　　　）名以上环境影响评价专职技术人员，其中至少有（　　　　）名登记于该机构的环境影响评价工程师，其他人员应当取得环境影响评价岗位证书。

    A. 16，8   B. 12，6   C. 20，10   D. 10，5

92. 建设项目竣工环境保护验收是指建设项目竣工后，环境保护行政主管部门根据《建设项目竣工环境保护验收管理办法》规定，依据环境保护验收监测或调查结果，并通过（　　　　）等手段，考核该建设项目是否达到环境保护要求的活动。

    A. 总结汇报   B. 书面问询   C. 现场检查   D. 听取建设单位的反馈意见

93.《产业结构调整指导目录（2011 年本）》的分类中不包括（　　　　）。

    A. 允许类   B. 限制类   C. 鼓励类   D. 淘汰类

94.《中华人民共和国大气污染防治法》规定：新建的所采煤炭属于高硫分、高灰分的煤矿，必须建设配套的（　　　　）设施，使煤炭中的含硫分、含灰分达到规定的标准。

    A. 煤炭洗选   B. 脱硫   C. 除尘   D. 降硫

95.《中华人民共和国海洋环境保护法》规定，严格控制向海域排放（　　　　）。

    A. 含有机物和营养物质的工业废水

    B. 含热废水

    C. 含病原体的医疗污水

    D. 含有不易降解的有机物和重金属的废水

96. 试生产后却不具备环境保护验收条件的建设项目，建设单位应当在试生产的

（　　　　）个月内，向有审批权的环境保护行政主管部门提出该建设项目环境保护延期验收申请，说明延期验收的理由及进行验收的时间。

    A. 1　　　　　　　B. 2　　　　　　　C. 3　　　　　　　D. 4

97. 根据《防治海洋工程建设项目污染损害海洋环境管理条例》海洋主管部门在核准海洋工程环境影响报告书后，应当将核准后的环境影响报告书报同级环境保护主管部门（　　　　）。

    A. 审批　　　　　　B. 复核　　　　　　C. 存档　　　　　　D. 备案

98. 根据《建设项目环境影响评价资质管理办法》，国家环境保护总局负责对评价机构实施统一监督管理，组织或委托省级环境保护行政主管部门组织对评价机构进行（　　　　），并向社会公布有关情况。

    A. 监督　　　　　　B. 抽查　　　　　　C. 考核　　　　　　D. 评估

99. （　　　　）一般都比较具体详细，是进行环境管理、处理环境纠纷的直接依据。在环境保护法律法规体系中数量最多，占有重要的地位。

    A. 宪法关于环境保护的规定　　　　　　B. 环境保护基本法

    C. 环境保护单行法律规范　　　　　　　D. 环境标准

100. 根据《建设项目环境影响评价资质管理办法》，乙级评价机构应至少有（　　　　）名登记于该机构的环境影响评价工程师。

    A. 4　　　　　　　B. 5　　　　　　　C. 6　　　　　　　D. 8

二、不定项选择题（共50题，每题2分。每题的备选项中至少有1个符合题意，多选、错选、少选均不得分）

1. 《中华人民共和国森林法》规定，对于防护林和（　　　　）只准进行抚育和更新性质的采伐。

    A. 国防林　　　　　　　B. 母树林　　　　　　C. 环境保护林

    D. 名胜古迹的林木　　　E. 风景林

2. 建设用地征用以下土地，必须经国务院批准的是（　　　　）。

    A. 基本农田　　　　　　　　　　　　B. 基本农田以外的耕地40公顷的

    C. 基本农田以外的耕地30公顷的　　D. 其他土地80公顷的

    E. 其他土地60公顷的

3. 根据《中华人民共和国城乡规划法》，省域城镇体系规划的内容应当包括（　　　　）。

    A. 城镇空间布局和规模控制

    B. 重大基础设施的布局

    C. 禁止、限制和适宜建设的地域范围

    D. 为保护生态环境、资源等需要严格控制的区域

    E. 城市建设用地布局

4. 以下关于对自然保护区内的人为活动进行禁限规定的说法错误的是（　　　　）。

    A. 自然保护区的核心区内，禁止任何单位和个人进入，也绝不允许进入从事科学研究活动

    B. 自然保护区的缓冲区内，可进入从事科学研究观测活动

    C. 自然保护区的缓冲区内，可以进入从事驯化、繁殖珍稀、濒危野生动植物的活动

    D. 自然保护区的实验区内，可以进入从事科学试验、教学实习、参观考察、旅游等活动

    E. 自然保护区的缓冲区内，只准进入从事科学研究观测活动

5. 关于基本农田的保护，以下说法符合《基本农田保护条例》规定的是（　　　　）。

A. 承包经营基本农田的单位或者个人连续两年弃耕抛荒的，原发包单位应当终止承包合同，收回发包的基本农田

B. 经国务院批准的重点建设项目占用基本农田的，一年以上未动工建设的，应当按照省、自治区、直辖市的规定缴纳闲置费

C. 经国务院批准的重点建设项目占用基本农田的，满一年不使用而又可以耕种并收获的，必须由原耕种该幅基本农田的集体或者个人恢复耕种

D. 基本农田保护区经依法划定后，任何单位和个人不得改变或者占用

E. 禁止任何单位和个人闲置、荒芜基本农田

6. 《国务院关于落实科学发展观加强环境保护的决定》强调，严格执行环境影响评价和"三同时"制度，对下列地区暂停审批新增污染物排放总量和对生态有较大影响的建设项目（　　　　）。

A. 超过污染物总量控制指标　　　　　　　B. 年度环保考核不达标

C. 生态破坏严重　　　　　　　　　　　　D. 未完成生态恢复任务

E. 发生重大环境污染事故

7. 根据《规划环境影响评价条例》的规定，审查小组应当提出不予通过环境影响报告书的意见的情形包括（　　　　）。

A. 预防或者减轻不良环境影响的对策和措施存在严重缺陷的

B. 规划实施可能造成重大不良环境影响，并且无法提出切实可行的预防或者减轻对策和措施的

C. 环境影响评价结论不明确、不合理或者错误的

D. 内容存在其他重大缺陷或者遗漏的

E. 依据现有知识水平和技术条件，对规划实施可能产生的不良环境影响的程度或者范围不能作出科学判断的

8. 《循环经济促进法》规定，新建、改建、扩建建设项目必须符合本行政区域（　　　　）的要求。

A. 生态环境容量指标　　　B. 建设用地指标　　　C. 用水总量控制指标

D. 经济发展规划　　　　　E. 主要污染物排放指标

9. 《全国生态脆弱区保护规划纲要》的基本原则包括（　　　　）。

A. 统筹规划，分步实施　　　　　　　　　B. 高度重视，精心组织

C. 预防为主，保护优先　　　　　　　　　D. 分区推进，分类指导

E. 强化监管，适度开发

10. 《"十二五"节能减排综合性工作方案》指出，严格控制（　　　　）行业新上项目。

A. 高耗能　　　B. 高排放　　　C. 产能过剩　　　D. 技术落后　　　E. 消耗传统能源

11. 按照《建设项目环境保护管理条例》的规定，建设项目需要配套建设的环境保护设施未建成、未经验收或者经验收不合格，主体工程正式投入生产或者使用的，应处的行政处罚是（　　　　）。

A. 责令限期治理　　　　　　　　　　　　B. 责令限期改正

C. 责令停止生产或使用　　　　　　　　　D. 处以 5 万元以下的罚款

E. 处以 10 万元以下的罚款

12. 建设在居民区的某日用化学品制造企业建设项目，按照现行相关法律法规之规定，可在（　　　　）阶段征求公众对该项目可能造成环境影响的意见。

A. 可行性研究　　　　　　　　　　B. 环境影响评价

C. 环评文件审批　　　　　　　　　D. 建成试营业

E. 正式营业

13. 依据《环境影响评价公众参与暂行办法》的规定，公众参与环境影响评价活动实行的原则是（　　　　）。

A. 公平　　　　B. 公开　　　　C. 广泛　　　　D. 平等　　　　E. 便利

14. 以下项目中，应当按照《环境影响评价公众参与暂行办法》的规定，在环评过程中严格实施公众参与的是（　　　　）。

A. 新建露天石油开采项目　　　　　B. 新建煤炭采选矿区项目

C. 新建海盐采选项目　　　　　　　D. 新建制糖项目

E. 新建氨基酸制造项目

15. 以下项目中，应当按照《环境影响评价公众参与暂行办法》的规定，在环评过程中严格实施公众参与的是（　　　　）。

A. 对环境可能造成轻微影响、应当编制环境影响登记表的建设项目

B. 对环境可能造成较大影响、应当编制环境影响报告表的建设项目

C. 对环境可能造成重大影响、应当编制环境影响报告书的建设项目

D. 建设单位应当重新报批环境影响报告书的建设项目

E. 环境影响报告书应当报原审批机关重新审核的建设项目

16. 《环境影响评价公众参与暂行办法》对环境保护行政主管部门公告环境影响报告书受理的有关信息的要求包括（　　　　）。

A. 在其政府网站发布或者采用其他便利公众知悉的方式

B. 在建设项目所在地的公共媒体上发布公告

C. 公告的期限不得少于 10 日

D. 确保其公开的有关信息在整个审批期限之内均处于公开状态

E. 确保其公开的有关信息在审批后仍处于公开状态

17. 某拆船厂建设项目的环境影响报告书中，已附具对公众意见采纳或者不采纳的说明，依照《环境影响评价公众参与暂行办法》的规定，负责审批该环境影响报告书的环境保护行政主管部门可以组织专家咨询委员会，由其（　　　　）。

A. 对环境影响报告书中有关公众意见采纳情况的说明进行审议

B. 判断环境影响报告书中有关公众意见采纳情况的说明的真实性

C. 判断环境影响报告书中有关公众意见采纳情况的说明的可行性

D. 判断环境影响报告书中有关公众意见采纳情况的说明的合理性

E. 提出处理建议

18. 《国家重点生态功能保护区规划纲要》中提出的"发展资源环境可承载的特色产业"，具体是指（　　　　）。

A. 在畜牧业为主的区域，建立稳定、优质、高产的人工饲草基地，推行舍饲圈养

B. 在中药材资源丰富的地区，建设药材基地，推动生物资源的开发

C. 在蓄滞洪区，发展避洪经济

D. 在沙漠区，合理发展沙产业

E. 在海洋生态功能保护区，发展海洋生态养殖、生态旅游等海洋生态产业

19. 下列选项符合《国家危险废物名录》相关规定的是（　　　　）。

A. 不排除具有危险特性，可能对环境或者人体健康造成有害影响的，需经鉴别后按照危险废物进行管理

B. 《国家危险废物名录》中未列出医疗危险废物分类目录

C. 从生活垃圾中分类收集的废药品及其包装物、废镍镉电池等需按照危险废物进行管理

D. 环保部有权对"名录"进行适时增补

20. 根据《废弃危险化学品污染环境防治办法》，需对废弃危险化学品承担污染防治责任的是危险化学品的（　　　　）。

A. 生产者　　　B. 进口者　　　C. 销售者　　　D. 使用者　　　E. 回收者

21. 依照《水污染防治法》之规定，以下关于设置排污口的说法，正确的是（　　　　）。

A. 在饮用水水源保护区内，禁止设置排污口

B. 建设单位新建、改建、扩建排污口的，应当取得水行政主管部门或者流域管理机构同意

C. 在风景名胜区水体、重要渔业水体和其他具有特殊经济文化价值的水体的保护区内，不得新建排污口

D. 禁止私设暗管或者采取其他规避监管的方式排放水污染物

22. 依照《环境影响评价工程师职业资格制度暂行规定》，环境影响评价工程师可主持的工作有（　　　　）。

A. 环境影响评价　　　　　　　　　B. 环境影响后评价

C. 环境影响技术评估　　　　　　　D. 环境保护验收

E. 环境监测

23. 以下属于甲级评价机构应当具备的条件有（　　　　）。

A. 固定资产不少于500万元

B. 企业法人工商注册资金不少于300万元

C. 具备20名以上环境影响评价专职技术人员，其中至少有10名登记于该机构的环境影响评价工程师，其他人员应当取得环境影响评价岗位证书

D. 环境影响报告书评价范围内的每个类别应当配备至少3名登记于该机构的相应类别的环境影响评价工程师，且至少2人主持编制过相应类别省级以上环境保护行政主管部门审批的环境影响报告书

E. 近三年内主持编制过至少10项省级以上环境保护行政主管部门负责审批的环境影响报告书

24. 以下关于对环境影响评价机构进行考核及监督的说法，符合《建设项目环境影响评价资质管理办法》的是（　　　　）。

A. 国家环境保护总局负责对评价机构的环境影响评价工作质量进行日常考核

B. 各级环境保护行政主管部门结合环境影响评价文件审批对评价机构的环境影响评价工作质量进行日常考核

C. 省级环境保护行政主管部门可组织对本辖区内评价机构的资质条件、环境影响评价工作质量和是否有违法违规行为等进行定期考核

D. 国家环境保护总局负责对甲级评价机构的资质条件、环境影响评价工作质量和是否有违法违规行为等进行定期考核

E. 省级环境保护行政主管部门负责对乙级评价机构的资质条件、环境影响评价工作质量和是否有违法违规行为等进行定期考核

25. 依据《建设项目竣工环境保护验收管理办法》的规定，建设项目竣工环境保护验收范围包括（　　　　）。

A. 为防治污染和保护环境所建成的工程

B. 为防治污染和保护环境所配备的设备

C. 各项生态保护设施

D. 项目环评文件规定应采取各项环境保护措施

E. 项目设计文件规定应采取各项环境保护措施

26. 某环境保护行政主管部门在建设项目环境影响评价工作中的下列行为中，符合《建设项目竣工环境保护验收管理办法》的是（　　　）。

A. 对某一须填报建设项目环境影响登记表的建设项目，直接在环境保护验收登记卡上签署验收意见，作出批准决定

B. 对某一分期建设、分期投入生产或者使用的建设项目，分期进行环境保护验收

C. 定期向社会公告建设项目竣工环境保护验收结果

D. 每年1月底前，将其前一年完成的建设项目竣工环境保护验收的有关材料报上一级环境保护行政主管部门备案

E. 某一建设项目需要配套建设的环境保护设施未建成主体工程正式投入生产，对其下达限期治理通知书

27. 办理环境影响评价工程师职业资格登记的人员应具备下列条件（　　　）。

A. 取得《中华人民共和国环境影响评价工程师职业资格证书》

B. 职业行为良好，无犯罪记录

C. 身体健康，能坚持在本专业岗位工作

D. 所在单位考核合格

E. 无行政处分记录

28. 依据《大气污染防治法》，大、中城市人民政府环境保护行政主管部门定期发布大气环境质量状况公报，应当包括的内容有（　　　）。

A. 城市大气环境污染特征

B. 主要大气污染物的种类

C. 大气环境污染危害程度

D. 未来两天的城市大气环境质量情况

E. 环境监测数据来源

29. 以下关于煤炭开采的说法，符合《大气污染防治法》的是（　　　）。

A. 国家推行煤炭洗选加工，降低煤的硫分和灰分，限制高硫分、高灰分煤炭的开采

B. 国家鼓励新建的所采煤炭属于高硫分、高灰分的煤矿，建设配套的煤炭洗选设施

C. 已建成的所采煤炭属于高硫分、高灰分的煤矿，限期建成配套的煤炭洗选设施

D. 国家限制开采含放射性和砷等有毒有害物质超过规定标准的煤炭

30. 以下关于减少消耗臭氧层物质的规定，不符合《大气污染防治法》的是（　　　）。

A. 国家鼓励、支持消耗臭氧层物质替代品的生产和使用，逐步减少消耗臭氧层物质的产量，直至停止消耗臭氧层物质的生产和使用

B. 在国家规定的期限内，使用消耗臭氧层物质的单位必须按照国务院有关行政主管部门核定的配额进行使用

C. 在国家规定的期限内，生产消耗臭氧层物质的单位必须按照国务院有关行政主管部门核定的配额进行生产

D. 国家禁止消耗臭氧层物质的生产

E. 国家禁止消耗臭氧层物质的进口

31. 依据《水污染防治法》，以下关于饮用水水源保护区的说法正确的是(　　　　)。

A. 饮用水水源保护区均可分为一级保护区、二级保护区和准保护区

B. 在饮用水水源保护区内，禁止设置排污口

C. 饮用水水源保护区的划定，由有关市、县人民政府提出划定方案，报省、自治区、直辖市人民政府批准

D. 有关地方人民政府应当在饮用水水源保护区的边界设立明确的地理界标和明显的警示标志

E. 禁止在饮用水水源保护区内新建、扩建对水体污染严重的建设项目，改建建设项目，不得增加排污量

32. 依据《水污染防治法》，利用工业废水和城市污水进行灌溉，应当防止污染(　　　　)。

A. 大气　　　　B. 土壤　　　　C. 地表水　　　　D. 地下水　　　　E. 农产品

33. 根据《噪声污染防治法》，建设经过已有的噪声敏感建筑物集中区域的 (　　　　)，有可能造成环境噪声污染的，应当设置声屏障或者采取其他有效的控制环境噪声污染的措施。

A. 航运线路　　　B. 高速公路　　　C. 城市高架　　　D. 铁路　　　E. 轻轨道路

34. 依据《固体废物污染环境防治法》，产品的 (　　　　) 对其产生的固体废物依法承担污染防治责任。

A. 设计者　　　B. 生产者　　　C. 销售者　　　D. 进口者　　　E. 使用者

35. 依据《固体废物污染环境防治法》，(　　　　) 危险废物的单位，应当制定意外事故的防范措施和应急预案，并向所在地县级以上地方人民政府环境保护行政主管部门备案。

A. 产生　　　B. 贮存　　　C. 收集　　　D. 利用　　　E. 处置

36. 以下关于处置危险废物的说法，符合《固体废物污染环境防治法》的是 (　　　　)。

A. 产生危险废物的单位，必须按照国家有关规定处置危险废物，不得擅自倾倒、堆放

B. 不处置危险废物的，由所在地县级以上地方人民政府环境保护行政主管部门责令限期治理

C. 逾期不处置危险废物或者处置不符合国家有关规定的，按照国家有关规定实施行政代处置

D. 危险废物行政代处置费用由自产生危险废物的单位处收缴的危险废物排污费支付

E. 产生危险废物的单位委托他人处置的，需缴纳危险废物排污费

37. 根据《海洋环境保护法》的规定，在设置陆源污染物深海离岸排放排污口时应考虑的因素主要包括 (　　　　)。

A. 海洋环境保护规划　　　　　　　B. 海洋功能区划

C. 海水动力条件　　　　　　　　　D. 海底工程设施

E. 技术经济因素

38. 以下关于水资源开发及管理的说法符合《水法》的相关规定的是 (　　　　)。

A. 禁止围湖造地

B. 在干旱和半干旱地区开发、利用水资源，应当充分考虑生态环境用水需要

C. 在水资源不足的地区，应当对城市规模和建设耗水量大的工业、农业和服务业项目加以限制

D. 在水生生物洄游通道上修建永久性拦河闸坝，建设单位应当同时修建过鱼设施

E. 禁止围垦河道

39. 以下符合《中华人民共和国节约能源法》中关于建筑节能的规定的是（　　　　）。

A. 严格控制公用设施和大型建筑物装饰性景观照明的能耗

B. 建筑节能规划应当包括既有建筑节能改造计划

C. 不符合建筑节能标准的建筑工程，已经建成的，应当限期改正

D. 新建建筑或者对既有建筑进行节能改造，应当按照规定安装用热计量装置、室内温度调控装置和供热系统调控装置

E. 新建建筑和既有建筑节能改造中必须使用新型墙体材料等节能建筑材料

40. 以下关于草原使用管理的说法，不符合《草原法》规定的是（　　　　）。

A. 进行矿藏开采和工程建设确需征用草原的，必须经省级以上人民政府草原行政主管部门审核同意，才可依照有关规定办理建设用地审批手续

B. 经县级以上地方人民政府草原行政主管部门审核同意后临时占用草原的，期限不得超过1年

C. 省级人民政府的环境保护行政主管部门可以在珍贵濒危野生动植物分布区建立草原自然保护区

D. 对严重退化、沙化、盐碱化的草原和生态脆弱区的草原，要实行禁牧、休牧制度

E. 在草原上修建直接为草原保护和畜牧业生产服务的工程设施，需要使用草原的，由县级以上人民政府草原行政主管部门批准

41. 以下为环境保护行政法规的是（　　　　）。

A. 《中华人民共和国节约能源法》　　B. 《危险化学品安全管理条例》

C. 《医疗废物管理条例》　　　　　　D. 《环境监测质量管理规定》

42. 依照《环境保护法》的规定，一切单位和个人都有权对污染和破坏环境的单位和个人进行（　　　　）。

A. 检举　　　B. 揭发　　　C. 控告　　　D. 批评　　　E. 听证

43. 山东省济南市某化工厂突然发生爆炸事故，造成严重的大气污染，按照《环境保护法》的规定，该化工厂应（　　　　）。

A. 立即采取措施处理

B. 及时通报可能受到污染危害的单位和居民

C. 向当地环境保护行政主管部门报告

D. 接受调查处理

E. 按期缴纳罚款

44. 某建筑企业因道路遗撒被北京市朝阳区环保局处以罚款，该企业不服，按照《环境保护法》的规定，该企业可以向（　　　　）提起行政复议。

A. 环境保护部　　　　　　　　　B. 北京市环境保护局

C. 北京市人民政府　　　　　　　D. 朝阳区环境保护局

E. 朝阳区人民政府

45. 按照时间顺序，环境影响评价一般可分为（　　　　）。

A. 规划的环境影响评价　　　　　B. 建设项目环境影响评价

C. 环境质量现状评价　　　　　　D. 环境影响预测评价

E. 环境影响后评价

46. 下列规划中需要进行环境影响评价的有（　　　　）。

A. 唐山市土地利用的有关规划

B. 水利部主持的黄河流域开发利用规划

C. 河南省旅游开发规划

D. 海淀区工业发展规划

E. 北京市城市建设规划

47. 依照《环境影响评价法》的规定，北京市编制的交通规划草案中，涉及一条穿越多个住宅小区的城市高架路，在这个规划草案的环境影响评价文件中，需包括的内容是（   ）。

A. 实施规划对环境可能造成的影响

B. 预防或减轻不良环境影响的对策和措施

C. 环境影响评价的结论

D. 公众参与情况

E. 对公众意见采纳和不采纳的说明

48. 依照《环境影响评价法》的规定，建设项目的环境影响评价文件未经审批部门审查或者审查后未予批准的，（   ）。

A. 建设项目可以先开工

B. 建设项目审批部门不得批准其建设

C. 建设行政机构可先发放开工许可证

D. 建设单位不得开工建设

E. 可以进行建设项目环境影响后评价

49. 依照《环境影响评价法》的规定，接受委托为建设项目环境影响评价提供技术服务的机构在环境影响评价工作中不负责任或者弄虚作假，致使环境影响评价文件失实的，可（   ）。

A. 降低环评机构的资质等级   B. 吊销环评机构的资质证书

C. 并处罚款   D. 对责任人员进行行政处分

E. 依法追究刑事责任

50. 根据《建设项目环境影响评价分类管理名录》，下列（   ）区域属于环境敏感区。

A. 经济开发区   B. 森林公园

C. 人工渔场   D. 天然林

E. 城市内的绿地

模拟试卷三答案

一、单项选择题

1. C	2. A	3. D	4. A	5. B	6. B	7. C	8. D	9. B	10. D
11. D	12. C	13. D	14. A	15. B	16. B	17. C	18. D	19. D	20. C
21. D	22. B	23. B	24. B	25. C	26. C	27. D	28. B	29. B	30. B
31. A	32. D	33. B	34. B	35. B	36. C	37. D	38. B	39. A	40. A
41. A	42. A	43. C	44. B	45. D	46. D	47. C	48. B	49. C	50. D
51. D	52. B	53. C	54. B	55. C	56. C	57. D	58. B	59. A	60. D
61. C	62. C	63. C	64. B	65. C	66. D	67. D	68. D	69. B	70. D
71. C	72. B	73. A	74. C	75. A	76. A	77. D	78. C	79. A	80. B
81. D	82. D	83. B	84. A	85. B	86. C	87. B	88. C	89. A	90. A
91. B	92. C	93. A	94. A	95. D	96. C	97. D	98. B	99. C	100. C

二、不定项选择题

1. ABCE	2. ABD	3. ABD	4. AC	5. ABDE
6. ACD	7. BE	8. BCE	9. ACDE	10. ABC
11. CE	12. BC	13. BCDE	14. ABE	15. CDE
16. ACD	17. ACE	18. ABCE	19. BCD	20. ABCD
21. ACD	22. ABCD	23. BCD	24. BC	25. ABCDE
26. ABC	27. ABCD	28. ABC	29. AC	30. BDE
31. BCD	32. BDE	33. BCE	34. BCDE	35. ABCDE
36. AC	37. BCD	38. ABCDE	39. ABD	40. BC
41. BC	42. AC	43. ABCD	44. BE	45. CDE
46. ABCE	47. ABCE	48. BD	49. ABCE	50. BD

模拟试卷四

一、单项选择题（共 100 题，每题 1 分。每题的备选项中只有一个最符合题意）

1. 依照《环境影响评价法》的规定，综合规划有关环境影响的篇章或者说明，应当报送（   ）机关。

    A. 环境保护　　　　B. 建设管理　　　　C. 规划审批　　　　D. 市政管理

2. 依照《环境影响评价法》的规定，环渤海区域建设开发规划中可以不包含的内容是（   ）。

    A. 实施规划对环境可能造成的影响　　　　B. 预防不良环境影响的对策

    C. 减轻不良环境影响的措施　　　　D. 环境影响评价的结论

3. 依照《环境影响评价法》的规定，作为一项整体建设项目的某大型住宅小区，应进行（   ）。

    A. 规划环境影响评价

    B. 建设项目环境影响评价

    C. 规划环境影响评价和建设项目环境影响评价

    D. 无需进行任何环境影响评价

4. 环境保护行政主管部门应当自收到专项规划环境影响报告书之日起（   ）内，会同专项规划审批机关召集有关部门代表和专家组成审查小组，对专项规划环境影响报告书进行审查。

    A. 60 日　　　　B. 15 日　　　　C. 30 日　　　　D. 10 日

5. 国家根据建设项目对环境的影响程度，对建设项目的环境影响评价实行分类管理，可能造成重大环境影响的，应当编制（   ）。

    A. 环境影响报告书　　　　B. 环境影响报告表

    C. 环境影响登记表　　　　D. 环境影响的篇章或说明

6. 重庆市土地利用规划草案未编写有关环境影响的篇章或者说明，审批机关应（   ）。

    A. 要求补报　　　　B. 先审批，后补编写

    C. 不予审批　　　　D. 征求当地环保部门意见

7. 依照《环境影响评价法》的规定，建设项目环境影响评价文件未经批准或者未经原审批部门重新审核同意，建设单位擅自开工建设的，由（   ）责令停止建设。

    A. 有权审批该项目环境影响评价文件的环境保护行政主管部门

    B. 有权审批该项目的建设行政主管部门

    C. 有权审批该项目的计划行政主管部门

    D. 项目所在地的人民政府

8. 某设区的市级人民政府组织编制工业专项规划时进行了环境影响评价，所编制的环境影响评价文件应提交给（   ）。

    A. 该工业规划审批部门　　　　B. 该市人民政府

C. 该市环保行政主管部门　　　　　　　D. 上一级环保行政主管部门

9. 设区的某市发改委组织编制该市高新技术产业规划，该市人民政府在审批专项规划草案，作出决策前，应当先由（　　　　）指定的环境保护行政主管部门或者其他部门召集有关部门代表和专家组成审查小组，对环境影响报告书进行审查。

A. 该市发改委　　　　　　　　　　　　B. 该市的上级人民政府

C. 该市人民政府　　　　　　　　　　　D. 该市的上级环境保护行政主管部门

10. 某农药厂建设项目，在建成投产运行中产生了不符合经审批的环境影响报告书的情形，建设单位应当组织（　　　　），采取改进措施，并报原环境影响报告书审批部门和建设项目审批部门备案。

A. 专家论证　　　　　　　　　　　　　B. 公众听证

C. 环境影响后评价　　　　　　　　　　D. 编制环境影响报告表

11. 依据《环境影响评价公众参与暂行办法》的规定，环境保护行政主管部门公告环境影响报告书受理的有关信息的期限不得少于（　　　　）日。

A. 7　　　　　　　B. 10　　　　　　　C. 15　　　　　　　D. 30

12. 依据《环境影响评价公众参与暂行办法》的规定，建设单位或者其委托的环境影响评价机构调查公众意见可以采取问卷调查等方式，并应当在（　　　　）完成。

A. 项目立项审批时

B. 确定环境影响评价机构后 7 日内

C. 在环境影响报告书的编制过程中

D. 在环境行政主管部门受理项目环境影响报告书之后

13. 决定举行听证会征求环境影响报告书的公众意见的，听证会（　　　　）公开举行。

A. 可以　　　　　　B. 应当　　　　　　C. 一般　　　　　　D. 必须

14. 海南省热带雨林区的造纸厂建设项目，依照现行相关法律法规的规定，该项目的环评文件应为（　　　　）。

A. 环境影响评价书　　　　　　　　　　B. 环境影响报告书

C. 环境影响报告表　　　　　　　　　　D. 环境影响评价表

15. 某跨行业复合型建设项目，依照相关规定，其中有些分项目需编制环境影响报告书，有些需编制环境影响报告表，有些需填报环境影响评价表，在操作过程中，按照《建设项目环境影响评价分类管理名录》的规定，对该项目环境影响评价工作，应（　　　　）。

A. 分别制作环境影响报告书、环境影响报告表、环境影响评价表

B. 统一编制环境影响报告书

C. 统一编制环境影响报告表

D. 统一填写环境影响评价表

16. 按照相关法律法规的规定，危险品仓储建设项目的环评文件，建设单位应当委托具备（　　　　）环境影响评价资质的机构编制。

A. 特级　　　　　　B. 特别　　　　　　C. 甲级　　　　　　D. 乙级

17. 环境影响评价工程师应（　　　　）的名义接受环境影响评价委托业务。

A. 以环评工程师本人

B. 以其所在单位

C. 以其所在的具有环境影响评价资质的单位

D. 通过其所属单位以环评工程师本人

18. 以下说法中，不符合《建设项目环境影响评价资质管理办法》规定的是（　　　　）。

A. 甲级评价机构可以在资质证书规定的评价范围之内，承担国家环保总局负责审

批的所有建设项目环境影响报告书的编制工作

  B. 乙级评价机构可以在资质证书规定的评价范围之内，承担国家环保总局负责审批的建设项目环境影响报告表的编制工作

  C. 乙级评价机构可以在资质证书规定的评价范围之内，承担北京市环保局负责审批的建设项目环境影响报告书的编制工作

  D. 甲级评价机构可以在资质证书规定的评价范围之内，承担北京市环保局负责审批的建设项目环境影响报告表的编制工作

19. 依照《建设项目环境影响评价资质管理办法》的规定，资质证书有效期届满，评价机构需要继续从事环境影响评价技术服务的，应当于有效期届满（ ）日前申请延续。

  A. 15   B. 30   C. 60   D. 90

20. 依据《建设项目环境影响评价资质管理办法》，评价范围是农林水利类的环境影响评价机构不可以提供环评服务的项目是（ ）。

  A. 养殖项目   B. 防沙治沙工程项目

  C. 水运枢纽项目   D. 潮汐发电项目

21. 按照《建设项目环境保护管理条例》的规定，铁路、交通等建设项目，经有审批权的环境保护行政主管部门同意，建设单位可以在（ ）报批环评文件。

  A. 可行性研究阶段   B. 初步设计完成前

  C. 开工建设前   D. 建成通车前

22. 按照《建设项目环境保护管理条例》的规定，各行政机关预审、审核、审批建设项目环境影响报告书、环境影响报告表或者环境影响登记表，其收费标准（ ）。

  A. 由各相关行政主管部门自行确定   B. 由环境保护部统一确定

  C. 由各级人民政府统一确定   D. 不得收取任何费用

23. 按照《建设项目环境保护管理条例》的规定，环评文件已通过批准的建设项目的初步设计，应当（ ）。

  A. 按照环境保护设计规范的要求，编制环境保护篇章

  B. 按照环境保护设计规范的要求，编制环保节能篇章

  C. 按照环评文件的要求，编制环境保护篇章

  D. 按照环评文件的要求，编制环保节能篇章

24. 按照《建设项目环境保护管理条例》的规定，分期建设、分期投入生产或者使用的建设项目，其相应的环境保护设施（ ）。

  A. 可以分期验收

  B. 应当分期验收

  C. 可以在全部投入生产或使用后，一并验收

  D. 应当在全部投入生产或使用后，一并验收

25. 按照《建设项目环境保护管理条例》的规定，试生产建设项目配套建设的环境保护设施未与主体工程同时投入试运行的，应处以的行政处罚是（ ）。

  A. 责令限期改正   B. 责令限期治理

  C. 责令停业整顿   D. 责令停止试生产

26. 某单位拟建建设项目，对环境可能造成重大影响，依据《建设项目环境保护管理条例》的规定，应当（ ），对建设项目产生的污染和对环境的影响进行全面、详细的评价。

  A. 编制环境影响报告书   B. 编制环境影响报告表

  C. 编制环境影响登记书   D. 填报环境影响登记表

27. 依照现有相关规定，建设单位为（　　　　）项目编制的环境影响报告书，需经海洋行政主管部门审核并签署意见后，报环境保护行政主管部门审批。

    A. 海底隧道工程　　　　　　　　　　B. 跨海桥梁工程

    C. 围填海工程　　　　　　　　　　　D. 码头

28. 某核电站建设项目，按照现行相关法律法规之规定，应在（　　　　）阶段征求公众对该项目可能造成环境影响的意见。

    A. 可行性研究　　　　　　　　　　　B. 环境影响评价

    C. 环评文件审批　　　　　　　　　　D. 建成试运行

29. 依据《环境影响评价公众参与暂行办法》的规定，为了加强公众参与环境影响评价活动，在环境影响评价报告书中，应当（　　　　）。

    A. 附有公众参与意见　　　　　　　　B. 对召开听证会情况加以说明

    C. 附有公众意见调查报告　　　　　　D. 编制公众参与篇章

30. 按照国家规定应当征求公众意见的建设项目，建设单位或者其委托的环境影响评价机构应当按照（　　　　）的有关规定，在建设项目环境影响报告书中，编制公众参与篇章。

    A. 环境影响评价技术导则　　　　　　B. 建设项目建设技术导则

    C. 建设项目设计技术导则　　　　　　D. 建设项目审批技术导则

31. 位于广东省的某核电站建设项目已竣工，依据相关法律法规之规定，负责该建设项目竣工环境保护验收的是（　　　　）。

    A. 环境保护部　　　　　　　　　　　B. 住房和城乡建设部

    C. 广东省环境保护局　　　　　　　　D. 广东省建设委员会

32. 依据《建设项目竣工环境保护验收管理办法》，进行试生产的建设项目，建设单位应当自试生产之日起（　　　　）内，向有审批权的环境保护行政主管部门申请该建设项目竣工环境保护验收。

    A. 1个月　　　　　B. 2个月　　　　　C. 3个月　　　　　D. 半年

33. 依据《建设项目竣工环境保护验收管理办法》，建设项目的主体工程完工后，其配套建设的环境保护设施（　　　　）。

    A. 可以与主体工程同时投入生产或者运行

    B. 应当与主体工程同时投入生产或者运行

    C. 可不与主体工程同时投入生产或者运行

    D. 必须与主体工程同时投入生产或者运行

34. 县级以上地方人民政府环境保护行政主管部门按照（　　　　）负责建设项目竣工环境保护验收。

    A. 当地人民政府授予的权限

    B. 上级环境保护行政主管部门授予的权限

    C. 环境影响报告书（表）或环境影响登记表的审批权限

    D. 《环境影响评价法》规定的权限

35. 依据《大气污染防治法》，（　　　　）会同国务院有关部门公布限期禁止采用的严重污染大气环境的工艺名录和限期禁止生产、禁止销售、禁止进口、禁止使用的严重污染大气环境的设备名录。

    A. 国务院环境保护行政主管部门　　　B. 国务院经济综合主管部门

    C. 国务院国有资产行政主管部门　　　D. 海关部门

36. 某排放恶臭气体的工厂，其主导风上风向100米处有一居民区。依据《大气污染防治法》，该工厂（　　　　）。

A. 必须采取措施防止该居民区受到污染

B. 必须采取措施防止车间和厂区受到污染

C. 不必采取措施防止该居民区受到污染

D. 不必采取措施防止车间和厂区受到污染

37. 依据《大气污染防治法》，大、中城市人民政府环境保护行政主管部门应当定期发布（　　　）。

A. 大气环境质量状况公报　　　　　　　B. 大气环境质量状况日报

C. 大气环境质量状况预报　　　　　　　D. 空气环境质量状况公报

38. 依据《大气污染防治法》，炼制石油、生产合成氨、煤气和燃煤焦化、有色金属冶炼过程中排放含有硫化物气体的，（　　　）配备脱硫装置或者采取其他脱硫措施。

A. 应当　　　　　B. 尽量　　　　　C. 必须　　　　　D. 可以

39. 依据《大气污染防治法》，向大气排放电炉法黄磷尾气的，须报经（　　　）批准。

A. 当地人民政府　　　　　　　　　　　B. 当地环境保护行政主管部门

C. 上一级人民政府　　　　　　　　　　D. 上一级环境保护行政主管部门

40. 依据《水污染防治法》，对于在饮用水水源保护区内设置排污口的，应当（　　　）。

A. 设立自动监测装置或经常性巡视监测

B. 设立明显标志或划定水域污染混合区

C. 规范排污口或建设规范化排污口代替现有排污口

D. 责令限期拆除

41. 关于海洋工程环境影响报告书，下列说法错误的是（　　　）。

A. 海洋工程环境影响报告书中必须包括有关工程对近岸陆地生态系统影响的分析和评价的内容

B. 海洋主管部门在核准海洋工程环境影响报告书前，应当征求海事、渔业主管部门和军队环境保护部门的意见

C. 环境影响报告书一般由沿海县级以上地方人民政府海洋主管部门根据沿海省、自治区、直辖市人民政府规定的权限核准

D. 涉及海洋矿产资源勘探开发工程的环境影响报告书必须由国家海洋主管部门核准

42. 根据《全国生态环境保护纲要》，下列不属于重要生态功能区的是（　　　）。

A. 江河源头区　　　　　　　　　　　　B. 江河洪水调蓄区

C. 防风固沙区　　　　　　　　　　　　D. 原始森林重点保护区

43. 下列（　　　）不符合《循环经济促进法》对于产业园区建设的相关规定。

A. 各类产业园区应当组织区内企业进行资源综合利用，促进循环经济发展

B. 国家鼓励各类产业园区的企业进行废物集中处置、能量梯级利用、土地集约利用、水的分类利用和循环使用

C. 新建和改造各类产业园区应当依法进行环境影响评价，并采取生态保护和污染控制措施，确保本区域的环境质量达到规定的标准

D. 鼓励各类产业园区的企业共同使用基础设施和其他有关设施

44. 《国家重点生态功能保护区规划纲要》规定，应充分利用生态功能保护区的资源优势，合理选择发展方向，调整区域产业结构，限制不符合（　　　）的产业发展。

A. 产业结构升级方向　　　　　　　　　B. 资源禀赋条件

C. 主导生态功能保护需要　　　　　　　D. 资源环境可承载力

45. 某县发生一起环保纠纷事件，当事人对该县环保局的行政处罚决定不服，则其可以

在接到处罚通知之日起（　　　　）日内向该县的上一级环保局申请复议或直接向该县人民法院起诉。

    A. 20　　　　　　　B. 10　　　　　　　C. 15　　　　　　　D. 25

46. 经批准环境保护延期验收申请后的建设单位试生产的期限最长不超过（　　　　）。核设施建设项目试生产的期限最长不超过（　　　　）。

    A. 半年，一年　　B. 一年，三年　　C. 两年，三年　　D. 一年，两年

47. 环境影响评价工程师登记有效期届满需要继续以环境影响评价工程师名义从事环境影响评价及相关业务的，应当于有效期满（　　　　）办理再次登记。

    A. 3 个月前　　　　B. 4 个月前　　　　C. 5 个月前　　　　D. 6 个月前

48. 根据《建设项目环境保护管理条例》的规定，有下列哪种行为之一的，可以处 10 万元以下罚款（　　　　）。

    A. 环境影响评价工程师接受环境影响评价及相关业务委托后，未为委托人保守商务秘密的

    B. 环境保护行政主管部门的工作人员徇私舞弊、滥用职权、玩忽职守，构成犯罪的

    C. 环境影响评价工程师以个人名义承揽环境影响评价及相关业务的

    D. 未报批建设项目环境影响报告书且逾期不补办手续擅自开工的

49. 《规划环境影响评价条例》规定，已经进行环境影响评价的规划包含具体建设项目的，建设项目环境影响评价的内容可以根据规划环境影响评价的分析论证情况（　　　　）。

    A. 酌情省略　　　B. 直接借用　　　C. 参考使用　　　　D. 予以简化

50. 根据《中华人民共和国土地管理法》规定，下列说法不准确的是（　　　　）。

    A. 国家保护耕地，严格控制耕地转为非耕地

    B. 国家保护耕地，严禁耕地转为非耕地

    C. 禁止农用地转为建设用地

    D. 林地属于农业用地

51. 《中华人民共和国水法》规定，国家对水工程建设移民实行（　　　　）的方针。

    A. 补助性移民　　B. 补偿性移民　　C. 开发性移民　　D. 扶持性移民

52. 依据《水污染防治法》，下列机构有权依法批准饮用水水源保护区的是（　　　　）。

    A. 县级人民政府　　　　　　　　B. 市级人民政府

    C. 省级人民政府　　　　　　　　D. 环境保护部

53. 《海洋环境保护法》中所指的滨海湿地是指（　　　　）水深浅于 6 米的水域及其沿岸浸湿地带。

    A. 常年平均　　　　B. 低潮时　　　　C. 最低　　　　　D. 最高

54. 下列关于排放含病原体的污水的说法，符合《水污染防治法》的是（　　　　）。

    A. 须在离水源保护区 30 公里外的水体内排放

    B. 必须经过消毒处理，符合国家有关标准后，方可排放

    C. 需先经当地环境保护行政主管部门及水资源管理部门同意

    D. 禁止向水体排放含病原体的污水

55. 《噪声污染防治法》规定，城市规划部门在确定建设布局时，应当依据国家声环境质量标准和民用建筑隔声设计规范，合理划定（　　　　），并提出相应的规划设计要求。

    A. 建筑物与交通干线的防噪声距离　　B. 建筑物之间的距离

    C. 噪声敏感建筑物集中区域　　　　　D. 民用建筑噪声等级区划

56. 产生环境噪声污染的企业事业单位，必须保持防治环境噪声污染的设施的正常使

用；拆除或者闲置环境噪声污染防治设施的，必须事先报经（   ）批准。

    A. 设区的市级以上环境保护行政主管部门

    B. 县级以上环境保护行政主管部门

    C. 县级以上公安部门

    D. 当地人民政府

57. 新建营业性文化娱乐场所的边界噪声必须符合国家规定的环境噪声排放标准，不符合国家规定的环境噪声排放标准的，（   ）不得核发营业执照。

    A. 工商行政主管部门   B. 公安机关

    C. 环境保护行政主管部门   D. 文化行政主管部门

58. 依据《噪声污染防治法》，在城市市区范围内，建筑施工过程中使用机械设备，可能产生环境噪声污染的，施工单位必须向所在地（   ）申报。

    A. 县级以上环境保护行政主管部门   B. 人民政府

    C. 县级以上建设行政主管部门   D. 公安部门

59. 依据《固体废物污染环境防治法》，生产、销售、进口依法被列入（   ）的产品和包装物的企业，必须按照国家有关规定对该产品和包装物进行回收。

    A. 限制产品目录   B. 产品淘汰目录

    C. 强制回收目录   D. 限制进口目录

60. 依据《固体废物污染环境防治法》，尾矿、矸石、废石等矿业固体废物贮存设施停止使用后，矿山企业应当按照国家有关环境保护规定进行（   ），防止造成环境污染和生态破坏。

    A. 清场   B. 封场   C. 废物转移   D. 申报登记

61. 依据《固体废物污染环境防治法》，对危险废物的容器和包装物以及收集、贮存、运输、处置危险废物的设施、场所，必须设置（   ）。

    A. 危险废物鉴别标志   B. 危险废物识别标志

    C. 危险废物警告标志   D. 危险废物标识

62. 依据《固体废物污染环境防治法》，收集危险废物，必须按照（   ）分类进行。

    A. 危险废物含量   B. 危险废物种类

    C. 危险废物形态   D. 危险废物特性

63. 《海洋环境保护法》规定，向海洋倾倒废弃物，必须按照国家规定缴纳（   ）。

    A. 排污费   B. 倾倒费

    C. 海洋污染专项治理费   D. 海洋环境保护特别税

64. 向海域排放含热废水，必须采取有效措施，保证邻近渔业水域的水温符合国家（   ），避免热污染对水产资源的危害。

    A. 污水排放标准   B. 地表水环境质量标准

    C. 生态安全标准   D. 海洋环境质量标准

65. 《放射性污染防治法》规定，有关地方人民政府应当根据（   ），提供放射性固体废物处置场所的建设用地，并采取有效措施支持放射性固体废物的处置。

    A. 经批准的环境影响报告书   B. 放射性固体废物处置场所选址规划

    C. 放射性固体废物处置的需要   D. 具体地质条件

66. 以下关于企业技术改造时应采取的清洁生产措施的说法不符合《清洁生产促进法》的是（   ）。

    A. 采用无毒、无害或者低毒、低害的原料，替代毒性大、危害严重的原料

    B. 采用资源利用率高、污染物产生量少的工艺，替代资源利用率低、污染物产生

量多的工艺

  C. 对生产过程中产生的废物、废水和余热等进行综合利用或者循环使用

  D. 淘汰原有设备，采用全套符合清洁生产机制的设备

67. 根据《中华人民共和国水法》的有关禁止性规定，以下说法不符的是（   ）。

  A. 禁止围湖造地

  B. 禁止在河道管理范围内从事影响河势稳定的活动

  C. 禁止在水资源不足的地区建设耗水量大的工业项目

  D. 禁止在饮用水水源保护区内设置排污口

68. 根据《中华人民共和国节约能源法》，年综合能源消费总量（   ）万吨标准煤以上的用能单位应列为重点用能单位。

  A. 1   B. 2   C. 3   D. 5

69. 下列土地不属于《中华人民共和国草原法》适用范围的是（   ）。

  A. 草山   B. 改良草地   C. 退耕还草地   D. 城镇草地

70. 在全国重点文物保护单位的保护范围内进行其他建设工程或者爆破、钻探、挖掘等作业的，必须经（   ）批准，在批准前应当征得国务院文物行政部门同意。

  A. 省、自治区、直辖市人民政府

  B. 国务院

  C. 核定公布该文物保护单位的人民政府

  D. 国务院文物行政部门

71. 根据《中华人民共和国森林法》，以下关于森林管理的说法错误的是（   ）。

  A. 禁止毁林开垦

  B. 禁止毁林采石、采砂、采土

  C. 禁止在幼林地和特种用途林内砍柴、放牧

  D. 禁止采伐

72. 根据《中华人民共和国森林法》，进行勘查、开采矿藏和各项建设工程占用或者征用林地的，由用地单位依照国务院有关规定缴纳（   ）。

  A. 森林保护费   B. 森林植被恢复费

  C. 育林费   D. 青苗费

73. 国家实行（   ），将土地分为农用地、建设用地和未利用地，严格限制农用地转为建设用地，控制建设用地总量，对耕地实行特殊保护。

  A. 土地限制制度   B. 土地用途管制制度

  C. 土地专用制度   D. 土地规划制度

74. 根据《中华人民共和国土地管理法》的规定，在土地利用总体规划确定的城市和村庄、集镇建设用地规模范围内，为实施该规划而将农用地转为建设用地的，按土地利用年度计划分批次由（   ）批准。

  A. 原批准土地利用总体规划的机关 B. 国务院

  C. 省、自治区、直辖市人民政府 D. 市、县人民政府

75. 以下说法不符合《野生动物保护法》相关规定的是（   ）。

  A. 国家重点保护的野生动物分一级和二级

  B. 地方重点保护的野生动物名录，由省、自治区、直辖市政府制定并公布，报国务院备案

  C. 国家重点保护的野生动物名录及其调整，由国务院野生动物行政主管部门制定并公布

D. 各级野生动物行政主管部门应当监视、监测环境对野生动物的影响

76. 在乡、村庄规划区内进行乡镇企业、乡村公共设施和公益事业建设的，建设单位或者个人应当向乡、镇人民政府提出申请，由乡、镇人民政府报城市、县人民政府城乡规划主管部门核发（　　　　）。

    A. 建设工程规划许可证　　　　　　　　B. 建设用地规划许可证

    C. 工程施工许可证　　　　　　　　　　D. 乡村建设规划许可证

77. 《中华人民共和国河道管理条例》规定，桥梁和栈桥的梁底必须高于（　　　　）。

    A. 最高洪水位　　B. 常年洪水位　　　C. 设计洪水位　　D. 平均洪水位

78. 根据《基本农田保护条例》的规定，国家能源、交通、水利、军事设施等重点建设项目选址确实无法避开基本农田保护区，需要占用基本农田，涉及农用地转用或者征用土地的，必须经（　　　　）批准。

    A. 省级以上农业部门　　　　　　　　　B. 省级以上土地管理部门

    C. 国家土地管理部门　　　　　　　　　D. 国务院

79. 根据《防治海岸工程建设项目污染损害海洋环境管理条例》中的定义，以下建设项目属于"海岸工程"的是（　　　　）。

    A. 滨海大型养殖场　　　　　　　　　　B. 跨海桥梁工程

    C. 围填海工程　　　　　　　　　　　　D. 海底隧道工程

80. 根据《防治海岸工程建设项目污染损害海洋环境管理条例》的规定，以下未要求配备海上重大污染损害事故应急设备和器材的项目是（　　　　）。

    A. 造船厂　　　　　　　　　　　　　　B. 港口

    C. 化学危险品码头　　　　　　　　　　D. 油码头

81. 《中华人民共和国宪法》规定，国家保护和改善生活环境，（　　　　）污染和其他公害。

    A. 预防　　　　　B. 控制　　　　　　C. 治理　　　　　D. 防治

82. 《建设项目环境保护管理条例》是（　　　　）。

    A. 环境保护基本法　　　　　　　　　　B. 环境保护单行法

    C. 环境保护行政法规　　　　　　　　　D. 环境保护部门规章

83. 以下属于环境保护行政法规的是（　　　　）。

    A. 《地表水和污水监测技术规范》　　　B. 《危险化学品安全管理条例》

    C. 《环境监测质量管理规定》　　　　　D. 《可再生能源法》

84. 某环评机构在为某垃圾焚烧厂项目做环境影响评价的过程中，发现《环境影响评价法》与《大气污染防治法》对某一问题的要求不同，应遵照（　　　　）的规定执行。

    A. 《环境影响评价法》　　　　　　　　B. 《大气污染防治法》

    C. 均不遵守　　　　　　　　　　　　　D. 择一要求低的执行

85. 某环保局在审批某一建设项目环境影响评价文件时，发现《环境影响评价法》与《环境信息公开办法（试行）》对某一问题的要求不同，应遵照（　　　　）的规定执行。

    A. 《环境影响评价法》　　　　　　　　B. 《环境信息公开办法（试行）》

    C. 请示环境保护部　　　　　　　　　　D. 择一要求低的执行

86. 依照《环境保护法》的规定，北京市政府对（　　　　）项目可以制定地方环境质量标准。

    A. 北京市企事业单位所涉及的所有

    B. 国家环境质量标准中未作规定的

    C. 国家环境质量标准中已作规定，但北京市有更高要求的

D. 国家环境质量标准中已作规定，但北京市有更低要求的

87. 按照《环境保护法》的规定，开发利用自然资源，必须采取措施保护（　　　）。

A. 国家资源　　　　B. 自然环境　　　　C. 自然生态　　　　D. 生态环境

88. 位于吉林省四平市的某企业为国务院国资委下属国有企业，因生产事故造成环境严重污染，按照《环境保护法》之规定，应由（　　　）向该企业下达限期治理通知书。

A. 环境保护部　　　　　　　　　　　B. 吉林省人民政府

C. 吉林省环保局　　　　　　　　　　D. 四平市环保局

89. 某企业被当地环境保护行政主管部门处以行政处罚后不服，提起行政复议，于2007年9月10日接到行政复议决定书后仍不服，则按照《环境保护法》的规定，该企业可在（　　　）前提起行政诉讼。

A. 2007年9月20日　　　　　　　　B. 2007年9月25日

C. 2007年9月30日　　　　　　　　D. 2009年9月10日

90. "一切企业、事业单位的选址、设计、建设和生产，都必须注意防止对环境的污染和破坏。在进行新建、改建和扩建工程中，必须提出环境影响评价报告书，经环境保护主管部门和其他有关部门审查批准后才能进行设计。"该项规定标志着我国的环境影响评价制度正式确立，上述规定见于（　　　）。

A.《中华人民共和国环境保护法》

B.《中华人民共和国环境影响评价法》

C.《中华人民共和国环境保护法（试行）》

D.《环境政策法》

91.《国务院关于落实科学发展观加强环境保护的决定》提出：在自然保护区和具有特殊保护价值的地区实行（　　　），依法实施保护，严禁不符合规定的任何开发活动。

A. 环境保护优先　　　　　　　　　　B. 禁止开发

C. 经济发展优先　　　　　　　　　　D. 合理利用环境承载能力

92. 根据《规划环境影响评价条例》的规定，环境影响篇章或者说明应当包括"规划实施对环境可能造成影响的分析、预测和评估"，其具体内容不包括（　　　）。

A. 资源环境承载能力分析　　　　　　B. 不良环境影响的分析和预测

C. 与相关规划的环境协调性分析　　　D. 经济可行性分析

93. 2005年国务院颁布了《促进产业结构调整暂行规定》，其中对产业结构调整的方向和重点作出了明确规定，以下说法不符合该规定的是（　　　）。

A. 改变农业基础地位，加快传统农业向现代农业转变

B. 以振兴装备制造业为重点发展先进制造业，发挥其对经济发展的重要支撑作用

C. 加快发展高技术产业，进一步增强高技术产业对经济增长的带动作用

D. 实施互利共赢的开放战略，提高对外开放水平，促进国内产业结构升级

94. 对设区的市级人民政府审批的专项规划的环境影响报告书进行审查的审查小组的召集部门是（　　　）。

A. 上级环境保护主管部门　　　　　　B. 规划编制机关

C. 同级环境保护主管部门　　　　　　D. 上级人民政府

95. 国务院发布的《"十二五"节能减排综合性工作方案》指出，要严格节能评估审查和环境影响评价制度，把污染物排放总量指标作为环评审批的（　　　）条件。

A. 前置性　　　　B. 实质性　　　　C. 关键性　　　　D. 决定性

96. 依据《建设项目环境保护管理条例》，建设项目的初步设计，应当按照环境保护设计规范的要求，编制环境保护篇章，并依据经批准的建设项目环境影响报告书或者环境影响

报告表。以下不属于环境保护篇章中需要提出的内容的是（　　　）。

    A. 环境影响后评价计划　　　　　　　B. 防治环境污染的措施

    C. 防治生态破坏的措施　　　　　　　D. 环境保护设施投资概算

97. 根据《建设项目环境影响评价资质管理办法》，甲级评价机构在资质证书有效期内应当主持编制完成至少（　　　）项省级以上环境保护行政主管部门负责审批的环境影响报告书。

    A. 3　　　　　　　　B. 4　　　　　　　　C. 5　　　　　　　　D. 7

98. 根据《建设项目环境影响评价资质管理办法》，申请评价资质的机构隐瞒有关情况或者提供虚假资料申请评价资质的，国家环境保护总局不予受理或者不予评价资质，并给予警告，申请机构（　　　）内不得再次申请评价资质。

    A. 半年　　　　　　B. 1 年　　　　　　C. 2 年　　　　　　D. 3 年

99. 环境标准体系中的（　　　）是确认环境是否已被污染的根据。

    A. 环境质量标准　　　　　　　　　　B. 污染物排放标准

    C. 环境样品标准　　　　　　　　　　D. 环境基础标准与环境方法标准

100. 根据《环境影响评价法》，对于在环境影响评价工作中不负责任或者弄虚作假，致使环境影响评价文件失实的环评机构，除降低其资质等级或者吊销其资质证书外，还应处其所收费用（　　　）倍的罚款。

    A. 2　　　　　　　　B. 1～3　　　　　　C. 2～4　　　　　　D. 3～5

二、不定项选择题（共 50 题，每题 2 分。每题的备选项中至少有 1 个符合题意，多选、错选、少选均不得分）

1. 以下说法符合《中华人民共和国矿产资源法》规定的是（　　　）。

    A. 开采矿产资源，必须遵守有关环境保护的法律规定，防止污染环境

    B. 开采矿产资源，应当节约用地

    C. 关闭矿山，必须提出矿山闭坑报告

    D. 耕地、草原、林地因采矿受到破坏的，矿山企业应当采取复垦利用措施

    E. 开采矿山资源，应当效率优先，兼顾环境

2. 防洪区是指洪水泛滥可能淹及的地区，它又可分为（　　　）。

    A. 洪泛区　　B. 蓄滞洪区　　C. 分洪区　　D. 泄洪区　　E. 防洪保护区

3. 根据《中华人民共和国城乡规划法》，城市地下空间的开发和利用，应当与经济和技术发展水平相适应，遵循（　　　）的原则。

    A. 安全优先　　B. 统筹安排　　C. 配套建设　　D. 综合开发　　E. 合理利用

4. 医疗废物集中处置单位的贮存、处置设施，应当（　　　）。

    A. 远离村庄　　　　　　　　　　　　B. 远离城市

    C. 远离水源保护区　　　　　　　　　D. 交通干道

    E. 与工作场所有适当的安全防护距离

5. 根据《规划环境影响评价条例》，应当对其组织编制的规划进行环境影响评价的单位包括（　　　）。

    A. 国务院有关部门　　　　　　　　　B. 省级地方人民政府及其有关部门

    C. 设区的市级地方人民政府及其有关部门　　D. 县级地方人民政府及其有关部门

    E. 第三方规划编制机构

6. 《全国生态环境保护纲要》中提出，对具有重要生态功能的林区、草原，应划为（　　　）。

A. 禁垦区　　　B. 禁猎区　　　　C. 禁伐区　　　D. 禁耕区　　　　E. 禁牧区

7.《循环经济促进法》规定，电力、石油加工、化工、钢铁、有色金属和建材等企业，必须在国家规定的范围和期限内，以（　　　　）等清洁能源替代燃料油，停止使用不符合国家规定的燃油发电机组和燃油锅炉。

A. 洁净煤　　　　　B. 石油焦　　　　C. 天然气　　　　D. 水煤浆

8.《全国生态脆弱区保护规划纲要》的总体目标提出，到 2020 年，在生态脆弱区建立起比较完善的（　　　　）。

A. 生态恢复机制　　　　　　　　　　B. 生态监测预警体系
C. 资源开发监管执法体系　　　　　　D. 环境污染动态响应体系
E. 生态保护与建设的政策保障体系

9. 依据《中华人民共和国环境噪声污染防治法》，下列说法正确的是（　　　　）。

A. 在城市范围内向周围生活环境排放工业噪声的，应当符合国家规定的工业企业厂界环境噪声排放标准
B. 在城市范围内向周围生活环境排放建筑施工噪声的，应当符合国家规定的建筑施工场界环境噪声排放标准
C. 不论在城市范围，还是在农村地区，产生环境噪声污染的工业企业都应当采取有效措施，减轻噪声对周围生活环境的影响
D. 在城市市区内，禁止夜间进行产生环境噪声污染的建筑施工作业，但抢修、抢险作业和因生产工艺上要求或者特殊需要必须连续作业的除外
E. 只有在城市范围内产生环境噪声污染的工业企业才应当采取有效措施，减轻噪声对周围生活环境的影响

10.《"十二五"节能减排综合性工作方案》明确指出，对（　　　　）的地区和企业，实行阶段性环评限批。

A. 年度减排目标未完成　　　　　　　B. 超过总量指标
C. 环境质量未达标　　　　　　　　　D. 重点减排项目未按目标责任书落实
E. 新增污染物排放项目较多

11. 按照《建设项目环境保护管理条例》的规定，在北京市密云县建设产生污染的建设项目，必须遵守的污染物排放相关要求包括（　　　　）。

A. 国家污染物排放标准　　　　　　　B. 北京市污染物排放标准
C. 密云县污染物排放标准　　　　　　D. 重点污染物排放总量控制的要求

12. 某火电厂建设项目，按照现行相关法律法规之规定，可在（　　　　）阶段征求公众对该项目可能造成环境影响的意见。

A. 可行性研究　　　　　　　　　　　B. 环境影响评价
C. 环评文件审批　　　　　　　　　　D. 建成试营业
E. 正式营业

13. 依据《环境影响评价公众参与暂行办法》的规定，在（　　　　）过程中，应当公开有关环境影响评价的信息，征求公众意见。

A. 该建设项目可行性研究　　　　　　B. 该建设项目立项审批
C. 编制环境影响报告书　　　　　　　D. 审批环境影响报告书
E. 重新审核环境影响报告书

14. 下列符合"推进产能过剩行业结构调整的重点措施"规定的是（　　　　）。

A. 提高煤炭开采的井型标准，明确必须达到的回采率和安全生产条件
B. 现有汽车企业异地建厂，必须满足产销量达到批准产能 90% 以上的要求

C. 逐步关停小油机和 5 万千瓦及以下凝汽式燃煤小机组

D. 原则上不批准建设新的钢厂，对个别结合搬迁、淘汰落后生产能力的钢厂项目，要从严审批

15. 以下主体中，应当按照《环境影响评价公众参与暂行办法》的规定，在环评过程中应严格实施公众参与的是（　　　）。

A. 应当编制环境影响报告书的建设项目的建设单位

B. 编制环境影响报告书的环评机构

C. 预审环境影响报告书的行业主管部门

D. 审批环境影响报告书的环境保护行政主管部门

E. 重新审核环境影响报告书的环境保护行政主管部门

16. 依据《环境影响评价公众参与暂行办法》的规定，环境保护行政主管部门在公告环境影响报告书受理的有关信息后，对公众意见较大的建设项目，可以采取（　　　）形式再次公开征求公众意见。

A. 调查公众意见　　　　　　　　B. 咨询专家意见

C. 座谈会　　　　　　　　　　　D. 论证会

E. 听证会

17. 在建设项目环境影响评价活动中，以下咨询专家意见的做法中，符合《环境影响评价公众参与暂行办法》的是（　　　）。

A. 咨询专家意见可以采用书面形式也可以采用口头形式

B. 咨询专家意见包括向有关专家进行个人咨询和向有关单位的专家进行集体咨询

C. 接受咨询的专家个人和单位应当对咨询事项提出明确意见，并以书面形式回复

D. 专家书面回复意见应当有专家的个人签名

E. 集体咨询专家时，有不同意见的，按照多数服从少数的原则，无需在书面回复中载明

18. 下列行为不符合《建设项目环境影响评价行为准则与廉政规定》要求的是（　　　）。

A. 甲环评机构考虑到自己承担项目过多，技术力量不足，而将部分项目转交给乙机构完成

B. 某市两家环评机构为竞争环评项目大打"价格战"

C. 甲环评机构在承担乙厂专利产品生产线的建设项目环评工作后将该专利产品的相关核心技术内容转卖给某公司

D. 某环评机构参加了由其承担环评工作的建设项目竣工环境保护验收工作

19. 根据《大气污染防治法》，有大气污染物总量控制任务的企业事业单位，必须按照（　　　）排放污染物。

A. 核定的主要大气污染物排放总量　　B. 核定的主要大气污染物产生总量

C. 环境保护部认定的排放条件　　　　D. 许可证规定的排放条件

E. 当地政府规定的排放条件

20. 以下应当编制环境影响报告书的项目有（　　　）。

A. 精神病医院建设项目　　　　　　B. 别墅区建设项目

C. 核电站建设项目　　　　　　　　D. 海水淡化项目

E. 轨道交通建设项目

21. 依据《水污染防治法》，以下关于饮用水水源一级保护区水体保护的说法正确的是（　　　）。

A. 禁止在饮用水水源一级保护区内设置排污口

B. 禁止在饮用水水源一级保护区内新建、改建、扩建与供水设施和保护水源无关的建设项目

C. 禁止在饮用水水源一级保护区内从事游泳、垂钓或者其他可能污染饮用水水体的活动

D. 在饮用水水源一级保护区内已建成的与供水设施和保护水源无关的建设项目，由环境保护部门责令拆除或者关闭

E. 经当地水行政主管部门批准，方可在饮用水水源一级保护区内从事网箱养殖、旅游活动

22. 依照《水污染防治法》，以下关于城镇污水集中处理的说法正确的是（　　　）。

A. 城镇污水应当集中处理

B. 向城镇污水集中处理设施排放污水、缴纳污水处理费用的，不再缴纳排污费

C. 向城镇污水集中处理设施排放水污染物，应当符合国家或者地方规定的水污染物排放标准

D. 城镇污水集中处理设施的出水水质达到国家或者地方规定的水污染物排放标准的，可以按照国家有关规定免缴排污费

E. 城镇污水集中处理设施的运营单位，可将其收取的污水处理费用，用于改善职工的住房条件

23. 根据《噪声污染防治法》，在城市市区范围内，建筑施工过程中使用机械设备，可能产生环境噪声污染的，施工单位必须进行申报，其申报的内容应包括（　　　）。

A. 工程项目名称　　　　　　　　　B. 工程项目施工进度计划

C. 施工场所和期限　　　　　　　　D. 项目可能产生的环境噪声值

E. 所采取的环境噪声污染防治措施

24. 依据《固体废物污染环境防治法》，建设（　　　　）的项目，必须依法进行环境影响评价，并遵守国家有关建设项目环境保护管理的规定。

A. 产生固体废物　　　　　　　　　B. 贮存固体废物

C. 运输固体废物　　　　　　　　　D. 利用固体废物

E. 处置固体废物

25. 以下关于配套建设的固体废物污染环境防治设施的说法，符合《固体废物污染环境防治法》的是（　　　）。

A. 必须与主体工程同时设计

B. 必须与主体工程同时施工

C. 必须与主体工程同时验收

D. 必须与主体工程同时投入使用

E. 必须经验收合格后，该建设项目方可投入生产或者使用

26. 依据《建设项目竣工环境保护验收管理办法》，进行建设项目竣工环境保护验收时，应当参与验收的单位包括（　　　）。

A. 建设项目的设计单位

B. 建设项目的施工单位

C. 建设项目的环境影响报告书（表）编制单位

D. 建设项目的环境保护验收监测报告（表）的编制单位

E. 建设项目的环境保护验收调查报告（表）的编制单位

27. 根据《建设项目环境影响评价资质管理办法》，县级环境保护行政主管部门在环境

影响评价工作中所承担的对环评机构的职责包括（　　　　）。

    A. 日常监督检查　　B. 环评业务指导　　C. 环评工作质量的日常考核

    D. 环评机构是否有违规行为的定期考核

28. 以下对防治废气、粉尘和恶臭污染的措施中，说法错误的是（　　　　）。

    A. 国家禁止排污单位向大气中排放含有有毒有害物质的废气和粉尘

    B. 向大气排放转炉气、电石气、有机烃类尾气等废气的，必须报当地人民政府批准

    C. 向大气排放含放射性物质的气体和气溶胶，须符合国家有关放射性防护的规定，不得超过规定的排放标准

    D. 生产、进口消耗臭氧层物质的单位，必须在国家规定的期限内，按照国务院有关行政主管部门核定的配额进行生产、进口

    E. 向大气排放粉尘的排污单位，可以采取除尘措施

29. 以下关于防治城市扬尘污染的做法，符合《大气污染防治法》的是（　　　　）。

    A. 城市人民政府应当采取绿化责任制、扩大地面铺装面积等措施，提高人均占有绿地面积、减少市区裸露地面

    B. 城市人民政府应当加强建设施工管理、控制渣土堆放和清洁运输等措施，减少地面尘土，防治城市扬尘污染

    C. 在城市市区进行建设施工或者从事其他产生扬尘污染活动的单位，必须按照当地环境保护的规定，采取防治扬尘污染的措施

    D. 在城市市区进行建设施工或者从事其他产生扬尘污染活动的单位，应当按照当地环境保护的规定，采取防治扬尘污染的措施

    E. 在城市市区进行建设施工或者从事其他产生扬尘污染活动的单位，可以按照当地环境保护的规定，采取防治扬尘污染的措施

30. 根据《水污染防治法》的规定，下列属于符合相关标准后可以向水体排放的是（　　　　）。

    A. 含低放射性物质的废水　　B. 含病原体的污水　　C. 城镇垃圾

    D. 工业废渣　　E. 含热废水

31. 依照现行相关法律法规的规定，纳入区域性开发的建设项目，在（　　　　）情况下，经有审批权的环境保护行政主管部门同意后，环境影响评价工作可适当简化。

    A. 编制区域开发规划时进行了环境影响评价

    B. 规划的环境影响报告书已经环境保护行政主管部门批准

    C. 建设项目的性质符合区域开发总体要求的

    D. 建设项目的规模符合区域开发总体要求的

    E. 建设项目采用的生产工艺符合区域开发总体要求的

32. 李某为环境影响评价工程师，依照《环境影响评价工程师职业资格制度暂行规定》，其下列做法中正确的是（　　　　）。

    A. 定期办理环境影响评价工程师职业资格登记

    B. 以个人名义接受环境影响评价委托业务

    C. 对其主持完成的环境影响评价相关工作的技术文件承担相应责任

    D. 在接受环境影响评价委托业务时为委托人保守商务秘密

    E. 不断更新知识，并按规定参加继续教育

33. 以下属于乙级、评价范围为环境影响报告表的评价机构应当具备的条件有（　　　　）。

A. 具备12名以上环境影响评价专职技术人员
B. 固定资产不少于200万元
C. 企业法人工商注册资金不少于30万元
D. 具备2名以上登记于该机构的环境影响评价工程师
E. 具有健全的环境影响评价工作质量保证体系

34. 评价机构有下列（　　）行为之一的，国家环境保护总局取消其评价资质。
A. 资质证书有效期满未申请延续的
B. 以欺骗、贿赂等不正当手段取得评价资质的
C. 涂改、倒卖、出租、出借资质证书的
D. 超越评价资质等级、评价范围提供环境影响评价技术服务的
E. 在环境影响评价工作中不负责任或者弄虚作假，致使环境影响评价文件失实的

35. 以下关于建设项目试生产的说法，符合《建设项目竣工环境保护验收管理办法》的是（　　）。
A. 建设项目需要进行试生产的，其配套建设的环境保护设施必须与主体工程同时投入试运行
B. 国务院环境保护行政主管部门审批环境影响评价文件的建设项目，由建设项目所在地省、自治区、直辖市人民政府环境保护行政主管部门负责受理其试生产申请，并将其审查决定报送国务院环境保护行政主管部门备案
C. 建设项目试生产前，建设单位应向项目所在地的环境保护行政主管部门提出试生产申请
D. 环境保护行政主管部门应在接到试生产申请后，组织或委托下一级环境保护行政主管部门对申请试生产的建设项目环境保护设施及其他环境保护措施的落实情况进行现场检查
E. 试生产申请经环境保护行政主管部门同意后，建设单位方可进行试生产

36. 《海洋环境保护法》明确规定的应当建立海洋自然保护区的区域包括（　　）。
A. 遭受破坏但经保护能恢复的海洋自然生态区域
B. 珍稀、濒危海洋生物物种的集中养殖区域
C. 具有特殊保护价值的海域、海岸、岛屿、滨海湿地、入海河口和海湾等
D. 海洋生物物种高度丰富的区域
E. 具有重大科学文化价值的海洋自然遗迹所在区域

37. 以下关于放射性污染防治的环境影响评价的说法与《放射性污染防治法》的规定相一致的是（　　）。
A. 核设施营运单位应当在申请领取核设施建造、运行许可证和办理装料、退役审批手续前编制环境影响报告书
B. 核设施的环境影响报告书须报国务院环境保护行政主管部门审查批准
C. 开发利用或者关闭铀（钍）矿的单位，应当在申请领取采矿许可证或者办理退役审批手续前编制环境影响报告书
D. 开发利用或者关闭铀（钍）矿的环境影响报告书须报省级以上环境保护行政主管部门审批
E. 以开发利用铀（钍）矿为主营业务的单位，其所编制的环境影响报告书未经环境保护部门批准的，工商行政主管部门不得颁发营业执照

38. 以下符合《中华人民共和国水法》相关规定的是（　　）。
A. 确需围垦河道的，应当经过科学论证，报省级以上人民政府批准

B. 在地下水超采地区，县级以上地方人民政府应当采取措施，严格控制开采地下水

C. 在江河、湖泊新建、改建或者扩大排污口，应当经环境保护行政主管部门同意，由有管辖权的水行政主管部门审批该建设项目的环境影响报告书

D. 从事工程建设，占用农业灌溉水源、灌排工程设施，或者对原有灌溉用水、供水水源有不利影响的，建设单位应当采取相应的补救措施

E. 跨流域调水，应当进行全面规划和科学论证，统筹兼顾调出和调入流域的用水需要，防止对生态环境造成破坏

39. 根据《防沙治沙法》，下列属于沙化土地封禁保护区范围内明确禁止的行为是（　　　）。

A. 一切破坏植被的活动　　　　　　　B. 安置移民

C. 农牧民进行生产生活　　　　　　　D. 修建铁路

E. 种植发菜

40. 以下符合《中华人民共和国文物保护法》中"建设工程选址中保护不可移动文物的有关规定"的是（　　　）。

A. 建设工程选址因特殊情况不能避开不可移动文物的，应当尽可能实施原址保护

B. 无法实施原址保护，必须迁移异地保护或者拆除的文物，应当报省、自治区、直辖市人民政府批准

C. 全国重点文物保护单位必须迁移或者拆除的，须经国务院批准

D. 被拆除的国有不可移动文物中具有收藏价值的壁画、雕塑、建筑构件等由文物行政部门指定的文物收藏单位收藏

E. 文物保护单位原址保护、迁移、拆除所需费用，应由建设单位列入建设工程预算

41. 以下属于环境保护部门规章的是（　　　）。

A.《室内环境空气质量监测技术规范》

B.《环境监测管理办法》

C.《防治海洋工程建设项目污染损害海洋环境管理条例》

D.《环境污染治理设施运营资质许可管理办法》

42. 依照《环境保护法》的规定，对黑龙江省扎龙自然保护区内的设施建设，应按照（　　　）原则处理。

A. 建设工业生产设施应严格遵守污染物排放标准的要求

B. 对污染物排放超过规定排放标准已建成的设施，限期治理

C. 对污染物排放超过规定排放标准已建成的设施，限期拆除

D. 用于保护区管理的设施，污染物排放也不得超过规定的排放标准

43. 按照《环境保护法》的规定，有下列（　　　）行为的，环境保护行政主管部门或者其他依照法律规定行使环境监督管理权的部门可以根据不同情节，给予警告或者处以罚款。

A. 拒绝环境保护行政主管部门现场检查的

B. 拒报污染物排放申报事项的

C. 拒绝缴纳排污费的

D. 建设项目的防治污染设施没有建成便投入生产的

E. 将产生严重污染的生产设备转移给没有污染防治能力的单位使用的

44. 依照《环境保护法》的规定，（　　　）必须依照法律的规定，防止对海洋环境的

污染损害。

    A. 向海洋排放污染物   B. 向海洋倾倒废弃物

    C. 进行海岸工程建设   D. 进行海洋石油勘探开发

    E. 建设海上风景名胜区

45. 以下对于环境影响评价的分类是按照环境要素进行的是（   ）。

    A. 规划的环境影响评价   B. 建设项目环境影响评价

    C. 大气环境影响评价   D. 水环境影响评价

    E. 环境质量现状评价

46. 下列规划中需要编制环境影响报告书的有（   ）。

    A. 设区的市级以上土地利用总体规划

    B. 省级及设区的市级工业各行业非指导性规划

    C. 河南省旅游开发非指导性规划

    D. 设区的市级以上海域建设、开发利用规划

    E. 全国水资源战略规划

47. 依照《环境影响评价法》的规定，长江上游某堤坝建设工程项目的环境影响报告书中应当包括的内容有（   ）。

    A. 项目概况

    B. 项目对环境可能造成影响的分析、预测和评估

    C. 项目环境保护措施及其技术、经济论证

    D. 对建设项目实施环境监测的建议

    E. 经水行政主管部门审查同意的水土保持方案

48. 依照《环境影响评价法》的规定，规划编制机关违反本法规定，组织环境影响评价时弄虚作假或者有失职行为，造成环境影响评价严重失实的，对（   ），由上级机关或者监察机关依法给予行政处分。

    A. 规划编制机关的全体人员   B. 直接负责规划的全体人员

    C. 规划编制机关的主管人员   D. 直接负责规划的主管人员

    E. 直接责任人员

49. 某地欲新建一年产 50 万吨的水泥厂，环境影响评价文件已经过环保部门审批通过，当发生（   ）情况时，建设单位需重新报批建设项目的环境影响评价文件。

    A. 年产量增加到 100 万吨   B. 水泥厂变为造纸厂

    C. 水泥厂易址   D. 水泥厂更名

    E. 水泥厂产权变更

50. 环境影响评价文件中的（   ）应当由具有相应环境影响评价资质的机构编制。

    A. 环境影响报告书   B. 环境影响评价书

    C. 环境影响报告表   D. 环境影响评价表

    E. 环境影响登记表

模拟试卷四答案

一、单项选择题

1. C	2. D	3. B	4. C	5. A	6. A	7. A	8. A	9. C	10. C
11. B	12. C	13. D	14. B	15. B	16. C	17. C	18. B	19. D	20. C
21. B	22. D	23. A	24. B	25. A	26. A	27. D	28. B	29. D	30. A
31. A	32. B	33. D	34. C	35. B	36. A	37. A	38. A	39. B	40. D
41. A	42. D	43. B	44. C	45. C	46. D	47. A	48. D	49. D	50. C
51. C	52. C	53. B	54. B	55. A	56. B	57. D	58. A	59. C	60. B
61. B	62. D	63. B	64. D	65. B	66. D	67. C	68. A	69. D	70. A
71. D	72. B	73. B	74. A	75. C	76. D	77. C	78. D	79. A	80. A
81. D	82. C	83. B	84. A	85. A	86. B	87. D	88. B	89. B	90. C
91. B	92. D	93. A	94. C	95. A	96. A	97. C	98. B	99. A	100. B

二、不定项选择题

1. ABC	2. ABE	3. BDE	4. ABCDE	5. ABC
6. ACE	7. ABC	8. BCE	9. AC	10. AD
11. ABD	12. BC	13. CDE	14. ABD	15. ABDE
16. ABCDE	17. ABC	18. ABC	19. AD	20. ABCE
21. ABC	22. ABCD	23. ACDE	24. ABDE	25. ABDE
26. ABCDE	27. ABC	28. ABE	29. AC	30. ABE
31. ABCDE	32. ACDE	33. CDE	34. BCD	35. ABDE
36. ACDE	37. ABCE	38. BDE	39. AB	40. ABDE
41. BD	42. BD	43. ABCE	44. ABCD	45. CD
46. BCE	47. ABCDE	48. DE	49. ABC	50. AC

模拟试卷五

一、单项选择题（共 100 题，每题 1 分。每题的备选项中只有一个最符合题意）

1.《中华人民共和国宪法》规定，国家（　　）生活环境，防治污染和其他公害。

    A. 保护和改善　　　B. 维护和治理　　　C. 保持和改善　　　D. 保护和改良

2.《环境影响评价公众参与暂行办法》属于（　　）。

    A. 环境保护单行法　　　　　　　　B. 环境保护行政法规

    C. 环境保护部门规章　　　　　　　D. 环境保护标准

3. 以下属于环境保护部门规章的是（　　）。

    A.《海洋倾废管理条例》　　　　　　B.《建设项目环境保护管理条例》

    C.《污染源自动监控管理办法》　　　D.《医疗废物集中处置技术规范》

4. 某环评机构在为某建设项目做环境影响评价的过程中，发现《环境影响评价法》与《建设项目环境影响评价资质管理办法》对某一问题的要求不同，则应（　　）。

    A. 遵照《环境影响评价法》的规定执行

    B. 遵照《建设项目环境影响评价资质管理办法》的规定执行

    C. 请示环境保护部

    D. 择一要求低的执行

5. 某环评机构在为某高架桥项目做环境影响评价的过程中，发现《环境影响评价法》与《环境噪声污染防治法》对某一问题的要求不同，则应（　　）。

    A. 遵照《环境影响评价法》的规定执行

    B. 遵照《环境噪声污染防治法》的规定执行

    C. 请示环境保护部

    D. 择一要求低的执行

6. 依照《环境保护法》的规定，山东省政府所制定的地方水污染物排放标准，须报环境保护部（　　）。

    A. 批准　　　　B. 审核　　　　C. 备案　　　　D. 许可

7. 按照《环境保护法》的规定，产生环境污染和其他公害的单位，必须把环境保护工作纳入计划，建立（　　）。

    A. 环境保护规划制度　　　　　　　B. 环境保护计划制度

    C. 环境保护责任制度　　　　　　　D. 环境保护公告制度

8. 某化工厂自建成投产以来，一直向附近水域直接排放污染物，到 2005 年 7 月 31 日该水域内养殖户所养的水产品陆续全部死亡，经调查，当地环境保护部门于 2005 年 9 月 30 日认定，化工厂直接排污是导致此次事故的直接原因，如养殖户拟就提起诉讼以获取损害赔偿的话，按照《环境保护法》的规定，应于（　　）前起诉。

    A. 2007 年 7 月 31 日　　　　　　　B. 2008 年 7 月 31 日

    C. 2007 年 9 月 30 日　　　　　　　D. 2008 年 9 月 30 日

9. 某化工企业因拒绝缴纳排污费被处以罚款 1 万元的行政处罚，如该企业逾期不申请复议、也不向人民法院起诉、又不履行处罚决定的话，作出处罚决定的机关可（　　　　）。

    A. 提起行政复议　　　　　　　　　B. 提起行政诉讼

    C. 再次处以罚款　　　　　　　　　D. 申请人民法院强制执行

10. 依据《环境影响评价法》，环境影响评价，是指对规划和建设项目实施后可能造成的（　　　　）进行分析、预测和评估，提出预防或者减轻不良环境影响的对策和措施，进行跟踪监测的方法与制度。

    A. 环境污染　　　　B. 生态恶化　　　　C. 环境影响　　　　D. 环境破坏

11. 按照《建设项目环境保护管理条例》的规定，有行业主管部门的建设项目的环评文件的审批程序是（　　　　）。

    A. 建设单位报有审批权的环境保护行政主管部门审批

    B. 经行业主管部门预审后，报环境保护行政主管部门审批

    C. 经行业主管部门备案后，报环境保护行政主管部门审批

    D. 经行业主管部门审批后，报环境保护行政主管部门复核

12. 按照《建设项目环境保护管理条例》的规定，某海运码头建设项目环境影响报告书或者环境影响报告表的审批程序是（　　　　）。

    A. 建设单位报有审批权的环境保护行政主管部门审批

    B. 经海洋行政主管部门预审后，报环境保护行政主管部门审批

    C. 经海洋行政主管部门审核并签署意见后，报环境保护行政主管部门审批

    D. 经海洋行政主管部门审批后，报环境保护行政主管部门复核

13. 按照《建设项目环境保护管理条例》的规定，建设项目的主体工程完工后，需要进行试生产的，其配套建设的环境保护设施（　　　　）投入试运行。

    A. 可以与主体工程同时　　　　　　B. 可以在主体工程之后

    C. 应当与主体工程同时　　　　　　D. 必须与主体工程同时

14. 按照《建设项目环境保护管理条例》的规定，环境保护行政主管部门应当自收到环境保护设施竣工验收申请之日起（　　　　）日内完成验收。

    A. 15　　　　　　　B. 30　　　　　　　C. 45　　　　　　　D. 60

15. 按照《建设项目环境保护管理条例》的规定，建设项目投入试生产超过3个月，建设单位未申请环境保护设施竣工验收的，应处以的行政处罚是（　　　　）。

    A. 责令限期治理

    B. 责令限期办理环境保护设施竣工验收手续

    C. 责令停业整顿

    D. 责令停止试生产

16. 按照相关法律法规的规定，长途客运站建设项目的环评文件，建设单位应当委托具备（　　　　）环境影响评价资质的机构编制。

    A. 特级　　　　　　B. 一级　　　　　　C. 甲级　　　　　　D. 乙级

17. 环境影响评价工程师职业资格登记管理机构是（　　　　）。

    A. 国务院　　　　　　　　　　　　B. 环境保护部或其委托机构

    C. 人事部　　　　　　　　　　　　D. 各级人民政府

18. 以下说法中，不符合《建设项目环境影响评价资质管理办法》规定的是（　　　　）。

    A. 国家对甲级评价机构数量实行总量限制

    B. 国家对乙级评价机构数量实行总量限制

    C. 国家环境保护总局根据环评机构的情况确定不同时期的限制数量

    D. 国家环境保护总局对符合本办法规定条件的申请机构，按照其提交完整申请材

料的先后顺序作出是否准予评价资质的决定

19. 依据《建设项目环境影响评价资质管理办法》规定，评价机构以欺骗、贿赂等不正当手段取得评价资质的，除由国家环境保护总局取消其评价资质外，评价机构在（ ）年内不得再次申请评价资质。

    A. 1   B. 2   C. 3   D. 4

20. 依据《建设项目环境影响评价资质管理办法》，以下不符合甲级环境影响评价机构条件的是（ ）。

    A. 具备 20 名以上的专职技术人员

    B. 具有健全的环境影响评价工作质量保证体系

    C. 在中华人民共和国境内登记的各类所有制企业或事业单位

    D. 近 3 年主持过 3 项省级以上环境行政主管部门负责审批的环境影响报告书

21. 《防治海洋工程建设项目污染损害海洋环境管理条例》规定的禁止进行围填海活动的区域不包括（ ）。

    A. 鸟类栖息地   B. 经济生物的自然产卵场

    C. 滩涂湿地   D. 经济生物的索饵场

22. 《全国生态环境保护纲要》规定，资源开发重点建设项目，应编报（ ）方案，否则一律不得开工建设。

    A. 水土保持   B. 环境影响评价   C. 生态恢复   D. 污染防治

23. 以下（ ）不属于《规划环境影响评价条例》所规定的，环境影响报告书中的环境影响评价结论应包括的主要内容。

    A. 规划实施对环境可能造成影响的分析结论

    B. 规划草案的环境合理性和可行性

    C. 预防或者减轻不良环境影响的对策和措施的合理性和有效性

    D. 规划草案的调整建议

24. 下列与《规划环境影响评价条例》中有关环境影响报告书审查小组的规定不符的是（ ）。

    A. 审查小组的专家应当从依法设立的专家库内相关专业的专家名单中随机抽取

    B. 参与环境影响报告书编制的专家，不得作为该环境影响报告书审查小组的成员

    C. 审查小组中专家人数不得少于审查小组总人数的二分之一

    D. 审查意见应当经审查小组三分之二以上成员签字同意

25. 根据《全国生态脆弱区保护规划纲要》提出的阶段目标，到 2015 年，生态脆弱区（ ）以上适宜治理的土地得到不同程度治理，水土流失得到基本控制，退化生态系统基本得到恢复，生态环境质量总体良好。

    A. 30%   B. 40%   C. 50%   D. 60%

26. 下列（ ）不属于《国家重点生态功能保护区规划纲要》中作出的禁止性规定。

    A. 在水土保持生态功能保护区内，禁止毁林开荒、烧山开荒和陡坡地开垦

    B. 在防风固沙生态功能保护区内，严禁过度放牧、樵采、开荒

    C. 在海洋生态功能保护区内，合理开发利用海洋资源，禁止过度捕捞

    D. 在洪水调蓄生态功能保护区内，禁止建设与行洪泄洪无关的工程设施

27. 《中华人民共和国环境保护法》规定，产生环境污染和其他公害的单位，必须把环境保护工作纳入计划，建立（ ）。

    A. 环境保护责任制度   B. 环境污染治理制度

C. 环境污染防治制度　　　　　　　　D. 绿色管理责任制度

28. 《国务院关于落实科学发展观加强环境保护的决定》要求：各地区、各部门要把发展（　　　　）作为编制各项发展规划的重要指导原则。

A. 生态经济　　　B. 绿色经济　　　C. 循环经济　　　D. 市场经济

29. 《中华人民共和国河道管理条例》规定，城镇建设和发展不得占用（　　　　）。

A. 修建排水用地　　B. 蓄水工程用地　　C. 沙洲　　　D. 河道滩地

30. 根据《中华人民共和国森林法》，下列特种用途林既没有受到"只准进行抚育和更新性质的采伐"的限制，也没有受到"严禁采伐"的限制的是（　　　　）。

A. 环境保护林　　B. 防护林　　　C. 实验林　　　D. 自然保护区的森林

31. 依据《环境影响评价公众参与暂行办法》的规定，环境保护行政主管部门在对受理的环境影响报告书作出审批或者重新审核决定后，应当（　　　　）。

A. 在政府网站公告审批或者审核结果

B. 在公共媒体上公告审批或者审核结果

C. 在政府网站公告审批的环境影响报告书

D. 在公共媒体上公告审批的环境影响报告书

32. 依据《环境影响评价公众参与暂行办法》的规定，环境影响评价机构采取问卷调查的方式调查公众意见时，问卷的发放范围应（　　　　）。

A. 越广越好

B. 由项目当地的环境行政主管部门负责确定

C. 由项目当地的人民政府负责确定

D. 与建设项目的影响范围相一致

33. 举行听证会征求环境影响报告书的公众意见的，听证结束后，听证笔录应当交参加听证会的代表审核并签字，无正当理由拒绝签字的，应当（　　　　）。

A. 记入听证笔录　　　　　　　　B. 要求其说明原因

C. 由两个以上证人在场作书面证明　　D. 取消其代表资格

34. 位于居住区内的建筑面积 10 万平方米以上的某住宅小区建设项目，依照现行相关法律法规的规定，该项目的环评文件应为（　　　　）。

A. 环境影响评价书　　　　　　　　B. 环境影响报告书

C. 环境影响报告表　　　　　　　　D. 环境影响评价表

35. 依照现行相关法律法规的规定，国家法律、法规及产业政策明令禁止建设或投资，如列入《淘汰落后生产能力、工艺和产品的目录》和《工商领域禁止重复建设目录》的建设项目，其环境影响评价工作，应（　　　　）。

A. 按照环境保护管理类别中等级最严的进行

B. 统一编制环境影响报告书

C. 统一交由环境保护部审批

D. 各级环保机构均不得审批其环评文件

36. 某建设单位拟建建设项目，对环境可能造成轻度影响，依据《建设项目环境保护管理条例》的规定，应当（　　　　）。

A. 编制环境影响报告书，对建设项目产生的污染和对环境的影响进行全面、详细的评价

B. 编制环境影响报告表，对建设项目产生的污染和对环境的影响进行分析或者专项评价

C. 编制环境影响登记书，对建设项目产生的污染和对环境的影响进行全面、详细

的评价

　　D. 填报环境影响登记表，对建设项目产生的污染和对环境的影响进行分析或者专项评价

　　37. 依照现有相关规定，（　　　　）项目的环境影响报告书，在报环境保护行政主管部门审批前，需经海洋行政主管部门审核并签署意见。

　　A. 海底隧道工程　　　　　　　　　　B. 跨海桥梁工程

　　C. 拆船厂　　　　　　　　　　　　　D. 航道

　　38. 某转基因技术推广应用项目，按照现行相关法律法规之规定，应在（　　　　）阶段征求公众对该项目可能造成环境影响的意见。

　　A. 可行性研究阶段　　　　　　　　　B. 环境影响评价阶段

　　C. 环评文件审批阶段　　　　　　　　D. 建成试运行阶段

　　39. 按照国家规定应当征求公众意见的建设项目，其环境影响报告书中没有公众参与篇章的，（　　　　）。

　　A. 责令限期改正　　　　　　　　　　B. 环境保护行政主管部门不得受理

　　C. 建设行政机构可先发放开工许可证　　D. 可以进行建设项目环境影响后评价

　　40. 拟建于某自然保护区内的索道建设项目的建设单位，按照相关规定，建设单位应当在（　　　　）向公众公告环境影响评价的工作程序和主要工作内容。

　　A. 确定了承担环境影响评价工作的环境影响评价机构后立即

　　B. 确定了承担环境影响评价工作的环境影响评价机构后 7 日内

　　C. 报送环境保护行政主管部门审批前

　　D. 报送环境保护行政主管部门重新审核前

　　41. 依据《水污染防治法》，（　　　　）不属于企业事业单位被禁止排放、倾倒含有毒污染物的废水或含病原体的污水的地点。

　　A. 渗井　　　　　B. 裂隙　　　　　C. 塘坑　　　　　D. 溶洞

　　42. 《环境噪声污染防治法》规定（　　　　）可以根据本地城市市区区域声环境保护的需要，划定禁止机动车辆行驶和禁止其使用声响装置的路段和时间，并向社会公告。

　　A. 建设管理部门　　B. 交通部门　　C. 环保部门　　D. 公安机关

　　43. 依据《水污染防治法》，（　　　　）向水体排放油类废液。

　　A. 禁止

　　B. 严格限制

　　C. 经当地环境保护行政主管部门同意后可以

　　D. 经当地水资源管理部门同意后可以

　　44. 下列关于向农田灌溉渠道排放工业废水和城市污水的说法，符合《水污染防治法》的是（　　　　）。

　　A. 须在远离水源保护区的农田灌溉渠道内排放

　　B. 应当保证其下游最近的灌溉取水点的水质符合农田灌溉水质标准

　　C. 需先经当地环境保护行政主管部门及水资源管理部门的同意

　　D. 禁止向农田灌溉渠道排放工业废水和城市污水

　　45. 《环境噪声污染防治法》规定，产生环境噪声污染的单位，应当采取措施进行治理，并按照国家规定缴纳（　　　　）。

　　A. 罚款　　　　　B. 补偿金　　　　C. 排污费　　　　D. 超标准排污费

　　46. 依据《大气污染防治法》，新建排放二氧化硫的火电厂，超过规定的污染物排放标准或总量控制指标的，应配套建设（　　　　）。

A. 集中供热管网　　　　　　　　　　B. 粉煤灰综合利用和循环经济体系

C. 脱硫和除尘装置　　　　　　　　　D. 脱氮和中水回用系统

47. 依据《大气污染防治法》，下列不属于向大气排放须报经当地环境保护行政主管部门批准的是（　　　　）。

A. 转炉气　　　　　　　　　　　　　B. 电石气

C. 恶臭气体　　　　　　　　　　　　D. 电炉法黄磷尾气

48. 下列与《规划环境影响评价条例》中有关"跟踪评价"的规定不符的是（　　　　）。

A. 规划实施过程中产生重大不良环境影响的，规划编制机关应当及时组织跟踪评价

B. 环境保护主管部门发现规划实施过程中产生重大不良环境影响的，应当及时进行核查

C. 规划编制机关对规划环境影响进行跟踪评价，应当征求公众的意见

D. 规划审批机关在接到环境保护主管部门的建议后，应当及时组织论证，并根据论证结果采取改进措施或者对规划进行修订

49. 依据《大气污染防治法》，国务院有关行政主管部门应当将城市扬尘污染的控制状况作为（　　　　）的依据之一。

A. 评选国家级卫生城　　　　　　　　B. 城市管理综合考核

C. 评选国家级环境保护城市　　　　　D. 城市环境综合整治考核

50. 依据《水污染防治法》，在开采多层地下水的时候，如果各含水层的水质差异较大，则应当（　　　　）。

A. 混合开采　　　B. 分层开采　　　C. 禁止开采　　　D. 边开采边回灌

51. 依据《建设项目竣工环境保护验收管理办法》，位于江苏省连云港市的某核设施建设项目试生产前，建设单位应向（　　　　）提出试生产申请。

A. 镇江市环保局　　　　　　　　　　B. 江苏省环保局

C. 环境保护部　　　　　　　　　　　D. 江苏省发改委

52. 依据《建设项目竣工环境保护验收管理办法》，石油开采建设项目试生产的期限为最长不超过（　　　　）。

A. 半年　　　　　B. 1 年　　　　　C. 2 年　　　　　D. 3 年

53. 某石灰制造项目，依据相关法律规定，建设单位申请建设项目竣工环境保护验收时，应当向有审批权的环境保护行政主管部门提交（　　　　）。

A. 建设项目竣工环境保护验收申请报告　B. 建设项目竣工环境保护验收申请表

C. 建设项目竣工环境保护验收登记表　D. 环境影响竣工环境保护验收登记卡

54. 根据《环境影响评价工程师继续教育暂行规定》中关于环境影响评价工程师接受继续教育学时的规定，下列未达到学时要求的是（　　　　）。

A. 甲承担登记管理办公室认可的环评培训班授课任务，且授课学时超过 30 个

B. 乙参加环境影响评价工程师职业资格考试审题工作，工作时间为 16 小时

C. 丙在有国内统一刊号（CN）的期刊上，作为第一作者发表环评相关论文 4 篇（均不少于 2000 字）

D. 丁在化学工业出版社出版由其独立编写的《环境影响评价实例解析》一书（该书字数为 20 万字）

55. 辽宁省沈阳市冬季大气污染较为严重，依据《大气污染防治法》，（　　　　）可以拟划定禁止销售、使用高污染燃料的区域。

A. 辽宁省人民政府　　　　　　　　　B. 辽宁省环境保护局

C. 沈阳市人民政府　　　　　　　　　D. 沈阳市环境保护局

56. 在工业生产、建筑施工、交通运输和社会生活中所产生的干扰周围生活环境的声音称为（　　　）。

    A. 环境噪声　　　　B. 环境噪声污染　　　　C. 噪音污染　　　　D. 噪音

57. 依据《环境噪声污染防治法》，下列不属于"噪声敏感建筑物"的是（　　　）。

    A. 医院　　　　　　B. 大学　　　　　　　C. 商场　　　　　　D. 研究院

58. 依据《环境噪声污染防治法》，在城市市区噪声敏感建筑物集中区域内，可以进行产生环境噪声污染的建筑施工作业的时间段是（　　　）。

    A. 6：00～22：00　　　　　　　　B. 7：00～19：00

    C. 8：00～19：00　　　　　　　　D. 8：00～20：00

59. 依据《固体废物污染环境防治法》，以下不属于中华人民共和国境外的固体废物进境禁止行为的是（　　　）。

    A. 倾倒　　　　　　B. 堆放　　　　　　　C. 利用　　　　　　D. 处置

60. 依据《固体废物污染环境防治法》，建设生活垃圾处置的设施、场所，必须符合（　　　）标准。

    A. 国务院环境保护行政主管部门规定的环境保护

    B. 国务院卫生行政主管部门规定的环境卫生标准

    C. 国务院环境保护行政主管部门和建设行政主管部门规定的环境保护和环境卫生标准

    D. 国务院环境保护行政主管部门和卫生行政主管部门规定的环境保护和环境卫生标准

61. 依照《环境影响评价法》的规定，长江流域开发利用规划的环境影响评价文件，应以（　　　）方式，上报规划审批机关。

    A. 作为规划草案的一部分　　　　B. 另附在规划草案之后

    C. 单独作为环评文件　　　　　　D. 环保部门转送

62. 依照《环境影响评价法》的规定，可能造成不良环境影响并直接涉及公众环境权益的专项规划，除（　　　）之外，均需征求有关单位、专家和公众对环境影响报告书草案的意见。

    A. 国家规定需要保密的情形　　　B. 事关国计民生的重大事项

    C. 紧急情况　　　　　　　　　　D. 所涉金额巨大的情形

63. 依照《环境影响评价法》的规定，北京市朝阳区某化工厂建设项目的环境影响报告书应由（　　　）编制。

    A. 朝阳区环保局指定的环评机构　　B. 北京市环保局指定的环评机构

    C. 北京市建委指定的环评机构　　　D. 建设单位自行选定的环评机构

64. 某建设项目因自其环境影响评价文件批准之日起超过五年方开工建设，依照《环境影响评价法》的规定，建设单位将环境影响评价文件报原审批部门重新审核，则原审批单位应当自收到建设项目环境影响评价文件之日起（　　　）日内，将审核意见书面通知建设单位。

    A. 5　　　　　　　　B. 10　　　　　　　　C. 15　　　　　　　D. 30

65. 建设单位编制环境影响报告书，应当按照有关法律规定，征求建设项目（　　　）的意见。

    A. 所在地环境保护行政主管部门　　B. 所在地有关单位和居民

    C. 所在行政区域公众　　　　　　　D. 所在地建设行政主管部门

66. 依照《环境影响评价法》的规定，建设项目建设过程中，建设单位（　　　）同时实施环境环评文件及其审批部门审批意见中提出的环境保护对策措施。

    A. 可以   B. 应当   C. 尽量   D. 努力

67. 依照《环境影响评价法》的规定，接受委托为建设项目环境影响评价提供技术服务的机构在环境影响评价工作中不负责任或者弄虚作假，致使环境影响评价文件失实的，可由（   ）对其进行行政处罚。

    A. 有权审批该项目环境影响评价文件的环境保护行政主管部门

    B. 有权审批该项目的建设行政主管部门

    C. 授予环境影响评价资质的环境保护行政主管部门

    D. 由项目所在地的人民政府

68. 依据《环境影响评价法》，专项规划的编制机关对可能造成不良环境影响并且会涉及公众环境权益的规划，应当在该规划草案（   ），举行论证会、听证会，或者采取其他形式，征求有关单位、专家和公众对环境影响报告书草案的意见。

    A. 报送审批前   B. 报送审批过程中

    C. 报送审批后   D. 正式批准前

69. 依据《环境影响评价法》，建设项目环境影响评价文件，由（   ）按照国务院的规定报有审批权的环境保护行政主管部门审批。

    A. 评价单位   B. 专家评审组

    C. 建设单位   D. 地方人民政府

70. 某高速公路建设项目的环境影响评价文件，依据《环境影响评价法》的规定，应（   ）。

    A. 直接报交通行政主管部门审批

    B. 直接报环境保护行政主管部门审批

    C. 经环境保护行政主管部门审核并签署意见后，报交通行政主管部门批准

    D. 经交通行政主管部门预审后，报环境保护行政主管部门审批

71. 依据《固体废物污染环境防治法》，产生危险废物的单位，必须按照国家有关规定处置危险废物，不处置的，（   ）。

    A. 由所在地县级以上地方人民责令限期改正

    B. 由所在地县级以上地方人民政府环境保护行政主管部门责令限期改正

    C. 由所在地县级以上地方人民政府责令限期治理

    D. 由所在地县级以上地方人民政府环境保护行政主管部门责令限期治理

72. 依据《固体废物污染环境防治法》，跨行政区域转移危险废物的，必须按照国家有关规定填写（   ）。

    A. 危险废物转移许可证申请   B. 危险废物转移申报表

    C. 危险废物转移许可表   D. 危险废物转移联单

73. 勘探开发海洋石油，必须按有关规定编制（   ），报国家海洋行政主管部门审查批准。

    A. 海洋环境保护规划   B. 海洋开发规划

    C. 溢油应急计划   D. 海域环境规划

74. 下列不属于环境保护行政主管部门在批准设置入海排污口之前，必须征求意见的部门的是（   ）。

    A. 海事部门   B. 当地政府

    C. 军队环境保护部门   D. 渔业行政主管部门

75. 《放射性污染防治法》规定，低、中水平放射性固体废物在符合国家规定的区域实

行（　　　）。

    A. 安全填埋   B. 集中封存   C. 深地质处置   D. 近地表处置

76.《中华人民共和国水法》规定，国家鼓励开发、利用水能资源，在水能丰富的河流，应当有计划地进行（　　　）。

    A. 多层次立体开发   B. 多目标梯级开发

    C. 兼顾生态环境保护的综合开发   D. 科学、合理、充分开发

77. 节约资源是我国的基本国策，国家实施（　　　）的能源发展战略。

    A. 节能减排   B. 节约与开发并举、把节约放在首位

    C. 清洁、高效   D. 节能与环保并重

78. 根据《防沙治沙法》，（　　　）部门负责组织、协调、指导全国防沙治沙工作。

    A. 国务院   B. 国务院环境保护行政主管部门

    C. 国务院林业行政主管部门   D. 国务院农业行政主管部门

79. 根据《中华人民共和国草原法》，对于已造成沙化、盐碱化、石漠化的已垦草原，应当（　　　）。

    A. 退耕还草   B. 罚款   C. 责令改正   D. 限期治理

80.《中华人民共和国文物保护法》规定，需要迁移全国重点文物保护单位的，须由（　　　）批准。

    A. 省、自治区、直辖市人民政府

    B. 国务院

    C. 核定公布该文物保护单位的人民政府

    D. 国务院文物行政部门

81.《中华人民共和国森林法》规定，禁止在（　　　）和特种用途林内砍柴、放牧。

    A. 防护林   B. 经济林   C. 护岸林   D. 幼林地

82. 根据《中华人民共和国渔业法》的规定，在鱼、虾、蟹洄游通道建闸、筑坝，对渔业资源有严重影响的，建设单位应当（　　　）或者采取其他补救措施。

    A. 建造隔离设施   B. 避开洄游时间进行建设

    C. 缴纳渔业资源费   D. 建造过鱼设施

83. 以下与国家占用耕地补偿制度不符的是（　　　）。

    A. 国家严格控制耕地转为非耕地

    B. 非农业建设经批准占用耕地的，按照"占多少，垦多少"的原则，由占用耕地的单位负责开垦与所占用耕地的数量相当的耕地

    C. 非农业建设经批准占用耕地，且没有条件开垦或者开垦的耕地不符合要求的，应当按照省、自治区、直辖市的规定缴纳耕地开垦费

    D. 省、自治区、直辖市人民政府应当监督占用耕地的单位按照计划开垦耕地或者按照计划组织开垦耕地，并进行验收

84. 根据《中华人民共和国土地管理法》的规定，下列行为中不一定由国务院批准的是（　　　）。

    A. 省、自治区、直辖市人民政府批准的道路、管线工程和大型基础设施建设项目，涉及农用地转为建设用地的

    B. 国务院批准的建设项目占用土地，涉及农用地转为建设用地的

    C. 为实施土地利用总体规划而将农用地转为建设用地的

    D. 征用基本农田的

85. 以下说法不符合《野生动物保护法》相关规定的是（　　　）。

A. 国家重点保护的野生动物分一级和二级

B. 地方重点保护的野生动物名录，由省、自治区、直辖市政府制定并公布，报国务院备案

C. 国家保护的有益的或者有重要经济、科学研究价值的陆生野生动物名录及其调整，由国务院野生动物行政主管部门制定并公布

D. 各级环保部门应当监视、监测环境对野生动物的影响

86. 城市、县、镇人民政府应当根据城市总体规划、镇总体规划、土地利用总体规划和年度计划以及国民经济和社会发展规划，制定近期建设规划，以下不属于近期建设规划应当包括的重点内容的是（　　　　）。

    A. 公共服务设施   B. 生态环境保护

    C. 居民住房建设   D. 重要基础设施

87. 因科学研究的需要，必须进入国家级自然保护区核心区从事科学研究观测、调查活动的，必须经（　　　　）批准。

    A. 自然保护区管理机构

    B. 自然保护区所在地的地方人民政府

    C. 省级以上人民政府有关自然保护区行政主管部门

    D. 国务院有关自然保护区行政主管部门

88. 经国务院批准占用基本农田兴建国家重点建设项目的，必须遵守国家有关建设项目环境保护管理的规定。在建设项目环境影响报告书中，应当有（　　　　）方案。

    A. 基本农田保护   B. 基本农田用地补偿

    C. 基本农田环境保护   D. 基本农田开发

89. 以下建设项目不适用《防治海岸工程建设项目污染损害海洋环境管理条例》的是（　　　　）。

    A. 造船厂   B. 拆船厂   C. 码头   D. 港口

90. 《中华人民共和国文物保护法》规定，在文物保护单位的建设控制地带内进行建设工程，不得（　　　　）。

    A. 改变文物保护单位的性质   B. 改变文物保护单位的内容

    C. 阻碍文物保护单位交通   D. 破坏文物保护单位的历史风貌

91. 《中华人民共和国环境影响评价法》规定，规划环评文件的受理机构是（　　　　）。

    A. 当地规划局   B. 当地人民政府

    C. 当地环境保护主管部门   D. 规划审批机构

92. 根据《中华人民共和国防洪法》，修建桥梁、码头和其他设施，必须按照国家规定的防洪标准所确定的（　　　　）进行，不得缩窄行洪通道。

    A. 河深   B. 河宽   C. 水位高度   D. 流量

93. 某环境影响评价工程师脱离环境影响评价及相关业务工作岗位2年，其将受到的处罚是（　　　　）。

    A. 通报批评   B. 暂停业务   C. 注销登记   D. 以上都不是

94. 根据《中华人民共和国草原法》，下列草原应当退耕还草的是（　　　　）。

    A. 已造成沙化的草原   B. 水土流失严重的已垦草原

    C. 已造成盐碱化的草原   D. 已造成石漠化的草原

95. 《"十二五"节能减排综合性工作方案》提出，对城市污水处理设施建设严重滞后、收费政策不落实、污水处理厂建成后一年内实际处理水量达不到设计能力的（　　　　），以及已建成污水处理设施但无故不运行的地区，暂缓审批该城市项目环评。

    A. 50%   B. 55%   C. 60%   D. 65%

96. 以下不需编制环境影响报告书的项目是（　　　　）。

　　A. 新建铁路建设项目　　　　　　　　B. 工业废水集中处理工程建设项目

　　C. 南海油田建设项目　　　　　　　　D. 220kV 输变电工程建设项目

97. 根据《建设项目环境影响评价资质管理办法》，评价机构每年须填写"建设项目环境影响评价机构年度业绩报告表"，并于次年 3 月底前报（　　　　）。

　　A. 国家环境保护总局　　　　　　　　B. 所在地省级环境保护行政主管部门

　　C. 所在地市级环境保护行政主管部门　D. 所在地环评主管部门

98. 中国首次从宪法的层面对环境保护作出明确规定的是（　　　）年修订的《中华人民共和国宪法》。

　　A. 1954　　　　　　B. 1975　　　　　　C. 1978　　　　　　D. 1982

99. 环境标准体系中的（　　　）是确认某排污行为是否合法的依据。

　　A. 环境质量标准　　　　　　　　　　B. 污染物排放标准

　　C. 环境样品标准　　　　　　　　　　D. 环境基础标准与环境方法标准

100. 根据《基本农田保护条例》，经国务院批准的重点建设项目占用基本农田的，连续（　　　）年未使用的，经国务院批准，由县级以上人民政府无偿收回用地单位的土地使用权。

　　A. 2　　　　　　　　B. 3　　　　　　　　C. 4　　　　　　　　D. 5

二、不定项选择题（共 50 题，每题 2 分。每题的备选项中至少有 1 个符合题意，多选、错选、少选均不得分）

1. 环境保护部负责制定并颁布实施的环境保护标准有（　　　　）。

　　A. 环境质量标准　　　　　　　　　　B. 污染物排放标准

　　C. 环境基础标准　　　　　　　　　　D. 环境方法标准

　　E. 环境标准样品标准

2. 某企业于 2007 年 5 月 31 日接到当地环境保护局的行政处罚通知书，但其不服，为维护自身合法权益，按照《环境保护法》的规定，该企业可以（　　　　）。

　　A. 于 2007 年 6 月 15 日前申请复议

　　B. 于 2007 年 6 月 30 日前申请复议

　　C. 于 2007 年 6 月 15 日前向人民法院起诉

　　D. 于 2009 年 5 月 31 日前向人民法院起诉

3. 位于北京市朝阳区的某高架桥建设项目未按照环境报告书安装隔音设施便已通车，按照《环境保护法》的规定，应对其实施（　　　）的行政处罚。

　　A. 责令停止使用　　　　　　　　　　B. 警告

　　C. 罚款　　　　　　　　　　　　　　D. 限期治理

　　E. 延期使用

4. 某化工厂排放的污染物造成附近农田土壤严重污染、农作物大面积死亡，农田承包人要求该化工厂予以赔偿，但被化工厂拒绝。为维护自身合法权益，按照《环境保护法》的规定，农田承包人可（　　　　）。

　　A. 请求当地环保局进行处理　　　　　B. 直接向法院提起民事诉讼

　　C. 向当地环保局提起行政复议　　　　D. 直接向人民法院提起行政诉讼

　　E. 向公安机关报案

5. 按照评价对象，环境影响评价可以分为（　　　　）。

　　A. 规划的环境影响评价　　　　　　　B. 建设项目环境影响评价

C. 大气环境影响评价　　　　　　　　　D. 水环境影响评价

E. 环境质量现状评价

6. 下列规划中需要编制有关环境影响的篇章或者说明的是（　　　　）。

A. 设区的市级以上土地利用总体规划　　B. 设区的市级以上种植业发展规划

C. 省级及设区的市级畜牧业发展规划　　D. 全国防洪规划

E. 省及设区的市级旅游区的发展总体规划

7. 依照《环境影响评价法》的规定，天津市工业发展规划的环境影响报告书应当包括下列内容（　　　　）。

A. 实施该规划对环境可能造成影响的分析、预测和评估

B. 预防或者减轻不良环境影响的对策和措施

C. 环境影响评价的结论

D. 环境生态影响调查报告

E. 环境保护设施验收检测报告

8. 在建设项目的建设、运行过程中产生不符合经审批的环境影响评价文件的情形的，（　　　　）。

A. 建设单位应当组织环境影响的后评价

B. 建设单位应当采取改进措施

C. 建设单位应当报原环境影响评价文件审批部门备案

D. 建设单位应当报原建设项目审批部门备案

E. 原环境影响评价文件审批部门应当责成建设单位进行环境影响的后评价

9. 按照《建设项目环境保护管理条例》的规定，环评文件已通过批准的建设项目的初步设计，应当按照环境保护设计规范的要求，编制环境保护篇章，并依据经批准的建设项目环评文件，在其中（　　　　）。

A. 落实防治环境污染的措施　　　　　　B. 落实防治生态破坏的措施

C. 落实节约能源的措施　　　　　　　　D. 落实环境保护设施投资概算

E. 落实环境保护设施投资预算

10. 按照《建设项目环境保护管理条例》的规定，建设项目试生产期间，建设单位应当对（　　　　）进行监测。

A. 环境保护设施运行情况　　　　　　　B. 生态保护措施实施情况

C. 节能减排措施实施情况　　　　　　　D. 建设项目对环境的影响

E. 建设项目对生态的影响

11. 按照《建设项目环境保护管理条例》的规定，工业建设项目应当采取的防止环境污染和生态破坏的措施包括（　　　　）。

A. 采用能耗物耗小的清洁生产工艺　　　B. 采用污染物产生量少的清洁生产工艺

C. 合理利用自然资源　　　　　　　　　D. 节约能源

E. 优化生产工艺，大力推进循环经济

12. 建设在居民区的某羽绒（毛）加工企业建设项目，按照现行相关法律法规之规定，可在（　　　　）阶段征求公众对该项目可能造成环境影响的意见。

A. 可行性研究　　　　　　　　　　　　B. 环境影响评价

C. 环评文件审批　　　　　　　　　　　D. 建成试营业

E. 正式营业

13. 某市拟在居民区附近建设一座床位约为 600 张的医院，依照《环境影响评价公众参与暂行办法》的规定，建设单位应当在确定了承担环境影响评价工作的环境影响评价机构后

7日内，向公众公告的信息包括（　　　　）。
    A. 该建设项目可行性研究情况
    B. 该建设项目立项审批情况
    C. 编制环境影响报告书的机构情况
    D. 建设项目的建设单位情况
    E. 征求公众意见的主要事项

14. 依据《环境影响评价公众参与暂行办法》的规定，建设单位应当在报送环境保护行政主管部门审批或者重新审核前，向公众公告的内容包括（　　　　）。
    A. 建设项目对环境可能造成影响的概述
    B. 预防或者减轻不良环境影响的对策和措施的要点
    C. 环境影响报告书提出的环境影响评价结论的要点
    D. 公众查阅环境影响报告书的方式和期限
    E. 征求公众意见的范围和主要事项

15. 按照《环境影响评价公众参与暂行办法》的规定，（　　　　）在环评过程中应当采用便于公众知悉的方式，向公众公开有关环境影响评价的信息。
    A. 应当编制环境影响报告书的建设项目的建设单位
    B. 编制环境影响报告书的环评机构
    C. 预审环境影响报告书的行业主管部门
    D. 审批环境影响报告书的环境保护行政主管部门
    E. 重新审核环境影响报告书的环境保护行政主管部门

16. 规划环境影响的跟踪评价应当包括的内容有（　　　　）。
    A. 规划实施后实际产生的环境影响与环境影响评价文件预测可能产生的环境影响之间的比较分析和评估
    B. 规划实施中所采取的预防或者减轻不良环境影响的对策和措施有效性的分析和评估
    C. 公众对规划实施所产生的环境影响的意见
    D. 规划实施后的环境经济综合评价
    E. 跟踪评价的结论

17. 依照《环境影响评价公众参与暂行办法》的规定，建设单位或者其委托的环境影响评价机构决定以座谈会或者论证会的方式征求公众意见的，应当根据（　　　　），合理确定座谈会或者论证会的主要议题。
    A. 项目周边情况
    B. 环境影响的范围
    C. 环境影响的程度
    D. 环境因素
    E. 评价因子

18. 以下应当编制环境影响报告表的项目有（　　　　）。
    A. 制糖厂建设项目
    B. 新建大中型防洪工程建设项目
    C. 海洋自然保护区内的食盐加工项目
    D. 生活垃圾集中转运站建设项目
    E. 疗养院建设项目

19. 以下应当编制环境影响报告书的项目有（　　　　）。
    A. 核电厂建设项目
    B. 高尔夫球场建设项目
    C. 某卫生站建设项目
    D. 缆车建设项目
    E. 煤炭气化车间建设项目

20. 根据《循环经济促进法》，开采矿产资源，应当统筹规划，制定合理的开发利用方案，采用合理的开采顺序、方法和选矿工艺。采矿许可证颁发机关应当对申请人提交的开发利用方案中的（　　　）等指标依法进行审查；审查不合格的，不予颁发采矿许可证。

    A. 开采回采率   B. 采矿贫化率

    C. 选矿回收率   D. 矿山水循环利用率

    E. 土地复垦率

21. 依照相关法律、法规之规定，下列人员可以申请参加环境影响评价工程师职业资格考试的是（　　　）。

    A. 取得环境科学专业大专学历，从事环境影响评价工作满 7 年

    B. 取得生物科学专业学士学位，从事环境影响评价工作满 5 年

    C. 取得建筑学专业学士学位，从事环境影响评价工作满 5 年

    D. 取得化学专业硕士学位，从事环境影响评价工作满 2 年

    E. 取得生态学专业博士学位，从事环境影响评价工作满 1 年

22. 依照相关法律、法规之规定，评价机构经环境保护部审查合格，取得《建设项目环境影响评价资质证书》后，应当在资质证书规定的（　　　）内从事环境影响评价技术服务。

    A. 资质等级   B. 营业范围

    C. 评价范围   D. 地域范围

    E. 行业范围

23. 依照《建设项目环境影响评价资质管理办法》的规定，评价机构有下列（　　　）情形之一的，环境保护部注销其评价资质。

    A. 资质证书有效期满未申请延续的

    B. 法人资格终止的

    C. 年度考核不合格的

    D. 在环境影响评价工作中不负责任或者弄虚作假，致使环境影响评价文件失实的

    E. 超越评价资质等级、评价范围提供环境影响评价技术服务的

24. 以下属于环境保护部应及时向社会公告的是（　　　）。

    A. 被吊销资质证书的评价机构   B. 被注销评价资质的评价机构

    C. 被取消评价资质的评价机构   D. 被降低资质等级的评价机构

    E. 被缩减评价范围的评价机构

25. 以下关于建设项目竣工环境保护验收的说法，符合《建设项目竣工环境保护验收管理办法》的是（　　　）。

    A. 建设项目竣工环境保护验收实施分类管理

    B. 对主要因排放污染物对环境产生污染和危害的建设项目，建设单位应提交环境保护验收调查报告（表）

    C. 对主要对生态环境产生影响的建设项目，建设单位应提交环境保护验收监测报告（表）

    D. 环境保护验收监测报告（表），由建设单位委托有相应资质的环境监测站或环境放射性监测站编制

    E. 承担该建设项目环境影响评价工作的单位可同时承担该建设项目环境保护验收调查报告（表）的编制工作

26. 某建设项目已竣工，依据《建设项目竣工环境保护验收管理办法》，该项目须满足建设项目竣工环境保护验收的条件包括（　　　）。

    A. 建设前期环境保护审查、审批手续完备，技术资料与环境保护档案资料齐全

B. 环境保护设施及其他措施等已按批准的环评和设计文件的要求建成或者落实

C. 环境监测项目、点位、机构设置及人员配备，符合环评文件和有关规定的要求

D. 对环境保护敏感点进行的环境影响验证工作已按规定要求完成

E. "区域削减"措施已得到落实

27. 以下可以接受建设单位委托编制环境保护验收调查报告（表）的单位是（　　　）。

A. 具有相应资质的环境监测站

B. 具有相应资质的环境放射性监测站

C. 具有相应资质并承担该建设项目的环境影响评价单位

D. 具有相应资质但未承担该建设项目环评的其他环境影响评价单位

E. 当地环境保护主管部门

28. 向大气排放含放射性物质的（　　　），必须符合国家有关放射性防护的规定，不得超过规定的排放标准。

A. 气体　　　　B. 液体　　　　C. 固体　　　　D. 气溶胶　　　　E. 水溶胶

29. 依据《大气污染防治法》，有权将尚未达到规定的大气环境质量标准的区域和国务院批准划定的酸雨控制区、二氧化硫污染控制区，划定为主要大气污染物排放总量控制区的是（　　　）。

A. 国务院
B. 环境保护部

C. 各省、自治区、直辖市人民政府
D. 县级以上人民政府

E. 各省、自治区、直辖市环保局

30. 《固体废物污染环境防治法》中定义的固体废物"处置"包括（　　　）。

A. 最终置于符合环保要求的填埋场
B. 提取物质作为燃料

C. 改变固体废物理化特性的方法
D. 焚烧

31. 《关于加强产业园区规划环境影响评价有关工作的通知》提出，产业园区的定位及（　　　）等发生重大调整或者修订的，应当及时重新开展规划环境影响评价工作。

A. 功能　　　B. 范围　　　C. 布局　　　D. 结构　　　E. 规模

32. 国务院《促进产业结构调整暂行规定》施行后废止的相关产业目录包括（　　　）。

A. 《当前国家重点鼓励发展的产业、产品和技术目录（2000 年修订）》

B. 《淘汰落后生产能力、工艺和产品的目录（第一批、第二批、第三批）》

C. 《外商投资产业指导目录（2000 年修订）》

D. 《工商投资领域制止重复建设目录（第一批）》

33. 以下关于防治环境噪声污染的措施，说法正确的是（　　　）。

A. 在城市范围内向周围生活环境排放工业噪声的，应当符合国家规定的工业企业厂界环境噪声排放标准

B. 在城市市区噪声敏感建筑物集中区域内，禁止在夜间进行一切产生环境噪声污染的建筑施工作业

C. 在城市市区噪声敏感建筑物集中区域内，禁止任何单位、个人使用高音广播喇叭

D. 在噪声敏感建筑物集中区域内，造成严重环境噪声污染的企业事业单位，一律停产或搬迁

E. 在噪声敏感建筑物集中区域内，造成严重环境噪声污染的企业事业单位，当地县级以上人民政府应责令其限期治理

34. 依据《固体废物污染环境防治法》，（　　　）依法被列入强制回收目录的产品和包装物的企业，必须按照国家有关规定对该产品和包装物进行回收。

A. 设计　　　B. 生产　　　C. 销售　　　D. 进口　　　E. 使用

35. 以下关于企业自产工业固体废物处理的说法，符合《固体废物污染环境防治法》的是（　　　　）。

    A. 企业事业单位应当根据经济、技术条件对废物加以利用

    B. 对其产生的暂时不利用的工业固体废物，可作为工业原料在原料仓库中进行短时间贮存

    C. 对其产生的暂时不利用的工业固体废物，必须按照规定建设贮存设施、场所

    D. 对其产生的暂时不利用的工业固体废物，必须安全分类存放

    E. 对其产生的不能利用的工业固体废物，必须采取无害化处置措施

36. 下列属于《海洋环境保护法》规定的禁止向海域排放的是（　　　　）。

    A. 油类、酸液、碱液、剧毒废液

    B. 低水平放射性废水

    C. 高、中水平放射性废水

    D. 含有不易降解的有机物和重金属的废水

    E. 含病原体的医疗污水、生活污水和工业废水

37. 关于核设施的环境影响评价书的审批，以下说法正确的是（　　　　）。

    A. 核设施选址的环境影响报告书由国务院环境保护行政主管部门审查批准

    B. 核设施选址的环境影响报告书由省级以上人民政府环境保护行政主管部门审查批准

    C. 开发利用铀矿的环境影响报告书由国务院环境保护行政主管部门审查批准

    D. 开发利用伴生放射性矿的环境影响报告书由国务院环境保护行政主管部门审查批准

    E. 开发利用伴生放射性矿的环境影响报告书由省级以上人民政府环境保护行政主管部门审查批准

38.《中华人民共和国节约能源法》规定，新建建筑或者对既有建筑进行节能改造，应当按照规定安装（　　　　）。

    A. 用热计量装置   B. 太阳能利用装置   C. 室内温度调控装置

    D. 保温隔热装置   E. 供热系统调控装置

39. 下列符合《防沙治沙法》中沙化土地封禁保护区相关规定的是（　　　　）。

    A. 建立沙化土地封禁保护区的区域内的农牧民必须尽快迁出

    B. 严禁在沙化土地封禁保护区范围内修建公路

    C. 沙化土地封禁保护区的范围，由全国防沙治沙规划以及省、自治区、直辖市防沙治沙规划确定

    D. 禁止在沙化土地封禁保护区范围内安置移民

    E. 因保护生态的需要不宜开发利用的连片沙化土地应当规划为沙化土地封禁保护区

40. 根据《中华人民共和国森林法》，我国的森林分为（　　　　）。

    A. 防护林   B. 用材林   C. 经济林   D. 薪炭林   E. 特种用途林

41. 根据《中华人民共和国水土保持法》的规定，在（　　　　）以及水土保持规划确定的容易发生水土流失的其他区域开办可能造成水土流失的生产建设项目，生产建设单位应当编制水土保持方案，报县级以上人民政府水行政主管部门审批。

    A. 干旱区   B. 山区   C. 丘陵区   D. 风沙区   E. 高原区

42. 根据《中华人民共和国城乡规划法》，城乡规划包括（　　　　）。

    A. 区域规划   B. 城镇体系规划   C. 城市规划

    D. 镇规划   E. 乡规划和村庄规划

43. 以下说法符合《中华人民共和国河道管理条例》相关规定的是（　　　　）。

A. 修建桥梁、码头和其他设施，应按照当地环保机构确定的河宽进行

B. 桥梁和栈桥的梁底必须高于设计洪水位

C. 跨越河道的管道、线路的净空高度必须符合防洪和航运的要求

D. 城镇建设和发展不得占用河道滩地

E. 沿河城镇在编制和审查城镇规划时，应先经河道主管机关批准

44. 以下应当划入基本农田保护区的是（　　　　）。

A. 粮、棉、油生产基地内的耕地

B. 蔬菜生产基地

C. 农业科研、教学试验田

D. 城市和村庄、集镇建设用地区周边的耕地

E. 需要退耕还林、还牧、还湖的耕地

45. 为防止海岸工程项目污染海洋环境应采取的措施包括（　　　　）。

A. 建设港口、码头，应当设置防污设施

B. 建设岸边造船厂、修船厂，应当设置残油、废油接收处理设施

C. 修筑海堤，必须采用措施，不得损害生态环境及水产资源

D. 不得兴建可能导致重点保护的野生动植物生存环境污染和破坏的海岸工程

E. 建设滨海核电站和其他核设施，必须严格遵守国家有关核环境保护和放射防护的规定及标准

46. 《全国生态环境保护纲要》规定的严禁进行采矿的区域包括（　　　　）。

A. 地质公园　　　　　　B. 生态功能保护区　　　　　　C. 自然保护区

D. 森林公园　　　　　　E. 风景名胜区

47. 《循环经济促进法》规定，企业应当发展（　　　　），以提高水的重复利用率。

A. 串联用水系统　　　　B. 多级用水系统　　　　C. 循环用水系统

D. 高效用水系统　　　　E. 梯级用水系统

48. 《国家重点生态功能保护区规划纲要》中提出的主要任务之一"合理引导产业发展"，具体内容包括（　　　　）。

A. 限制损害区域生态功能的产业扩张　　　　B. 推广清洁能源

C. 发展资源环境可承载的特色产业　　　　D. 合理开发利用海洋资源

49. 关于《促进产业结构调整暂行规定》和《产业结构调整指导目录（2005）》，下列说法正确的是（　　　　）。

A. 两者的发布机关均是国务院

B. 两者的发布机关均是国家发展和改革委员会

C. 前者的发布机关是国务院，后者的发布机关是国家发展和改革委员会

D. 前者是行政法规，后者是部门规章

E. 对于"允许类"的规定只在前者中有

50. 根据环境影响评价工程师职业资格登记的相关规定，注销登记人员符合下列（　　　　）情形的，可申请重新登记。

A. 登记有效期满1年未办理再次登记，自注销登记之日起已满1年的

B. 再次登记时工作业绩或者继续教育学时不符合要求，自注销登记之日起已满1年的

C. 以他人名义或允许他人以本人名义从事环境影响评价及相关业务，自注销登记之日起已满3年的

D. 因环境影响评价及相关业务工作失误，造成严重环境污染和生态破坏后果，自注销登记之日起已满3年的

E. 以不正当手段取得环境影响评价工程师职业资格登记，自注销登记之日起已满3年的

模拟试卷五答案

一、单项选择题

1. A	2. C	3. C	4. A	5. A	6. C	7. C	8. D	9. D	10. C
11. B	12. C	13. D	14. B	15. B	16. C	17. B	18. B	19. C	20. D
21. C	22. A	23. A	24. D	25. B	26. D	27. A	28. C	29. D	30. C
31. A	32. D	33. A	34. B	35. D	36. B	37. D	38. B	39. B	40. B
41. C	42. D	43. A	44. B	45. D	46. C	47. C	48. A	49. D	50. B
51. C	52. B	53. B	54. A	55. C	56. A	57. C	58. A	59. C	60. C
61. A	62. A	63. D	64. B	65. B	66. B	67. C	68. A	69. C	70. D
71. B	72. D	73. C	74. B	75. D	76. B	77. B	78. C	79. D	80. B
81. D	82. D	83. B	84. C	85. D	86. C	87. C	88. C	89. D	90. D
91. D	92. B	93. D	94. B	95. C	96. D	97. A	98. C	99. B	100. A

二、不定项选择题

1. ABCDE	2. AC	3. AC	4. AB	5. AB
6. AD	7. ABC	8. ABCD	9. ABD	10. AD
11. ABC	12. BC	13. CDE	14. ABCE	15. ABDE
16. ABCE	17. BCDE	18. CDE	19. ABDE	20. ABCDE
21. ABDE	22. AC	23. AB	24. ACDE	25. AD
26. ABC	27. ABD	28. AD	29. AC	30. ACD
31. BCDE	32. ABD	33. ACE	34. BCD	35. ACDE
36. AC	37. ACE	38. ACE	39. CDE	40. ABCDE
41. BCD	42. BCDE	43. BCD	44. ABCD	45. CDE
46. BCDE	47. AC	48. ABC	49. CE	50. ABCE

模拟试卷答案解析

模拟试卷一答案解析

一、单项选择题

3. 依照《环境影响评价法》第十四条的规定，设区的市级以上人民政府或者省级以上人民政府有关部门在审批专项规划草案时，应当将环境影响报告书结论以及审查意见作为决策的重要依据。在审批中未采纳环境影响报告书结论以及审查意见的，应当作出说明，并存档备查。故应选 C。

6. 依照《环境影响评价法》第二十三条第二款的规定，建设项目可能造成跨行政区域的不良环境影响，有关环境保护行政主管部门对该项目的环境影响评价结论有争议的，其环境影响评价文件由共同的上一级环境保护行政主管部门审批。故应选 D。

9. 《环境影响评价法》第十一条第二款规定，编制机关应当认真考虑有关单位、专家和公众对环境影响报告书草案的意见，并应当在报送审查的环境影响报告书中附具对意见采纳或者不采纳的说明。故应选 C。

10. 依据《建设项目环境影响评价分类管理名录》的规定只有煤气生产、有色金属合金制造两个皆为应当编制环境影响报告书的项目。故只能选 C。

13. 我国环境保护法律法规体系包括宪法关于环境保护的条文、环境保护基本法、环境保护单行法、环境保护行政法规、环境保护部门规章、环境保护地方性法规及规章、环境标准、环境保护国际公约，饮用水水源保护区划分技术规范是由国家环境保护总局制定并颁布实施的行业标准，属于环境保护标准中的方法标准。

14. 按照现行法律规定，凡颁布地方污染物排放标准的地区，执行地方污染物排放标准，地方标准未作出规定的，仍执行国家标准。

15. 不同位阶的法律法规的规定有冲突的，应按照位阶高的规定执行。《环境影响评价法》为法律，而《北京市实施〈大气污染防治法〉实施细则》为地方行政法规，因《环境影响评价法》的位阶较高，故应遵照《环境影响评价法》的规定执行。

16. 《环境保护法》第四十六条规定："中华人民共和国缔结或者参加的与环境保护有关的国际条约，同中华人民共和国法律有不同规定的，适用国际条约的规定，但中华人民共和国声明保留的条款除外"。目前，《斯德哥尔摩公约》已对中国正式生效，且中国政府未就多氯联苯做保留。故应选 A。

17. 《环境保护法》第十条第三款规定："凡是向已有地方污染物排放标准的区域排放污染物的，应当执行地方污染物排放标准。"故应选 B。

18. 《环境保护法》第二十六条第一款规定："建设项目防治污染的设施必须经原审批环境影响报告书的环境保护行政主管部门验收合格后，该建设项目方可投入生产或者使用。"而依据《建设项目环境管理条例》的规定，核设施项目的环境影响评价报告书由国家环保总局审批。故本题应选 C。

19. 《环境保护法》第三十六条规定："建设项目的防治污染设施没有建成或者没有达到国家规定的要求，投入生产或者使用的，由批准该建设项目的环境影响报告书的环境保护行政主管部门责令停止生产或者使用，可以并处罚款。"按照规定，该项目环评文件属于省级环保部门审批范围，故应由北京市环保局实施行政处罚。

20. 1970年1月1日起正式实施的《国家环境政策法》的出台，使得美国成为世界上第一个把环境影响评价用法律固定下来并建立环境影响评价制度的国家。

30. 依据《建设项目环境影响评价资质管理办法》，光纤光缆项目属于交通运输类项目。

38. 该建设项目属于对环境可能造成重大影响的建设项目，按照《环境影响评价法》及《建设项目环境影响评价分类管理名录》的规定，应当编制环境影响报告书。而《关于建设项目环境影响评价征求公众意见法律适用问题的复函（环函〔2002〕171号）》规定，对应当编制环境影响报告书的建设项目，建设单位在其环境影响评价阶段，应当征求周围单位和居民对该项目可能造成环境影响的意见。故应选B。

39. 依照《建设项目环境影响评价分类管理名录》的规定，该建设项目属于环境敏感区建设的需要编制环境影响报告书的项目。而依照《环境影响评价公众参与暂行办法》第八条规定，在《建设项目环境影响评价分类管理名录》规定的环境敏感区建设的需要编制环境影响报告书的项目，建设单位应当在确定了承担环境影响评价工作的环境影响评价机构后7日内，向公众公告相关信息。故应选C。

43. 该项目为应编制环境影响报告书的建设项目，依据《建设项目竣工环境保护验收管理办法》，建设单位申请建设项目竣工环境保护验收时，应当提交建设项目竣工环境保护验收申请报告。

44. 该项目为应填报环境影响登记表表的建设项目，依据《建设项目竣工环境保护验收管理办法》，建设单位申请建设项目竣工环境保护验收时，应当提交建设项目竣工环境保护验收登记卡。

61. 《中华人民共和国文物保护法》第十九条规定："在文物保护单位的保护范围和建设控制地带内，不得建设污染文物保护单位及其环境的设施，不得进行可能影响文物保护单位安全及其环境的活动。对已有的污染文物保护单位及其环境的设施，应当限期治理。"故应选C。

62. 防护林和特种用途林中的国防林、母树林、环境保护林、风景林，只准进行抚育和更新性质的采伐。特种用途林中的名胜古迹和革命纪念地的林木、自然保护区的森林，严禁采伐。

65. 《水土保持法》规定，依法应当编制水土保持方案的生产建设项目，其生产建设活动中排弃的砂、石、土、矸石、尾矿、废渣等应当综合利用；不能综合利用，确需废弃的，应当堆放在水土保持方案确定的专门存放地，并采取措施保证不产生新的危害。在山区、丘陵区、风沙区以及水土保持规划确定的容易发生水土流失的其他区域开办可能造成水土流失的生产建设项目，生产建设单位应当编制水土保持方案，报县级以上人民政府水行政主管部门审批，并按照经批准的水土保持方案，采取水土流失预防和治理措施。没有能力编制水土保持方案的，应当委托具备相应技术条件的机构编制。水土保持方案应当包括水土流失预防和治理的范围、目标、措施和投资等内容。

67. 《中华人民共和国城乡规划法》规定："规划区范围、规划区内建设用地规模、基础设施和公共服务设施用地、水源地和水系、基本农田和绿化用地、环境保护、自然与历史文化遗产保护以及防灾减灾等内容，应当作为城市总体规划、镇总体规划的强制性内容。"

69. 根据《基本农田保护条例》第十条的规定，下列耕地应当划入基本农田保护区，严格管理：①经国务院有关主管部门或者县级以上地方人民政府批准确定的粮、棉、油生产基地内的耕地；②有良好的水利与水土保护设施的耕地，正在实施改造计划以及可以改造的中、低产田；③蔬菜生产基地；④农业科研、教学试验田。根据土地利用总体规划，铁路、公路等交通沿线，城市和村庄、集镇建设用地区周边的耕地，应当优先划入基本农田保护区。需要退耕还林、还牧、还湖的耕地，不应当划入基本农田保护区。故答案为 A。

83. 依据《固体废物污染环境防治法》，转移危险废物的，必须向危险废物移出地设区的市级以上地方人民政府环境保护行政主管部门提出申请。移出地设区的市级以上地方人民政府环境保护行政主管部门应当商经接受地设区的市级以上地方人民政府环境保护行政主管部门同意后，方可批准转移该危险废物。未经批准的，不得转移。转移危险废物途经移出地、接受地以外行政区域的，危险废物移出地设区的市级以上地方人民政府环境保护行政主管部门应当及时通知沿途经过的设区的市级以上地方人民政府环境保护行政主管部门。

85. 《海洋环境保护法》中规定：在有条件的地区，应当将排污口深海设置，实行离岸排放。

86. 《放射性污染防治法》规定，产生放射性固体废物的单位，应当按照国务院环境保护行政主管部门的规定，对其产生的放射性固体废物进行处理后，送交放射性固体废物处置单位处置，并承担处置费用。

90. 《中华人民共和国草原法》第十八条规定，编制草原保护、建设、利用规划，应当依据国民经济和社会发展规划并遵循下列原则：①改善生态环境，维护生物多样性，促进草原的可持续利用；②以现有草原为基础，因地制宜，统筹规划，分类指导；③保护为主、加强建设、分批改良、合理利用；④生态效益、经济效益、社会效益相结合。答案 B 与该规定的③明显不符，故选 B。

95. 根据有关要求，矿山废弃地复垦应做可垦性试验，采取最合理的方式进行废弃地复垦。对于存在污染的矿山废弃地，不宜复垦作为农牧业生产用地；对于可开发为农牧业用地的矿山废弃地，应对其进行全面的监测与评估。

97. 《防治海洋工程建设项目污染损害海洋环境管理条例》中规定的海洋工程建设项目主要包括：①围填海、海上堤坝工程；②人工岛、海上和海底物资储藏设施、跨海桥梁、海底隧道工程；③海底管道、海底电（光）缆工程；④海洋矿产资源勘探开发及其附属工程；⑤海上潮汐电站、波浪电站、温差电站等海洋能源开发利用工程；⑥大型海水养殖场、人工鱼礁工程；⑦盐田、海水淡化等海水综合利用工程；⑧海上娱乐及运动、景观开发工程。而码头属于海岸工程建设项目。

二、不定项选择题

1. 我国环境保护法律法规体系包括宪法关于环境保护的条文、环境保护基本法、环境保护单行法、环境保护行政法规、环境保护部门规章、环境保护地方性法规及规章、环境标准、环境保护国际公约，上述选项中，A 项为环境保护单行法，B 项为环境保护行政法规，C 项为环境标准，D 项为环境公约，均属于我国环境保护法律法规体系范畴之列。

2. 地方环境保护局只能制定地方环境质量标准和污染物排放标准，故只能选 AB 两项。

3. 《环境保护法》第二十四条规定："产生环境污染和其他公害的单位，必须把环境保护工作纳入计划，建立环境保护责任制度；采取有效措施，防治在生产建设或者其他活动中产生的废气、废水、废渣、粉尘、恶臭气体、放射性物质以及噪声、振动、电磁波辐射等对环境的污染和危害。"D 项所指不确切。

4. 《环境保护法》第三十七条规定："未经环境保护行政主管部门同意，擅自拆除或者闲置防治污染的设施，污染物排放超过规定的排放标准的，由环境保护行政主管部门责令重新安装使用，并处罚款。"故应选 BC。

5. 综合性规划是指土地利用的有关规划，"区域、流域、海域"的建设、开发利用规划等具有综合性、长期性、战略性和强制性等特点的规划。设区的市级以上种植业发展规划、省级及设区的市级畜牧业发展规划和省及设区的市级旅游区的发展总体规划属于专项规划。

6. 需要编制环境影响报告书的规划是专项规划，按照《环境影响评价法》第八条的规定，国务院有关部门、设区的市级以上地方人民政府及其有关部门组织编制的工业、农业、畜牧业、林业、能源、水利、交通、城市建设、旅游、自然资源开发的有关专项规划（以下简称专项规划），应当组织进行环境影响评价。专项规划中的指导性规划，需要编制有关环境影响的篇章或者说明。土地利用规划属于综合规划、北京市旅游指导规划属于专项规划中的指导性规划，应当编制有关环境影响的篇章或者说明，密云县属县级地方人民政府，不符合主体要求，故应选 AC。

8. 依照《环境影响评价法》第二十三条的规定，国务院环境保护行政主管部门负责审批下列建设项目的环境影响评价文件：①核设施、绝密工程等特殊性质的建设项目；②跨省、自治区、直辖市行政区域的建设项目；③由国务院审批的或者由国务院授权有关部门审批的建设项目。故应全选。

11. 《水污染防治法》规定，禁止向水体排放油类、酸液、碱液或者剧毒废液；向水体排放含热废水时，需采取措施，保证水体的水温符合水环境质量标准；排放含病原体的污水，必须经过消毒处理；符合国家有关标准后，方准排放。故 BE 项不能入选。

14. 《环境噪声污染防治法》规定，对经限期治理逾期未完成治理任务的企业事业单位，环境保护行政主管部门可以根据其所造成的危害后果处以罚款，或者由县级以上人民政府责令停产、搬迁、关闭；在城市市区噪声敏感建筑物集中区域内使用高音广播喇叭，由公安机关给予警告，可以并处罚款。故 A、B 两项的说法是错误的，应当入选。

16. 依据《固体废物污染环境防治法》，产生工业固体废物的单位必须按照国务院环境保护行政主管部门的规定，向所在地县级以上地方人民政府环境保护行政主管部门提供工业固体废物的种类、产生量、流向、贮存、处置等有关资料。

17. 《海洋环境保护法》规定，入海排污口位置的选择，应当根据海洋功能区划、海水动力条件和有关规定，经科学论证后，报设区的市级以上人民政府环境保护行政主管部门审查批准。在有条件的地区，应当将排污口深海设置，实行离岸排放。禁止向海域排放高、中水平放射性废水。含病原体的医疗污水、生活污水和工业废水必须经过处理，符合国家有关排放标准后，方能排入海域。故本题答案应为 ADE 三项。

18. 《清洁生产促进法》中规定，清洁生产，是指不断采取改进设计、使用清洁的能源和原料、采用先进的工艺技术与设备、改善管理、综合利用等措施，从源头削减污染，提高资源利用效率，减少或者避免生产、服务和产品使用过程中污染物的产生和排放，以减轻或者消除对人类健康和环境的危害。从此概念可看出，清洁生产的基本要求是清洁能源和原料、清洁的生产过程、清洁的产品。第十一条规定，国务院经济贸易行政主管部门会同国务院有关行政主管部门定期发布清洁生产技术、工艺、设备和产品导向目录。第十二条规定，国家对浪费资源和严重污染环境的落后生产技术、工艺、设备和产品实行限期淘汰制度。国务院经济贸易行政主管部门会同国务院有关行政主管部门制定并发布限期淘汰的生产技术、工艺、设备以及产品的名录。而非环境保护行政主管部门制定淘汰目录。第二十七条规定，生产、销售被列入强制回收目录的产品和包装物的企业，必须在产品报废和包装物使用后对该产品和包装物进行回收。强制回收的产品和包装物的目录和具体回收办法，由国务院经济贸易行政主管部门制定。而非环境保护行政主管部门制定。故只有 CD 项可以入选。

19. 国家鼓励工业企业采用高效、节能的电动机、锅炉、窑炉、风机、泵类等设备，采用热电联产、余热余压利用、洁净煤以及先进的用能监测和控制等技术。

20. 《中华人民共和国草原法》第四十二条规定国家实行基本草原保护制度。下列草原应当划为基本草原，实施严格管理：重要放牧场；割草地；用于畜牧业生产的人工草地、退耕还草地以及改良草地、草种基地；对调节气候、涵养水源、保持水土、防风固沙具有特殊作用的草原；作为国家重点保护野生动植物生存环境的草原；草原科研、教学试验基地；国务院规定应当划为基本草原的其他草原。题中选项全部符合题意。

23. 《建设项目环境影响评价资质管理办法》第三条第二款规定，国家环境保护总局在确定评价资质等级的同时，根据评价机构专业特长和工作能力，确定相应的评价范围。评价范围分为环境影响报告书的 11 个小类和环境影响报告表的 2 个小类。

24. 依据《建设项目环境影响评价资质管理办法》第二十一条、第二十二条、第二十三条的规定，ADE 项为正确选项。B 项应由该机构的环境影响评价工程师主持，C 项可由该机构的环境影响评价专职技术人员主持。

26. 依据《建设项目竣工环境保护验收管理办法》的规定，BD 项为正确选项，A 项应向负责其建设项目环评文件审批的环境行政主管部门提出，C 项为三个月，E 项核设施建设项目试生产的期限最长不超过二年。

27. 《建设项目竣工环境保护验收管理办法》第十三条第一款规定，环境保护验收监测报告（表），由建设单位委托经环境保护行政主管部门批准有相应资质的环境监测站或环境放射性监测站编制。故应选 AB 两项。

29. 《大气污染防治法》明确规定，我国对严重污染大气环境的落后工艺及设备实施淘汰制度，由国务院相关部门制定名录，设备的生产者、销售者、进口者、使用者及工艺的采用者均需在规定期限内分别停止生产、销售、进口或者使用名录中的设备及停止采用名录中的工艺，淘汰的设备不得转让给他人使用。故只有 E 项不符合题意。

31. 按照《建设项目环境保护管理条例》第二十六条的规定，违反本条例规定，试生产建设项目配套建设的环境保护设施未与主体工程同时投入试运行的，由审批该建设项目环境影响报告书、环境影响报告表或者环境影响登记表的环境保护行政主管部门责令限期改正；逾期不改正的，责令停止试生产，可以处 5 万元以下的罚款。故应选 ACE。

33. 依照《环境影响评价公众参与暂行办法》第五条规定，建设单位或者其委托的环境影响评价机构在编制环境影响报告书的过程中，环境保护行政主管部门在审批或者重新审核环境影响报告书的过程中，应当依照本办法的规定，公开有关环境影响评价的信息，征求公众意见。但国家规定需要保密的情形除外。建设单位可以委托承担环境影响评价工作的环境影响评价机构进行征求公众意见的活动。建设单位、环评机构、审批环评文件的环保部门都负有征求公众意见的责任，故应选 ABC。

38. 依据《环境影响评价公众参与暂行办法》第二十四、二十五、二十六、二十八条的规定，只有 CD 项是正确的。A 项，应于 10 日前公告；B 项，代表人数不应低于 15 人；E 项，听证会应公开举行。

41. 特种用途林是以国防、环境保护、科学实验等为主要目的的森林和林木，包括国防林、实验林、母树林、环境保护林、风景林、名胜古迹和革命纪念地的林木、自然保护区的森林。水土保持林属于防护林。

43. 《野生动物保护法》规定，国家保护野生动物及其生存环境，禁止任何单位和个人非法猎捕或者破坏。地方重点保护野生动物，是指国家重点保护野生动物以外，由省、自治区、直辖市重点保护的野生动物。国务院野生动物行政主管部门和省、自治区、直辖市政府，应当在国家和地方重点保护野生动物的主要生息繁衍的地区和水域，划定自然保护区，加强对国家和地方重点保护野生动物及其生存环境的保护管理。自然保护区的划定和管理，按照国务院有关规定办理建设项目对国家或者地方重点保护野生动物的生存环境产生不利影响的，建设单位应当提交环境影响报告书；环境保护部门在审批时，应当征求同级野生动物行政主管部门的意见。C选项的"各级地方政府"所指范围过大。

45.《危险化学品安全管理条例》规定，危险化学品生产装置和储存设施与下列场所、区域的距离必须符合国家标准或者国家有关规定：①居民区、商业中心、公园等人口密集区域；②学校、医院、影剧院、体育场（馆）等公共设施；③供水水源、水厂及水源保护区；④车站、码头（按照国家规定，经批准，专门从事危险化学品装卸作业的除外）、机场以及公路、铁路、水路交通干线、地铁风亭及出入口；⑤基本农田保护区、畜牧区、渔业水域和种子、种畜、水产苗种生产基地；⑥河流、湖泊、风景名胜区和自然保护区；⑦军事禁区、军事管理区；⑧法律、行政法规规定予以保护的其他区域。故应全选。

46. 规定中必须由国家海洋主管部门核准的情形包括：①涉及国家海洋权益、国防安全等特殊性质的工程；②海洋矿产资源勘探开发及其附属工程；③50公顷以上的填海工程，100公顷以上的围海工程；④潮汐电站、波浪电站、温差电站等海洋能源开发利用工程；⑤由国务院或者国务院有关部门审批的海洋工程。因此，90公顷的围海工程不属于这一范围，而海上石油钻井平台则属于海洋矿产资源勘探开发工程。

模拟试卷二答案解析

一、单项选择题

3. 钢铁投资建设项目最低条件的相关规定为："烧结机使用面积达到180平方米及以上、焦炉炭化室高度达到4.3米及以上，高炉容积达到1000立方米及以上、转炉容积达到100吨及以上、电炉达到60吨及以上。"

15. 相同位阶的法律法规的规定有冲突的，应遵照从新的原则处理，即执行较晚出台的法律法规的规定。《环境影响评价法》自2002年起施行，而《固体废物污染环境防治法》自2005年施行，因《固体废物污染环境防治法》出台较晚。故应选B。

18.《环境保护法》第二十六条第二款规定："防治污染的设施不得擅自拆除或者闲置，确有必要拆除或者闲置的，必须征得所在地的环境保护行政主管部门同意。"该化工厂位于密云县，密云县环保局为其所在地的环境保护行政主管部门。故应选D。

19.《环境保护法》第三十九条规定："对经限期治理逾期未完成治理任务的企业事业单位，责令停业、关闭，由作出限期治理决定的人民政府决定"，根据《环境保护法》第二十九条的规定，该工厂的限期治理应由朝阳区政府决定，故责令停业、关闭亦应由朝阳区政府决定。

20. 1979年9月，《中华人民共和国环境保护法（试行）》"一切企业、事业单位的选址、设计、建设和生产，都必须注意防止对环境的污染和破坏。在进行新建、改建和扩建工程中，必须提出环境影响评价报告书，经环境保护主管部门和其他有关部门审查批准后才能进行设计"的规定标志着我国的环境影响评价制度正式确立。

22. 依据《建设项目竣工环境保护验收管理办法》，试生产的期限最长不超过一年。核设施建设项目试生产的期限最长不超过二年。

23. 依据《建设项目竣工环境保护验收管理办法》的规定，对主要因排放污染物对环境产生污染和危害的建设项目，建设单位应提交环境保护验收监测报告（表）。

26. 依据《大气污染防治法》，在集中供热管网覆盖的地区，不得新建燃煤供热锅炉。

40. 依据《建设项目环境影响评价资质管理办法》，感光材料制造项目属于化工石化加工类项目。

44.《水污染防治法》禁止将含有可溶性剧毒废渣直接埋入地下。故应选 B。

52. 按照《建设项目环境保护管理条例》第九条的规定，不需要进行可行性研究的建设项目，建设单位应当在建设项目开工前报批建设项目环境影响报告书、环境影响报告表或者环境影响登记表。其中，需要办理营业执照的，建设单位应当在办理营业执照前报批建设项目环境影响报告书、环境影响报告表或者环境影响登记表。餐馆建设项目属于典型的无需进行可行性研究但需办理营业执照的小型建设项目。故应选 D。

55. 按照《建设项目环境保护管理条例》第二十七条的规定，违反本条例规定，建设项目投入试生产超过 3 个月，建设单位未申请环境保护设施竣工验收的，由审批该建设项目环境影响报告书、环境影响报告表或者环境影响登记表的环境保护行政主管部门责令限期办理环境保护设施竣工验收手续；逾期未办理的，责令停止试生产，可以处 5 万元以下的罚款。故应选 D。

57.《建设项目环境保护管理条例》第十条第二款规定，海岸工程建设项目环境影响报告书或者环境影响报告表，经海洋行政主管部门审核并签署意见后，报环境保护行政主管部门审批。而滨海机场工程项目属于海岸工程建设项目。

62. 依据《固体废物污染环境防治法》，贮存危险废物，必须按照危险废物特性分类进行。禁止混合贮存性质不相容而未经安全性处置的危险废物。贮存危险废物必须采取符合国家环境保护标准的防护措施，并不得超过一年。禁止将危险废物混入非危险废物中贮存。

64. 海湾、半封闭海的非冲击型海岸地区和红树木、珊瑚礁生长地区及海洋特别保护区、重要渔业水域均为《海洋环境保护法》明确规定予以特殊保护的区域，故只有 C 项可以入选。

67.《中华人民共和国水法》第三十七条规定，禁止在江河、湖泊、水库、运河、渠道内弃置、堆放阻碍行洪的物体和种植阻碍行洪的林木及高秆作物。

69.《中华人民共和国防沙治沙法》第二十一条规定，在沙化土地范围内从事开发建设活动的，必须事先就该项目可能对当地及相关地区生态产生的影响进行环境影响评价，依法提交环境影响报告；环境影响报告应当包括有关防沙治沙的内容。

73.《中华人民共和国矿产资源法》第二十条规定，非经国务院授权的有关主管部门同意，不得在下列地区开采矿产资源：①港口、机场、国防工程设施圈定地区以内；②重要工业区、大型水利工程设施、城镇市政工程设施附近一定距离以内；③铁路、重要公路两侧一定距离以内；④重要河流、堤坝两侧一定距离以内；⑤国家规定的自然保护区、重要风景区，国家重点保护的不能移动的历史文物和名胜古迹所在地；⑥国家规定不得开采矿产资源的其他地区。选项 D 中"历史文物和名胜古迹所在地"说法不确切。故答案为 D。

74. 下列耕地应当根据土地利用总体规划划入基本农田保护区，严格管理：①经国务院有关主管部门或者县级以上地方人民政府批准确定的粮、棉、油生产基地内的耕地；②有良好的水利与水土保持设施的耕地，正在实施改造计划以及可以改造的中、低产田；③蔬菜生产基地；④农业科研、教学试验田；⑤国务院规定应当划入基本农田保护区的其他耕地。

75. 对废弃的砂、石、土、矸石、尾矿、废渣等存放地，应当采取拦挡、坡面防护、防洪排导等措施。生产建设活动结束后，应当及时在取土场、开挖面和存放地的裸露土地上植树种草、恢复植被。

76. 城市规划、镇规划分为总体规划和详细规划，详细规划分为控制性详细规划和修建性详细规划。

77. 经依法审定的修建性详细规划、建设工程设计方案的总平面图不得随意修改；确需修改的，城乡规划主管部门应当采取听证会等形式，听取利害关系人的意见；因修改给利害关系人合法权益造成损失的，应当依法给予补偿。

79. 《基本农田保护条例》第十七条规定，禁止任何单位和个人在基本农田保护区内建窑、建房、建坟、挖砂、采石、采矿、取土、堆放固体废弃物或者进行其他破坏基本农田活动。禁止任何单位和个人占用基本农田发展林果业和挖塘养鱼。而第二十五条规定：向基本农田保护区提供肥料和作为肥料的城市垃圾、污泥的，应当符合国家有关标准。可见选项 B 并不是禁止，而是有一定的限制条件。故答案为 B。

80. 相关规定为：设置向海域排放废水设施的，应当合理利用海水自净能力，选择好排污口的位置。采用暗沟或者管道方式排放的，出水管口位置应当在低潮线以下。

86. 依照《环境影响评价法》第二十四条第一款的规定，建设项目的环境影响评价文件经批准后，建设项目的性质、规模、地点、采用的生产工艺或者防治污染、防止生态破坏的措施发生重大变动的，建设单位应当重新报批建设项目的环境影响评价文件。故应选 A。

93. 国务院《促进产业结构调整暂行规定》中指出，"加快发展高技术产业，进一步增强高技术产业对经济增长的带动作用。"

97. 海洋工程的环境影响报告书需由海洋部门核准。ACD 都属于海岸工程。

二、不定项选择题

1. CD 项为由全国人大常委会颁布实施的环境保护单行法，A 项为环境保护行政法规，B 项为部门规章。

2. 《环境保护法》第三条规定："本法适用于中华人民共和国领域和中华人民共和国管辖的其他海域。"其中领域又分为领土、领水和领空，故应全选。

3. 《环境保护法》第二十六条规定："建设项目中防治污染的设施，必须与主体工程同时设计、同时施工、同时投产使用。"这就是通常所说的三同时制度，故应选 BCE。

4. 《环境保护法》第三十九条规定："对经限期治理逾期未完成治理任务的企业事业单位，除依照国家规定加收超标准排污费外，可以根据所造成的危害后果处以罚款，或者责令停业、关闭。"

6. 需要编制有关环境影响的篇章或者说明的规划是国务院有关部门、设区的市级以上地方人民政府及其有关部门制定的综合规划和专项规划中的指导规划，A 项属于专项规划中的指导规划，BCD 项的规划属于综合规划，故应选 ABCD。

7. 依照《环境影响评价法》第十条的规定，专项规划的环境影响报告书应当包括下列内容：①实施该规划对环境可能造成影响的分析、预测和评估；②预防或者减轻不良环境影响的对策和措施；③环境影响评价的结论。故应选 ABCD。

8. 依照《环境影响评价法》第二十四条第一款的规定，建设项目的环境影响评价文件经批准后，建设项目的性质、规模、地点、采用的生产工艺或者防治污染、防止生态破坏的措施发生重大变动的，建设单位应当重新报批建设项目的环境影响评价文件。故应全选。

11. 根据《森林法》，采伐森林和林木必须遵守如下规定：①成熟的用材林应当根据不同情况，分别采取择伐、皆伐和渐伐方式，皆伐应当严格控制，并在采伐的当年或者次年内完成更新造林；②防护林和特种用途林中的国防林、母树林、环境保护林、风景林，只准进行抚育和更新性质的采伐；③特种用途林中的名胜古迹和革命纪念地的林木、自然保护区的森林，严禁采伐；④采伐林木必须申请采伐许可证，按许可证的规定进行采伐；农村居民采伐自留地和房前屋后个人所有的零星林木除外。故只有 AB 项正确。

12. 《土地管理法》规定，国家实行基本农田保护制度。各省、自治区、直辖市划定的基本农田应当占本行政区域内耕地的百分之八十以上。建设占用土地，涉及农用地转为建设用地的，应当办理农用地转用审批手续。省、自治区、直辖市人民政府批准的道路、管线工程和大型基础设施建设项目、国务院批准的建设项目占用土地，涉及农用地转为建设用地的，由国务院批准。禁止占用基本农田发展林果业和挖塘养鱼。征收基本农田的，由国务院批准。故应选 BC。

15. 在《防治海洋工程建设项目污染损害海洋环境管理条例》颁布之后，有关部门对《防治海岸工程建设项目污染损害海洋环境管理条例》进行了修改。其中，对"海岸工程建设项目"重新定义如下。海岸工程建设项目，是指位于海岸或者与海岸连接，工程主体位于海岸线向陆一侧，对海洋环境产生影响的新建、改建、扩建工程项目。具体包括：①港口、码头、航道、滨海机场工程项目；②造船厂、修船厂；③滨海火电站、核电站、风电站；④滨海物资存储设施工程项目；⑤滨海矿山、化工、轻工、冶金等工业工程项目；⑥固体废弃物、污水等污染物处理处置排海工程项目；⑦滨海大型养殖场；⑧海岸防护工程、沙石场和入海河口处的水利设施；⑨滨海石油勘探开发工程项目；⑩国务院环境保护主管部门会同国家海洋主管部门规定的其他海岸工程项目。

其中需要注意的是，原来归为海岸工程的围海工程、跨海桥梁工程、海底隧道工程、海上堤坝工程现在调整为海洋工程的范围。

16.《国务院关于落实科学发展观加强环境保护的决定》中"加强环境监管制度的有关要求"如下（其中第④、⑥条提出了需完善的制度）。①要实施污染物总量控制制度，将总量控制指标逐级分解到地方各级人民政府并落实到排污单位。②推行排污许可制度，禁止无证或超总量排污。③严格执行环境影响评价和"三同时"制度。④要结合经济结构调整，完善强制淘汰制度，根据国家产业政策，及时制订和调整强制淘汰污染严重的企业和落后的生产能力、工艺、设备与产品目录。⑤强化限期治理制度。⑥完善环境监察制度，强化现场执法检查。严格执行突发环境事件应急预案，地方各级人民政府要按照有关规定全面负责突发环境事件应急处置工作，环境保护部及国务院相关部门根据情况给予协调支援。⑦建立跨省界河流断面水质考核制度，省级人民政府应当确保出境水质达到考核目标。

24. 依据《建设项目环境影响评价资质管理办法》的规定，ABCD 项为正确选项。对评价机构的环境影响评价工作质量进行日常考核由各级环境保护行政主管部门负责。

27. 环境影响评价工程师在其职业资格登记有效期内接受继续教育的时间应累计不少于48 学时。学时累计所依据的形式和学时计算方法如下。①参加登记管理办公室举办的环境影响评价工程师继续教育培训班，并取得培训合格证明的，接受继续教育学时按实际培训时间计算；②参加登记管理办公室认可的其他培训班，并取得培训合格证明的，接受继续教育学时按实际培训时间计算；③承担第①项中环境影响评价工程师继续教育培训授课任务的，接受继续教育学时按实际授课学时的两倍计算；④参加环境影响评价工程师职业资格考试命题或审题工作的，相当于接受继续教育 48 学时；⑤在正式出版社出版过有统一书号（ISBN）的环境影响评价相关专业著作，本人独立撰写章节在 5 万字以上的，相当于接受继续教育 48 学时；⑥在有国内统一刊号（CN）的期刊或在有国际统一书号（ISSN）的国外期刊上，作为第一作者发表过环境影响评价相关论文 1 篇（不少于 2000 字）的，相当于接受继续教育 16 学时。

33. ABCE 选项都属于"噪声敏感建筑物集中区域"。

34.《环境噪声污染防治法》规定，产生环境噪声污染的企业事业单位，必须保持防治环境噪声污染的设施的正常使用；拆除或者闲置环境噪声污染防治设施的，必须事先报经所在地的县级以上地方人民政府环境保护行政主管部门批准。建设经过已有的噪声敏感建筑物集中区域的高速公路和城市高架、轻轨道路，有可能造成环境噪声污染的，应当设置声屏障或者采取其他有效的控制环境噪声污染的措施。在已有的城市交通干线的两侧建设噪声敏感建筑物的，建设单位应当按照国家规定间隔一定距离，并采取减轻、避免交通噪声影响的措施。穿越城市居民区、文教区的铁路，因铁路机车运行造成环境噪声污染的，当地城市人民政府应当组织铁路部门和其他有关部门，制定减轻环境噪声的规划。除起飞、降落或者依法规定的情形以外，民用航空器不得飞越城市市区上空。故只有 ABC 三个选项的说法是正确的。

36. 依据《固体废物污染环境防治法》，产生危险废物的单位，必须按照国家有关规定制定危险废物管理计划。危险废物管理计划应当包括减少危险废物产生量和危害性的措施以及危险废物贮存、利用、处置措施。危险废物管理计划应当报产生危险废物的单位所在地县级以上地方人民政府环境保护行政主管部门备案。危险废物管理计划内容有重大改变的，应当及时申报。

37.《海洋环境保护法》规定，依法划定的海洋保护区、海滨风景名胜区、重要渔业水域及其他需要特别保护的区域，不得从事污染环境、破坏景观的海岸工程项目建设或者其他活动。编写环境影响评价报告书，经海洋行政主管部门提出审核意见后，报环境保护行政主管部门审查批准。海岸工程建设项目的环境保护设施，必须与主体工程同时设计、同时施工、同时投产使用。禁止在沿海陆域内新建严重污染海洋环境的工业生产项目。兴建海岸工程建设项目，必须采取有效措施，保护国家和地方重点保护的野生动植物及其生存环境和海洋水产资源。故应选 CDE。

38.《水法》规定，国家实行河道采砂许可制度，必须获得采砂许可证的单位或个人方可在河道内采砂。在水工程保护范围内，禁止从事影响水工程运行和危害水工程安全的爆破、打井、采石、取土等活动。禁止在饮用水水源保护区内设置排污口。在不通航的河流或者人工水道上修建闸坝后可以通航的，闸坝建设单位应当同时修建过船设施或者预留过船设施位置。农村集体经济组织修建水库应当经县级以上地方人民政府水行政主管部门批准。故只有 CD 项可以入选。

39. 法律规定：禁止生产、进口、销售国家明令淘汰或者不符合强制性能源效率标准的用能产品、设备。对高耗能的特种设备，按照国务院的规定实行节能审查和监管。B 项说法不严谨，E 项不属于禁止。

42. 该建设项目属于污染因素单一，而且污染物种类少、产生量小或毒性较低的建设项目，按照《环境影响评价法》及《建设项目环境影响评价分类管理名录》的规定，应当编制环境影响报告表。而《关于建设项目环境影响评价征求公众意见法律适用问题的复函（环函［2002］171 号）》规定，在应当编报环境影响报告表或者填报环境影响登记表的建设项目中，对建设在居民区并产生恶臭、异味、油烟、噪声或者其他原因直接影响周围居民生活环境的建设项目，环保部门可以要求建设单位征求项目周围单位和居民的意见，也可以在审批此类建设项目的过程中以适当形式征求项目周围单位和居民的意见。故应选 BC。

43. 依照《建设项目环境影响评价分类管理名录》的规定，该轻轨建设项目属于环境敏感区建设的需要编制环境影响报告书的项目。而依照《环境影响评价公众参与暂行办法》第八条规定，在《建设项目环境影响评价分类管理名录》规定的环境敏感区建设的需要编制环境影响报告书的项目，建设单位应当在确定了承担环境影响评价工作的环境影响评价机构后7 日内，向公众公告下列信息：①建设项目的名称及概要；②建设项目的建设单位的名称和联系方式；③承担评价工作的环境影响评价机构的名称和联系方式；④环境影响评价的工作程序和主要工作内容；⑤征求公众意见的主要事项；⑥公众提出意见的主要方式。故应全选。

44. 依据《环境影响评价公众参与暂行办法》的规定，建设单位应当在报送环境保护行政主管部门审批或者重新审核前，向公众公告如下内容：①建设项目情况简述；②建设项目对环境可能造成影响的概述；③预防或者减轻不良影响的对策和措施的要点；④环境影响报告书提出的环境影响评价结论的要点；⑤公众查阅环境影响报告书简本的方式和期限，以及公众认为必要时向建设单位或者其委托的环境影响评价机构索取补充信息的方式和期限；⑥征求公众意见的范围和主要事项；⑦征求公众意见的具体形式；⑧公众提出意见的起止时间。

48. 依据《环境影响评价公众参与暂行办法》第二十四、二十五、二十六、二十八条的规定，只有 ACD 项是正确的。B 项，主持人不可兼做记录员；E 项，旁听者不得发言。

49.《大气污染防治法》对"在人口集中地区或者其他依法特殊保护的区域内，焚烧沥青、油毡、橡胶等产生有毒有害烟尘和恶臭气体的物质的行为"的处罚为：责令停止违法行为，处二万元以下罚款，故 E 项不能入选。

模拟试卷三答案解析

一、单项选择题

5. 不同位阶的法律法规的规定有冲突的，应按照位阶高的规定执行。《环境影响评价法》为法律，而《环境影响评价公众参与暂行办法》为部门规章，因《环境影响评价法》的位阶较高，应遵照《环境影响评价法》的规定执行，即无需召开听证会。

9.《环境保护法》第四十条规定：当事人对行政处罚决定不服的，可以在接到处罚通知之日起十五日内，向作出处罚决定的机关的上一级机关申请复议。

11. 黄河流域开发利用规划属于综合规划，依据《环境影响评价法》，应编制有关环境影响的篇章或者说明。

13. 依照《环境影响评价法》第十三条第二款的规定，参加前款规定的审查小组的专家，应当从按照国务院环境保护行政主管部门的规定设立的专家库内的相关专业的专家名单中，以随机抽取的方式确定。

16. 依照《环境影响评价法》第二十四条第二款的规定，建设项目的环境影响评价文件自批准之日起超过五年，方决定该项目开工建设的，其环境影响评价文件应当报原审批部门重新审核。故应选 B。

20. 该项目属对环境可能造成重大影响、应当编制环境影响报告书的建设项目，依照《环境影响评价法》的规定，建设单位应当在报批建设项目环境影响报告书前，举行论证会、听证会，或者采取其他形式，征求有关单位、专家和公众的意见。故应选 C。

28. 工业生产中产生的可燃性气体应当回收利用，不具备回收利用条件而向大气排放的，应当进行防治污染处理。

29. 焚烧塑料、皮革、垃圾属于在人口集中地区禁止的行为。

40. 依据《建设项目环境影响评价资质管理办法》，陶瓷制造项目属于建材类项目。

45. 按照《建设项目环境保护管理条例》第二十八条的规定，建设项目需要配套建设的环境保护设施未建成、未经验收或者经验收不合格，主体工程正式投入生产或者使用的，由审批该建设项目环境影响报告书、环境影响报告表或者环境影响登记表的环境保护行政主管部门责令停止生产或者使用，可以处 10 万元以下的罚款。故应选 D。

61.《中华人民共和国森林法》规定，进行勘查、开采矿藏和各项建设工程，应当不占或者少占林地；必须占用或者征用林地的，经县级以上人民政府林业主管部门审核同意后，依照有关土地管理的法律、行政法规办理建设用地审批手续，并由用地单位依照国务院有关规定缴纳森林植被恢复费。

62. 防护林是以防护为主要目的的森林、林木和灌木丛，包括水源涵养林，水土保持林，防风固沙林，农田、牧场防护林，护岸林，护路林。环境保护林属于特种用途林。

65. 《中华人民共和国野生动物保护法》的适用范围指出，野生动物，是指珍贵、濒危的陆生、水生野生动物和有益的或者有重要经济、科学研究价值的陆生野生动物。珍贵、濒危的水生野生动物以外的其他水生野生动物的保护，适用渔业法的规定。故 C 项不属于该法所规定保护的野生动物。

66. 城乡规划确定的铁路、公路、港口、机场、道路、绿地、输配电设施及输电线路走廊、通信设施、广播电视设施、管道设施、河道、水库、水源地、自然保护区、防汛通道、消防通道、核电站、垃圾填埋场及焚烧厂、污水处理厂和公共服务设施的用地以及其他需要依法保护的用地，禁止擅自改变用途。

68. 《风景名胜区条例》规定，在风景名胜区内禁止进行下列活动：①开山、采石、开矿、开荒、修坟立碑等破坏景观、植被和地形地貌的活动；②修建储存爆炸性、易燃性、放射性、毒害性、腐蚀性物品的设施；③在景物或者设施上刻划、涂污，乱扔垃圾；④禁止违反风景名胜区规划，在风景名胜区内设立各类开发区和在核心景区内建设宾馆、招待所、培训中心、疗养院以及与风景名胜资源保护无关的其他建筑物；已经建设的，应当按照风景名胜区规划，逐步迁出。修建疗养院为限制性活动。故应选 D。

70. 根据法律规定，在海洋特别保护区建设造船厂、在海水渔场外围修建修船厂均属在需要特殊保护的区域内建设污染环境、破坏景观的海岸工程建设项目的行为应当禁止；在红树林生长的地区修建港口属建设毁坏红树林生态系统的海岸工程建设项目，亦应禁止。故本题应选 D。

72. 依据《固体废物污染环境防治法》，从事收集、贮存、处置危险废物经营活动的单位，必须向县级以上人民政府环境保护行政主管部门申请领取经营许可证；从事利用危险废物经营活动的单位，必须向国务院环境保护行政主管部门或者省、自治区、直辖市人民政府环境保护行政主管部门申请领取经营许可证。

73. 《海洋环境保护法》第四十七条规定，海洋工程建设项目必须符合海洋功能区划、海洋环境保护规划和国家有关环境保护标准，在可行性研究阶段，编报海洋环境影响报告书，由海洋行政主管部门核准，并报环境保护行政主管部门备案，接受环境保护行政主管部门监督。故应选 A。

74. 《海洋环境保护法》规定，国务院和沿海地方各级人民政府应当采取有效措施，保护红树林、珊瑚礁、滨海湿地、海岛、海湾、入海河口、重要渔业水域等具有典型性、代表性的海洋生态系统，珍稀、濒危海洋生物的天然集中分布区，具有重要经济价值的海洋生物生存区域及有重大科学文化价值的海洋自然历史遗迹和自然景观。

75. 《放射性污染防治法》第四十条规定：向环境排放放射性废气、废液，必须符合国家放射性污染防治标准。

77. 《中华人民共和国水法》规定：开发、利用水资源，应当首先满足城乡居民生活用水，并兼顾农业、工业、生态环境用水以及航运等需要。在干旱和半干旱地区开发、利用水资源，应当充分考虑生态环境用水需要。

79. 《防沙治沙法》规定，已经沙化的土地范围内的铁路、公路、河流和水渠两侧，城镇、村庄、厂矿和水库周围，实行单位治理责任制，由县级以上地方人民政府下达治理责任书，由责任单位负责组织造林种草或者采取其他治理措施。

82. 跨省域和对维护国家生态安全具有重要作用的重点流域、重点区域的重要生态功能区，建立国家级生态功能保护区；跨地（市）及对维护省（自治区、直辖市）生态安全具有重要作用的重点区域的重要生态功能区，建立省级生态功能保护区；跨县（市）及对维护地（市）生态安全具有重要作用的重点区域的重要生态功能区，建立地（市）级生态功能保护区。

二、不定项选择题

2. 根据《中华人民共和国土地管理法》第四十五条规定：征用下列土地的，由国务院批准：①基本农田；②基本农田以外的耕地超过35公顷的；③其他土地超过70公顷的。征用前款规定以外的土地的，由省、自治区、直辖市人民政府批准，并报国务院备案。征用农用地的，应当依照本法第四十四条的规定先行办理农用地转用审批。其中，经国务院批准农用地转用的，同时办理征地审批手续。不再另行办理征地审批；经省、自治区、直辖市人民政府在征地批准权限内批准农用地转用的，同时办理征地审批手续，不再另行办理征地审批，超过征地批准权限的，应当依照规定另行办理征地审批。故应选ABD。

3. "城市建设用地布局"属于城市总体规划的内容。

4. 《自然保护区管理条例》规定，自然保护区可以分为核心区、缓冲区和实验区。核心区禁止任何单位和个人进入，因科学研究的需要，必须进入核心区从事科学研究观测、调查活动的，应当事先向自然保护区管理机构提交申请和活动计划，并经省级以上人民政府有关自然保护区行政主管部门批准；其中，进入国家级自然保护区核心区的，必须经国务院有关自然保护区行政主管部门批准。除此之外，不允许进入从事科学研究活动。核心区外围可以划定一定面积的缓冲区，只准进入从事科学研究观测活动。缓冲区外围划为实验区，可以进入从事科学试验、教学实习、参观考察、旅游以及驯化、繁殖珍稀、濒危野生动植物等活动。

5. 禁止任何单位和个人闲置，荒芜基本农田。经国务院批准的重点建设项目占用基本农田的，满一年不使用而又可以耕种并收获的，应当由原耕种该幅基本农田的集体或者个人恢复耕种，也可以由用地单位组织耕种；一年以上未动工建设的，应当按照省、自治区、直辖市的规定缴纳闲置费；连续两年未使用的，经国务院批准，由县级以上人民政府无偿收回用地单位的土地使用权；该幅土地原为农民集体所有的，应当交由原农村集体经济组织恢复耕种，重新划入基本农田保护区。承包经营基本农田的单位或者个人连续两年弃耕抛荒的，原发包单位应当终止承包合同，收回发包的基本农田。

14. ABE项均为对环境可能造成重大影响、应当编制环境影响报告书的建设项目，属于《环境影响评价公众参与暂行办法》中公众参与的适用范围，应当按照《环境影响评价公众参与暂行办法》的规定，在环评过程中严格实施公众参与。

15. 《环境影响评价公众参与暂行办法》第二条规定，本办法适用于下列建设项目环境影响评价的公众参与：①对环境可能造成重大影响、应当编制环境影响报告书的建设项目；②环境影响报告书经批准后，项目的性质、规模、地点、采用的生产工艺或者防治污染、防止生态破坏的措施发生重大变动，建设单位应当重新报批环境影响报告书的建设项目；③环境影响报告书自批准之日起超过五年方决定开工建设，其环境影响报告书应当报原审批机关重新审核的建设项目。

17. 《环境影响评价公众参与暂行办法》第十七条第二款规定，环境保护行政主管部门可以组织专家咨询委员会，由其对环境影响报告书中有关公众意见采纳情况的说明进行审议，判断其合理性并提出处理建议。

23. 依照《建设项目环境影响评价资质管理办法》第九条的规定，BCD为正确选项。A项，为固定资产不少于1000万元；E项，为至少5项。

26. 依照《建设项目竣工环境保护验收管理办法》的规定，ABC项为正确选项。D项，应为每年6月底前和12月底前上报材料；E项，环境行政主管部门无权直接下达限期治理通知书。

27. 根据《环境影响评价工程师职业资格制度暂行规定》，环境影响评价工程师职业资格实行定期登记制度。办理登记的人员应具备下列条件：①取得《中华人民共和国环境影响评价工程师职业资格证书》；②职业行为良好，无犯罪记录；③身体健康，能坚持在本专业岗位工作；④所在单位考核合格。再次登记者，还应提供相应专业类别的继续教育或参加业务培训的证明。

36. 依据《固体废物污染环境防治法》，产生危险废物的单位，必须按照国家有关规定处置危险废物，不得擅自倾倒、堆放；不处置的，由所在地县级以上地方人民政府环境保护行政主管部门责令限期改正；逾期不处置或者处置不符合国家有关规定的，由所在地县级以上地方人民政府环境保护行政主管部门指定单位按照国家有关规定代为处置，处置费用由产生危险废物的单位承担。以填埋方式处置危险废物不符合国务院环境保护行政主管部门规定的，应当缴纳危险废物排污费。

39. "不符合建筑节能标准的建筑工程，建设主管部门不得批准开工建设；已经开工建设的，应当责令停止施工、限期改正；已经建成的，不得销售或者使用。"故 C 项不符。而 E 项内容属于"鼓励"——"国家鼓励在新建建筑和既有建筑节能改造中使用新型墙体材料等节能建筑材料和节能设备，安装和使用太阳能等可再生能源利用系统。"

40. 《草原法》规定，进行矿藏开采和工程建设，应当不占或者少占草原；确需征用或者使用草原的，必须经省级以上人民政府草原行政主管部门审核同意后，依照有关土地管理的法律、行政法规办理建设用地审批手续。需要临时占用草原的，应当经县级以上地方人民政府草原行政主管部门审核同意。临时占用草原的期限不得超过二年，并不得在临时占用的草原上修建永久性建筑物、构筑物。国务院草原行政主管部门或者省、自治区、直辖市人民政府可以按照自然保护区管理的有关规定在下列地区建立草原自然保护区：①具有代表性的草原类型；②珍稀濒危野生动植物分布区；③具有重要生态功能和经济科研价值的草原。由此可见，环保部门无权建立草原自然保护区。对严重退化、沙化、盐碱化、石漠化的草原和生态脆弱区的草原，实行禁牧、休牧制度。在草原上修建直接为草原保护和畜牧业生产服务的工程设施，需要使用草原的，由县级以上人民政府草原行政主管部门批准。

43. 《环境保护法》第三十一条规定："因发生事故或者其他突然性事件，造成或者可能造成污染事故的单位，必须立即采取措施处理，及时通报可能受到污染危害的单位和居民，并向当地环境保护行政主管部门和有关部门报告，接受调查处理。"故应选 ABCD。

44. 《环境保护法》第四十条规定："当事人对行政处罚决定不服的，可以在接到处罚通知之日起十五日内，向作出处罚决定的机关的上一级机关申请复议。"朝阳区环保局的上一级机关包括业务方面的北京市环保局和行政方面的朝阳区人民政府，故应选 BE。

46. 《环境影响评价法》第七条第一款规定：国务院有关部门、设区的市级以上地方人民政府及其有关部门，对其组织编制的土地利用的有关规划，区域、流域、海域的建设、开发利用规划，应当在编制过程中组织进行环境影响评价。第八条规定：国务院有关部门、设区的市级以上地方人民政府及其有关部门，对其组织编制的工业、农业、畜牧业、林业、能源、水利、交通、城市建设、旅游、自然资源开发的有关专项规划，应当在该专项规划草案报审批前，组织进行环境影响评价。只有 ABCE 四个选项符合上述规定。

47. 依照《环境影响评价法》第十条的规定，专项规划的环境影响报告书应当包括下列内容：①实施该规划对环境可能造成影响的分析、预测和评估；②预防或者减轻不良环境影响的对策和措施；③环境影响评价的结论。第十一条第二款规定，专项规划编制机关应当认真考虑有关单位、专家和公众对环境影响报告书草案的意见，并应当在报送审查的环境影响报告书中附具对意见采纳或者不采纳的说明。北京市编制的交通规划草案属于可能造成不良环境影响并直接涉及公众环境权益的规划，必须有公众意见采纳和不采纳的说明。故应选 ABCE。

49. 依照《环境影响评价法》第三十三条的规定，接受委托为建设项目环境影响评价提供技术服务的机构在环境影响评价工作中不负责任或者弄虚作假，致使环境影响评价文件失实的，由授予环境影响评价资质的环境保护行政主管部门降低其资质等级或者吊销其资质证书，并处所收费用一倍以上三倍以下的罚款；构成犯罪的，依法追究刑事责任。故应选ABCE。

模拟试卷四答案解析

一、单项选择题

2. 依照《环境影响评价法》的规定，综合规划有关环境影响的篇章或者说明，应当对规划实施后可能造成的环境影响作出分析、预测和评估，提出预防或者减轻不良环境影响的对策和措施，不需要必须有环境影响评价的结论。故应选 D。

3. 《环境影响评价法》第十八条的规定，建设项目的环境影响评价，应当避免与规划的环境影响评价相重复。作为一项整体建设项目的规划，按照建设项目进行环境影响评价，不进行规划的环境影响评价。故应选 B。

7. 依照《环境影响评价法》第三十一条第二款的规定，建设项目环境影响评价文件未经批准或者未经原审批部门重新审核同意，建设单位擅自开工建设的，由有权审批该项目环境影响评价文件的环境保护行政主管部门责令停止建设，可以处五万元以上二十万元以下的罚款，对建设单位直接负责的主管人员和其他直接责任人员，依法给予行政处分。故应选 A。

9. 《环境影响评价法》第十三条规定，设区的市级以上人民政府在审批专项规划草案，作出决策前，应当先由人民政府指定的环境保护行政主管部门或者其他部门召集有关部门代表和专家组成审查小组，对环境影响报告书进行审查。故应选 C。

11. 依据《环境影响评价公众参与暂行办法》第十三条的规定，环境保护行政主管部门公告的期限不得少于 10 日，并确保其公开的有关信息在整个审批期限之内均处于公开状态。

18. 《建设项目环境影响评价资质管理办法》第四条规定，甲级评价机构可以在资质证书规定的评价范围之内，承担各级环境保护行政主管部门负责审批的建设项目环境影响报告书和环境影响报告表的编制工作。乙级评价机构可以在资质证书规定的评价范围之内，承担省级以下环境保护行政主管部门负责审批的环境影响报告书或环境影响报告表的编制工作。

20. 依据《建设项目环境影响评价资质管理办法》，水运枢纽项目属于交通运输类项目。

22. 按照《建设项目环境保护管理条例》第十条的规定，预审、审核、审批建设项目环境影响报告书、环境影响报告表或者环境影响登记表，不得收取任何费用。故应选 D。

23. 按照《建设项目环境保护管理条例》第十七条的规定，建设项目的初步设计，应当按照环境保护设计规范的要求，编制环境保护篇章，并依据经批准的建设项目环境影响报告书或者环境影响报告表，在环境保护篇章中落实防治环境污染和生态破坏的措施以及环境保护设施投资概算。故应选 A。

27. 《建设项目环境保护管理条例》第十条第二款规定，海岸工程建设项目环境影响报告书或者环境影响报告表，经海洋行政主管部门审核并签署意见后，报环境保护行政主管部门审批。而根据《防治海岸工程建设项目污染损害海洋环境管理条例》中的定义，码头属于"海岸工程"，其他几项属于海洋工程。

31. 依据《建设项目竣工环境保护验收管理办法》，建设项目环境保护竣工验收由负责审批该项目环境影响评价文件的环境保护行政主管部门负责。该项目属于应由环保部审批环境影响报告书的范围，故其竣工环境保护验收亦应由环保部负责。

37. 由于目前技术水平所限，国家只对大、中城市人民政府环境保护行政主管部门定期发布大气环境质量状况公报作出了硬性规定，开展大气环境质量预报工作尚属鼓励之列。

41. 相关规定指出：海洋工程可能对海岸生态环境产生破坏的，其环境影响报告书中应当增加工程对近岸自然保护区等陆地生态系统影响的分析和评价。

57. 新建营业性文化娱乐场所的边界噪声必须符合国家规定的环境噪声排放标准，不符合国家规定的环境噪声排放标准的，文化行政主管部门不得核发营业执照，这是《噪声污染防治法》的明文规定。另外，文化娱乐场所的营业执照由文化行政主管部门审核批准后由工商行政主管部门颁发，环境行政主管部门及公安机构没有此方面的权限。故本题答案为D。

63. 直接向海洋排放污染物的单位和个人，必须按照国家规定缴纳排污费。向海洋倾倒废弃物，必须按照国家规定缴纳倾倒费。

66. 《清洁生产促进法》中规定，企业在进行技术改造过程中，应当采取以下清洁生产措施：①采用无毒、无害或者低毒、低害的原料，替代毒性大、危害严重的原料；②采用资源利用率高、污染物产生量少的工艺和设备，替代资源利用率低、污染物产生量多的工艺和设备；③对生产过程中产生的废物、废水和余热等进行综合利用或者循环使用；④采用能够达到国家或者地方规定的污染物排放标准和污染物排放总量控制指标的污染防治技术。

67. 在水资源不足的地区，应当对城市规模和建设耗水量大的工业、农业和服务业项目加以限制。

69. 《中华人民共和国草原法》第二条规定，在中华人民共和国领域内从事草原规划、保护、建设、利用和管理活动，适用本法。本法所称草原，是指天然草原和人工草地。在第七十四条明确指出本法第二条第二款中所称的天然草原包括草地、草山和草坡，人工草地包括改良草地和退耕还草地，不包括城镇草地。故答案为D。

71. 《中华人民共和国森林法》第二十三条明确规定，禁止毁林开垦和毁林采石、采砂、采土以及其他毁林行为。禁止在幼林地和特种用途林内砍柴、放牧。进入森林和森林边缘地区的人员，不得擅自移动或者损坏为林业服务的标志。森林采伐并不是禁止的，在该法的第五章对森林采伐事项做了具体规定。答案为D。

75. 国家重点保护的野生动物名录及其调整须报国务院批准。

79. 在《防治海洋工程建设项目污染损害海洋环境管理条例》颁布之后，有关部门对《防治海岸工程建设项目污染损害海洋环境管理条例》进行了修改。其中，需要注意的是，原来归为海岸工程的围海工程、跨海桥梁工程、海底隧道工程、海上堤坝工程现在调整为属于海洋工程的范围。

82. 我国环境保护法律法规体系包括宪法关于环境保护的条文、环境保护基本法、环境保护单行法、环境保护行政法规、环境保护部门规章、环境保护地方性法规及规章、环境标准、环境保护国际公约，《建设项目环境保护管理条例》由国务院制定并颁布实施，属于行政法规范畴。

86. 《环境保护法》第九条第二款规定："省、自治区、直辖市人民政府对国家环境质量标准中未作规定的项目，可以制定地方环境质量标准，并报国务院环境保护行政主管部门备案。"故应选B。

88. 《环境保护法》第二十九条规定："对造成环境严重污染的企业事业单位，限期治理。中央或者省、自治区、直辖市人民政府直接管辖的企业事业单位的限期治理，由省、自治区、直辖市人民政府决定。"故应选B。

89. 《环境保护法》第四十条规定："当事人对行政处罚决定不服的，可以在接到处罚通知之日起十五日内，向作出处罚决定的机关的上一级机关申请复议；对复议决定不服的，可以在接到复议决定之日起十五日内，向人民法院起诉。当事人也可以在接到处罚通知之日起十五日内，直接向人民法院起诉。"故应选 B。

90. 题目所述是由 1979 年《中华人民共和国环境保护法（试行）》规定的。

93. 规定指出：巩固和加强农业基础地位，加快传统农业向现代农业转变。

二、不定项选择题

1. 《中华人民共和国矿产资源法》第三十二条规定，开采矿产资源，必须遵守有关环境保护的法律规定，防止污染环境。开采矿产资源，应当节约用地。关闭矿山，必须提出矿山闭坑报告及有关采掘工程、安全隐患、土地复垦利用、环境保护的资料，并按照国家规定报请审查批准。耕地、草原、林地因采矿受到破坏的，矿山企业应当因地制宜地采取复垦利用、植树种草或者其他利用措施，而不是一味地采取复垦利用措施。故 DE 两项是错误的。

6. 原文摘录："对具有重要生态功能的林区、草原，应划为禁垦区、禁伐区或禁牧区，严格管护；已经开发利用的，要退耕退牧、育林育草，使其休养生息。对毁林、毁草开垦的耕地和造成的废弃地，要按照'谁批准谁负责，谁破坏谁恢复'的原则，限期退耕还林还草。"

11. 按照《建设项目环境保护管理条例》第三条的规定，建设产生污染的建设项目，必须遵守污染物排放的国家标准和地方标准；在实施重点污染物排放总量控制的区域内，还必须符合重点污染物排放总量控制的要求。

15. 按照《环境影响评价公众参与暂行办法》第五条规定，建设单位或者其委托的环境影响评价机构在编制环境影响报告书的过程中，环境保护行政主管部门在审批或者重新审核环境影响报告书的过程中，应当依照本办法的规定，公开有关环境影响评价的信息，征求公众意见。故应选 ABDE。

17. 《环境影响评价公众参与暂行办法》第二十条规定，建设单位或者其委托的环境影响评价机构咨询专家意见可以采用书面或者其他形式。咨询专家意见包括向有关专家进行个人咨询或者向有关单位的专家进行集体咨询。接受咨询的专家个人和单位应当对咨询事项提出明确意见，并以书面形式回复。对书面回复意见，个人应当签署姓名，单位应当加盖公章。集体咨询专家时，有不同意见的，接受咨询的单位应当在咨询回复中载明。

19. 《大气污染防治法》规定，大气污染物总量控制区内，有关地方人民政府依照国务院规定的条件和程序，按照公开、公平、公正的原则，核定企业事业单位的主要大气污染物排放总量，核发主要大气污染物排放许可证。有大气污染物总量控制任务的企业事业单位，必须按照核定的主要大气污染物排放总量和许可证规定的排放条件排放污染物。故应选 AD。

28. 《大气污染防治法》规定，向大气排放粉尘的排污单位，必须采取除尘措施；严格限制向大气排放含有毒物质的废气和粉尘；工业生产中向大气排放转炉气、电石气、电炉法黄磷尾气、有机烃类尾气的，须报经当地环境保护行政主管部门批准；向大气排放含放射性物质的气体和气溶胶，必须符合国家有关放射性防护的规定，不得超过规定的排放标准；在国家规定的期限内，生产、进口消耗臭氧层物质的单位必须按照国务院有关行政主管部门核定的配额进行生产、进口。故 ABE 三个选项的描述是错误的，应当入选。

34. 依据《建设项目环境影响评价资质管理办法》的规定，BCD 项为正确选项。A 项属应注销其评价资质的情形；E 项属应吊销其评价资质的情形。

35. 依据《建设项目竣工环境保护验收管理办法》的规定，ABDE 项为正确选项，C 项应向负责其建设项目环评文件审批的环境行政主管部门提出。

36.《海洋环境保护法》规定,凡具有下列条件之一的,应当建立海洋自然保护区:①典型的海洋自然地理区域、有代表性的自然生态区域,以及遭受破坏但经保护能恢复的海洋自然生态区域;②海洋生物物种高度丰富的区域,或者珍稀、濒危海洋生物物种的天然集中分布区域;③具有特殊保护价值的海域、海岸、岛屿、滨海湿地、入海河口和海湾等;④具有重大科学文化价值的海洋自然遗迹所在区域;⑤其他需要予以特殊保护的区域。

37.《放射性污染防治法》规定,在办理核设施选址审批手续及申请领取核设施建造、运行许可证和办理装料、退役等审批手续之前编制环境影响报告书,报国务院环境保护行政主管部门审查批准;未经批准,有关部门不得颁发许可证和办理批准文件。开发利用或者关闭铀(钍)矿的单位,应当在申请领取采矿许可证或者办理退役审批手续前编制环境影响报告书,报国务院环境保护行政主管部门审查批准。故 D 选项的说法是错误的,不应入选。

38. 在江河、湖泊新建、改建或者扩大排污口,应当经过有管辖权的水行政主管部门或者流域管理机构同意,由环境保护行政主管部门负责对该建设项目的环境影响报告书进行审批。禁止围垦河道,确需围垦的,应当经过科学论证,经省、自治区、直辖市人民政府水行政主管部门或者国务院水行政主管部门同意后,报本级人民政府批准。

39. 根据《防沙治沙法》第二十二条的规定,在沙化土地封禁保护区范围内,禁止一切破坏植被的活动。禁止在沙化土地封禁保护区范围内安置移民。对沙化土地封禁保护区范围内的农牧民,县级以上地方人民政府应当有计划地组织迁出,并妥善安置。沙化土地封禁保护区范围内尚未迁出的农牧民的生产生活,由沙化土地封禁保护区主管部门妥善安排。未经国务院或者国务院指定的部门同意,不得在沙化土地封禁保护区范围内进行修建铁路、公路等建设活动。

40. 根据规定,全国重点文物保护单位不得拆除;需要迁移的,须由省、自治区、直辖市人民政府报国务院批准。

42.《环境保护法》第十八条规定:"在国务院、国务院有关主管部门和省、自治区、直辖市人民政府划定的风景名胜区、自然保护区和其他需要特别保护的区域内,不得建设污染环境的工业生产设施;建设其他设施,其污染物排放不得超过规定的排放标准。已经建成的设施,其污染物排放超过规定的排放标准的,限期治理。"扎龙自然保护区为国家级自然保护区,应遵守上述规定之要求,故应选 BD。

43. 按照《环境保护法》的规定,对建设项目的防治污染设施没有建成便投入生产的行为的处罚是"责令停止生产或者使用,可以并处罚款",故应选 ABCE。

44.《环境保护法》第二十一条规定:"国务院和治海地方各级人民政府应当加强对海洋环境的保护。向海洋排放污染物、倾倒废弃物,进行海岸工程建设和海洋石油勘探开发,必须依照法律的规定,防止对海洋环境的污染损害。"故应选 ABCD。

45. 按照环境要素,环境影响评价可分为:大气环境影响评价、水环境影响评价、声环境影响评价、生态环境影响评价和固体废物环境影响评价。

46. 设区的市级以上土地利用总体规划和设区的市级以上海域建设、开发利用规划需要编制环境影响篇章或说明。

47. 依照《环境影响评价法》第十七条的规定,建设项目的环境影响报告书应当包括下列内容:①建设项目概况;②建设项目周围环境现状;③建设项目对环境可能造成影响的分析、预测和评估;④建设项目环境保护措施及其技术、经济论证;⑤建设项目对环境影响的经济损益分析;⑥对建设项目实施环境监测的建议;⑦环境影响评价的结论。涉及水土保持的建设项目,还必须有经水行政主管部门审查同意的水土保持方案。长江流域堤坝建设项目是典型的涉及水土保持的建设项目,故应全选。

49.《环境影响评价法》第二十四条规定:建设项目的环境影响评价文件经批准后,建设项目的性质、规模、地点、采用的生产工艺或者防治污染、防止生态破坏的措施发生重大变动的，建设单位应当重新报批建设项目的环境影响评价文件。

50. 环评文件中没有环境影响评价书和环境影响评价表，环境影响登记表无需由具有相应环境影响评价资质的机构编制。

模拟试卷五答案解析

一、单项选择题

3. 选项中，C 项为部门规章，A、B 项均为环境保护行政法规，D 项为环境标准。

4. 不同位阶的法律法规的规定有冲突的，应按照位阶高的规定执行。《环境影响评价法》为法律，而《建设项目环境影响评价资质管理办法》为部门规章，因《环境影响评价法》的位阶较高，故应遵照《环境影响评价法》的规定执行。

5. 相同位阶的法律法规的规定有冲突的，应遵照从新的原则处理，即执行较晚出台的法律法规的规定。《环境影响评价法》自 2002 年起施行，而《环境噪声污染防治法》自 1997 年施行，因《环境影响评价法》出台较晚，故应选 A。

6. 《环境保护法》第十条第二款规定："省、自治区、直辖市人民政府对国家污染物排放标准中未作规定的项目，可以制定地方污染物排放标准；对国家污染物排放标准中已作规定的项目，可以制定严于国家污染物排放标准的地方污染物排放标准。地方污染物排放标准须报国务院环境保护行政主管部门备案。"故应选 C。

8. 《环境保护法》第四十二条规定："因环境污染损害赔偿提起诉讼的时效期间为三年，从当事人知道或者应当知道受到污染损害时起计算。"本次事件因认定污染导致损害的时间为 2005 年 9 月 30 日，应自此时起算诉讼时效，故应选 D。

9. 《环境保护法》第四十条规定，当事人对行政机关做出的行政处罚，逾期不申请复议、也不向人民法院起诉、又不履行处罚决定的，由做出处罚决定的机关申请人民法院强制执行。

12. 按照《建设项目环境保护管理条例》第十条的规定，海岸工程建设项目环境影响报告书或者环境影响报告表，经海洋行政主管部门审核并签署意见后，报环境保护行政主管部门审批。故应选 C。

18. 《建设项目环境影响评价资质管理办法》第五条规定，国家对甲级评价机构数量实行总量限制。国家环境保护总局根据建设项目环境影响评价业务的需求等情况确定不同时期的限制数量，并对符合本办法规定条件的申请机构，按照其提交完整申请材料的先后顺序作出是否准予评价资质的决定。

21. 规定指出，严格控制围填海工程。禁止在经济生物的自然产卵场、繁殖场、索饵场和鸟类栖息地进行围填海活动。围填海工程使用的填充材料应当符合有关环境保护标准。

37. 《建设项目环境保护管理条例》第十条第二款规定，海岸工程建设项目环境影响报告书或者环境影响报告表，经海洋行政主管部门审核并签署意见后，报环境保护行政主管部门审批。而根据《防治海岸工程建设项目污染损害海洋环境管理条例》中的定义，航道属于"海岸工程"。AB 项属于海洋工程。根据《中华人民共和国防止拆船污染环境管理条例》，环境保护部门在批准拆船厂的环境影响报告书（表）前，应当征求各有关部门的意见。故 C 项也不妥。

41. 《水污染防治法》第四十一条规定，禁止企业事业单位利用渗井、渗坑、裂隙和溶洞排放、倾倒含有毒污染物的废水、含病原体的污水和其他废弃物。

47. 《大气污染防治法》第三十七条第二款规定，向大气排放转炉气、电石气、电炉法黄磷尾气、有机烃类尾气的，须报经当地环境保护行政主管部门批准。因此 C 项"恶臭气体"是正确答案。

51. 依据《建设项目竣工环境保护验收管理办法》，建设项目试生产前，建设单位应向有审批权的环境保护行政主管部门提出试生产申请。

53. 该项目为应编制环境影响报告表的建设项目，依据《建设项目竣工环境保护验收管理办法》，建设单位申请建设项目竣工环境保护验收时，应当提交建设项目竣工环境保护验收申请表。

55. 依据《大气污染防治法》，大气污染防治重点城市人民政府可以在本辖区内划定禁止销售、使用国务院环境保护行政主管部门规定的高污染燃料的区域。

56. 《噪声污染防治法》规定，环境噪声是指在工业生产、建筑施工、交通运输和社会生活中所产生的干扰周围生活环境的声音。环境噪声污染是指所产生的环境噪声超过国家规定的环境噪声排放标准，并干扰他人正常生活、工作和学习的现象。噪音则为对噪声的一种非正规的描述。故本题答案为 A。

58. 《噪声污染防治法》明确规定"在城市市区噪声敏感建筑物集中区域内，禁止夜间进行产生环境噪声污染的建筑施工作业"。在"附则"中指出，"夜间"是指晚二十二点至晨六点之间的期间。

63. 《环境影响评价法》第二十条第二款的规定，任何单位和个人不得为建设单位指定对其建设项目进行环境影响评价的机构。

70. 《环境影响评价法》第二十二条规定，建设项目有行业主管部门的，其环境影响报告书或者环境影响报告表应当经行业主管部门预审后，报有审批权的环境保护行政主管部门审批。故应选 D。

74. 《海洋环境保护法》第三十条第 2 款规定，环境保护行政主管部门在批准设置入海排污口之前，必须征求海洋、海事、渔业行政主管部门和军队环境保护部门的意见。

75. 《放射性污染防治法》规定：低、中水平放射性固体废物在符合国家规定的区域实行近地表处置；高水平放射性固体废物实行集中的深地质处置。

79. 《草原法》规定，禁止开垦草原。对水土流失严重、有沙化趋势、需要改善生态环境的已垦草原，应当有计划、有步骤地退耕还草；已造成沙化、盐碱化、石漠化的，应当限期治理。

83. 制度原文："非农业建设经批准占用耕地的，按照'占多少，垦多少'的原则，由占用耕地的单位负责开垦与所占用耕地的数量和质量相当的耕地；没有条件开垦或者开垦的耕地不符合要求的，应当按照省、自治区、直辖市的规定缴纳耕地开垦费，专款用于开垦新的耕地。"

84. 《中华人民共和国土地管理法》第四十四条规定，省、自治区、直辖市人民政府批准的道路、管线工程和大型基础设施建设项目，国务院批准的建设项目占用土地，涉及农用地转为建设用地的，由国务院批准。在土地利用总体规划确定的城市和村庄、集镇建设用地规模范围内，为实施该规划而将农用地转为建设用地的，按土地利用年度计划分批次由原批准土地利用总体规划的机关批准。根据第四十五条，征用基本农田由国务院批准。故答案为 C。

85. 法规规定为：各级野生动物行政主管部门应当监视、监测环境对野生动物的影响。

86. 近期建设规划应当以重要基础设施、公共服务设施和中低收入居民住房建设以及生态环境保护为重点内容，明确近期建设的时序、发展方向和空间布局。近期建设规划的规划期限为五年。C项所指不确切。

89. 拆船厂建设项目的环境保护管理，依照《防止拆船污染环境管理条例》执行。

96. 按照《环境影响评价法》及《建设项目环境影响评价分类管理名录》的规定，ABC项均属对环境可能造成重大影响的建设项目，应当编制环境影响报告书，而D项属于污染因素单一，而且污染物种类少、产生量小或毒性较低的建设项目，应当编制环境影响报告表。

98. 我国1978年修订的《中华人民共和国宪法》就对环境保护做了如下规定："国家保护环境和自然资源，防治污染和其他公害"，第一次为我国的环境保护和环境立法提供了宪法基础。

二、不定项选择题

1. 环境保护部负责制定并颁布实施的环境保护标准为国家环境保护标准，共有五种类型：环境质量标准、污染物排放标准、环境基础标准、环境方法标准及环境标准样品标准。

2. 《环境保护法》第四十条规定："当事人对行政处罚决定不服的，可以在接到处罚通知之日起十五日内，向作出处罚决定的机关的上一级机关申请复议；对复议决定不服的，可以在接到复议决定之日起十五日内，向人民法院起诉。当事人也可以在接到处罚通知之日起十五日内，直接向人民法院起诉。"

3. 《环境保护法》第三十六条规定："建设项目的防治污染设施没有建成或者没有达到国家规定的要求，投入生产或者使用的，由批准该建设项目的环境影响报告书的环境保护行政主管部门责令停止生产或者使用，可以并处罚款。"故应选AC。

4. 《环境保护法》第四十一条规定："造成环境污染危害的，有责任排除危害，并对直接受到损害的单位或者个人赔偿损失。赔偿责任和赔偿金额的纠纷，可以根据当事人的请求，由环境保护行政主管部门或者其他依照本法律规定行使环境监督管理权的部门处理；当事人对处理决定不服的，可以向人民法院起诉。当事人也可以直接向人民法院起诉。"且行政复议及行政诉讼只限于针对行政机构的违法行为，不适用于本题所涉情形。故应选AB。

7. D、E项为申报建设项目竣工验收须提交的文件。

8. 依照《环境影响评价法》第二十七条的规定，在项目建设、运行过程中产生不符合经审批的环境影响评价文件的情形的，建设单位应当组织环境影响的后评价，采取改进措施，并报原环境影响评价文件审批部门和建设项目审批部门备案；原环境影响评价文件审批部门也可以责成建设单位进行环境影响的后评价，采取改进措施。此处，原环境影响评价文件审批部门可以责成而非应当责成，故不能选E。

14. 依据《环境影响评价公众参与暂行办法》的规定，建设单位应当在报送环境保护行政主管部门审批或者重新审核前，向公众公告如下内容：①建设项目情况简述；②建设项目对环境可能造成影响的概述；③预防或者减轻不良环境影响的对策和措施的要点；④环境影响报告书提出的环境影响评价结论的要点；⑤公众查阅环境影响报告书简本的方式和期限，以及公众认为必要时向建设单位或者其委托的环境影响评价机构索取补充信息的方式和期限；⑥征求公众意见的范围和主要事项；⑦征求公众意见的具体形式；⑧公众提出意见的起止时间。D项所述为环境影响报告书而非环境影响报告书简本，故不应入选。

23. 依据《建设项目环境影响评价资质管理办法》第十九条的规定，AB为正确选项。D项为应吊销资质证书的情形，E项为应取消其资质的情形。

25. 依据《建设项目竣工环境保护验收管理办法》的规定，只有AD项为正确选项。B项应为环境保护验收监测报告（表），C项应为环境保护验收调查报告（表），E项不可同时承担。

27. 《建设项目竣工环境保护验收管理办法》第十三条第二款规定，环境保护验收调查报告（表），由建设单位委托经环境保护行政主管部门批准有相应资质的环境监测站或环境放射性监测站，或者具有相应资质的环境影响评价单位编制。承担该建设项目环境影响评价工作的单位不得同时承担该建设项目环境保护验收调查报告（表）的编制工作。故只有ABD三个选项可以入选。

33. 《环境噪声污染防治法》规定，在城市市区噪声敏感建筑物集中区域内，禁止夜间进行产生环境噪声污染的建筑施工作业，但抢修、抢险作业和因生产工艺上要求或者特殊需要必须连续作业的除外。对于在噪声敏感建筑物集中区域内，造成严重环境污染的企业事业单位，当地县级以上人民政府应责令其限期治理。在城市范围内向周围生活环境排放工业噪声的，应当符合国家规定的工业企业厂界环境噪声排放标准。禁止任何单位、个人在城市市区噪声敏感建设物集中区域内使用高音广播喇叭。故只有ACE的说法是正确的。

35. 依据《固体废物污染环境防治法》，企业事业单位应当根据经济、技术条件对其产生的工业固体废物加以利用；对暂时不利用或者不能利用的，必须按照国务院环境保护行政主管部门的规定建设贮存设施、场所，安全分类存放，或者采取无害化处置措施。

36. 《海洋环境保护法》规定，禁止向海域排放油类、酸液、碱液、剧毒废液和高、中水平放射性废水。严格限制向海域排放低水平放射性废水；确需排放的，必须严格执行国家辐射防护规定。严格控制向海域排放含有不易降解的有机物和重金属的废水。含病原体的医疗污水、生活污水和工业废水必须经过处理，符合国家有关排放标准后，方能排入海域。故只有油类、酸液、碱液、剧毒废液和高、中水平放射性废水属禁止排放范围，本题答案应为AC。

37. 《放射性污染防治法》第十八条规定，核设施选址，应当进行科学论证，并按照国家有关规定办理审批手续。在办理核设施选址审批手续前，应当编制环境影响报告书，报国务院环境保护行政主管部门审查批准；未经批准，有关部门不得办理核设施选址批准文件。第三十四条规定，开发利用或者关闭铀（钍）矿的单位，应当在申请领取采矿许可证或者办理退役审批手续前编制环境影响报告书，报国务院环境保护行政主管部门审查批准。开发利用伴生放射性矿的单位，应当在申请领取采矿许可证前编制环境影响报告书，报省级以上人民政府环境保护行政主管部门审查批准。

43. 依据《河道管理条例》的规定，修建桥梁、码头和其他设施，必须按照国家规定的防洪标准所确定的河宽进行，不得缩窄行洪通道。桥梁和栈桥的梁底必须高于设计洪水位，并按照防洪和航运的要求，留有一定的超高。跨越河道的管道、线路的净空高度必须符合防洪和航运的要求。城镇建设和发展不得占用河道滩地。沿河城镇在编制和审查城镇规划时，应当事先征求河道主管机关的意见。只有BCD三项符合题意。

45. 建设各类海岸工程项目应采取的环境保护措施：建设港口、码头，应当设置与其吞吐能力和货物种类相适应的防污设施。建设岸边造船厂、修船厂，应当设置与其性质、规模相适应的残油、废油接收处理设施。建设滨海核电站和其他核设施，必须严格遵守国家有关核环境保护和放射防护的规定及标准。修筑海堤，在入海河口处兴建水利、航道、潮汐发电或者综合整治工程，必须采用措施，不得损害生态环境及水产资源。不得兴建可能导致重点保护的野生动植物生存环境污染和破坏的海岸工程建设项目。AB两项的描述不完整，不能入选。

附　　录

中华人民共和国环境影响评价法

第一章　总　则

第一条　为了实施可持续发展战略，预防因规划和建设项目实施后对环境造成不良影响，促进经济、社会和环境的协调发展，制定本法。

第二条　本法所称环境影响评价，是指对规划和建设项目实施后可能造成的环境影响进行分析、预测和评估，提出预防或者减轻不良环境影响的对策和措施，进行跟踪监测的方法与制度。

第三条　编制本法第九条所规定的范围内的规划，在中华人民共和国领域和中华人民共和国管辖的其他海域内建设对环境有影响的项目，应当依照本法进行环境影响评价。

第四条　环境影响评价必须客观、公开、公正，综合考虑规划或者建设项目实施后对各种环境因素及其所构成的生态系统可能造成的影响，为决策提供科学依据。

第五条　国家鼓励有关单位、专家和公众以适当方式参与环境影响评价。

第六条　国家加强环境影响评价的基础数据库和评价指标体系建设，鼓励和支持对环境影响评价的方法、技术规范进行科学研究，建立必要的环境影响评价信息共享制度，提高环境影响评价的科学性。

国务院环境保护行政主管部门应当会同国务院有关部门，组织建立和完善环境影响评价的基础数据库和评价指标体系。

第二章　规划的环境影响评价

第七条　国务院有关部门、设区的市级以上地方人民政府及其有关部门，对其组织编制的土地利用的有关规划，区域、流域、海域的建设、开发利用规划，应当在规划编制过程中组织进行环境影响评价，编写该规划有关环境影响的篇章或者说明。

规划有关环境影响的篇章或者说明，应当对规划实施后可能造成的环境影响作出分析、预测和评估，提出预防或者减轻不良环境影响的对策和措施，作为规划草案的组成部分一并报送规划审批机关。

未编写有关环境影响的篇章或者说明的规划草案，审批机关不予审批。

第八条　国务院有关部门、设区的市级以上地方人民政府及其有关部门，对其组织编制的工业、农业、畜牧业、林业、能源、水利、交通、城市建设、旅游、自然资源开发的有关专项规划（以下简称专项规划），应当在该专项规划草案上报审批前，组织进行环境影响评价，并向审批该专项规划的机关提出环境影响报告书。

前款所列专项规划中的指导性规划，按照本法第七条的规定进行环境影响评价。

第九条　依照本法第七条、第八条的规定进行环境影响评价的规划的具体范围，由国务院环境保护行政主管部门会同国务院有关部门规定，报国务院批准。

第十条　专项规划的环境影响报告书应当包括下列内容：

（一）实施该规划对环境可能造成影响的分析、预测和评估；

（二）预防或者减轻不良环境影响的对策和措施；

（三）环境影响评价的结论。

第十一条　专项规划的编制机关对可能造成不良环境影响并直接涉及公众环境权益的规划，应当在该规划草案报送审批前，举行论证会、听证会，或者采取其他形式，征求有关单位、专家和公众对环境影响报告书草案的意见。但是，国家规定需要保密的情形除外。

编制机关应当认真考虑有关单位、专家和公众对环境影响报告书草案的意见，并应当在报送审查的环境影响报告书中附具对意见采纳或者不采纳的说明。

第十二条　专项规划的编制机关在报批规划草案时，应当将环境影响报告书一并附送审批机关审查；未附送环境影响报告书的，审批机关不予审批。

第十三条　设区的市级以上人民政府在审批专项规划草案，作出决策前，应当先由人民政府指定的环境保护行政主管部门或者其他部门召集有关部门代表和专家组成审查小组，对环境影响报告书进行审查。审查小组应当提出书面审查意见。

参加前款规定的审查小组的专家，应当从按照国务院环境保护行政主管部门的规定设立的专家库内的相关专业的专家名单中，以随机抽取的方式确定。

由省级以上人民政府有关部门负责审批的专项规划，其环境影响报告书的审查办法，由国务院环境保护行政主管部门会同国务院有关部门制定。

第十四条　设区的市级以上人民政府或者省级以上人民政府有关部门在审批专项规划草案时，应当将环境影响报告书结论以及审查意见作为决策的重要依据。

在审批中未采纳环境影响报告书结论以及审查意见的，应当作出说明，并存档备查。

第十五条　对环境有重大影响的规划实施后，编制机关应当及时组织环境影响的跟踪评价，并将评价结果报告审批机关；发现有明显不良环境影响的，应当及时提出改进措施。

第三章　建设项目的环境影响评价

第十六条　国家根据建设项目对环境的影响程度，对建设项目的环境影响评价实行分类管理。

建设单位应当按照下列规定组织编制环境影响报告书、环境影响报告表或者填报环境影响登记表（以下统称环境影响评价文件）：

（一）可能造成重大环境影响的，应当编制环境影响报告书，对产生的环境影响进行全面评价；

（二）可能造成轻度环境影响的，应当编制环境影响报告表，对产生的环境影响进行分析或者专项评价；

（三）对环境影响很小、不需要进行环境影响评价的，应当填报环境影响登记表。

建设项目的环境影响评价分类管理名录，由国务院环境保护行政主管部门制定并公布。

第十七条　建设项目的环境影响报告书应当包括下列内容：

（一）建设项目概况；

（二）建设项目周围环境现状；

（三）建设项目对环境可能造成影响的分析、预测和评估；

（四）建设项目环境保护措施及其技术、经济论证；

（五）建设项目对环境影响的经济损益分析；

（六）对建设项目实施环境监测的建议；

（七）环境影响评价的结论。

涉及水土保持的建设项目，还必须有经水行政主管部门审查同意的水土保持方案。

环境影响报告表和环境影响登记表的内容和格式，由国务院环境保护行政主管部门制定。

第十八条　建设项目的环境影响评价，应当避免与规划的环境影响评价相重复。

作为一项整体建设项目的规划，按照建设项目进行环境影响评价，不进行规划的环境影响评价。

已经进行了环境影响评价的规划所包含的具体建设项目，其环境影响评价内容建设单位可以简化。

第十九条　接受委托为建设项目环境影响评价提供技术服务的机构，应当经国务院环境保护行政主管部门考核审查合格后，颁发资质证书，按照资质证书规定的等级和评价范围，从事环境影响评价服务，并对评价结论负责。为建设项目环境影响评价提供技术服务的机构的资质条件和管理办法，由国务院环境保护行政主管部门制定。

国务院环境保护行政主管部门对已取得资质证书的为建设项目环境影响评价提供技术服务的机构的名单，应当予以公布。

为建设项目环境影响评价提供技术服务的机构，不得与负责审批建设项目环境影响评价文件的环境保护行政主管部门或者其他有关审批部门存在任何利益关系。

第二十条　环境影响评价文件中的环境影响报告书或者环境影响报告表，应当由具有相应环境影响评价资质的机构编制。

任何单位和个人不得为建设单位指定对其建设项目进行环境影响评价的机构。

第二十一条　除国家规定需要保密的情形外，对环境可能造成重大影响、应当编制环境影响报告书的建设项目，建设单位应当在报批建设项目环境影响报告书前，举行论证会、听证会，或者采取其他形式，征求有关单位、专家和公众的意见。

建设单位报批的环境影响报告书应当附具对有关单位、专家和公众的意见采纳或者不采纳的说明。

第二十二条　建设项目的环境影响评价文件，由建设单位按照国务院的规定报有审批权的环境保护行政主管部门审批；建设项目有行业主管部门的，其环境影响报告书或者环境影响报告表应当经行业主管部门预审后，报有审批权的环境保护行政主管部门审批。

海洋工程建设项目的海洋环境影响报告书的审批，依照《中华人民共和国海洋环境保护法》的规定办理。

审批部门应当自收到环境影响报告书之日起六十日内，收到环境影响报告表之日起三十日内，收到环境影响登记表之日起十五日内，分别作出审批决定并书面通知建设单位。

预审、审核、审批建设项目环境影响评价文件，不得收取任何费用。

第二十三条　国务院环境保护行政主管部门负责审批下列建设项目的环境影响评价文件：

（一）核设施、绝密工程等特殊性质的建设项目；

（二）跨省、自治区、直辖市行政区域的建设项目；

（三）由国务院审批的或者由国务院授权有关部门审批的建设项目。

前款规定以外的建设项目的环境影响评价文件的审批权限，由省、自治区、直辖市人民政府规定。

建设项目可能造成跨行政区域的不良环境影响，有关环境保护行政主管部门对该项目的环境影响评价结论有争议的，其环境影响评价文件由共同的上一级环境保护行政主管部门审批。

第二十四条　建设项目的环境影响评价文件经批准后，建设项目的性质、规模、地点、采用的生产工艺或者防治污染、防止生态破坏的措施发生重大变动的，建设单位应当重新报批建设项目的环境影响评价文件。

建设项目的环境影响评价文件自批准之日起超过五年，方决定该项目开工建设的，其环境影响评价文件应当报原审批部门重新审核；原审批部门应当自收到建设项目环境影响评价文件之日起十日内，将审核意见书面通知建设单位。

第二十五条　建设项目的环境影响评价文件未经法律规定的审批部门审查或者审查后未予批准的，该项目审批部门不得批准其建设，建设单位不得开工建设。

第二十六条　建设项目建设过程中，建设单位应当同时实施环境影响报告书、环境影响报告表以及环境影响评价文件审批部门审批意见中提出的环境保护对策措施。

第二十七条　在项目建设、运行过程中产生不符合经审批的环境影响评价文件的情形的，建设单位应当组织环境影响的后评价，采取改进措施，并报原环境影响评价文件审批部门和建设项目审批部门备案；原环境影响评价文件审批部门也可以责成建设单位进行环境影响的后评价，采取改进措施。

第二十八条　环境保护行政主管部门应当对建设项目投入生产或者使用后所产生的环境影响进行跟踪检查，对造成严重环境污染或者生态破坏的，应当查清原因、查明责任。对属于为建设项目环境影响评价提供技术服务的机构编制不实的环境影响评价文件的，依照本法第三十三条的规定追究其法律责任；属于审批部门工作人员失职、渎职，对依法不应批准的建设项目环境影响评价文件予以批准的，依照本法第三十五条的规定追究其法律责任。

第四章　法律责任

第二十九条　规划编制机关违反本法规定，组织环境影响评价时弄虚作假或者有失职行为，造成环境影响评价严重失实的，对直接负责的主管人员和其他直接责任人员，由上级机关或者监察机关依法给予行政处分。

第三十条　规划审批机关对依法应当编写有关环境影响的篇章或者说明而未编写的规划草案，依法应当附送环境影响报告书而未附送的专项规划草案，违法予以批准的，对直接负责的主管人员和其他直接责任人员，由上级机关或者监察机关依法给予行政处分。

第三十一条　建设单位未依法报批建设项目环境影响评价文件，或者未依照本法第二十四条的规定重新报批或者报请重新审核环境影响评价文件，擅自开工建设的，由有权审批该项目环境影响评价文件的环境保护行政主管部门责令停止建设，限期补办手续；逾期不补办手续的，可以处五万元以上二十万元以下的罚款，对建设单位直接负责的主管人员和其他直接责任人员，依法给予行政处分。

建设项目环境影响评价文件未经批准或者未经原审批部门重新审核同意，建设单位擅自开工建设的，由有权审批该项目环境影响评价文件的环境保护行政主管部门责令停止建设，可以处五万元以上二十万元以下的罚款，对建设单位直接负责的主管人员和其他直接责任人员，依法给予行政处分。

海洋工程建设项目的建设单位有前两款所列违法行为的，依照《中华人民共和国海洋环境保护法》的规定处罚。

第三十二条　建设项目依法应当进行环境影响评价而未评价，或者环境影响评价文件未经依法批准，审批部门擅自批准该项目建设的，对直接负责的主管人员和其他直接责任人员，由上级机关或者监察机关依法给予行政处分；构成犯罪的，依法追究刑事责任。

第三十三条　接受委托为建设项目环境影响评价提供技术服务的机构在环境影响评价工作中不负责任或者弄虚作假，致使环境影响评价文件失实的，由授予环境影响评价资质的环境保护行政主管部门降低其资质等级或者吊销其资质证书，并处所收费用一倍以上三倍以下的罚款；构成犯罪的，依法追究刑事责任。

第三十四条　负责预审、审核、审批建设项目环境影响评价文件的部门在审批中收取费用的，由其上级机关或者监察机关责令退还；情节严重的，对直接负责的主管人员和其他直接责任人员依法给予行政处分。

第三十五条　环境保护行政主管部门或者其他部门的工作人员徇私舞弊，滥用职权，玩忽职守，违法批准建设项目环境影响评价文件的，依法给予行政处分；构成犯罪的，依法追究刑事责任。

第五章　附　则

第三十六条　省、自治区、直辖市人民政府可以根据本地的实际情况，要求对本辖区的县级人民政府编制的规划进行环境影响评价。具体办法由省、自治区、直辖市参照本法第二章的规定制定。

第三十七条　军事设施建设项目的环境影响评价办法，由中央军事委员会依照本法的原则制定。

第三十八条　本法自 2003 年 9 月 1 日起施行。

建设项目环境保护管理条例

第一章　总　则

第一条　为了防止建设项目产生新的污染、破坏生态环境，制定本条例。

第二条　在中华人民共和国领域和中华人民共和国管辖的其他海域内建设对环境有影响的建设项目，适用本条例。

第三条　建设产生污染的建设项目，必须遵守污染物排放的国家标准和地方标准；在实施重点污染物排放总量控制的区域内，还必须符合重点污染物排放总量控制的要求。

第四条　工业建设项目应当采用能耗物耗小、污染物产生量少的清洁生产工艺，合理利用自然资源，防止环境污染和生态破坏。

第五条　改建、扩建项目和技术改造项目必须采取措施，治理与该项目有关的原有环境污染和生态破坏。

第二章　环境影响评价

第六条　国家实行建设项目环境影响评价制度。建设项目的环境影响评价工作，由取得相应资格证书的单位承担。

第七条　国家根据建设项目对环境的影响程度，按照下列规定对建设项目的环境保护实行分类管理：

（一）建设项目对环境可能造成重大影响的，应当编制环境影响报告书，对建设项目产生的污染和对环境的影响进行全面、详细的评价；

（二）建设项目对环境可能造成轻度影响的，应当编制环境影响报告表，对建设项目产生的污染和对环境的影响进行分析或者专项评价；

（三）建设项目对环境影响很小，不需要进行环境影响评价的，应当填报环境影响登记表。

建设项目环境保护分类管理名录，由国务院环境保护行政主管部门制订并公布。

第八条　建设项目环境影响报告书，应当包括下列内容：

（一）建设项目概况；

（二）建设项目周围环境现状；

（三）建设项目对环境可能造成影响的分析和预测；

（四）环境保护措施及其经济、技术论证；

（五）环境影响经济损益分析；

（六）对建设项目实施环境监测的建议；

（七）环境影响评价结论。

涉及水土保持的建设项目，还必须有经水行政主管部门审查同意的水土保持方案。

建设项目环境影响报告表、环境影响登记表的内容和格式，由国务院环境保护行政主管部门规定。

第九条　建设单位应当在建设项目可行性研究阶段报批建设项目环境影响报告书、环境影响报告表或者环境影响登记表；但是，铁路、交通等建设项目，经有审批权的环境保护行政主管部门同意，可以在初步设计完成前报批环境影响报告书或者环境影响报告表。

按照国家有关规定，不需要进行可行性研究的建设项目，建设单位应当在建设项目开工前报批建设项目环境影响报告书、环境影响报告表或者环境影响登记表；其中，需要办理营业执照的，建设单位应当在办理营业执照前报批建设项目环境影响报告书、环境影响报告表或者环境影响登记表。

第十条　建设项目环境影响报告书、环境影响报告表或者环境影响登记表，由建设单位报有审批权的环境保护行政主管部门审批；建设项目有行业主管部门的，其环境影响报告书或者环境影响报告表应当经行业主管部门预审后，报有审批权的环境保护行政主管部门审批。

海岸工程建设项目环境影响报告书或者环境影响报告表，经海洋行政主管部门审核并签署意见后，报环境保护行政主管部门审批。

环境保护行政主管部门应当自收到建设项目环境影响报告书之日起60日内、收到环境影响报告表之日起 30 日内、收到环境影响登记表之日起 15 日内，分别作出审批决定并书面通知建设单位。

预审、审核、审批建设项目环境影响报告书、环境影响报告表或者环境影响登记表，不得收取任何费用。

第十一条 国务院环境保护行政主管部门负责审批下列建设项目环境影响报告书、环境影响报告表或者环境影响登记表：

（一）核设施、绝密工程等特殊性质的建设项目；

（二）跨省、自治区、直辖市行政区域的建设项目；

（三）国务院审批的或者国务院授权有关部门审批的建设项目。

前款规定以外的建设项目环境影响报告书、环境影响报告表或者环境影响登记表的审批权限，由省、自治区、直辖市人民政府规定。

建设项目造成跨行政区域环境影响，有关环境保护行政主管部门对环境影响评价结论有争议的，其环境影响报告书或者环境影响报告表由共同上一级环境保护行政主管部门审批。

第十二条 建设项目环境影响报告书、环境影响报告表或者环境影响登记表经批准后，建设项目的性质、规模、地点或者采用的生产工艺发生重大变化的，建设单位应当重新报批建设项目环境影响报告书、环境影响报告表或者环境影响登记表。

建设项目环境影响报告书、环境影响报告表或者环境影响登记表自批准之日起满 5 年，建设项目方开工建设的，其环境影响报告书、环境影响报告表或者环境影响登记表应当报原审批机关重新审核。原审批机关应当自收到建设项目环境影响报告书、环境影响报告表或者环境影响登记表之日起 10 日内，将审核意见书面通知建设单位；逾期未通知的，视为审核同意。

第十三条 国家对从事建设项目环境影响评价工作的单位实行资格审查制度。

从事建设项目环境影响评价工作的单位，必须取得国务院环境保护行政主管部门颁发的资格证书，按照资格证书规定的等级和范围，从事建设项目环境影响评价工作，并对评价结论负责。国务院环境保护行政主管部门对已经颁发资格证书的从事建设项目环境影响评价工作的单位名单，应当定期予以公布。具体办法由国务院环境保护行政主管部门制定。

从事建设项目环境影响评价工作的单位，必须严格执行国家规定的收费标准。

第十四条 建设单位可以采取公开招标的方式，选择从事环境影响评价工作的单位，对建设项目进行环境影响评价。

任何行政机关不得为建设单位指定从事环境影响评价工作的单位，进行环境影响评价。

第十五条 建设单位编制环境影响报告书，应当依照有关法律规定，征求建设项目所在地有关单位和居民的意见。

第三章　环境保护设施建设

第十六条 建设项目需要配套建设的环境保护设施，必须与主体工程同时设计、同时施工、同时投产使用。

第十七条 建设项目的初步设计，应当按照环境保护设计规范的要求，编制环境保护篇章，并依据经批准的建设项目环境影响报告书或者环境影响报告表，在环境保护篇章中落实防治环境污染和生态破坏的措施以及环境保护设施投资概算。

第十八条 建设项目的主体工程完工后，需要进行试生产的，其配套建设的环境保护设施必须与主体工程同时投入试运行。

第十九条 建设项目试生产期间，建设单位应当对环境保护设施运行情况和建设项目对环境的影响进行监测。

第二十条 建设项目竣工后，建设单位应当向审批该建设项目环境影响报告书、环境影响报告表或者环境影响登记表的环境保护行政主管部门，申请该建设项目需要配套建设的环境保护设施竣工验收。

环境保护设施竣工验收，应当与主体工程竣工验收同时进行。需要进行试生产的建设项目，建设单位应当自建设项目投入试生产之日起 3 个月内，向审批该建设项目环境影响报告书、环境影响报告表或者环境影响登记表的环境保护行政主管部门，申请该建设项目需要配套建设的环境保护设施竣工验收。

第二十一条 分期建设、分期投入生产或者使用的建设项目，其相应的环境保护设施应当分期验收。

第二十二条 环境保护行政主管部门应当自收到环境保护设施竣工验收申请之日起 30 日内，完成验收。

第二十三条　建设项目需要配套建设的环境保护设施经验收合格，该建设项目方可正式投入生产或者使用。

第四章　法律责任

第二十四条　违反本条例规定，有下列行为之一的，由负责审批建设项目环境影响报告书、环境影响报告表或者环境影响登记表的环境保护行政主管部门责令限期补办手续；逾期不补办手续，擅自开工建设的，责令停止建设，可以处 10 万元以下的罚款：

（一）未报批建设项目环境影响报告书、环境影响报告表或者环境影响登记表的；

（二）建设项目的性质、规模、地点或者采用的生产工艺发生重大变化，未重新报批建设项目环境影响报告书、环境影响报告表或者环境影响登记表的；

（三）建设项目环境影响报告书、环境影响报告表或者环境影响登记表自批准之日起满 5 年，建设项目方开工建设，其环境影响报告书、环境影响报告表或者环境影响登记表未报原审批机关重新审核的。

第二十五条　建设项目环境影响报告书、环境影响报告表或者环境影响登记表未经批准或者未经原审批机关重新审核同意，擅自开工建设的，由负责审批该建设项目环境影响报告书、环境影响报告表或者环境影响登记表的环境保护行政主管部门责令停止建设，限期恢复原状，可以处 10 万元以下的罚款。

第二十六条　违反本条例规定，试生产建设项目配套建设的环境保护设施未与主体工程同时投入试运行的，由审批该建设项目环境影响报告书、环境影响报告表或者环境影响登记表的环境保护行政主管部门责令限期改正；逾期不改正的，责令停止试生产，可以处 5 万元以下的罚款。

第二十七条　违反本条例规定，建设项目投入试生产超过 3 个月，建设单位未申请环境保护设施竣工验收的，由审批该建设项目环境影响报告书、环境影响报告表或者环境影响登记表的环境保护行政主管部门责令限期办理环境保护设施竣工验收手续；逾期未办理的，责令停止试生产，可以处 5 万元以下的罚款。

第二十八条　违反本条例规定，建设项目需要配套建设的环境保护设施未建成、未经验收或者经验收不合格，主体工程正式投入生产或者使用的，由审批该建设项目环境影响报告书、环境影响报告表或者环境影响登记表的环境保护行政主管部门责令停止生产或者使用，可以处 10 万元以下的罚款。

第二十九条　从事建设项目环境影响评价工作的单位，在环境影响评价工作中弄虚作假的，由国务院环境保护行政主管部门吊销资格证书，并处所收费用 1 倍以上 3 倍以下的罚款。

第三十条　环境保护行政主管部门的工作人员徇私舞弊、滥用职权、玩忽职守，构成犯罪的，依法追究刑事责任；尚不构成犯罪的，依法给予行政处分。

第五章　附　则

第三十一条　流域开发、开发区建设、城市新区建设和旧区改建等区域性开发，编制建设规划时，应当进行环境影响评价。具体办法由国务院环境保护行政主管部门会同国务院有关部门另行规定。

第三十二条　海洋石油勘探开发建设项目的环境保护管理，按照国务院关于海洋石油勘探开发环境保护管理的规定执行。

第三十三条　军事设施建设项目的环境保护管理，按照中央军事委员会的有关规定执行。

第三十四条　本条例自发布之日起施行。

规划环境影响评价条例

第一章 总 则

第一条 为了加强对规划的环境影响评价工作，提高规划的科学性，从源头预防环境污染和生态破坏，促进经济、社会和环境的全面协调可持续发展，根据《中华人民共和国环境影响评价法》，制定本条例。

第二条 国务院有关部门、设区的市级以上地方人民政府及其有关部门，对其组织编制的土地利用的有关规划和区域、流域、海域的建设、开发利用规划（以下称综合性规划），以及工业、农业、畜牧业、林业、能源、水利、交通、城市建设、旅游、自然资源开发的有关专项规划（以下称专项规划），应当进行环境影响评价。

依照本条第一款规定应当进行环境影响评价的规划的具体范围，由国务院环境保护主管部门会同国务院有关部门拟订，报国务院批准后执行。

第三条 对规划进行环境影响评价，应当遵循客观、公开、公正的原则。

第四条 国家建立规划环境影响评价信息共享制度。

县级以上人民政府及其有关部门应当对规划环境影响评价所需资料实行信息共享。

第五条 规划环境影响评价所需的费用应当按照预算管理的规定纳入财政预算，严格支出管理，接受审计监督。

第六条 任何单位和个人对违反本条例规定的行为或者对规划实施过程中产生的重大不良环境影响，有权向规划审批机关、规划编制机关或者环境保护主管部门举报。有关部门接到举报后，应当依法调查处理。

第二章 评 价

第七条 规划编制机关应当在规划编制过程中对规划组织进行环境影响评价。

第八条 对规划进行环境影响评价，应当分析、预测和评估以下内容：

（一）规划实施可能对相关区域、流域、海域生态系统产生的整体影响；

（二）规划实施可能对环境和人群健康产生的长远影响；

（三）规划实施的经济效益、社会效益与环境效益之间以及当前利益与长远利益之间的关系。

第九条 对规划进行环境影响评价，应当遵守有关环境保护标准以及环境影响评价技术导则和技术规范。

规划环境影响评价技术导则由国务院环境保护主管部门会同国务院有关部门制定；规划环境影响评价技术规范由国务院有关部门根据规划环境影响评价技术导则制定，并抄送国务院环境保护主管部门备案。

第十条 编制综合性规划，应当根据规划实施后可能对环境造成的影响，编写环境影响篇章或者说明。

编制专项规划，应当在规划草案报送审批前编制环境影响报告书。编制专项规划中的指导性规划，应当依照本条第一款规定编写环境影响篇章或者说明。

本条第二款所称指导性规划是指以发展战略为主要内容的专项规划。

第十一条 环境影响篇章或者说明应当包括下列内容：

（一）规划实施对环境可能造成影响的分析、预测和评估。主要包括资源环境承载能力分析、不良环境影响的分析和预测以及与相关规划的环境协调性分析。

（二）预防或者减轻不良环境影响的对策和措施。主要包括预防或者减轻不良环境影响的政策、管理或者技术等措施。

环境影响报告书除包括上述内容外，还应当包括环境影响评价结论。主要包括规划草案的环境合理性和可行性，预防或者减轻不良环境影响的对策和措施的合理性和有效性，以及规划草案的调整建议。

第十二条 环境影响篇章或者说明、环境影响报告书（以下称环境影响评价文件），由规划编制机关编制或者组织规划环境影响评价技术机构编制。规划编制机关应当对环境影响评价文件的质量负责。

第十三条 规划编制机关对可能造成不良环境影响并直接涉及公众环境权益的专项规划，应当在规划草案报送审批前，采取调查问卷、座谈会、论证会、听证会等形式，公开征求有关单位、专家和公众对环境影响报告书的意见。但是，依法需要保密的除外。

有关单位、专家和公众的意见与环境影响评价结论有重大分歧的，规划编制机关应当采取论证会、听证会等形式进一步论证。

规划编制机关应当在报送审查的环境影响报告书中附具对公众意见采纳与不采纳情况及其理由的说明。

第十四条 对已经批准的规划在实施范围、适用期限、规模、结构和布局等方面进行重大调整或者修订的，规划编制机关应当依照本条例的规定重新或者补充进行环境影响评价。

第三章 审 查

第十五条 规划编制机关在报送审批综合性规划草案和专项规划中的指导性规划草案时，应当将环境影响篇章或者说明作为规划草案的组成部分一并报送规划审批机关。未编写环境影响篇章或者说明的，规划审批机关应当要求其补充；未补充的，规划审批机关不予审批。

第十六条 规划编制机关在报送审批专项规划草案时，应当将环境影响报告书一并附送规划审批机关审查；未附送环境影响报告书的，规划审批机关应当要求其补充；未补充的，规划审批机关不予审批。

第十七条 设区的市级以上人民政府审批的专项规划，在审批前由其环境保护主管部门召集有关部门代表和专家组成审查小组，对环境影响报告书进行审查。审查小组应当提交书面审查意见。

省级以上人民政府有关部门审批的专项规划，其环境影响报告书的审查办法，由国务院环境保护主管部门会同国务院有关部门制定。

第十八条 审查小组的专家应当从依法设立的专家库内相关专业的专家名单中随机抽取。但是，参与环境影响报告书编制的专家，不得作为该环境影响报告书审查小组的成员。

审查小组中专家人数不得少于审查小组总人数的二分之一；少于二分之一的，审查小组的审查意见无效。

第十九条 审查小组的成员应当客观、公正、独立地对环境影响报告书提出书面审查意见，规划审批机关、规划编制机关、审查小组的召集部门不得干预。

审查意见应当包括下列内容：

（一）基础资料、数据的真实性；

（二）评价方法的适当性；

（三）环境影响分析、预测和评估的可靠性；

（四）预防或者减轻不良环境影响的对策和措施的合理性和有效性；

（五）公众意见采纳与不采纳情况及其理由的说明的合理性；

（六）环境影响评价结论的科学性。

审查意见应当经审查小组四分之三以上成员签字同意。审查小组成员有不同意见的，应当如实记录和反映。

第二十条 有下列情形之一的，审查小组应当提出对环境影响报告书进行修改并重新审查的意见：

（一）基础资料、数据失实的；

（二）评价方法选择不当的；

（三）对不良环境影响的分析、预测和评估不准确、不深入，需要进一步论证的；

（四）预防或者减轻不良环境影响的对策和措施存在严重缺陷的；

（五）环境影响评价结论不明确、不合理或者错误的；

（六）未附具对公众意见采纳与不采纳情况及其理由的说明，或者不采纳公众意见的理由明显不合理的；

（七）内容存在其他重大缺陷或者遗漏的。

第二十一条 有下列情形之一的，审查小组应当提出不予通过环境影响报告书的意见：

（一）依据现有知识水平和技术条件，对规划实施可能产生的不良环境影响的程度或者范围不能作出科学判断的；

（二）规划实施可能造成重大不良环境影响，并且无法提出切实可行的预防或者减轻对策和措施的。

第二十二条 规划审批机关在审批专项规划草案时，应当将环境影响报告书结论以及审查意见作为决策的重要依据。

规划审批机关对环境影响报告书结论以及审查意见不予采纳的，应当逐项就不予采纳的理由作出书面说明，并存档备查。有关单位、专家和公众可以申请查阅；但是，依法需要保密的除外。

第二十三条 已经进行环境影响评价的规划包含具体建设项目的，规划的环境影响评价结论应当作为建设项目环境影响评价的重要依据，建设项目环境影响评价的内容可以根据规划环境影响评价的分析论证情况予以简化。

第四章 跟 踪 评 价

第二十四条 对环境有重大影响的规划实施后，规划编制机关应当及时组织规划环境影响的跟踪评价，将评价结果报告规划审批机关，并通报环境保护等有关部门。

第二十五条 规划环境影响的跟踪评价应当包括下列内容：

（一）规划实施后实际产生的环境影响与环境影响评价文件预测可能产生的环境影响之间的比较分析和评估；

（二）规划实施中所采取的预防或者减轻不良环境影响的对策和措施有效性的分析和评估；

（三）公众对规划实施所产生的环境影响的意见；

（四）跟踪评价的结论。

第二十六条 规划编制机关对规划环境影响进行跟踪评价，应当采取调查问卷、现场走访、座谈会等形式征求有关单位、专家和公众的意见。

第二十七条 规划实施过程中产生重大不良环境影响的，规划编制机关应当及时提出改进措施，向规划审批机关报告，并通报环境保护等有关部门。

第二十八条 环境保护主管部门发现规划实施过程中产生重大不良环境影响的，应当及时进行核查。经核查属实的，向规划审批机关提出采取改进措施或者修订规划的建议。

第二十九条 规划审批机关在接到规划编制机关的报告或者环境保护主管部门的建议后，应当及时组织论证，并根据论证结果采取改进措施或者对规划进行修订。

第三十条 规划实施区域的重点污染物排放总量超过国家或者地方规定的总量控制指标的，应当暂停审批该规划实施区域内新增该重点污染物排放总量的建设项目的环境影响评价文件。

第五章 法 律 责 任

第三十一条 规划编制机关在组织环境影响评价时弄虚作假或者有失职行为，造成环境影响评价严重失实的，对直接负责的主管人员和其他直接责任人员，依法给予处分。

第三十二条 规划审批机关有下列行为之一的，对直接负责的主管人员和其他直接责任人员，依法给予处分：

（一）对依法应当编写而未编写环境影响篇章或者说明的综合性规划草案和专项规划中的指导性规划草案，予以批准的；

（二）对依法应当附送而未附送环境影响报告书的专项规划草案，或者对环境影响报告书未经审查小组审查的专项规划草案，予以批准的。

第三十三条 审查小组的召集部门在组织环境影响报告书审查时弄虚作假或者滥用职权，造成环境影响评价严重失实的，对直接负责的主管人员和其他直接责任人员，依法给予处分。

审查小组的专家在环境影响报告书审查中弄虚作假或者有失职行为，造成环境影响评价严重失实的，由设立专家库的环境保护主管部门取消其入选专家库的资格并予以公告；审查小组的部门代表有上述行为的，依法给予处分。

第三十四条 规划环境影响评价技术机构弄虚作假或者有失职行为，造成环境影响评价文件严重失实的，由国务院环境保护主管部门予以通报，处所收费用1倍以上3倍以下的罚款；构成犯罪的，依法追究刑事责任。

第六章 附 则

第三十五条 省、自治区、直辖市人民政府可以根据本地的实际情况，要求本行政区域内的县级人民政府对其组织编制的规划进行环境影响评价。具体办法由省、自治区、直辖市参照《中华人民共和国环境影响评价法》和本条例的规定制定。

第三十六条 本条例自2009年10月1日起施行。

环境保护部建设项目"三同时"监督检查和
竣工环保验收管理规程（试行）
（2009 年 12 月 17 日发布实施）

第一章 总 则

第一条 为进一步强化环境保护部审批的建设项目竣工环保验收管理，建立"三同时"监督检查机制，根据《建设项目环境保护管理条例》、《建设项目竣工环境保护验收管理办法》及《环境保护部机关"三定"实施方案》，制定本规程。

第二条 本规程适用于环境保护部负责审批环境影响评价文件的建设项目（不含核与辐射设施建设项目）"三同时"监督检查和竣工环保验收管理。

第三条 建设项目依据规模、所处环境敏感性和环境风险程度，其竣工环保验收现场检查按Ⅰ、Ⅱ两类实施分类管理。

第四条 环境保护督查中心和省级环境保护行政主管部门参与建设项目竣工环保验收，受委托承担Ⅱ类建设项目竣工环保验收现场检查。

第五条 环境保护督查中心受委托承担建设项目"三同时"监督检查。

地方各级环境保护行政主管部门负责辖区内建设项目"三同时"日常监督管理。

第六条 环境保护行政主管部门及其工作人员，以及承担验收监测或调查工作的单位和个人，应严格执行《建设项目环境影响评价行为准则与廉政规定》。验收监测或调查单位应客观公正反映建设项目环境保护措施落实情况及效果，对验收监测或调查结论负责。

第二章 "三同时"监督检查

第七条 环境影响评价审批文件抄送项目所在区域的环境保护督查中心和省、市、县级环境保护行政主管部门。

环境保护督查中心和省级环境保护行政主管部门受环境保护部委托，分别负责组织开展"三同时"监督检查和日常监督管理。建设单位应当在建设项目开工前向环境保护督查中心和地方各级环境保护行政主管部门书面报告开工建设情况，并定期书面报告"三同时"执行情况。

第八条 环境保护督查中心和地方各级环境保护行政主管部门应跟踪建设项目进展信息。

建设项目开工后，环境保护督查中心及时制定并实施"三同时"监督检查计划；省级环境保护行政主管部门及时制定日常监督管理计划，并组织市、县级环境保护行政主管部门予以实施。

第九条 监督检查和日常监督管理以建设项目环境影响评价文件及其审批文件为依据，主要内容包括：

（一）建设项目的性质、规模、地点、采用的生产工艺以及防治污染、防止生态破坏的措施是否发生重大变动；

（二）环境保护设施和措施与主体工程设计、施工、投产使用是否同步；

（三）施工期污染防治和生态保护情况；

（四）施工期环境监理的实施情况；

（五）施工期环境监测的实施情况；

（六）前次监督检查和日常监督管理的整改要求落实情况；

（七）限期整改和行政处罚决定等落实情况。

监督检查和日常监督管理应当制作现场检查记录和取证询问笔录等书面记录。

第十条 建设项目建成后，环境保护督查中心应当及时编制"三同时"监督检查报告报送环境保护部，作为该建设项目竣工环保验收的依据之一，并同时抄送省级环境保护行政主管部门。

第十一条 环境影响评价审批文件要求开展施工期环境监理的建设项目，建设项目建成后，环境监理单位应当编制施工期环境监理报告，作为该建设项目竣工环保验收的依据之一。

第十二条 环境保护督查中心和地方各级环境保护行政主管部门在"三同时"监督检查和日常监督管

理中，发现建设项目存在"三同时"执行不到位、尚未构成环境违法的行为，应督促建设单位及时整改，并书面报告环境保护部。

第十三条　环境保护督查中心和省级环境保护行政主管部门在"三同时"监督检查和日常监督管理中，发现建设项目存在以下环境违法行为，及时调查取证，提出处理建议，书面报告环境保护部：

（一）建设项目的性质、规模、地点、采用的生产工艺或者防治污染、防止生态破坏的措施擅自发生重大变动；

（二）超过法定期限开工建设，环境影响评价文件未经重新审核；

（三）建设项目建设过程中造成严重环境污染和生态破坏；

（四）配套的环境保护设施未与主体工程同时建成并投入试运行；

（五）未按法定期限办理竣工环保验收手续；

（六）环境保护设施未经验收或验收不合格，主体工程即投入正式生产或者使用；

（七）其他环境违法行为。

环境保护部对违法行为依法予以行政处罚。查处情况以及行政处罚决定书等相关法律文书抄送环境保护督查中心和省级环境保护行政主管部门。环境保护督查中心负责监督行政处罚决定书、限期改正通知书等的执行。

第十四条　环境保护督查中心每季度第一个月的前十日之内，向环境保护部报送上一季度建设项目"三同时"监督检查情况；每年一月的前二十日之内，报送上一年度建设项目"三同时"监督检查工作总结。

省级环境保护行政主管部门每季度第一个月的前十日之内，向环境保护部报送上一季度辖区内建设项目"三同时"日常监督管理情况；每年一月的前二十日之内，报送辖区内上一年度建设项目"三同时"日常监督管理工作总结。以上材料同时抄送环境保护督查中心。

第十五条　环境保护督查中心和省级环境保护行政主管部门建立建设项目监管档案。

第三章　竣工环保验收管理

第十六条　建设项目建成后，省级环境保护行政主管部门依据环境影响评价文件及其审批文件、日常监督管理记录、施工期环境监理报告，对环境保护设施和措施落实情况进行现场检查。需要进行试生产的，应在接到试生产申请之日起30个工作日内，征求项目所在区域的环境保护督查中心意见后，做出是否允许试生产的决定。试生产审查决定抄送环境保护部及环境保护督查中心。

第十七条　建设项目依法进入试生产后，建设单位应及时委托有相应资质的验收监测或调查单位开展验收监测或调查工作。验收监测或调查单位应在国家规定期限内完成验收监测或调查工作，及时了解验收监测或调查期间发现的重大环境问题和环境违法行为，并书面报告环境保护部。

第十八条　验收监测或调查报告编制完成后，由建设单位向环境保护部提交验收申请。对于验收申请材料完整的建设项目，环境保护部予以受理，并出具受理回执；对于验收申请材料不完整的建设项目，不予受理，并当场一次性告知需要补充的材料。

验收申请材料包括：

（一）建设项目竣工环保验收申请报告，纸件2份；

（二）验收监测或调查报告，纸件2份，电子件1份；

（三）由验收监测或调查单位编制的建设项目竣工环保验收公示材料，纸件1份，电子件1份；

（四）环境影响评价审批文件要求开展环境监理的建设项目，提交施工期环境监理报告，纸件1份。

第十九条　环境保护部对受理的建设项目验收监测或调查结果按月进行公示（涉密建设项目除外）。对公众反映的问题予以调查核实，提出处理意见。

第二十条　环境保护部受理建设项目验收申请后，组织Ⅰ类建设项目验收现场检查；环境保护督查中心或省级环境保护行政主管部门受委托组织Ⅱ类建设项目验收现场检查，并将验收现场检查情况和验收意见报送环境保护部。

第二十一条　环境保护部按月对完成验收现场检查的建设项目进行审查。

第二十二条　经验收审查，对验收合格的建设项目，环境保护部在受理建设项目验收申请材料之日起30个工作日内办理验收审批手续（不包括验收现场检查和整改时间）。

建设项目验收审批文件抄送项目所在区域的环境保护督查中心和省、市、县级环境保护行政主管部门。

第二十三条　经验收审查，对验收不合格的建设项目，环境保护部下达限期整改，环境保护督查中心和省级环境保护行政主管部门负责监督限期整改要求的落实。

按期完成限期整改的建设项目应重新向环境保护部提交验收申请。

对逾期未按要求完成限期整改的建设项目，环境保护部依法予以查处。

第二十四条　对完成验收审批的建设项目按季度进行公告（涉密建设项目除外）。

第四章　附　　则

第二十五条　地方环境保护行政主管部门可参照本规程制定相应的规范性文件。

第二十六条　本规程自发布之日起实施。

附件：环境保护部审批的建设项目验收现场检查分类目录

一、Ⅰ类建设项目

1. 涉及国家级自然保护区、饮用水水源保护区等重大敏感项目。

2. 跨大区项目。

3. 化工石化：炼油及乙烯项目；新建 PTA、PX、MDI、TDI 项目；铬盐、氰化物生产项目；煤制甲醇、二甲醚、烯烃、油及天然气项目。

4. 危险废物集中处置项目。

5. 冶金有色：新、扩建炼铁、炼钢项目；电解铝项目；铜、铅、锌冶炼项目；稀土项目。

6. 能源：单机装机容量 100 万千瓦及以上的燃煤电站项目；煤电一体化项目；总装机容量 100 万千瓦及以上的水电站项目；年产 200 万吨及以上的油田开发项目；年产 100 亿立方米及以上新气田开发项目；国家规划矿区内年产 300 万吨及以上的煤炭开发项目；总投资 50 亿元及以上的跨省（区、市）输油（气）管道干线项目。

7. 轻工：20 万吨及以上制浆项目、林纸一体化项目。

8. 水利：库容 10 亿立方米及以上的国际及跨省（区、市）河流上的水库项目。

9. 交通运输：200 公里及以上的新、改、扩建铁路项目；城市快速轨道交通项目；100 公里以上高速公路项目；新建港区和煤炭、矿石、油气专用泊位；新建机场项目。

10. 总投资 50 亿元及以上的《政府核准的投资项目目录》中的社会事业项目。

二、Ⅱ类建设项目

Ⅰ类建设项目以外的非核与辐射项目。

我部根据管理需要，适时调整分类名录。

2010～2011 年最新相关法律法规精要

环境影响评价从业人员职业道德规范（试行）

（2010 年 6 月发布）

为进一步规范环境影响评价从业人员职业行为，提高从业人员职业道德水准，促进行业健康有序发展，根据《中华人民共和国环境影响评价法》、《建设项目环境保护管理条例》及有关法律法规和规章制度，制定本规范。

本规范所称从业人员是指在承担环境影响评价、技术评估、"三同时"环境监理、竣工环境保护验收监测或调查工作的单位从事相关工作的人员，包括环境影响评价工程师、建设项目环境影响评价岗位证书持有人员、技术评估人员、接受评估机构聘请从事评审工作的专家、验收监测人员、验收调查人员以及其他相关人员等。

环境影响评价从业人员应当自觉践行社会主义核心价值体系，遵行职业操守，规范日常行为，坚持做到依法遵规、公正诚信、忠于职守、服务社会、廉洁自律。

一、依法遵规

（一）自觉遵守法律法规，拥护党和国家制定的路线方针政策。

（二）遵守环保行政主管部门的相关规章和规范性文件，自觉接受管理部门、社会各界和人民群众的监督。

二、公正诚信

（三）不弄虚作假，不歪曲事实，不隐瞒真实情况，不编造数据信息，不给出有歧义或误导性的工作结论。积极阻止对其所做工作或由其指导完成工作的歪曲和误用。

（四）如实向建设单位介绍环评相关政策要求。对建设项目存在违反国家产业政策或者环保准入规定等情形的，要及时通告。

（五）不出借、出租个人有关资格证书、岗位证书，不以个人名义私自承接有关业务，不在本人未参与编制的有关技术文件中署名。

（六）为建设单位和所在单位保守技术和商业秘密，不得利用工作中知悉的信息谋取不正当利益。

三、忠于职守

（七）在维护社会公众合法环境权益的前提下，严格依照有关技术规范和规定开展从业活动。

（八）具备必要的专业知识与技能，不提供本人不能胜任的服务。从事环评文件编制的专业技术人员必须遵守相应的资质要求。

（九）技术评估、验收监测、验收调查人员、评审专家与建设单位、环评机构或有关人员存在直接利害关系的，应当在相关工作中予以回避。

四、服务社会

（十）在任何时候都必须把保护自然环境、人类健康安全置于所有地区、企业和个人利益之上，追求环境效益、社会效益、经济效益的和谐统一。

（十一）加强学习，积极参加相关专业培训教育和学术活动，不断提高工作水平和业务技能。

（十二）秉持勤奋的工作态度，严谨认真，提供高质量、高效率服务。

五、廉洁自律

（十三）不接受项目建设单位赠送的礼品、礼金和有价证券，不向环保行政主管部门管理人员赠送礼品、礼金和有价证券，也不邀请其参加可能影响公正执行公务的旅游、健身、娱乐等活动。

（十四）自觉维护所在单位及个人的职业形象，不从事有不良社会影响的活动。

（十五）加强同业人员间的交流与合作，形成良性竞争格局，尊重同行，不诋毁、贬低同行业其他单位及其从业人员。

《关于进一步加强规划环境影响评价工作的通知》

（2011 年 8 月发布，节选）

为贯彻落实《条例》，现就进一步加强规划环境影响评价工作的要求通知如下：

一、按照《条例》规定，编制区域、流域、海域的建设、开发利用规划等综合性规划，以及工业、农业、畜牧业、林业、能源、水利、交通、城市建设、旅游、自然资源开发等专项规划，应在编制过程中依法开展环境影响评价。应当进行环境影响评价的规划的具体范围，由环境保护部会同国务院有关部门拟定，报国务院批准后执行。

二、规划环境影响评价工作应在规划编制的过程中适时组织进行。规划编制机关在报送审批综合性规划草案和专项规划中的指导性规划草案时，应当将环境影响篇章或者说明作为规划草案的组成部分一并报送规划审批机关。未编写环境影响篇章或者说明的，规划审批机关应当要求其补充；未补充的，规划审批机关不予审批。规划编制机关在报送审批专项规划草案时，应当将环境影响报告书和其审查意见一并附送规划审批机关；未附送环境影响报告书和审查意见的，规划审批机关应当要求其补充；未补充的，规划审批机关不予审批。

三、发展改革部门在审批相关规划时，对于依法应开展环境影响评价而未开展的规划，应当要求规划编制机关补充环境影响评价；未补充的，不予审批其规划草案。在审批专项规划草案时，将环境影响报告书结论和审查意见作为规划审批决策的重要依据。对可能造成重大不良环境影响的规划方案，应根据环境影响评价的建议和结论及时进行优化调整。对规划实施后可能产生的重大不良环境影响，应根据编制机关的报告及时组织论证研究，提出改进的对策措施。

四、环境保护部门应当加强规划环境影响评价的技术指导，依法推进规划环境影响报告书的审查，为规划审批决策提供科学依据。已经开展环境影响评价的规划中包含具体建设项目的，规划环境影响评价结论作为审批项目环境影响评价的重要依据。建设项目环境影响评价的内容可以根据规划环评的分析论证情况适当简化，具体简化的内容应在审查意见中明确。对规划实施过程中产生重大不良环境影响的，应当及时进行核查，并向规划审批机关提出采取改进措施或者修订规划的建议。

五、各级环境保护和发展改革部门应进一步加强沟通和协调，做好规划编制与环评工作的有序衔接。发展改革部门要严格规划编制和审批的把关，环境保护部门要加强对规划环评的指导，共同推进规划与环评的相互配合和相互促进，不断提高规划环评工作的质量、效率和水平。

关于加强产业园区规划环境影响评价有关工作的通知

（环发［2011］14号，节选）

（2011年2月发布，2011年3月1日起施行）

为了从源头预防产业园区的环境污染和生态破坏，贯彻《规划环境影响评价条例》（国务院令第559号，以下简称《条例》），进一步加强和规范产业园区的规划环境影响评价工作，现将有关要求通知如下：

一、按照《中华人民共和国环境影响评价法》（以下简称《环评法》）、《中华人民共和国循环经济促进法》、《条例》以及《编制环境影响报告书的规划的具体范围（试行）》（环发［2004］98号）有关规定，国务院及省、自治区、直辖市人民政府批准设立的经济技术开发区、高新技术开发区、保税区、出口加工区、边境经济合作区等开发区以及设区的市级以上地方人民政府批准设立的各类产业集聚区、工业园区等产业园区，在新建、改造、升级时均应依法开展规划环境影响评价工作，编制开发建设规划的环境影响报告书。产业园区定位、范围、布局、结构、规模等发生重大调整或者修订的，应当及时重新开展规划环境影响评价工作。

二、产业园区开发建设规划的环境影响报告书由批准设立该产业园区人民政府所属的环境保护行政主管部门负责组织审查。各省（区、市）对于省级以下产业园区规划环境影响报告书审查另有规定的，按照地方有关规定执行。

三、产业园区规划的环境影响评价应体现"合理布局、统一监管、总量控制、集中治理"的原则，注重评估规划实施可能对区域生态系统产生的整体影响、对环境以及人群健康产生的长远影响，以及规划实施的经济效益、社会效益与环境效益之间以及当前利益与长远利益之间的协调。需重点做好以下工作：

（一）规划与相关政策、法律法规以及其他相关规划的协调性分析。重点分析规划与主体功能区划、区域发展规划、土地利用总体规划、城市总体规划、环境保护规划等相关规划的协调性。

（二）规划实施的资源环境制约因素分析。根据区域经济、社会和环境现状及规划方案，筛选和识别产业园区所在区域主要环境问题，可能影响的环境敏感目标和主要资源环境制约因素。

（三）资源环境承载力评估和环境影响预测分析。根据产业园区主导产业和区域资源环境特点，开展主要污染物的影响预测，分析规划实施可能造成的直接、间接或累积不良环境影响，论证规划实施的区域资源环境承载能力，提出产业园区污染物总量控制方案。

（四）公众参与。根据规划的具体内容和涉及的对象，采取调查问卷、座谈会、论证会、听证会等适当形式，对有关部门、专家和公众的意见进行调查，梳理和说明意见采纳与否情况。

（五）规划的环境合理性综合分析。从环境保护角度综合论证产业园区选址、产业定位、布局、结构和规模以及污染集中治理设施选址、工艺和规模、集中排放口位置及排放方式等的环境合理性。

（六）规划优化调整建议和预防或减缓不良环境影响的对策措施。在上述分析论证的基础上，提出规划的优化调整建议和预防或减缓不良环境影响的对策措施，以及规划包含的近期建设项目环境影响评价要求、跟踪评价计划和环境管理要求。

四、化工石化园区和其他排放挥发性有机物、重金属等有毒有害物质的高环境风险产业园区，应在规划环境影响评价中强化环境风险评价，根据风险识别、区域重大风险源分析和综合预测分析结果，评价产业布局、产业结构和规模、运输和贮存等可能对区域生态系统和人群健康的影响，提出园区环境风险防范对策建议和跟踪监测计划。对于环境风险隐患突出的化工石化园区，环境保护行政主管部门应责令园区管理部门限期整改。

五、实施五年以上的产业园区规划，规划编制部门应组织开展环境影响的跟踪评价，编制规划的跟踪环境影响报告书，由相应的环境保护行政主管部门组织审核。对规划实施过程中产生重大不良环境影响的，环境保护行政主管部门应当及时进行核查，并向规划审批机关提出采取改进措施或者修订规划的建议。

六、产业园区规划环境影响评价结论应作为审批入园建设项目环境影响评价的重要依据。入园建设项目环境影响评价的内容可以根据规划环境影响评价的分析论证情况适当简化，具体简化的内容应在规划环境影响报告书审查意见中予以明确。

七、产业园区规划环境影响评价提出的环境保护基础设施，包括污水集中处理、固体废物集中处置、集中供热、集中供气、风险应急等设施，应与园区同步规划、同步建设。污水集中处理和固体废物集中处理设施建设暂时滞后的，在加快环保设施建设的同时，必须采取临时性措施，确保入区建设项目污染物排放符合国家和地方规定的标准要求。产业园区污染物排放总量控制应纳入当地政府的污染物排放总量控制计划。产业园区污染集中治理设施建设滞后或不能稳定达标排放，造成环境污染的，环境保护行政主管部门应责令园区管理部门限期治理。

八、产业园区存在下列问题之一的，环境保护行政主管部门将暂停受理除污染治理、生态恢复建设和循环经济类以外的入园建设项目环境影响评价文件：

（一）未依法开展规划环境影响评价；

（二）环境风险隐患突出且未完成限期整改；

（三）未按期完成污染物排放总量控制计划；

（四）污染集中治理设施建设滞后或不能稳定达标排放，且未完成限期治理。

九、有关环境保护行政主管部门应切实加强对辖区内各类产业园区规划环境影响评价工作的监督和指导，依法做好规划环境影响报告书的审查。产业园区管理部门要加快推进环境基础设施建设，做到责任到位、措施到位、投入到位，要将各类产业园区规划环境影响评价、污染集中治理等工作纳入环境保护目标责任制考核，促进产业园区的全面协调可持续发展。

十、县级人民政府批准设立的各类产业园区规划环境影响评价工作依照各省（区、市）相关规定执行。其他类型开发建设园区的规划环境影响评价工作参照本通知要求执行。